Les enfants des autres

Titre original : *Somebody else's kids*

Cette édition de *Les enfants des autres*
est publiée par les Éditions de la Seine
avec l'aimable autorisation des Éditions Flammarion ltée

Torey L. Hayden

Les enfants des autres

Traduit de l'anglais
par Mario Pelletier

1

Cette classe s'était créée toute seule.

Selon un vieux précepte de physique, la nature a horreur du vide. Il faut donc que la nature ait agi cet automne-là. Il devait y avoir un vide que nous n'avions pas remarqué, car un beau jour il y eut une classe là où on n'en avait pas prévu. Ce vide ne s'était pas comblé subitement mais plutôt lentement, à la façon dont la nature accomplit ses plus grandes oeuvres.

Quand l'année scolaire débuta au mois d'août, je travaillais comme psychopédagogue. Les élèves les plus attardés des classes primaires de l'école m'étaient adressés un par un ou par groupes de deux ou trois, pour des séances d'à peu près une demi-heure par jour. Ma tâche était de faire de mon mieux pour les maintenir au niveau des autres élèves, surtout en calcul et en lecture, mais parfois aussi dans d'autres matières. Je n'avais cependant aucune classe en propre.

J'enseignais dans ce district depuis six ans. J'avais consacré quatre de ces années à m'occuper de ce que les éducateurs appellent une classe «indépendante», parce qu'elle tient tout entière dans une même salle et que ses élèves ne se mêlent pas aux autres. Durant cette période j'avais eu affaire à des enfants très perturbés sur le plan affectif. Puis la loi 94-142 appelée loi de normalisation avait été votée. Elle avait pour objectif d'intégrer les élèves «spéciaux» à un cycle scolaire normal en les plaçant dans l'environnement le moins restrictif possible et en compensant leurs déficiences par un enseignement supplémentaire, appelé «rééducation psychopédagogique». Il ne devait plus y avoir de classes «ghettos», où on laisse les enfants inadaptés couler à pic ou se réfugier dans un milieu protégé, à l'abri du monde normal. Plus de refuges, donc plus de dépotoirs. Une loi empreinte d'un noble idéal. Sauf que mes élèves et moi, nous étions, nous, aux prises avec la réalité.

Quand la loi entra en vigueur, ma classe «indépendante» se trouva supprimée. Mes onze élèves furent intégrés au cycle scolaire normal, ainsi que quarante autres enfants gravement handicapés du district. Une seule classe spécialisée resta ouverte à plein temps, qui regroupait les enfants profondément attardés, ceux qui ne pouvaient ni marcher, ni parler, ni aller tout seuls aux toilettes. On me nomma psychopédagogue dans une école à l'extrémité de la ville, là d'où venaient les élèves de ma classe spécialisée. C'était il y a deux ans déjà. Je présume que j'ai dû voir le vide se former. Je présume aussi que je n'aurais pas dû m'étonner de le voir se remplir.

J'étais en train de déballer mon repas, un Big Mac de chez MacDonald - un vrai festin pour moi car, durant ma demi-heure à midi, je n'avais pas le temps de sauter dans ma voiture et de traverser la ville à toute vitesse pour aller m'en chercher un comme je le faisais auparavant, à l'ancienne école. C'est Bethany, une psychologue scolaire, qui m'avait apporté ce Big Mac, sachant que j'en étais friande.

J'étais donc en train d'extraire le hamburger de son emballage plastique, soucieuse de ne pas faire tomber la laitue, ce qui m'arrivait toujours; j'essayais pour la énième fois de me rappeler ce stupide jingle publicitaire: «Two-all-beef-patties-blah-blah-blah, blah, blah.» Bref, je n'avais pas l'esprit à l'enseignement.

— Torey?

Je levai les yeux. Birk Jones, le directeur de l'éducation spécialisée du district, me toisait de toute sa hauteur, une pipe éteinte entre ses lèvres. J'étais tellement préoccupée par mon hamburger que je ne l'avais pas entendu entrer dans la salle des professeurs.

— Ah! bonjour, Birk.

— Avez-vous un moment?

— Oui, bien sûr, dis-je. En réalité il ne me restait que quinze minutes pour avaler mon hamburger frites, boire mon Dr Pepper* et retourner à la pile de devoirs à corriger qui m'attendait dans la classe. La laitue commençait à me glisser sur les doigts.

Bethany poussa sa chaise plus loin et Birk s'assit entre nous.

— J'ai un petit problème, me dit-il, et j'ai pensé que vous pourriez m'aider.

— Ah! bon, quel problème?

Il retira sa pipe de sa bouche et en contempla le fourneau.

— Il a sept ans environ, lança-t-il, puis il me regarda en souriant. Là-bas, au jardin d'enfants de Marcy Cowen. C'est un garçon autistique, je pense. Il se tortille, il tourne sur lui-même, vous voyez ce que je veux dire. Il parle tout seul, enfin le genre de trucs que font vos gosses. Marcy est au bout du rouleau. Elle l'a eu une partie de l'année dernière aussi et, même avec une aide scolaire, elle n'a rien pu obtenir de lui. Il faut essayer autre chose avec ce gamin.

Je réfléchis tout en mâchant mon hamburger.

— Et que puis-je faire pour vous aider?

— Eh bien… (Longue pause. Birk me regardait manger avec une telle intensité que je songeai un moment lui offrir une bouchée de mon hamburger.) Eh bien, j'ai pensé, Tor… voilà, j'ai pensé que… peut-être on pourrait le faire venir ici.

* Boisson gazeuse américaine.

— Que voulez-vous dire?

— Vous pourriez vous en charger.

— M'en charger? (Une frite me resta en travers de la gorge.) Je ne suis pas organisée actuellement pour m'occuper d'enfants autistiques, Birk.

Il se gratta le nez et se pencha vers moi comme pour me faire une confidence.

— Voyons, vous êtes sûre que vous ne pouvez pas ? (Il attendit pour voir si j'allais répondre ou bien m'étrangler avec ma frite.) Il ne vient que pour des demi-journées, l'horaire régulier des jardins d'enfants. Il moisit littéralement dans la classe de Marcy. J'ai pensé que vous pourriez peut-être vous occuper spécialement de lui. Comme vous l'avez fait déjà avec d'autres gamins.

— Mais Birk... Je n'ai plus ce genre de classe. Je suis censée enseigner les matières au programme. Qu'adviendra-t-il des enfants qui m'ont été confiés?

Birk haussa les épaules et répondit d'un air affable:

— On se débrouillera bien.

Le gamin devait venir tous les jours à 12h40. J'avais encore mes autres élèves jusqu'à deux heures, mais ensuite, lui et moi nous étions seuls pendant l'heure et demie qui restait. Dans l'esprit de Birk, que ce garçon pertube mes séances de rééducation, ou qu'il mette en pièces le jardin d'enfants de Marcy, c'était égal. A cause des années que j'avais passées dans la classe indépendante, je possédais cette chose mystérieuse que Birk appelait expérience. En clair, cela signifiait que je n'avais pas le droit de m'indigner, que je devais être plus avisée que cela.

Je réaménageai la salle pour ce môme, plaçai hors d'atteinte tous les objets, rangeant dans un placard tous les jeux fragiles comprenant des pièces que l'enfant aurait pu avaler, disposant les pupitres et les tables contre les murs pour dégager un espace où nous pourrions nous rencontrer, lui et moi, d'une manière plus intime que ne l'exigeaient mes autres élèves en rééducation.

Mon aménagement terminé, je sentis une sorte de joie monter en moi en contemplant le résultat. Je ne trouvais pas mon travail de psychopédagogue particulièrement stimulant. Le cadre de la classe indépendante me manquait. Je souffrais aussi de ne pas avoir mon propre groupe d'enfants. Mais ce que je regrettais par-dessus tout, c'était la joie étrange que j'avais toujours ressentie à travailler avec les caractériels.

Un lundi de la troisième semaine de septembre, je fis la connaissance de Boothe Birney Franklin. Sa mère l'appelait Boothe Birney. Sa soeur de trois ans arrivait seulement à dire «Boo». Cela me parut suffisant à moi aussi.

Boo avait sept ans. Comme chez tant de mes élèves, il y avait quelque chose de magique dans son apparence et d'irréel dans son expression. Métis, il avait la peau café au lait. Ses cheveux, qui n'étaient pas tout à fait noirs, formaient une masse de grosses boucles lâches. Ses yeux étaient verts, d'un vert mystérieux un peu brouillé: vert d'eau tendre, en perpétuel changement. Il ressemblait à une illustration vivante d'un livre de Tasha Tudor. Mais il n'était pas grand, il ne faisait pas son âge. Je lui aurais donné tout au plus cinq ans.

Sa mère le poussa sur le pas de la porte, me souffla quelques mots et partit. Maintenant Boo m'appartenait.

— Bonjour, Boo, dis-je.

Il resta immobile, à l'endroit même où sa mère l'avait laissé.

Je mis un genou à terre pour être à son niveau.

— Salut, Boo!

Il détourna la tête.

— Boo? repris-je en lui touchant le bras.

— Boo? répondit-il en écho, faiblement, tout en évitant toujours de me regarder.

— Bonjour, Boo. Je m'appelle Torey. Je suis ta nouvelle institutrice. Tu vas venir ici maintenant. C'est ta classe.

— C'est ta classe, répéta-t-il en reproduisant exactement mon intonation.

— Viens par ici, je vais te montrer où suspendre ton chandail.

— Je vais te montrer où suspendre ton chandail.

Sa voix était très faible, à peine plus forte qu'un murmure et avec un timbre étrange. Haut perchée, elle avait des inflexions ondoyantes, comme une voix maternelle s'adressant à son bébé.

— Viens avec moi.

Je me levai et lui tendis la main. Il ne bougea pas. Son visage restait tourné, loin vers la gauche. Mais ses doigts commençaient à s'agiter contre ses cuisses. Puis il se mit à taper sur son pantalon avec la paume de ses mains. Dans le silence de la classe on n'entendait que ce bruit mat.

Il y avait là deux autres enfants, deux garçons de quatrième année avec leurs livres de lecture. Ils restaient cloués sur leurs chaises, épiant la scène. Je les avais prévenus de l'arrivée de Boo et leur avais donné un devoir spécial à faire pour la première journée de Boo, afin qu'ils passent l'essentiel de la séance à travailler tout seuls pendant que Boo et moi ferions connaissance. Mais les gamins ne pouvaient détacher leur attention de nous. Ils étaient tous deux bouche bée, le corps penché en avant sur leurs pupitres, le front plissé par la fascination.

Boo continuait de tapoter son pantalon.

Je ne voulais pas le brusquer. Nous avions tout le temps. Je reculai un peu pour lui laisser plus d'espace.

— Veux-tu enlever ton chandail?

Il restait muet, immobile, sauf ses mains qui s'étaient mises à taper frénétiquement. Il refusait toujours obstinément de tourner la tête vers moi.

— Qu'est-ce qui lui prend? demanda un des élèves de quatrième.

— On en a parlé hier, Tim. Tu te rappelles? répondis-je sans me retourner.

— Vous pouvez pas l'arrêter?

— Il fait de mal à personne. Tout va bien. Faites vos devoirs, s'il vous plaît. Compris?

Dans mon dos j'entendis Tim grommeler quelque chose et feuilleter bruyamment son livre. Boo restait absolument rigide. Les bras serrés le long du corps, sauf les mains, bien sûr. Les jambes raides, la tête tournée de côté. A part ses mains, rien ne bougeait en lui.

Puis sans transition Boo se mit à hurler. Un hurlement à défoncer les tympans.

— HAAAAAAA! HAAAA-AAAA! AWWWWRRR-RRKK!

Il criait comme un chat qu'on égorge. Les mains devant les yeux il tomba au sol en se contorsionnant. Mais il était déjà sur ses pieds avant que j'aie pu m'approcher, courant autour de la pièce.

— ARRRRRRRR!

Une sirène humaine. Ses bras battaient comme des ailes le long de son corps et il les frappait follement l'un contre l'autre au-dessus de sa tête comme un danseur indigène en transe. Il tomba encore. Puis il se mit à se rouler par terre et à se tordre comme s'il agonisait. Les mains sur la figure, il se frappait la tête contre le linoléum, sans cesser de hurler.

— HHHAAAAAAAAAAAAAAAAAAA! IIIIIIIIIIIIII-AAAAAAAAAA-AAAHHHHHHHHH-AWWWWWW-WWWWWWK!

— Il est en train de piquer une crise! Oh mon Dieu, une crise! Vite, Torey, il faut faire quelque chose! braillait Tim.

Il avait bondi de sa chaise, agitant les mains sous l'effet de la panique. Brad, l'autre garçon de quatrième, restait cloué de stupeur sur sa chaise.

— Non, ce n'est pas une crise, Tim criai-je par-dessus les cris de Boo que j'essayais de soulever du plancher. Ça va, ne t'en fais pas pour lui.

Mais je n'eus pas le temps d'en dire davantage, Boo m'avait déjà échappé. Il courait tel un cyclone autour de la classe, escaladant une chaise par-ci, contournant une bibliothèque par-là; puis il traversa comme une flèche la zone que j'avais dégagée au milieu de la pièce. Le temps d'atteindre la porte, il avait déjà filé.

2

— Boo? Boo? appelai-je dans le corridor. Boo?

Même si elle n'était guère plus qu'un murmure, ma voix se répercutait dans le silence de l'école, où elle prenait une dimension fantomatique.

J'avais pu courir jusqu'à la porte assez vite pour voir le gamin tourner à droite au bout du corridor, avec des cris rauques. Mais le temps de m'y rendre, il avait déjà disparu. Et j'en étais réduite à lancer des «Boo»* ici et là comme si je me faisais huer par ma propre voix.

Je me dirigeai vers l'aile du primaire. Une chose était certaine: où qu'il pût être, il avait cessé de hurler. Les classes étaient vides, les élèves en récréation. Le calme partout. Il y avait huit salles où Boo avait pu se réfugier. Je jetai un coup d'oeil dans la première, puis dans la deuxième. Un sentiment d'urgence m'envahit. Il me fallait vite rattraper Boo et le ramener, vérifier le

* Jeu de mots avec *Boo*, qui en anglais signifie «huer». NDT.

travail de Tim et de Brad, les calmer un peu au sujet de cet étrange gamin avant qu'ils ne retournent dans leurs classes, et me préparer à recevoir Lori, l'élève suivante. Et tout ce temps-là j'aurais dû être avec Boo!

«Boo?» Je regardai successivement dans les classes de troisième année et dans celles de seconde. «Boo, il faut revenir maintenant. Es-tu là?» Puis je fis le tour des classes de première année. J'ouvris la porte de la maternelle, et que vis-je? Boo, sous une table. Il était couché sur le sol et s'était enfoui la tête sous le tapis. Seul émergeait son petit derrière vêtu de velours côtelé vert. Savait-il qu'il s'agissait d'une classe de maternelle? Essayait-il de retourner vers Marcy? Ou était-ce par pure coïncidence qu'il était venu ici pour se jeter à terre, la tête sous un tapis?

Je m'approchai de lui avec précaution, en parlant doucement. Mais les élèves de maternelle rentraient déjà de récréation. Ils manifestèrent une vive curiosité en nous voyant. Que faisait donc cette drôle de maîtresse dans leur classe, penchée sous cette table? Et ce gamin en pantalon de velours vert, d'où venait-il?

— Boo? murmurai-je. Il faut retourner dans notre classe maintenant, les enfants ici ont besoin de la leur.

Les écoliers nous surveillaient intensément mais restaient à distance. Je touchai Boo délicatement, passai ma main le long du tapis puis en dessous, le long de son corps, pour l'habituer à mon contact. Avec mille précautions, j'écartai le tapis qui recouvrait sa tête et tirai Boo vers moi. Je le pris dans mes bras et glissai sur les genoux pour sortir de sous la table. Boo était silencieux maintenant et rigide comme un mannequin, les bras et les jambes étendus raide. J'avais l'impression de transporter un mannequin en carton. Mais cette fois il n'essayait pas de cacher son visage. Au contraire, il me regardait fixement sans me voir, comme si je n'existais pas, avec le regard froid d'un mort.

Un petit gamin au visage criblé de taches de rousseur s'avança alors que j'allais sortir Boo de la classe. Il se planta devant moi, ses petits yeux bleus m'interrogeant avec cette intensité particulière qui plisse le visage des jeunes enfants.

— Que faisait-il dans notre classe? demanda-t-il.
Je souris.
— Il regardait sous le tapis.

Lori attendait à la porte de la classe quand j'arrivai avec Boo toujours raide dans mes bras. Tim et Brad étaient déjà partis et ils avaient éteint les lumières et fermé la porte de la classe. Lori, un manuel à la main, semblait hésiter à entrer dans la salle obscure.

— Je me demandais où tu étais! s'écria-t-elle. Puis, se tournant vers Boo: C'est lui le garçon dont tu parlais? Il va être en classe avec moi?
— Oui, voilà Boo.

J'ouvris la porte tant bien que mal et allumai. Je déposai mon fardeau qui s'obstina à rester immobile, tandis que Lori et moi gagnions la grande table au fond de la pièce. Quand il devint manifeste que Boo ne bougerait pas d'un centimètre, je retournai le chercher. Il resta debout entre la table et le mur, aussi raide qu'avant. Il ne semblait plus y avoir de vie dans ses prunelles éteintes.

— Salut, petit! lança Lori en s'asseyant sur une chaise près de lui. (Le coude posé sur la table, elle se pencha en avant, les yeux pétillants d'intérêt.) Comment tu t'appelles? Moi, c'est Lori. Lori Ann Sjokheim. J'ai sept ans, et toi?
Boo ne lui portait pas la moindre attention.
— Il s'appelle Boo, dis-je, et il a sept ans aussi.
— C'est un nom rigolo, Boo. Mais tu sais quoi? Je connais une fille qui a un nom encore plus rigolo. Elle s'appelle Maggie Smellie* . C'est marrant, non?

* Homophone de *smelly* = malodorant. NDT.

Comme Boo ne bronchait pas davantage, Lori fronça les sourcils.

— T'es pas fâché que j'aie dit ça, dis? T'as un nom rigolo, mais je t'embêterai pas avec ça. Je n'embête pas Maggie Smellie, non plus. (Lori se tut un instant et le scruta.) T'es pas très grand pour sept ans, dis! Je pense que je suis plus grande que toi, peut-être. Mais je suis un peu petite aussi pour mon âge. C'est parce que je suis jumelle, les jumeaux sont petits parfois. Tu es jumeau, toi aussi?

Quelle gosse fantastique, cette Lori! J'aurais pu l'écouter des journées entières. Durant toutes mes années d'enseignement, je n'en ai pas rencontré d'autres comme elle.

Elle était pour moi l'image de l'enfant idéal, une sorte d'archétype de l'enfance, tout ce à quoi ressemblaient les enfants dans mes rêveries. Elle avait de longs cheveux qui lui descendaient presque sur les reins. Ils étaient partagés en deux et retenus d'un côté par une barrette de métal. Des cheveux épais, raides, d'un châtain lustré qui était l'exacte couleur du buffet d'acajou de ma grand-mère. Et sa bouche était large et déliée, toujours prête à sourire.

Lori était arrivée à moi par un concours de circonstances malheureuses. Sa soeur jumelle et elle avaient été adoptées à l'âge de cinq ans. Sa soeur n'avait pas eu de problèmes à l'école. Mais Lori, dès le départ, n'avait pu s'adapter. Elle était hyperactive. Elle n'apprenait rien, elle ne pouvait pas même recopier ce qu'on avait écrit pour elle. La catastrophe était survenue durant sa deuxième année de maternelle, un redoublement qui avait été source de frustation chez cette enfant inadaptée.

Lori avait été gravement maltraitée par sa famille. Un jour, un coup lui avait fracturé le crâne et enfoncé un fragment d'os dans le cerveau. Les radios avaient révélé des lésions. Le fragment avait été enlevé, mais les lésions étaient demeurées, et personne ne savait quels en seraient les effets à long terme. Une première conséquence fut l'épilepsie. Une autre concernait la zone d'interprétation des symboles écrits. Elle avait aussi plusieurs problèmes qu'on rencontre souvent dans des types de cas plus bénins, comme la difficulté de concentration, l'incapacité de rester assise sans bouger et la distraction. Le côté doux-amer de l'histoire c'était pour moi le fait que Lori s'en fût cependant tirée aussi bien. Si jamais elle avait perdu quelque chose au niveau de l'intellect, ou sur le plan des perceptions ou de la compréhension, c'était bien peu, car c'était une fillette brillante. Elle ne semblait handicapée d'aucune manière: elle était pratiquement normale. C'est pourquoi on avait tendance (y compris moi-même) à oublier qu'elle ne l'était pas. Et parfois on devenait furieux contre elle pour des choses sur lesquelles elle n'avait aucun pouvoir.

Les médecins se gardaient bien de tout pronostic à son sujet car, contrairement aux autres cellules, celles du cerveau ne se régénèrent pas. Le seul espoir qu'ils avaient laissé entrevoir était qu'à un moment donné, son cerveau pourrait élaborer d'autres relais autour de la région endommagée et qu'alors des activités comme la lecture et l'écriture deviendraient beaucoup plus aisées pour elle. En attendant, Lori se débrouillait du mieux qu'elle pouvait.

N'empêche qu'il n'y en avait pas d'autres comme elle. Si son cerveau ne fonctionnait pas toujours parfaitement, son coeur, lui, ne faisait jamais défaut. Lori était pleine d'une foi innée en la bonté des gens. Malgré ses expériences malheureuses, le mal n'existait pas pour elle. Elle nous considérait tous, autant que nous étions, bons ou mauvais, avec une sorte d'acceptation amusée. Elle s'occupait des autres, elle avait à coeur le bien-être du monde entier. C'était ce trait que je trouvais chez elle à la fois le plus touchant et le plus embêtant. Car rien n'échappait à sa vigilance elle se préoccupait de vos sentiments, de vos pensées, de vos rêves même. Elle s'impliquait tant, dans un monde si dur pour les êtres vulnérables, que souvent j'étais saisie d'effroi pour elle. Lori n'en restait pas moins intrépide. A sept ans son amour était à l'état brut, pas encore paré de grâces sociales mais, indéniablement, elle se souciait des autres.

Boo devint donc un grand sujet de préoccupation pour Lori.

— Il parle? me demande-t-elle en aparté après que toutes ses amorces de conversation eurent échoué.

Je secouai la tête.

— Pas tellement. C'est entre autres ce que Boo est venu apprendre ici.

— Ooooh, pauvre Boo! (Elle se leva et tendit la main pour lui caresser le bras.) T'en fais pas, tu vas apprendre. J'ai un peu de difficulté à apprendre moi aussi, je sais ce que c'est. T'as pas à t'en faire. T'es sans doute un gentil garçon quand même.

Un tressaillement parcourut les doigts de Boo. Un minuscule signe de vie passa dans son regard, juste le temps d'un battement de paupière vers Lori, puis il se retourna face au mur.

Je décidai de travailler avec Lori et de laisser Boo où il était. Rien ne pressait après tout.

— Je reste ici, Boo, dis-je.

Il demeura immobile, à fixer le mur. Je rapprochai ma chaise de la table.

Lori ouvrit son manuel en le bousculant.

— Encore la lecture aujourd'hui, je suppose. (Elle se gratta la tête, pensive.) Moi et l'autre maîtresse on n'avance pas beaucoup avec ça. Elle pense que tu devrais m'enseigner mieux.

Je souris et tirai le livre vers moi.

— Elle a dit ça?

— Non, mais je suis sûre qu'elle le pense.

Boo commençait à bouger. Avec circonspection d'abord. Un pas. Deux pas. Des petits pas de geisha. Un autre pas. Je le surveillais du coin de l'oeil tout en me penchant sur l'abécédaire de Lori. Boo marchait comme si sa culotte était empesée. La tête rigide, les bras plaqués le long du corps, les muscles du cou en saillie. De temps à autre ses mains battaient. N'était-il si tendu que pour garder contenance? Mais que cherchait-il si désespérément à contenir?

— Regarde, murmura Lori. (Elle sourit.) Il est en train de se tirer.

Je lui fis un signe de tête affirmatif.

— Il est un peu bizarre, mais ça va quand même, n'est-ce pas, Torey? Moi aussi je fais des choses bizarres, parfois. Les gens sont comme ça, tu sais.

— Oui, je sais. Il faut te concentrer sur ton livre de lecture, maintenant.

Pendant ce temps Boo explorait la classe. C'était une grande salle carrée, avec une rangée de fenêtres qui laissaient entrer la lumière du côté ouest. Le bureau avait été poussé dans un coin et il servait de dépôt à toutes sortes de choses dont je ne savais que faire. Une table de travail était placée sous les fenêtres pour que je puisse bénéficier du maximum de lumière. Quelques pupitres d'écolier étaient adossés contre le mur du fond. A une autre extrémité se trouvaient un vestiaire, un évier, un placard et deux énormes meubles de rangement. Des étagères basses séparaient le coin lecture de celui des animaux: Sam, le bernard-l'ermite, deux verdiers dans une grande cage maison, et Benny, le boa constrictor, qui faisait l'école depuis aussi longtemps que moi.

Boo avança centimètre par centimètre dans la classe jusqu'à ce qu'il parvînt dans le coin des animaux. Il s'arrêta devant les oiseaux. Il ne fit rien d'abord. Puis, très lentement, il leva une main vers la cage. Ses doigts se mirent à voleter frénétiquement. Et il commença à se balancer d'avant en arrière sur ses talons.

— Rrouuup! fit-il d'une petite voix haut perchée. (Il l'avait fait si doucement d'abord que je crus qu'il s'agissait des verdiers.) Rroouuuup! Rrrrooouuuup!

Il avait maintenant levé les deux mains à la hauteur de la tête et les agitait en direction des oiseaux.

— Ah-ah-ah-ah-ah-ah, commença-t-il encore doucement. Ii-ii-ii-ii. Ah-ii. Hoo-hoo-hoo-hoo-hoo-hoo-hoo. Hii-hii-hii-hii-hii. (Il criait comme un singe en cage.)

Lori leva la tête de son manuel, regarda Boo puis moi avec une moue qui en disait long. Puis, secouant la tête, elle se replongea dans son livre.

Boo avait un drôle de sourire, plein d'une sorte de transparence intérieure. Il se tourna vers nous. La raideur de son corps avait littéralement fondu.

— Hiihiihiihiihiihiihiihii! fit-il gaiement, le regard braqué sur moi.
— Ce sont nos oiseaux, Boo.
— Hiihiihiihiihiihii! Haahaahaahaahaahaa! Ah-ah-ah-ah!

En proie à une grande excitation, Boo sautillait devant la cage. Ses mains voltigeaient gaiement. Il se retournait à tout moment pour nous regarder, Lori et moi. Je lui souriais.

Brusquement, Boo se lança dans une course autour de la classe. Un rire aigu perça le silence. Ses bras battaient l'air comme ceux d'un enfant qui joue à faire l'avion, mais il y avait une sorte de coordination gracieuse dans le mouvement qui ne le faisait ressembler à aucun jeu.

— Torey? (Lori avait bondi de sa chaise.) Regarde! Il se déshabille!

En effet, Boo était en train de se déshabiller en courant. Souliers, chaussettes, chemise: ses vêtements tombaient un à un. Il avait l'air d'un professionnel du strip-tease. Son pantalon de velours côtelé vert s'ouvrit et tomba à terre; sa course en fut à peine ralentie. Il s'élançait d'un bout à l'autre de la classe, riant frénétiquement et semant ses vêtements derrière lui. Lori l'observait avec une fascination mêlée d'horreur. A un moment donné, elle mit ses mains devant ses yeux, mais je la vis regarder quand même entre ses doigts. Un sourire niais était figé sur sa figure, devant le spectacle peu ordinaire que donnait Boo.

Je ne voulais pas courir après lui. Quel que fût l'accès de folie qui l'avait pris, il était hors de question que j'entre dans le jeu. Mon sujet de préoccupation c'était la porte. En quelques minutes Boo s'était mis complètement nu, il gambadait maintenant comme un nudiste lâché dans la nature. Je n'avais guère aimé courir à ses trousses la première fois, quand il était vêtu de pied en cap, alors j'avais peine à imaginer ce que ce serait maintenant. Cette école primaire d'un quartier bourgeois était bien tenue et calme, jusqu'à l'ennui: on n'y voyait pas traîner de petits voyous. Dan Marshall, le directeur, un homme distingué, se trouverait mal si jamais il apercevait un gamin tout nu dans les corridors de son école. Et moi, je ne tenais pas du tout à être mêlée à un tel scandale.

Boo riait aux éclats et continuait de courir tout autour de la classe. Entre-temps, j'étais allée me poster devant la porte. J'aurais tant souhaité voir un loquet sur cette porte. C'était l'une de ces petites choses dont toutes mes classes avaient été munies. Les serrures ne sont ni bonnes ni mauvaises. Mais il y a des moments où elles sont fort utiles. Il aurait été si simple de verrouiller la porte et de retourner à mon travail, mais Boo me forçait maintenant à jouer les garde-chiourmes et donc à entrer dans son jeu. Ça prolongeait son plaisir.

Durant une quinzaine de minutes Boo fut au comble du délire. Il s'arrêtait de temps à autre, à peu de distance de moi, et me faisait face, son petit corps nu plein de défi. J'essayais de comprendre ce je ne sais quoi d'indéfinissable qu'exprimaient ses yeux verts.

Puis au cours d'une de ses pauses, il leva la main et se mit à faire tourner les doigts devant ses yeux. Une ombre descendit; quelque chose s'éteignit. A la manière de la membrane transparente qui ferme l'oeil d'un reptile, quelque chose fut tiré en lui. Son petit corps se raidit, ses bras plaqués contre lui dans un geste de protection. Toute étincelle de vie avait disparu dans ses yeux.

Boo resta ainsi, figé sur place comme un mannequin en carton. Puis après un claquement sauvage des bras, il traversa la pièce à petits pas contraints et alla se réfugier sous une carpette dans le coin lecture. En se tortillant il réussit à s'y enfouir presque entièrement, jusqu'à ce qu'on ne vît plus qu'un tapis bosselé et deux petits pieds nus qui dépassaient.

Lori m'adressa un regard désespéré quand je revins à la table de travail.

— Ca va prendre beaucoup de temps pour l'apprivoiser, Tor. Il est plus que bizarre, il est drôlement piqué.

— Il a ses problèmes.

— Ouais. Il s'est pas mis tout nu pour rien.

— Bon, laissons cela pour le moment. On s'en occupera plus tard.

— C'est pas bien, Torey. Je pense pas qu'on puisse se mettre nu à l'école. Mon père, je pense qu'il m'a dit ça une fois.

— Il y a des choses qui sont différentes parfois, Lor.

— C'est pas bien, je le sais. On pouvait voir sa chose. Les filles ne doivent pas regarder ça. C'est vicieux. Mais je n'ai pas pu m'empêcher, est-ce que j'aurais dû? Mon père va me taper s'il apprend que j'ai vu ça.

Je souris.

— Tu veux dire son pénis?

Lori fit signe que oui. Elle devait se mordre les lèvres pour s'empêcher de sourire aussi.

— J'ai comme l'impression que tu n'es pas trop choquée, après tout.

— Ben, c'était assez interessant.

Nous arrivâmes bientôt à la fin de notre première journée, Boo et moi. Boo passa l'heure et demie qui suivit seul sous sa carpette. Vers 15h15, j'allai le tirer de là pour l'habiller. Boo restait étendu, parfaitement inerte, les membres un peu raides mais docile tout de même, et la tête renversée de sorte qu'il regardait au-dessus de lui. En lui remettant tous les vêtements qu'il avait si prestement enlevés, je lui parlais de la classe, des oiseaux, du serpent et du bernard-l'ermite, de ce que lui et moi ferions ensemble, des autres enfants qu'il rencontrerait, de Tim, de Brad, de Lori. De tout ce qui me passait par la tête. J'observais ses yeux. Rien. Rien n'y passait. Un corps sans âme.

Il se mettait à parler quand je parlais et il cessait quand je cessais. Il regardait toujours fixement au-dessus de lui, même si son regard n'était fixé sur rien.

— Que dis-tu, Boo?
Pas de réponse.
— Voulais-tu parler de quelque chose en particulier?
Toujours le même regard vide.
— Le maximum aujourd'hui sera de soixante-cinq* , le minimum la nuit prochaine autour de quarante-cinq. Dans les vallées en montagne, il y a risque de gel. La température maximale enregistrée à l'aéroport hier était de cinquante-six. Et à Falls city, soixante et un.
— Boo? Boo?

Je touchai doucement son visage. Les molles boucles noires de ses cheveux se répandaient sur la carpette où il était étendu. Cette beauté de livre d'images enveloppait ses traits d'une sorte d'aura. Ses doigts frétillaient sur le tapis. Je le touchai, je boutonnai sa chemise, en progressant lentement mais sûrement vers le haut de sa poitrine. J'avais l'impression d'habiller une poupée. Pendant ce temps, il continuait de parler, répétant le bulletin météo du matin, mot pour mot. «Echolalie à retardement»: c'était là le nom savant qu'on donnait à cette manie. Mais quelle importance, après tout!

* La température est donnée en degrés Fahrenheit.

— Possibilités de précipitations dans la région de Greenwood, vingt pour cent aujourd'hui, dix pour cent la nuit prochaine et cinquante pour cent demain matin. Il semble que nous aurons une belle journée d'automne ici dans Midland Empire. Et maintenant nous passons au bulletin sportif avec Ron Neilsen. Restez à l'écoute. Ne quittez pas.

Sois sans crainte, Boo, je ne quitterai pas.

3

Nous servions cette année-là de classe pilote pour un nouveau programme de lecture destiné au niveau primaire. Pour moi le programme n'était pas nouveau, car l'école où j'enseignais auparavant l'avait déjà expérimenté. Il me fallait donc traverser ce désastre une seconde fois.

Les manuels conçus en fonction de ce programme étaient d'une qualité esthétique supérieure. Les éditeurs avaient fait appel à un artiste manifestement doué pour faire la conception graphique et les illustrations des abécédaires. En outre, plusieurs récits étaient d'une qualité littéraire indéniable, et fort amusants.

A condition de pouvoir les lire, bien entendu. C'était là le hic.

En réalité, il s'agissait d'une série de livres conçus pour les adultes, pour les adultes qui les achetaient, pour les adultes qui devaient les lire, pour les adultes qui avaient oublié ce que c'était d'avoir six ans et de ne pas savoir lire. La série avait été lancée en réponse à certains grincheux qui, du haut de leurs quarante ans, trouvaient insignifiant le vocabulaire «dirigé» d'un manuel de lecture élémentaire. Ils avaient réclamé davantage et l'avaient obtenu. En tant que livres d'enfants pour adultes, les nouveaux volumes étaient sans égal. De fait, la première fois que j'étais tombée sur eux, je les avais apportés chez moi un par un, en cachette, parce que je tenais à les lire tous. Bien sûr, j'avais vingt-six ans. Et c'est nous les enseignants qui achetions les livres, pas les enfants; et là nous les avions achetés pour nous.

Pour les gamins c'était une autre histoire. Pour les miens du moins. J'avais toujours enseigné à des élèves débutants ou inadaptés. Or, pour ces deux groupes, le nouveau programme conduisait à l'échec absolu.

Le problème était que, pour plaire aux adultes, on avait, du premier manuel de la série au dernicr, omis les petits mots usuels, les phrases courtes et le vocabulaire «dirigé». Le texte était accompagné d'images qui, bien que très belles, servaient rarement à l'illustrer. La première phrase du tout premier manuel, destiné à des enfants de six ans qui ne savaient pas lire, était composée de huit mots, dont l'un avait trois syllabes. Pour quelques élèves ça pouvait aller. Ils assimilaient cette première phrase et toutes les autres à la suite. Mais pour la majorité des écoliers, les miens compris, il en allait tout autrement. A tel point que, durant les trois années d'utilisation de cette nouvelle série, je savais par coeur les trois premiers manuels à force de les répéter, aucun de mes élèves n'ayant jamais réussi à aller plus loin. Alors que, normalement, ces trois premiers livres devaient être maîtrisés, la première année, avant Noël.

Je n'étais pas la seule à avoir des problèmes. Dès la première année de l'expérience pilote, le bruit s'était répandu en salle des professeurs: aucun des enseignants de première ou de seconde du primaire n'avait eu de succès. Selon l'usage, les éditeurs de la série de manuels avaient envoyé un tableau indiquant l'endroit approximatif où l'enseignant et sa classe devaient être arrivés à un tel moment de l'année scolaire.

Nous évaluions tous la progression de la classe en lecture sur ce tableau, pour que nos élèves soient fin prêts à passer au niveau supérieur à la fin de l'année scolaire. Le tableau était accroché au mur en salle des professeurs cette année-là et nous étions cinq - deux enseignants de premières année, deux de seconde et moi avec mes élèves en rééducation - à gémir en nous voyant nous éloigner de plus en plus de l'objectif que l'éditeur nous avait assigné. Aucun de nous n'arriverait à couvrir le programme dans les délais prévus.

Après quelques mois d'efforts nous finîmes par être si furieux contre ces manuels impossibles que nous exigeâmes des explications du district. Un représentant du service des ventes de la maison d'édition nous fut dépêché pour répondre à nos questions. Quand je mentionnai le fait que moins de la moitié des élèves en étaient arrivés à l'étape prévue sur le tableau, je pensais m'entendre répondre que nous n'étions, mes collègues et moi-même, pas de bons enseignants, un point c'est tout. Mais non. Le représentant fut ravi. Sourire aux lèvres, il nous rassura: nous faisions du bon, du très bon travail. En réalité, expliqua-t-il, on prévoyait que seulement quinze pour cent des élèves réussiraient à faire tout le programme initial durant la première année.

Je restai bouche bée, indignée. On préconisait un programme qui, de par sa conception même, vouait les enfants à l'échec. Tous, sauf ceux qui étaient vraiment brillants, étaient destinés à être étiquetés «lents dans les apprentissages». Bien des enseignants, qui n'avaient pas entendu cet homme, allaient s'imaginer que le tableau était correct et pousser leurs élèves à venir à bout du programme, croyant à tort que tout le matériel pédagogique prévu pour la première année devait absolument être exploité cette même année. Pis encore, à mesure que les années passeraient, des écoliers parfaitement normaux, apprenant et se développant à un rythme normal prendraient de plus en plus de retard par rapport aux prévisions du programme, et, en cinquième ou en sixième année, pourraient être considérés comme des élèves attardés parce qu'ils liraient encore des manuels de quatrième année, alors qu'ils seraient en réalité au stade où l'éditeur s'attendait à les voir. Mais, bien sûr, il ne serait plus possible d'extirper, chez ces enfants, l'idée qu'ils sont stupides. Pour la maison d'édition, tout cela n'était qu'une affaire de statistiques. Quant aux élèves, ce sentiment d'échec les suivrait tout leur vie. C'était cher payer l'esthétique d'un manuel!

Lori fut bien malgré elle l'une des victimes de ces nouveaux manuels de lecture. Elève handicapée, pour qui le langage symbolique serait toujours un obstacle, Lori s'était retrouvée, par-dessus le marché, forcée d'apprendre dans des bouquins impossibles avec une institutrice qui détestait à la fois ces manuels et les élèves en difficulté.

Edna Thorsen était une vieille institutrice, qui avait une longue expérience derrière elle. De fait, elle devait prendre sa retraite l'année suivante, car elle enseignait déjà avant que je naisse. Dans plusieurs matières Edna était une enseignante hors pair. Malheureusement les élèves «spéciaux» n'étaient pas son fort. Elle croyait fermement qu'aucun enfant handicapé ou en dehors de la norme ne devait être admis dans les classes normales, sauf peut-être ceux qui étaient doués, et encore. Non seulement ces gamins faisaient peser, à son avis, un fardeau injuste sur le dos de l'enseignant, mais encore ils portaient préjudice au reste de la classe à cause du temps supplémentaire qu'ils exigeaient de l'instituteur. D'autre part, Edna pensait qu'à six ans on est trop jeune pour être confronté à l'âpreté de la vie que représentent les enfants handicapés. On aurait toujours le temps, plus tard, de connaître ces choses qui s'appellent cécité, infirmité et maladie mentale.

Edna restait fidèle à quelques-unes des méthodes d'enseignement les plus traditionnelles. Ses élèves s'asseyaient en rangées, se levaient pour lui adresser la parole, se déplaçaient en rangs et ne parlaient pas sans qu'on le leur demande. En outre, ils suivaient le programme de lecture conformément au tableau suggéré par l'éditeur. Si, par exemple, au cours de la deuxième semaine de novembre, les élèves devaient, selon le tableau, en être à la page 14 du deuxième fascicule, eh bien, les trois petits groupes de lecture d'Edna étaient tous, à quelques pages près, arrivés à la page 14 du deuxième fasicule, la deuxième semaine de novembre. Elle ne pouvait absolument pas concevoir que l'objectif du programme concernât seulement, en réalité, quinze pour cent des écoliers. Son devoir, disait-elle, était de veiller à ce que les vingt-sept élèves de sa classe, sans exception, aient maîtrisé les trois manuels préliminaires, le manuel principal et le premier livre de lecture courante avant le dernier jour d'école, en juin, et soient fin prêts pour passer à un autre niveau. Que ses élèves puissent ne pas tous arriver à lire ces manuels était impensable. Sa tâche était de les leur présenter, et elle le faisait. Celle des écoliers était de les apprendre. S'ils ne le faisaient pas, c'était leur faute, pas la sienne.

Lori, elle, ne faisait pas des merveilles. L'évolution tant espérée de son cerveau se faisait attendre. Aussi, outre son inaptitude à saisir les symboles écrits, continuait-elle à manifester d'autres comportements propres aux enfants dont le cerveau est atteint, telles l'hyperactivité et une capacité d'attention moindre. Même si Lori n'était pas sur ma liste à la rentrée scolaire, elle fit son apparition à la porte de ma classe durant la première semaine, avec Edna derrière elle. C'était, selon les termes d'Edna, une «traînarde». Elle était si bouchée, me raconta la vieille institutrice, qu'on n'aurait pu lui faire entrer les lettres dans la tête même à coups de marteau.

C'est ainsi que Lori et moi entreprîmes chaque après-midi, durant une demi-heure, d'arriver à bout des lettres de l'alphabet. Je dois admettre que nous ne faisions pas des progrès éblouissants. Après les trois premières semaines, Lori ne pouvait même pas reconnaître les lettres de son prénom. Elle écrivait cependant L-O-R-I toute seule; c'était toujours ça d'acquis. Si on peut dire, car ça venait lentement, laborieusement, avec une méticulosité infinie. Parfois elle intervertissait le O et le R, d'autres fois elle écrivait des lettres à l'envers, ou bien elle commençait à droite et traçait les lettres vers la gauche, en marche arrière. La plupart du temps, néanmoins, elle y arrivait à peu près. J'avais relégué aux oubliettes le premier fascicule de la série des abécédaires parce que, après deux ans de maternelle, Lori l'avait parcouru trois fois et n'avait pas encore réussi à le maîtriser. J'avais préféré commençer par les lettres de son nom, les jugeant très à-propos pour apprendre.

C'était surtout le langage symbolique qui donnait du fil à retordre à Lori: les lettres, les chiffres, tout signe écrit autre qu'une image concrète. Elle avait depuis longtemps mémorisé toutes les lettres de l'alphabet, oralement, et elle connaissait leurs sons. Mais elle n'arrivait pas à les faire correspondre avec la chose imprimée.

C'était frustrant de lui enseigner. Edna avait raison là-dessus. Après trois semaines, j'avais déjà épuisé toutes les ressources que mes années d'expérience d'enseignement de la lecture m'avaient inspirées. J'avais essayé tout ce qui était en mon pouvoir pour montrer à Lori les quelques lettres de son nom. Des trucs auxquels je croyais, d'autres qui me laissaient sceptique et d'autres encore que je trouvais parfaitement absurdes. A ce stade-là, je ne pouvais me permettre de faire la difficile sur les théories pédagogiques. Tout ce que je voulais, c'était qu'elle apprenne.

Nous commençâmes avec une seule lettre, le L. Je fabriquai des cartes alphabétiques pour l'exercer, lui en fis découper des exemplaires sur du papier de verre pour lui donner la sensation tactile de la lettre, la lui fis tracer je ne sais combien de fois dans une cuvette de sel pour lui en faire percevoir la forme, la dessinai sur sa paume, son bras, son dos. Nous avons tracé ensemble un gigantesque L sur le plancher, collé par-dessus des tas de petits L en papier, sauté autour, marché et rampé dessus, toujours en criant L-L-L-L-L-L-L-L! jusqu'à ce que le corridor résonnât de l'écho de nos voix. Puis ce fut le tour du O, et nous passâmes par les mêmes étapes. Trois longues semaines et nous n'en étions encore qu'à L et à O.

La plupart de nos journées se passaient ainsi:

— Bon, Lori, quelle lettre est-ce? (Je lui montre une carte avec un O dessus.)

— M! s'écrie-t-elle gaiement, comme si elle était sûre de sa réponse.

— Regarde bien la forme. Le rond. Quelle lettre est toute ronde, Lor? (Du doigt je suis le tracé de la lettre sur la carte.)

— Ah, je m'en souviens maintenant: Q.

— Oh là là! Rappelle-toi, nous travaillons seulement avec le L et le O, Lor.

— Ah, oui! (Elle se frappe le front du plat de la main.) Idiote que je suis, j'ai oublié. Bon, qu'est-ce que c'est? Hummmm. Un six, peut-être? Non, non..., je me suis trompée. Montre-le encore. Euh...euh... un A?

Je me penche vers elle.

— Regarde bien. Tu vois la forme ronde. Quelle lettre est ronde comme la bouche quand on la prononce? Regarde. (J'arrondis la bouche en forme de O.)

— Sept?

— Sept est un nombre. Je ne cherche pas un nombre. Je cherche soit un O (et ici je fais un rond ostensible avec ma bouche), soit un L. Quelle lettre arrondit la bouche comme ça? (Je fais saillir mes lèvres.) Et c'est à peu près la seule lettre qu'on peut dire la bouche arrondie. Quelle lettre est-ce?

Lori avance la bouche comme moi et nous nous penchons l'une vers l'autre si près que nous ressemblons à des amoureux s'efforçant de joindre leurs lèvres au-dessus de la table. Ses lèvres forment un O parfait et elle gargouille: «Lllllllll».

Je laisse échapper «Ohhhhhhh» dans un soupir, la bouche toujours arrondie comme un poisson.

— O! clame finalement Lori. C'est un O!

— Eh oui! C'est ça, ma puce. Tu l'as trouvé.

Alors je prends la carte suivante, un autre O mais écrit avec un feutre rouge plutôt que bleu comme le précédent.

— Quelle lettre c'est, mon chou?

— Huit?

Ainsi se déroulaient les leçons, l'une après l'autre. Lori n'était pas idiote. Son QI se situait plutôt dans la moyenne supérieure. Et cependant elle n'arrivait pas à déchiffrer ces lettres. Elle ne devait pas les voir comme nous. Mais, malgré tout, sa bonne humeur et son entrain irrépressibles nous stimulaient. Jamais je ne l'ai vue abandonner une seule fois. Elle avait beau être fatiguée ou frustrée jamais elle ne se résignait à penser que le L et le O lui resteraient inaccessibles.

Le lendemain de l'apparition de Boo dans notre classe, Lori arriva la tête basse et la larme à l'oeil. Sans me saluer, elle traversa la classe en traînant les pieds et jeta avec lassitude son manuel sur la table de travail.

— Qu'est-ce qui ne va pas, mon chou? dis-je.

Haussant les épaules, elle tira brusquement une chaise et s'y laissa tomber. La tête entre les mains, elle commença par demander:

— On peut parler un peu avant de commencer?

Puis elle secoua la tête et d'un revers de manche essuya furtivement une larme. Ses cheveux acajou étaient partagés en deux longues tresses dans le dos, avec des rubans écossais noués au bout avec désinvolture. Elle rentrait ses frêles épaules, comme pour se protéger, et prenait de grandes respirations pour garder contenance. Drôle de gamine. Malgré tout son entrain, toute son exubérance, malgré toute sa clairvoyance pour les sentiments d'autrui, elle était elle-même assez secrète. Je ne la connaissais pas vraiment, même si elle me laissait croire le contraire.

Nous restâmes un instant silencieuses. Puis je me levai pour jeter un coup d'oeil sur Boo. Il était toujours dans le coin des animaux, à observer le serpent. Il se balançait d'avant en arrière sur les talons, regardant Benny qui le regardait. Benny était lové sur sa branche, tête pendante sous la chaleur de la lampe solaire. C'était une position un peu idiote pour un serpent et si on ne le connaissait pas, on aurait pu le croire mort. Mais les intimes de Benny savaient qu'il avait tout simplement besoin de se gratter le dos. Boo, donc, le fixait en se balançant et Benny lui renvoyait son regard. Je revins vers Lori et restai derrière elle. Je posai les mains sur ses épaules et les massai délicatement.

— Dure journée?

Elle fit oui de la tête.

Je me rassis. Boo regardait dans notre direction. Lori l'intéressait. Il l'observait avec de grands yeux inquisiteurs.

— J'ai pas eu droit à la récréation, grommela Lori.

— Pourquoi?

— J'ai pas réussi mes exercices. (Son doigt suivait le contour d'une illustration sur la couverture de l'abécédaire.)

— Tes exercices? mais tu les fais ici avec moi, d'habitude, Lor. Quand on a le temps, après la lecture.

— Mrs. Thorsen a tout changé. Chacun doit maintenant faire ses exercices avant la récréation. Et si on les fait vite, on est en récréation plus tôt. C'est valable pour tout le monde, sauf pour moi. (Elle releva la tête.) Car moi, je dois les faire vite *et* bien.

Des larmes réapparurent et restèrent en suspens au bord de ses yeux.

— J'ai essayé, j'ai fait ce que j'ai pu mais c'était pas bon. J'ai dû rester travailler, pendant toute la récréation, sans mettre le nez dehors. C'était mon tour d'être capitaine au ballon. Je devais choisir Mary Ann Marks pour faire partie de mon équipe et on aurait gagné parce que c'est elle qui, au ballon, a le meilleur tir de toute la classe, et même de toute la première année. Elle m'avait dit que si je la choisissais je pourrais aller chez elle, après l'école, jouer avec ses poupées Barbie, et nous serions devenues amies. Mais j'ai même pas pu sortir. C'est Jerry Munsen qui a été capitaine à ma place et Mary Ann Marks amènera chez elle Becky Smith, et ce sera elle son amie. J'ai pas eu de veine, ah non! (Elle essuya une larme furtive.) C'est pas juste. C'était mon tour d'être capitaine, et j'ai pas pu sortir. Personne d'autre que moi n'a été obligé de faire ses exercices sans faute du premier coup. Seulement moi. C'est pas juste!

A la fin de la journée j'allai voir Edna Thorsen. En général nous nous entendions bien. Si je n'étais pas d'accord avec certaines de ses méthodes et théories, elle avait, par contre, beaucoup plus d'expérience que moi et avait vu passer infiniment plus d'écoliers, ce qui forçait mon respect.

— J'ai suivi votre conseil, me dit-elle alors que nous entrions dans la salle des professeurs.

— Mon conseil?

— Oui. Vous rappelez-vous que je me plaignais de ne jamais parvenir à obtenir de mes élèves qu'ils finissent leurs exercices à temps?

Je hochai la tête.

— Alors vous avez suggéré que je trouve une sorte de récompense pour ceux qui finiraient, n'est-ce pas? (Elle souriait.) Eh bien, c'est ce que j'ai fait avec la lecture. J'ai dit aux élèves qu'ils pourraient aller en récréation aussitôt qu'ils auraient fini leurs exercices. Et voilà comment vous avez appris à la vieille un nouveau truc. Ils ont fait leur travail en quinze minutes, pas plus.

— Avez-vous vérifié ces travaux tout de suite? demandai-je. Avant que les élèves sortent?

Elle fit un geste large de la main.

— Non. Ils travaillent bien.

— Et Lori Sjokheim, alors?

Edna écarquilla les yeux.

— Dans son cas, je dois vérifier. Vous savez, cette Lori ne cherche pas le moins du monde à faire son travail comme il faut. Les premiers jours je l'ai laissée aller avec les autres, mais quand j'ai vu ses exercices mes cheveux se sont dressés sur ma tête. Pas une seule bonne réponse, tout était faux d'un bout à l'autre. Elle profite de toutes les situations, vous savez.

Je détournai les yeux vers le mur, la cafetière, n'importe quoi. Je plaignais cette pauvre Lori qui ne pouvait ni lire ni écrire et qui avait des mauvaises réponses partout.

— Mais n'est-elle pas censée faire ses exercices avec moi? demandai-je.

— Oh, Torey. (Edna semblait armée d'une grande patience.) C'est une chose qu'il vous reste encore à apprendre. On ne peut se permettre de chouchouter les élèves qui ne coopèrent pas, particulièrement en première année - c'est là qu'il faut leur montrer qui commande. Lori a besoin de discipline. Elle est intelligente, allez. Il ne faut pas se laisser abuser sur ce point. Et la seule façon d'éduquer des gamines comme Lori c'est de leur imposer des limites strictes. Mais je sais que dans notre société moderne, personne n'apprend plus aux enfants qu'il y a des règles à respecter.

Un sourire ironique flottait sur ses lèvres.

— Et avec tout le respect que j'ai pour ce que vous tentez de faire, Torey, je ne m'en sors pas avec elle. Je ne peux consacrer à cette gamine plus d'attention qu'à d'autres. D'ailleurs c'est une perte de temps dans bien des cas. Je suis dans le métier depuis assez longtemps, vous pouvez me croire: on finit par savoir qui réussira et qui échouera. Je ne comprends pas, mais alors pas du tout, pourquoi on gaspille tout ce temps et cet argent pour des traînards qui n'arriveront jamais à rien. Tant d'autres élèves pourraient en profiter davantage.

Je me levai pour aller chercher un Dr. Pepper dans le distributeur. J'aurais dû remettre Edna à sa place, parce que, à mon avis, elle avait complètement tort. J'agissais avec une certaine lâcheté, je l'avoue, en m'en prenant de préférence au distributeur. Je craignais un peu Edna, à vrai dire, sa façon directe de parler, son assurance à toute épreuve. Et puis elle possédait ce que je valorisais le plus chez un éducateur: l'expérience. Tout cela m'ébranlait au point que je doutais même de mes propres certitudes. Voilà pourquoi j'évitai la confrontation.

Malheureusement, la situation ne s'améliora pas. Le lendemain, Lori fut aussi privée de récréation, elle m'apporta encore une fois son cahier d'exercices rempli de fautes. Elle était plus résignée, cette fois. Plus de larmes. Même scénario le surlendemain et le jour suivant. Si nous n'avions pas le temps de reprendre toute la leçon durant la séance et s'il y avait encore des fautes à la fin de la journée, Edna gardait aussi Lori en retenue après la classe. Elle continuait d'attribuer les fautes de Lori à son insouciance. Et le fait que la gamine supportât les mesures disciplinaires de la vieille institutrice en serrant les dents, tout en continuant de faire des fautes, convainquit Edna qu'il s'agissait d'une épreuve de force.

La tension commença à se manifester des deux côtés. Avec moi, Lori n'arrivait plus à se concentrer. Elle devenait de jour en jour plus nerveuse. A peine entrée en classe et assise, elle se relevait. Puis elle s'asseyait, se relevait de nouveau. Lorsqu'elle travaillait elle se renversait en arrière sur son siège, fermait les yeux et secouait ses mains de chaque côté pour décompresser. Edna non plus n'était pas épargnée. Ses migraines avaient réapparu.

Le lundi suivant, la situation empira. A l'heure prévue Lori ne se présenta pas dans ma classe. Assise près des cages d'animaux avec Boo, je lui parlais de Sam et de sa coquille. Mais, en réalité, mes yeux étaient rivés sur l'horloge et mon esprit préoccupé par Lori.

Je savais qu'elle était à l'école car je l'avais vue dans les corridors auparavant. Après quinze minutes, comme elle ne se montrait toujours pas, je pris Boo par la main et partis à sa recherche.

— Je l'ai envoyée chez le directeur, m'informa Edna à la porte de sa classe. Cette petite polissonne l'a mérité, je vous l'assure. Elle a pris son cahier d'exercices et l'a lancé à travers la classe. Elle a presque assommé le pauvre Sandy Latham. Elle aurait pu lui crever un oeil, de la façon dont elle l'a lancé. Et puis quand je lui ai demandé de le ramasser, mademoiselle s'est retournée avec un air de princesse outragée et m'a dit, tenez-vous bien, que ce cahier l'*emmerdait*. Voyez-vous ça? Sept ans seulement et elle vous débite des grossièretés de ce genre. Je dois penser aux autres enfants aussi. Je ne veux pas qu'ils entendent des choses pareilles. Pas dans ma classe. C'est ce que je lui ai dit. Et je l'ai envoyée chez Mr. Marshall. Elle mérite une bonne leçon.

Je me rendis aussitôt chez Mr. Marshall, avec Boo pendu à mes basques car je ne pouvais pas le laisser seul. Je trouvai Lori assise dans le bureau de la secrétaire, en larmes, un mouchoir de papier froissé dans la main. Elle ne leva pas la tête quand j'arrivai avec Boo.

— Lori peut-elle venir en classe avec moi, maintenant? demandai-je à la secrétaire. C'est son heure de rééducation.

La secrétaire leva les yeux de sa machine à écrire, d'abord vers moi puis se haussa par-dessus le comptoir pour regarder Lori.

— Je pense que oui. Elle devait rester là jusqu'à ce qu'elle cesse de pleurnicher. C'est fini, les pleurs? demanda-t-elle à travers la barrière de formica.

Lori fit signe que oui.

— Tu vas te conduire bien maintenant? Tiens-toi tranquille jusqu'à ce soir, hein! continua la secrétaire.

Lori secoua la tête.

— Tu es trop petite pour faire tout ce tintouin.

Lori se leva.

— C'est compris? ajouta la secrétaire.

Lori fit signe que oui de la tête.

La secrétaire se tourna vers moi en haussant les épaules.

— Bon, vous pouvez l'emmener.

Je repris le corridor main dans la main avec mes deux élèves. Je marchais la tête basse, un peu pensive, en regardant ces deux petites mains dans les miennes. Lori avait les ongles rongés jusqu'au sang.

Une fois dans la classe, Boo se dirigea à petits pas vers Benny, et Lori tout droit vers la table de travail, tandis que je fermais la porte et posais le loquet que j'avais acheté au supermarché.

Sur la table de travail, il y avait un abécédaire que j'avais utilisé avec un autre élève un peu avant. Lori s'approcha et regarda le manuel un long moment, d'un air à la fois sérieux et détaché, comme s'il s'agissait d'un objet exposé dans un musée. Alors elle tourna les yeux vers moi, puis vers la porte. Son visage était empreint d'une émotion que je n'arrivais pas à déchiffrer.

Tout à coup, d'un geste violent, Lori poussa le manuel par terre. Puis elle contourna la table et d'un coup de pied le projeta contre le radiateur. Elle alla le ramasser et commença à s'acharner sur les illustrations.

— Je déteste cette école! Je la déteste, je la déteste, je la déteste! criait-elle dans ma direction. Je ne veux pas lire, je ne veux plus jamais lire, je déteste lire! (Les sanglots étouffaient sa voix pendant qu'elle faisait voler les pages de l'abécédaire autour d'elle.)

Lori trépignait et sanglotait, hors d'elle. Elle agrippait le livre rageusement et ses ongles crissaient sur le papier. Tout son corps était parcouru de soubresauts, ivre de fureur. Quand les dernières pages tombèrent déchiquetées sur le plancher, elle lança de toutes ses forces la couverture du livre vers la fenêtre derrière la table. Puis elle tourna les talons et courut à la porte. Ne s'attendant pas à ce qu'elle fût verrouillée, elle sc cogna avec un bruit qui résonna dans la classe. Puis avec un gémissement de défaite elle s'effondra en glissant le long de la porte comme un pantin désarticulé.

Boo et moi étions restés figés sur place. La scène n'avait probablement été qu'une affaire de secondes, car nous n'avions pas eu le temps de réagir. Et maintenant, au milieu du silence lourd qui avait suivi, on n'entendait plus que les mains de Boo qui palpitaient légèrement sur ses cuisses et les sanglots faibles, accablés de Lori.

4

La classe était formée.

A la suite de l'incident dans la classe d'Edna, on me confia Lori tout l'après-midi avec Boo. Les séances avec Tim et Brad, mes deux autres élèves de l'après-midi furent déplacées le matin de sorte que j'avais maintenant Lori et Boo seuls avec moi pendant trois heures d'affilée. Même si j'avais le statut de psychopédagogue et que ces deux enfants étaient considérés comme des élèves en rééducation, il était manifeste pour tous que j'avais désormais ma classe.

Officiellement, on avait imposé à Lori cette séance supplémentaire de rééducation pour «une assitance scolaire plus intensive». Cependant, Dan Marshall, Edna et moi - et probablement Lori aussi - savions très bien que ce changement était intervenu parce que nous avions frôlé un désastre. Dans un autre contexte, Lori aurait peut-être pu fonctionner à plein temps dans une classe normale, mais là, ce n'était plus possible. Lori ne pouvait pas s'adapter aux méthodes conservatrices d'Edna. Pour limiter les risques de tension de part et d'autre, elle passait la matinée dans sa classe où elle suivait encore des leçons de lecture et de calcul ainsi que d'autres matières secondaires et l'après-midi, quand Edna abordait les points difficiles de l'apprentissage de la lecture, Lori venait dans ma classe.

Voilà comment nous nous sommes retrouvés tous les trois.

Boo demeurait un enfant féérique. Comme tant d'autistiques que j'avais connus, il possédait une étrange beauté physique: il semblait trop beau pour appartenir à ce bas monde. Parfois je pensais que lui et d'autres comme lui étaient de ces enfants substitués dont parlent les contes de fées, escamoté par enchantement de son univers de beauté lisse et froide, pour être enfermé dans le mien où il n'arrivait jamais tout à fait à concilier les deux. J'ai toujours remarqué que, lorsqu'on réussit à atteindre un enfant autistique ou schizophrène, il perd un peu de cette beauté en entrant dans les rapports humains ordinaires, comme si on l'avait, d'une certaine façon, souillé. En ce qui concerne Boo, je n'avais pas encore réussi à l'atteindre, et sa beauté le recouvrait comme la surface brillante et immobile d'un rêve.

Nos journées ne variaient guère. Tous les après-midi, la mère de Boo me l'amenait. Elle ouvrait la porte, poussait son fils à l'intérieur, le saluait de la main, me lançait un rapide bonjour et repartait. Pas une seule fois je n'avais réussi à lui faire franchir le seuil pour parler.

Une fois dans la classe, Boo restait planté comme un piquet jusqu'à ce que je l'aide à enlever ses vêtements. Si je l'aidais il revenait à la vie immédiatement. Sinon il restait planté là indéfiniment, le regard fixé droit devant lui, sans bouger. Un jour je l'avais laissé là sans lui enlever son pull, pour voir ce qui arriverait, car je savais depuis la scène de strip-tease qu'il était capable de se déshabiller sous le feu de l'inspiration. Mais ce jour-là il resta sur place sans broncher jusqu'à 14h15, soit près de deux heures. En désespoir de cause, je cédai et lui enlevai son pull.

Boo n'avait qu'un seul centre d'intérêt: les animaux. Benny le fascinait tout particulièrement. Après son arrivée, une fois la glace rompue, il se dirigeait tout droit vers le coin des animaux. Le seul moment où Boo donnait l'impression d'être présent à ce qui se passait autour de lui ou de chercher à communiquer, c'était lorsqu'il se trouvait devant la branche du serpent. Alors il faisait claquer ses doigts devant Benny et roucoulait doucement. Sinon, il passait son temps à secouer, frapper, faire tourner ou renifler les objets. Chaque jour il se déplaçait le long des murs de la classe en humant les odeurs de peinture et de plâtre. Puis il s'étendait de tout son long par terre et reniflait le tapis et le plancher. Chaque fois qu'il avait un objet devant les yeux, il commençait par le flairer ou le goûter parfois, puis il essayait de le faire pivoter. Il ne semblait pas y avoir pour lui d'autres façons d'appréhender son environnement.

Il n'était pas facile de travailler avec Boo. Me renifler l'amusait autant que de flairer les murs. Quand je le tenais sur mes genoux, il promenait son nez le long de mes bras et de mon chemisier, léchait le tissu et suçotait ma peau. Cependant le seul moyen de retenir son attention, même un instant, était de l'attraper et de le tenir sur moi, les bras plaqués sur les côtés, pendant que j'essayais de manipuler du matériel scolaire. Même alors, Boo se balançait d'avant en arrière contre moi. La solution la plus simple que j'avais trouvée était de me balancer avec lui. Et chaque soir après l'école, je devais laver la salive séchée sur mes bras, mon cou et partout où il avait léché.

Boo se déplaçait à travers la classe avec une raideur insolite. Il marchait sur la pointe des pieds comme les mimes que j'avais vus à Central Park. En de rares occasions cependant, à la suite de quelque entretien secret avec Benny ou avec les verdiers, Boo reprenait vie. Il commençait par rire et faire le singe; ses yeux s'allumaient et il me regardait droit dans les yeux - c'était d'ailleurs les seules fois qu'il le faisait. Il se mettait alors à courir à travers la pièce, sa rigidité muée en grâce aérienne. Et il se déshabillait peu à peu, jusqu'à la nudité complète, gambadant et riant comme un bébé sorti du bain. Puis, ce moment de liberté cessait aussi subitement qu'il avait commencé.

A part ses roucoulements et ses cris, Boo ne communiquait pas. Il faisait sans cesse écho à ce qu'on disait. Parfois il répétait intégralement ce que je venais de dire, mais le plus souvent c'était des messages publicitaires, des émissions de radio et de télévision, des bulletins d'information ou de météo et même les querelles de ses parents: toutes choses qu'il avait enregistrées longtemps auparavant. Il pouvait répéter d'étonnantes quantités de choses, mot pour mot, avec l'intonation exacte de la voix originale. Une sorte d'atmosphère irréelle s'installait parmi nous quand nous l'entendions débiter, sur un ton monotone, comme en voix «off», des nouvelles dépassées ou de vieilles scènes de ménage.

Les premiers jours, et même les premières semaines, après l'arrivée de Lori à plein temps, l'après-midi, je réfléchissais à la façon de m'occuper efficacement de ces deux élèves très différents. Je pouvais parfois donner quelque chose à faire à Lori et aller travailler avec Boo, mais l'inverse était impossible. Pour accomplir la moindre chose avec Boo, il fallait sans cesse réorienter sa bouche, ses mains, son corps et son esprit. Un certain enchantement flottait cependant dans l'air. Boo s'intéressait à Lori. Il lui jetait des regards à la dérobée, même quand il se tenait raide comme une momie. A l'occasion, il tournait la tête quand elle mentionnait son nom dans la conversation. Et il émettait de temps en temps des petits roucoulements très, très doux, quand il était assis près de Lori, et donc loin de Benny. La première semaine où Lori se joignit à nous tout l'après-midi, je ressentis une sorte de satisfaction en les regardant. Il y avait sans doute de bien meilleures façons de passer l'après-midi, mais on pouvait être sûr que l'ennui ne serait jamais de la partie. J'étais heureuse que nous formions enfin une classe.

L'arrivée de Lori eut, entre autre effet, celui de me faire rencontrer son père. Nous nous vîmes d'abord lors d'une réunion avec Edna et Dan au sujet du placement de Lori. Mr. Sjokheim me plut immédiatement. C'était un homme gros, plus en largeur qu'en hauteur peut-être, il avait la rondeur de ceux qui font honneur à la bonne chère. Sa voix était profonde, douce, son rire résonnait loin dans le corridor. Et dès cette première réunion, en l'écoutant, je sus aussitôt de qui Lori tenait ce coeur charitable.

Après la première semaine avec Lori, j'invitai Mr. Sjokheim à venir après la classe pour faire connaissance. Il était ingénieur spécialisé dans la recherche, pour le laboratoire d'une compagnie d'aviation et s'occupait des problèmes d'environnement. Il prenait grand plaisir à parler des programmes qu'il avait mis sur pied dans notre région afin de réduire les nuisances.

La tragédie avait cependant marqué la vie personnelle des Sjokheim. Avec sa femme il avait eu une fille unique, plusieurs années auparavant. A l'âge de quatre ans la fillette était passée au travers d'une baie vitrée, en tombant. La vitre lui trancha la gorge et elle perdit presque tout son sang. Une intervention rapide des infirmiers lui sauva la vie, mais le manque d'oxygène avait porté gravement atteinte à son cerveau et elle resta dans le coma. Durant trois ans, elle était demeurée ainsi à l'hôpital, branchée à des appareils qui la maintenaient en vie. Elle avait finalement succombé sans jamais reprendre conscience.

Leurs économies perdues dans ce drame et leur vie dévastée, les Sjokheim avaient déménagé dans une autre ville quelques années plus tard, pour tenter de recommencer à zéro. Peu après, Lori et sa soeur jumelle Libby furent placées chez les Sjokheim. les fillettes avaient quatre ans. Et très tôt, au dire de Mr. Sjokheim, lui et sa femme comprirent qu'ils désiraient adopter les jumelles. Ils savaient bien entendu, de quelles brutalités avaient souffert les petites et que des complications pouvaient en résulter, sur le plan physique et psychique. Mais peu importait. «Après tout, me dit-il en souriant, elles avaient besoin de nous et nous d'elles. Que fallait-il de plus?»

Guère plus, apparemment. Plus rien ne s'opposait à l'adoption des jumelles; peu après le cinquième anniversaire des fillettes le couple fit les démarches nécessaires. Puis soudain Mrs. Sjokheim tomba gravement malade. Le diagnostic tomba: le cancer. Elle mourut alors que Lori et Libby allaient avoir six ans.

Mr. Sjokheim ne douta pas un instant qu'il garderait les petites. S'il y avait besoin réciproque auparavant, c'était encore plus vrai maintenant. Toutefois la procédure se compliqua. Mr. Sjokheim dépassait l'âge courant des parents adoptifs. Les autorisations avaient été obtenues auparavant parce que sa femme était plus jeune que lui et que les jumelles elles-mêmes étaient déjà grandes pour être adoptées et que, justement, elles étaient deux. Maintenant l'administration hésitait. Les jumelles étaient en foyer monoparental et ce parent unique était le père alors qu'elles étaient de sexe féminin. Des complications administratives s'ensuivirent. Enfin, parce que l'adoption de jumelles était généralement difficile et que les Sjokheim étaient presque au bout de la procédure au moment de la mort de Mrs Sjokheim, l'Etat accorda son autorisation à Mr. Sjokheim.

Les dix-huit mois qui venaient de s'écouler n'avaient pas été faciles pour lui. A quarante-cinq ans, il s'était retrouvé avec deux jeunes enfants sur les bras. Les jumelles, quant à elles, perdaient une deuxième mère. Il dut déménager pour se rapprocher de leur baby-sitter et prendre des décisions qu'il n'avait pas prévues. Il renonça à son poste d'ingénieur en chef au laboratoire. Cela lui prenait trop de temps. A présent il habitait une maison plus petite, gagnait un salaire moindre et sa principale occupation était d'élever Lori et Libby. Certains jours, disait-il avec un sourire un peu las, il remettait sérieusement en question la sagesse de son choix d'être père monoparental. Mais la plupart du temps cependant, il se disait qu'il n'aurait pu opter pour une autre vie.

Les problèmes de Lori apparurent rapidement. Avant même que les jumelles n'aillent à l'école, Mrs. Sjokheim avait essayé de leur apprendre à écrire leurs noms. Libby avait appris immédiatement, mais Lori n'avait jamais pu. Sa première année à l'école avait été chaotique. Entre son incapacité à reconnaître ou à transcrire les lettres de l'alphabet et la maladie de plus en plus grave de sa mère adoptive, Lori s'en tirait plutôt mal. Elle était hyperactive et distraite. A la maison, elle souffrait d'énurésie et faisait des cauchemars. D'autre part, vu que cette année-là avait été éprouvante pour Libby et Lori et parce que leur anniversaire tombait en septembre - ce qui faisait qu'elles étaient plus jeunes que la plupart des élèves de leur classe - le personnel de l'école et Mr. Sjokheim avaient décidé de garder les deux fillettes à la maternelle une année de plus. Libby avait profité de ce redoublement. Plus introvertie, moins démonstrative, elle avait mûri. L'année suivante, elle devint une excellente élève, plus sûre d'elle. Lori, elle, n'eut pas cette chance. Sa deuxième année de maternelle fut aussi désastreuse que la première. Vers le milieu de l'année, tout le monde commença à se dire que le manque de maturité et le drame familial ne suffisaient pas à expliquer les problèmes de Lori. Il devait y avoir quelque chose de plus sérieux. Elle faisait certaines choses avec beaucoup de facilité, comme compter tout haut et même additionner oralement, ce que Libby n'arrivait pas à faire. D'autres choses cependant, comme écrire son nom ou identifier les lettres, lui semblaient impossibles. Puis vint le jour fatidique où elle eut une crise d'épilepsie en classe.

Mr. Sjokheim conduisit sa fille chez le médecin. On les adressa à un hôpital universitaire situé à l'autre bout de l'Etat. Lori y fut admise et on lui fit passer un examen neurologique complet. Quand les radios révélèrent la fracture et les lésions cérébrales subséquentes, on entreprit des recherches par le truchement du service de placement pour retrouver les anciens dossiers médicaux. On découvrit ainsi les mauvais traitements que la fillette avait subis, ainsi que l'opération chirurgicale pour enlever les fragments d'os et réduire la fracture du crâne.

Les médecins hésitaient à se prononcer. L'épilepsie, probablement présente sous forme de petites crises depuis des années, était indubitablement le résultat des mauvais traitements que Lori avait subis. Ces petites crises non remarquées pouvaient expliquer à elles seules la plupart des échecs de Lori à l'école. Mais en ce qui concernait ses problèmes avec le langage symbolique, il était difficile de savoir. On comprenait encore trop peu de choses sur le fonctionnement du cerveau, et on pouvait faire beaucoup d'autres hypothèses. Elle était la plus jeune des jumelles, elle était née prématurément; peut-être avait-elle été blessée à la naissance ou souffrait-elle d'une déficience congénitale. Comment savoir? Sauf que cette fêlure, située juste au-dessus des lésions d'un cerveau par ailleurs normal, semblait un témoignage éloquent à l'appui des hypothèses avancées par le chef de l'équipe neurologique qui avait examiné Lori.

Suite à l'hospitalisation et aux tests, on prescrivit à Lori des médicaments anticonvulsifs et on la renvoya chez elle. Les crises furent circonscrites mais à la maternelle la lutte pour l'apprentissage continua. Lorsque Lori quitta la maternelle et passa en première année, elle était capable de bredouiller l'alphabet et de compter jusqu'à mille mais incapable de reconnaître même les lettres de son nom.

Et cependant les médecins avaient laissé entrevoir un petit espoir d'amélioration. Elle était si jeune quand la lésion s'était produite que son cerveau pourrait éventuellement développer de nouveaux circuits en dehors de la zone atteinte. Si tel était le cas, cela se produirait avant l'adolescence.

Mr. Sjokheim fut soulagé que Lor soit retirée de sa classe normale chaque après-midi. Elle exigeait une attention spéciale et il avait vu la tension monter quand la petite n'avait pu répondre aux exigences d'Edna.

Il me parla des gestes et réactions de Lori au cours des dernières semaines. Puis, il fit une pause, se pinçant la racine du nez, et secoua la tête avec lassitude.

— Je me fais tant de souci pour elle, dit-il. Pas vraiment pour la lecture. Je m'imagine que si ça doit se faire, ça se fera, mais... (Il fixait le dessus de la table.) Parfois, je me réveille la nuit et avant de retrouver le sommeil, eh bien, toutes sortes de pensées se bousculent dans ma tête au sujet de Lori. Je pense à toutes ces petites choses qu'elle fait pour se convaincre du peu d'importance de cet échec. Mais moi, je ne peux pas en oublier l'importance. (Il leva les yeux vers moi. Des yeux d'une vague teinte noisette, indéfinissable.) C'est pire pour moi de penser à elle la nuit, quand je suis seul et qu'il n'y a pas de distraction possible. Et savez-vous… ça peut sembler idiot, mais parfois ça me fait pleurer… vraiment, à chaudes larmes.

Je le regardais parler et j'essayais de me mettre dans la peau de Lori. mais ça m'était difficile. J'avais toujours été une bonne élève, qui n'avait jamais eu trop d'efforts à fournir. Je ne pouvais m'imaginer ce que ça devait être d'avoir sept ans et de n'avoir connu que des échecs durant la moitié de son existence; de se lever chaque matin et d'aller passer six heures dans un endroit où malgré tous ses efforts on ne peut réussir vraiment. Et, selon la législation scolaire, Lori avait encore devant elle au moins sept ans de cette torture, soit autant d'années qu'elle en avait vécues jusque-là. Certains assassins étaient condamnés à une peine moins lourde. Tout ce que Lori avait fait, elle, c'était de naître dans la mauvaise famille.

5

Une fois, il y a longtemps, quand j'étais toute petite, j'avais dit à ma mère que lorsque je serais grande je serais sorcière et que j'épouserais un dinosaure. A quatre ans, ce projet paraissait merveilleux. J'adorais jouer à la sorcière dans la cour avec mes amis et je m'intéressais passionnément aux dinosaures. La vie idéale était pour moi celle qui me permettait de faire ce que j'aimais et de vivre avec l'animal qui exerçait sur moi une telle fascination.

Je n'avais pas beaucoup changé à cet égard. Il y avait encore au fond de moi quelque part une petite fille de quatre ans qui cherchait son dinosaure. Et le plus difficile pour moi, à mesure que ma carrière avançait, était de concilier ma vie auprès des enfants avec ma vie privée.

Cette conciliation ne devenait pas plus facile avec le temps, et j'avoue que je ne faisais rien pour arranger les choses. J'aimais beaucoup mon travail. Il me poussait jusqu'aux limites de moi-même. Le temps passé entre les murs de ma classe avait modifié entièrement ma conception de la vie et de la mort, de l'amour et de la haine, de la justice, de la réalité et de la grandeur de l'esprit humain. Il m'avait apporté une compréhension particulière de la vie. Enfin j'y avais trouvé une sorte d'harmonie avec moi-même. J'étais devenue le genre de personne qui rentre à la maison le vendredi soir et attend impatiemment le lundi matin. Mes élèves étaient devenus une obsession, et mon travail à l'école une sorte d'orgasme spirituel.

Il était diffile de rivaliser avec cette passion. J'essayais d'en sortir et d'apprécier les heures plus calmes, moins survoltées, que je passais hors de l'école, mais je savais que ma soif d'absolu, à la fois sur les plans intellectuel et affectif, faisait de moi une compagne compliquée.

Je fréquentais Joc depuis à peu près un an. Le vieil adage voulant que les contraires s'attirent s'était vérifié dans notre cas. Joc était chimiste dans une équipe de recherche médicale. Il ne travaillait qu'avec des objets. Et il aimait les objets: les voitures agréables à conduire, les vieilles carabines, le bon vin et les beaux atours. Il était le seul homme que j'eusse connu qui possédât un smoking. Et peut-être parce que les choses exigent rarement que l'on s'adresse à elles Joc n'était guère bavard. Non pas qu'il fût du genre tranquille, mais il ne gaspillait pas sa salive pour des théories. A quoi bon parler de choses qu'on ne pouvait changer? Pourquoi discuter de questions qui n'avaient pas de réponses?

Le plaisir de Joc était de bien s'habiller pour aller au restaurant, à une surprise-partie, aller danser: sortir, quoi.

Et moi j'étais là, avec mes trois Levi's et mon blouson militaire, dernier vestige du temps des manifs étudiantes. Quand je rentrais du travail, je voulais rester à la maison, préparer un bon petit plat, bavarder. Je réglais ma vie avec des mots et j'en faisais aussi le matériau de mes rêves.

Nous formions un couple invraisemblable. Mais quelles que fussent nos différences, nous arrivions à nous en accommoder. Nous nous affrontions sans cesse mais chaque fois il y avait une réconciliation qui compensait largement. J'aimais Joc. Il était français, ce que je trouvais exotique. Bel homme: grand, avec des traits irréguliers et des cheveux ébouriffés comme ces types qui font de la pub pour les parfums. C'était la première fois que j'avais une liaison avec un homme aussi beau et cela flattait ma vanité, assurément. Mais il y avait des raisons plus sérieuses aussi. Il avait le sens de l'humour. Il était romantique, se rappelant toutes ces petites choses dont j'étais prête à me passer. Mais surtout, il me poussait à sortir du cadre de mon univers professionnel; il me maintenait dans le monde normal des adultes. Il arrivait en général à circonscrire dans des limites raisonnables mon coté Peter Pan. Bref c'était une bonne relation même si elle n'était pas toujours facile.

Quand octobre arriva et que l'été indien étendit ses vagues de chaleur et d'insouciance dans le pays, je me mis à voir Joc plus souvent, même s'il se plaignait de plus en plus de mon travail. Je ne laissais pas mes problèmes à l'école, disait-il, ce qui était passablement vrai. Boo et Lori me préoccupaient, et je voulais partager cette préoccupation. J'aurais voulu que Joc découvre la présence aérienne et féerique de Boo et la tendresse de Lori parce que cela représentait quelque chose de magnifique pour moi. A un niveau plus pratique, je voulais éprouver mes idées auprès de quelqu'un. J'avais besoin d'explorer ces régions du comportement enfantin qui restaient incompréhensibles. Et pour moi, la meilleure façon de réfléchir était de le faire à voix haute.

Toutes ces conversations sur des gens dingues le déprimaient, me disait Joc. Je devais cesser d'y penser le soir. Il ne comprenait pas pourquoi je tenais tant à ramener ces problèmes à la maison. Quand il parlait ainsi, je me taisais, rongeant tristement mon frein. Ce fut à ce moment-là que je sus que Joc ne serait jamais mon dinosaure.

J'avais décidé de préparer le dîner plus tôt ce soir-là, car Joc allait venir. Nous n'avions pas établi de programme précis parce que la veille au soir, lorsque nous en avions discuté, Joc avait envie de voir le dernier film de Coppola alors que moi, j'aurais préféré faire un barbecue. Comme toutes les fois où nous n'arrivions à nous entendre, Joc avait dit qu'il se chargerait de tout.

Quand je revins de l'école, je trouvai une lettre d'une ancienne copine qui s'occupait d'enfants déficients dans un autre Etat. Elle racontait comment ses gamins avaient un jour réussi à faire des glaces en classe. Au lieu d'utiliser la grosse sorbetière, le sel gemme et les glaçons, sans oublier l'opération impossible du brassage, elle s'était servie de boîtes vides de jus de fruits congelés, placées à l'intérieur de boîtes de café. Chaque enfant disposant ainsi de sa propre sorbetière, les glaces furent faites en moins de dix minutes.

A mesure que je lisais la lettre, des idées surgissaient dans ma tête si rapidement que je n'arrivais pas à les mettre en ordre. C'était exactement le genre de chose qu'il me fallait faire avec Boo et Lori. La classe ne suivait pas quand j'essayais d'intégrer mes deux élèves à une quelconque activité scolaire. Mais celle-là ferait vraiment de nous une classe. Lori serait ravie de mettre la main à la pâte, et quelle expérience ce serait pour Boo! Je pourrais même transformer l'exercice en leçon de lecture ou d'arithmétique.

Quand Joc arriva il me trouva la tête plongée dans le congélateur essayant de repérer une seconde boîte de jus d'orange congelé. La première était déjà en train de dégeler sur le comptoir.

— Qu'est-ce que tu fabriques? demanda-t-il en entrant dans la cuisine.

— Ah, Joc, peux-tu me rendre un service? Aller au magasin acheter une autre boîte de jus d'orange? demandai-je, la tête à peine sortie du congélateur.

— Mais il y en a une là.

Je me redressai et fermai le congélateur.

— Il n'y en a que deux et il m'en faut trois. Fais-moi plaisir, veux-tu? Il y a de l'argent sur le buffet. Pendant ce temps, je prépare le dîner.

Joc me regarda et fronça les sourcils d'une façon que je ne savais comment interpréter. Il tapotait le revers de son veston.

— Je pensais qu'on allait sortir. J'ai réservé une table chez Adam's Rib.

Je laissai échapper un long soupir. Quelle décision prendre? Jetant un regard de côté, je vis la lettre de Candy qui s'étalait sur la table de la cuisine. Puis je regardai Joc. Il avait si belle allure dans sa veste de tweed. Je remarquai qu'il tenait à la main un lecteur de cassettes huit pistes, sans doute un nouvel appareil qu'il avait acheté pour la chaîne stéréo de sa voiture et qu'il voulait me montrer.

La lettre de Candy exerçait sur moi un attrait irrésistible. Je savais qu'il n'y avait pas moyen d'expliquer à Joc. Les quelques mètres qui nous séparaient se mesuraient en réalité en années-lumière. Joc ne pouvait pas comprendre.

— Pas ce soir, O.K.? (Ma voix avait une intonation moins résolue que je ne l'aurais voulu.) Je prépare quelque chose à dîner, d'accord?

Il fronça les sourcils encore plus, ce qui lui donna un air indéchiffrable.

Je jetai une nouvelle fois un coup d'oeil sur la lettre.

— Je voulais faire des glaces. Ma copine vient de m'apprendre une nouvelle recette...

— Des glaces, mais on peut en acheter, Torey.

Pause. Silence. Je l'observais.

— Non, Joc. C'est pour... eh, bien, c'est pour demain... Vois-tu, ma copine Candy de l'Etat de New-York, elle s'occupe de gosses comme les miens.

Il passa rapidement la main sur ses yeux comme s'il était très fatigué. Pressant les doigts sur ses paupières, il secoua légèrement la tête avant de laisser retomber sa main.

— Encore?

— Candy m'a raconté comment elle s'y prenait pour faire de la glace avec ses gamins.

Je m'arrêtais après chaque phrase pour juger de sa réaction, sans cesser d'espérer qu'à force de lui expliquer, je lui ferais comprendre pourquoi je ne pouvais pas aller chez Adam's Rib. Un autre soir peut-être, mais pas ce soir-là. Pas ce soir-là, de grâce!

Je le regardais dans les yeux, fixement. Il avait des yeux verts mais pas du tout comme ceux de Boo; non, Jocco avait des yeux kaléidoscopiques. Ses yeux parlaient toujours beaucoup. J'essayai une nouvelle fois.

— Je pensais que nous pourrions essayer de faire des glaces ce soir. Il faut que j'essaie avant de le faire avec les gosses, et je pensais... euuhhh, j'espérais... euuhhh... (Bon sang, il ne disait pas un mot et il me coupait encore la parole. Je me sentais comme une petite fille.) Voilà, je pensais que si ça marchait et... je pourrais essayer à l'école demain, si ça marchait pour nous. (Autre pause.) Mes gosses aimeraient ça.

— Tes gosses aimeraient ça? (Sa voix avait une douceur qui faisait mal.)

— Ca prendrait pas beaucoup de temps.

— Et moi là-dedans?

Je regardai mes mains.

— Dans quoi est-ce que tu m'embarques encore, Torey?

— Allons Joc, nous n'allons pas nous disputer encore.

— C'est pas une dispute, c'est une discussion entre adultes, si tu peux comprendre ça. Je veux seulement savoir ce que ces gosses peuvent bien avoir de plus que les autres. Pourquoi t'arrives pas à t'en dégager? Une fois seulement? Pourquoi n'y a-t-il rien d'autre au monde qui compte pour toi, à part une bande de mômes détraqués?

— Il y a bien d'autres choses qui comptent.

Autre pause.

— Oh non, pas vraiment. Ta personne a beau être ici, ton coeur reste à l'école. Et tu es parfaitement heureuse qu'il en soit ainsi.

Je ne savais pas quoi dire. Ne comprenant pas moi-même vraiment ce que je ressentais à ce sujet, je pouvais encore moins l'expliquer à Joc. Nous restions là, debout, dans la cuisine. Le jour tombait. Jocco ne cessait de faire passer son lecteur de cassettes d'une main dans l'autre. J'entendais le bruit de sa respiration.

A la fin, Joc secoua la tête. Fixant le linoléum, il secoua la tête à nouveau. Lentement. Pesamment. Quel que fût mon sentiment de malaise à ce moment, j'avais une hâte presque douloureuse d'essayer la recette de Candy. Il avait raison. Mon coeur était là et ne serait jamais chez Adam's Rib. Comme tant de fois auparavant, je fis un effort pour lui plaire et pour me satisfaire en même temps.

— Joc?

Son regard revint se poser sur moi.

— Je suis désolée.

— Mets ton blouson et viens.

Je n'ai pas pu essayer la recette de Candy ce soir-là. Après que Jocco m'eût ramenée chez moi, j'allai dans une épicerie ouverte toute la nuit et achetai une autre boîte de jus d'orange. Avec quatre litres de jus réparti dans six bocaux dans mon réfrigérateur, je m'installai à 1h30 du matin pour faire des glaces. Je découvris alors que je n'avais pas de cubes de glace. Cela importait peu après tout. J'étais bien trop fatiguée pour m'en soucier. Et j'allai me coucher.

Le lendemain, armée de la lettre de Candy, d'une demi-douzaine de boîtes et des ingrédients pour la glace à la vanille, je pris le chemin de l'école.

— Qu'est-ce que c'est? demanda Lori quand elle me vit installer tout le matériel en fin d'après-midi.

— Nous allons faire quelque chose d'amusant, répondis-je.

— Quelque chose d'amusant, reprit Boo en écho derrière moi.

— Comme quoi? demanda Lori.

Le scepticisme perçait dans sa voix. Trop de gens avaient essayé de lui passer du travail sous les fausses couleurs du jeu. Lori n'allait pas tomber encore dans ce piège.

— On va faire des glaces.

— Des glaces? Je n'ai jamais vu faire des glaces comme ça.

Elle se tenait tout près, penchée sur mon bras. Je sentais son souffle sur mes poils. Elle ne voulait rien perdre de ce que je faisais. Je brassais le mélange. Quant à Boo, il s'était mis à tournoyer à l'autre bout de la table.

— As-tu déjà vu faire des glaces? demandai-je à Lori.

— Euh... non. Pas exactement. Mais je ne pensais pas que c'était comme ça.

— Boo! Pose ça! (Il s'était mis le grand récipient sur la tête en guise de casque.)

— Hii-hii-hii-hii! Hou-hou-hou-hou-hou-hou!

— Oh non! gémit Lori en se frappant le front avec la main. Il va encore se déshabiller. T'aurais pas dû dire ça, Torey. Maintenant il va tout enlever.

— Lor, retire-lui ce récipient. Il va le casser. Boo, reviens ici. Et je t'en prie, n'enlève pas ta chemise. Boo? Boo!

Nous nous élançames toutes deux après lui, ce qui procura le plus vif plaisir à Boo. Jamais auparavant nous ne l'avions pris en chasse durant l'une de ses crises.

— Hou-hou-hou-houo-hou. HOU-HOU-HOU-HOU-HOU-HOU!

Le récipient finit par tomber par terre et alla s'échouer sans dommage dans un coin; Lori courait après.

Le bol une fois récupéré, je laissai Boo courir à sa guise. Il n'y avait pas de raison de le poursuivre; et ça ne faisait que l'exciter davantage. J'appelai Lori et nous continuâmes à préparer la glace. Ensemble nous lavâmes le récipient, pendant que Boo, lui, se déshabillait complètement. Il frottait son petit ventre rond avec allégresse et sautillait ici et là. Je ne pouvais m'empêcher de penser qu'il ressemblait à un petit singe avec ses grimaces et ses cris. On se serait cru au zoo.

Je disposai des glaçons dans une casserole au-dessus de l'évier, alors que Lori versait le mélange à glace dans le récipient. Boo dansait autour de nous en riant. Près de moi, sur le comptoir, j'avais aligné les trois boîtes de café à l'intérieur desquelles je plaçai les boîtes de jus d'orange. Puis, avec soin, j'étendis des couches de sel et de glace.

— Hé, Tor, j'apporte le mélange à glace, lança Lori.

— Non, Lori, attends, je t'en prie. C'est un peu trop lourd pour toi. Attends. Je vais apporter les boîtes sur la table.

— Non, non, c'est pas trop lourd. Je suis forte, tu sais.

— Lori, attends, je te dis!

Elle n'en faisait qu'à sa tête. Soulevant le grand récipient dans ses deux mains, elle entreprit de faire le tour de la table. J'étais trop loin pour voler au-devant d'elle et empêcher le désastre que je voyais venir. Lori avait à peine contourné la moité de la table que le récipient lui échappa. Cette fois, il ne survécut pas. Il heurta le coin de la table en tombant et des morceaux de verre et de mélange à glace allèrent s'étaler partout, sur les vêtements de Lori, sur la table, et formèrent une immense flaque blanche sur le plancher.

Stupéfaite, Lori resta figée sur place. Et moi aussi. Même Boo s'était arrêté.

— J'ai pas fait exprès, murmura Lori. (Elle était au bord des larmes, ce qui donnait à sa voix un timbre fluet, haut perché.)

Je sortis de ma stupeur. Il m'était difficile de ne pas lui dire que je l'avais avertie. Je pris une respiration profonde.

— Bon, je sais que tu ne l'as pas fait exprès. Ce sont des choses qui arrivent à tout le monde.

— Je n'ai pas fait exprès. Je regrette.

— Ça va, je sais, Lor. Il est regrettable que cela soit arrivé mais c'est fait maintenant, tout ce qui reste à faire maintenant c'est de nettoyer.

— J'ai pas fait exprès.

— Ça va, Lori, j'ai compris. Ne te mets pas martel en tête pour ça. C'est pas si important. Allons, viens.

Elle ne bougeait toujours pas, elle n'osait même pas me regarder. Des larmes roulaient sur ses joues mais elle ne les essuyait pas. Ses yeux restaient fixés sur le récipient cassé. Boo vint près de moi. Son délire était tombé d'un coup, lui aussi. Je m'agenouillai pour ramasser les éclats de verre.

— Je suis désolée. J'ai pas fait exprès, répétait Lor.

Je m'arrêtai pour la regarder.

— Lor?

— J'ai pas fait exprès.

— Qu'est-ce qui va pas, Lor? Lor, regarde-moi.

— J'ai pas fait exprès.

Une vive inquiétude me fit soudain battre le coeur. Je me relevai, un morceau de verre brisé dans la main et examinai Lori attentivement.

— Je sais très bien que tu n'as pas fait exprès, Lori. J'ai compris. Je ne suis pas fâchée. Ça va, c'est fini maintenant. Allons, secoue-toi un peu.

— Je suis désolée, répéta-t-elle. (Sa voix avait l'intonation crispée et aiguë de l'enfant terrorisée. Elle ne me regardait toujours pas. De fait, elle n'avait pas bougé d'un orteil depuis que le récipient était tombé par terre.)

— Lor? Lori? Qu'est-ce qu'il y a? (Elle m'effrayait. Il devenait évident qu'il s'était passé en elle quelque chose de plus que le simple fait de laisser tomber un récipient. Une crise? Cette pensée me traversa l'esprit sur-le-champ, bien que plusieurs de mes élèves aient eu des crises auparavant et que personne n'ait fait cette tête. Je mis ma main sur son épaule.) Est-ce que ça va?

Elle refusait de s'éloigner de la flaque gluante répandue à ses pieds. Et elle ne cessait de répéter à voix basse qu'elle était désolée, qu'elle n'avait pas fait exprès... Ce comportement inhabituel m'effrayait tellement que je me sentais totalement démunie. Finalement, j'allai chercher un seau et des éponges dans l'évier et me mis à nettoyer les dégâts moi-même. Lori ne bougeait pas d'un centimètre. Elle restait paralysée par une force étrange qui m'échappait.

Boo, lui, semblait aussi terrifié que moi. Il gravitait prudemment autour du théâtre des opérations. Son délire avait cessé comme par enchantement, de même que sa raideur habituelle. Il nous observait avec inquiétude.

Cherchant désespérément à relâcher la tension que je sentais monter, j'entonnai la seule chanson que Boo connaissait. Il se joignit à moi de bon gré.

— Was a farmer had a dog and Bingo was his name-o, chantai-je avec un a cappella mal assuré.

— B-I-N-G-O! Criait Boo, les yeux rivés sur Lori. B-I-N-G-O! (Au bout de douze «bingo» en choeur de la sorte, la tension n'était pas tombée.)

Une serviette mouillée à la main, je m'agenouillai devant Lori et entrepris d'éponger le mélange à glace qui avait taché sa robe et ses chaussettes. Ainsi, tout près d'elle, je pouvais entendre sa respiration âpre, lourde de peur. Les larmes qu'elle n'avait pas essuyées séchaient sur ses joues. Elle me regardait maintenant, mais avec une expression vide.

Je m'accroupis. Nous étions très proches l'une de l'autre. Dans cette position, j'étais plus basse qu'elle et elle devait baisser la tête pour me regarder. Pendant un long moment, nous nous regardâmes sans dire un mot. Puis doucement je caressai ses joues et pris son visage dans mes mains.

— Qu'est-ce qui ne va pas, dis? Tu ne veux pas me parler, Lor?

— J'ai pas fait exprès. Je sais que tu m'as dit de pas le faire. (Elle parlait comme dans un rêve.)

— Qu'est-ce qui s'est passé? Dis-moi ce qui s'est passé.

— Je sais que tu m'avais prévenue. J'ai pas fait exprès. C'est pas ma faute. Je regrette.

— Lori?

— Tu vas m'attacher?

Ce n'est pas à moi qu'elle parlait. Je ne sais pas à qui elle croyait s'adresser. Cette soudaine aberration dans son comportement m'effrayait tellement que mes mains tremblaient autour de son visage. Je sentais la douceur et la chaleur de ses joues sur mes doigts ainsi que la crispation de sa mâchoire. J'étais si près d'elle que son souffle chaud m'arrivait au visage. Et pourtant elle continuait à dévisager à travers moi l'autre personne qu'elle croyait voir.

— Tu m'attacheras pas, dis? Je t'en prie, non, pas ça, je t'en prie.

Boo vint se joindre à nous. Il s'approcha très près, en agitant les mains, et en tapotant doucement ses cuisses nues. A tout bout de champ, il avançait la main pour toucher Lori ou pour me toucher mais au moment du contact, il retirait sa main brusquement.

— Lor, Lor, c'est moi, Torey. Regarde, nous sommes ici, à l'école.

Que diable se passait-il dans sa tête? Comme elle ne réagissait toujours pas, je me levai et la pris dans mes bras. A l'autre bout de la salle, il y avait un petit fauteuil à bascule, qui n'était pas tout à fait assez grand pour un adulte. Je m'y assis avec Lori sur mes genoux. D'abord elle resta raide et je dus placer moi-même ses membres dans une meilleure position. Puis, tout à coup, elle se détendit, en se laissant couler dans mes bras. Et je la berçai.

Je ne sais pas ce qui lui avait pris, et je ne le saurai probablement jamais. Une crise bizarre? Un accès psychotique? Une réaction de stress? Je n'en avais pas la moindre idée, et Lori ne me fournit jamais le moindre indice. N'empêche que ce fut là l'un des épisodes les plus terrifiants de ma carrière.

Dans l'ignorance, je me contentai de la bercer et de la tenir serrée dans mes bras. Et berce, berce, dans le petit fauteuil à bascule. Elle était grande pour le fauteuil et pour moi aussi, ses longues jambes touchant presque terre. Boo nous observait. Puis il s'approcha, se mit à se bercer lui aussi sur ses talons, à notre rythme. Mais il me regardait avec une intention précise, et sans décrocher cette fois: Boo était avec nous. Alors il fit quelque chose qu'il n'avait encore jamais fait depuis qu'il était dans ma classe. Il me toucha volontairement. Il mit la main sur ma joue, explora mes lèvres et mon menton en me scrutant avec toute l'attention profonde qu'un scientifique accorde à sa nouvelle découverte. Puis il grimpa dans le fauteuil avec nous.

Et ainsi nous retrouvâmes-nous tous les trois, empilés les uns sur les autres dans le petit fauteuil. Lori se pressait contre ma poitrine. Boo s'était assis sur un bras du fauteuil et avait étendu ses jambes nues en travers de Lori. Il alla chercher mon bras libre et le mit autour de lui. Puis doucement il se pencha en avant, sa tête placée sur celle de Lori, juste sous mon menton. D'une main il tenait son pénis et de l'autre tapotait tendrement la joue de Lori.

— B-I-N-G-O, commença-t-il à chanter avec une voix d'une douceur et d'une clarté angéliques, B-I-N-G-O, and Bingo was his name-o.

J'étais frappée par l'absurdité poignante de la scène, je me demandais ce qu'aurait pensé de nous quelqu'un qui serait passé là par hasard et qui nous aurait vus, serrés ainsi les uns contre les autres, dans ce fauteuil. Boo tout nu, Lori égarée et moi. Et de façon inattendue, cela me fit penser à Joc. J'avais pitié de lui pour ce qu'il ne comprendrait jamais.

6

J'avais besoin des parents. J'en ai toujours eu besoin. Pour me fournir les pièces manquantes. Pour m'apprendre ce qui se passait quand les enfants n'étaient pas avec moi. Et pour me rassurer sur le fait que je n'étais pas seule à me soucier du sort de ces gamins.

Je n'avais pas d'enfant à moi. A cause de cela, je savais que je ne comprenais pas vraiment ce qu'était d'être parent, quelle que fût ma bonne volonté. Avoir quatre enfants six heures par jour revient mathématiquement au même qu'en avoir un pendant vingt-quatre heures. Mais les mathématiques et les sentiments n'appartiennent pas au même univers.

C'est pour cette raison que je voulais m'entretenir avec la mère de Boo. Je voulais lui parler pour connaître la vie de Boo chez lui. J'avais besoin de le savoir pour aider Boo de mon mieux. Et puis, je voulais aussi, tout simplement, qu'elle sache que je m'intéressais à Boo.

Chaque jour elle venait avec Boo mais n'entrait jamais dans la classe. Si j'attendais à l'extérieur elle avait toujours une excuse toute prête pour filer. Et si je l'appelais chez elle, elle n'avait jamais le temps de parler. A la mi-octobre, il ne faisait plus de doute que Mrs. Franklin m'évitait.

Les réunions parents-enseignants avaient lieu durant la dernière semaine d'octobre, tout juste avant l'Halloween. Les élèves étaient en congé les deux derniers jours. Ayant beaucoup d'élèves en rééducation, je devais recevoir un grand nombre de parents. Cela ne me gênait pas de n'avoir que quinze minutes à consacrer au père de Lori, par exemple, puisque j'étais en contact régulier avec lui. Mais avec Mrs. Franklin c'était bien différent. Si je réussissais enfin à la rencontrer, je ne voulais pas l'effrayer en lui laissant seulement quinze minutes pour me raconter les sept ans de la vie de son fils. Aussi la plaçai-je en dernier, le deuxième jour, vers quinze heures.

Elle vint.

Elle était noire, petite, d'apparence délicate, et elle roulait de grands yeux apeurés. Tandis qu'elle prenait place en face de moi à la table de travail, cet après-midi-là, je me demandais qui d'autre avait pu lui parler de son enfant féérique, et ce qu'on lui en avait dit.

— Comment va mon garçon? demanda-t-elle, si doucement que je dus la prier de répéter. Je veux qu'il apprenne à parler comme les autres enfants. Avez-vous pu lui montrer à parler comme il faut?

— Je pense que Boo se débrouille assez bien ici, Mrs. Franklin. (J'essayais d'avoir un ton rassurant.) Nous avons beaucoup à faire, vous et moi, mais je pense qu'on se donne du mal pour y arriver. Je suis heureuse qu'il soit dans ma classe.

— Vous n'avez pas réussi à le faire parler comme il faut encore?

— Je pense que c'est peut-être un peu tôt.

— Vous n'avez pas réussi à le faire parler comme il faut encore?

— Non, dis-je. Pas encore.

Elle baissa la tête et se mit à pianoter sur l'accoudoir. Je craignais qu'elle ne parte.

— Je..., commençai-je.

— Je veux pas qu'on me l'enlève, m'interrompit-elle aussitôt sans cesser de regarder ses mains. Je veux pas qu'ils le mettent dans un asile de fous. Je veux pas qu'ils l'emmènent.

— Vous n'avez rien à craindre, Mrs. Franklin.

— Charles, mon mari, il dit ça parfois. Il dit que si Boothe Birney apprend pas à parler bien comme les autres gosses, ils vont l'enfermer dans une maison de fous quand il sera plus grand et on pourra plus s'occuper de lui. Charles, lui, il connaît ces choses-là. Il dit que Boothe Birney est malade et qu'ils laissent pas les gosses malades avec leurs parents.

— Boo n'est pas malade. Il est différent, tout simplement.

— Charles dit qu'ils vont l'emmener. C'est les docteurs qui vont l'emmener. Ils l'on dit à Charles. Si Boo n'apprend pas à parler comme il faut.

Il n'était pas facile de discuter avec Mrs. Franklin. Elle était si terrifiée.

— C'est pas bien, mam'zelle, ces asiles-là. J'en ai déjà vu. Le frère de ma mère, vous savez, ils l'ont placé un jour dans un asile dans l'Arkansas. Et je l'ai vu. (Elle s'interrompit un moment et je sentis le silence m'oppresser.) Il y avait un gros garçon là-bas, continua-t-elle d'un ton plus bas. Un grand garçon, presque un homme. Avec des boucles dorées. Des grosses boucles comme mon Boothie. Il se tenait debout tout nu dans son pipi. Il pleurait, ce grand garçon. Presque un homme. (Elle leva la main pour essuyer une larme.) Et ce grand garçon-là, il devait avoir une mère quelque part.

Ses craintes étaient si intenses, et si légitimes d'une certaine façon, qu'il m'était difficile de les apaiser. Nous parlâmes longtemps. Elle était arrivée à trois heures et le crépuscule d'octobre tombait déjà. Dehors, le vent soufflait, soulevant les feuilles mortes presque jusqu'au toit. La fraîcheur automnale s'infiltrait dans la classe, allégeant l'atmosphère lourde d'émotion. Le soir qui tombait éteignait graduellement l'éclat des couleurs d'automne dans la cour de l'école. Et nous parlions toujours. Calmement. Je fis dévier la conversation vers un autre sujet parce qu'il était encore trop délicat de dire la vérité. J'appris que son passe-temps préféré était la courtepointe et qu'elle avait obtenu une médaille dans l'Arkansas. J'appris aussi que sa grand-mère lui avait laissé un «Lone Star» confectionné dans une case d'esclave il y a cent cinquante ans. A mon tour, je lui fis part de ma passion pour le lointain pays de Galles, et de la nostalgie que je ressentais pour ce pays qui n'était pas le mien. Enfin la conversation porta sur son fils.

Boo n'avait pas été un enfant prévu ni voulu au départ. Ses parents n'étaient pas mariés. Le fait que Mr. Frankling fût blanc et sa femme noire n'avait pas été accepté par leurs familles dans la petite ville du Sud où ils vivaient. Elle et Charles s'étaient enfuis vers le Nord et s'étaient finalement installés dans notre ville pour tenter de bâtir une vie meilleure ensemble. La famille de Charles avait coupé les ponts avec lui. Quant à Mrs. Franklin, elle n'avait pas vu sa mère depuis le jour où elle l'avait quittée, huit ans auparavant; son père était mort depuis. Cependant, ses frères et soeurs avaient tous plus ou moins renoué avec elle.

Durant ses premiers mois, Boo avait semblé un bébé tout à fait normal aux Franklin, certes d'une tranquilité peu ordinaire, mais le pédiatre leur avait dit qu'il n'y avait pas lieu de s'inquiéter. Boo fut un peu lent à apprendre à s'asseoir et à marcher mais son cas n'avait rien de pathologique. Il n'avait jamais rampé. Durant les premières années, il avait même appris à dire quelques mots: toutou, dada, coucou. Quelques comptines aussi. Mais, jamais il ne dit maman ou papa. Puis vers dix-huit mois, des changements apparurent. Il se mit à pleurer sans arrêt. Personne n'arrivait à le consoler. Il se berçait dans son moïse la nuit et se frappait la tête contre le mur. Les lumières, les reflets, ses propres doigts commencèrent à le fasciner davantage que les gens autour de lui. Il cessa de parler.

Les Franklin ne se rendirent pas compte à quel point les choses s'étaient aggravées avant que Boo ait atteint l'âge de trois ans. Jusque-là, ils amenaient leur fils chez le même pédiatre, qui les rassurait en disant qu'il s'agissait seulement d'une «phase». Boo se développait lentement, mais rattraperait son retard. Puis à trois ans, avant la naissance de sa soeur, Boo fut inscrit dans un jardin d'enfants. Et là, quelqu'un reconnut chez lui les signes caractéristiques de l'autisme.

Les années qui s'écoulèrent entre ce premier diagnostic et l'arrivée de Boo dans ma classe avaient été particulièrement éprouvantes pour le moral et les finances des Franklin, qui avaient cherché le remède miracle. Après avoir vendu leur maisonnette et leurs biens, ils étaient partis avec Boo et leur dernier-né pour la Californie où ils avaient entendu dire qu'il y avait une école spécialisée pour les enfants comme Boo. Après neuf longs mois sans amélioration, l'école abandonna. Ils repartirent alors pour la Pennsylvanie où se trouvait une école pour handicapés mentaux qui faisait revivre aux enfants la vie foetale, la naissance et les premiers temps de la croissance. Ils revinrent de cette nouvelle expérience complètement fauchés. Trois années s'étaient écoulées depuis. Mr. Franklin avait occupé une douzaine d'emplois différents. Et souvent trois à la fois pour pouvoir joindre les deux bouts sans que la famille soit dispersée. Mariage, moral, finances, tout était miné et Boo ne donnait toujours aucun signe d'amélioration. Il les rendait perplexes plus que jamais. Dans chaque école, c'était une nouvelle étiquette apposée à la maladie, une nouvelle méthode, un nouveau diagnostic. Et toujours le même blâme qui revenait. Malgré tous ces efforts, les Franklin n'en savaient guère plus qu'au début sur leur enfant irréel. Epuisés et découragés, ils étaient revenus dans notre ville et avaient inscrit Boo à l'école publique. C'était l'année dernière.

Eprouvé de la sorte, au bord de la ruine, leur mariage qui s'était construit sur des bases branlantes survivait toujours. Ni l'un ni l'autre des Franklin n'étaient très instruits; ni l'un ni l'autre ne savaient comment faire face aux problèmes posés par leur enfant. Quand les choses allaient mal, disait Mrs. Franklin avec lassitude, il était dur de ne pas jeter la pierre à quelqu'un pour cet enfant à problèmes. Surtout quand tout le monde autour d'eux avait le blâme facile. Et pourtant... pourtant, ils l'aimaient, cet enfant. Cela faisait aucun doute.

Ce genre d'histoire me rendait malade. Plus que celles où il était question de mauvais traitements, de négligence et de souffrance. J'abhorrais ces histoires qui n'ont pas de réponses, avec des gens innocents placés dans des circonstances anodines, et où il ne se passe rien de plus que la souffrance quotidienne inhérente à la condition humaine. Tout à coup, un enfant comme Boo survenait. Quand j'entendais de tels récits et cela arrivait trop fréquemment, cela me laissait toujours un sentiment de colère et d'impuissance.

— C'est si dur, disait Mrs. Franklin en fixant le dessus de la table. Ma soeur a un petit garçon qui n'a que huit mois de moins que Boothie. Elle me raconte toujours dans ses lettres ce que fait son Merlin. Il est en deuxième année maintenant, et il a été choisi pour chanter dans la chorale des enfants à l'église. (Elle me regarda.) Moi, tout ce que je veux c'est que Boothie m'appelle maman.

L'Halloween tombait un vendredi. Pendant la période entre les réunions de parents et le congé, Boo, Lori et moi avions confectionné des douzaines de décorations en papier, découpé une citrouille, préparé des boissons chaudes et suspendu des chauves-souris que j'avais achetées au supermarché. Dans notre école, la tradition voulait que les enfants aient classe le matin; l'après-midi, ils revenaient avec leurs déguisements et chaque classe organisait une fête. J'avais discuté de cette fête avec Lori durant le mois d'octobre. Elle voulait se déguiser. Je pensais qu'elle s'amuserait davantage si elle restait dans son autre classe pour la fête qu'avec Boo et moi. Après en avoir parlé avec Edna, nous convînmes que Lori passerait l'après-midi dans sa classe.

Une autre question très importante pour Lori concernait son déguisement. Durant les deux jours qui précédèrent l'Halloween, elle avait caressé et écarté pas moins d'une douzaine d'idées.

— Je pourrais me déguiser en Supergirl. Mon amie Tammy veut être Supergirl. Tu crois que je pourrai, moi aussi? (Elle rougit soudain et un sourire niais apparut sur ses lèvres.) Tu sais quoi?

— Quoi donc? demandai-je

— Je pourrais me déguiser en Wonderwoman. Tu sais pourquoi?

Elle coula un long regard de côté vers Boo pour voir s'il écoutait, puis elle s'approcha de moi pour me chuchoter à l'oreille.

— Tu sais, j'ai des sous-vêtements de Wonderwoman. Regarde. (Elle releva sa robe pour me le montrer.) Tu vois, j'ai une petite culotte. Et là, j'ai un T-shirt de Wonderwoman. Tu vois, c'est du tissu satiné. Touche. Mon père dit que c'est sexy. (Elle ricana.)

— Je ne crois pas que tu puisses venir à l'école en sous-vêtements, même pour l'Halloween, Lor.

— Non, hein? (Elle resta pensive un moment.)

Telles furent nos discussions durant ces deux journées. Finalement, Lori décida de se déguiser en sorcière. Ce n'était pas aussi excitant que de batifoler en sous-vêtements de Wonderwoman, je suppose, mais j'étais si soulagée que cette décision difficile ait enfin été prise que je supportai patiemment la description de toutes les pièces de son costume durant la matinée de l'Halloween.

— Mon père m'a aidé à faire une robe, me dit-elle avant de sortir en récréation. Elle est longue et noire, j'aurai un châle pour mettre par-dessus et une longue chevelure noire. Papa a teint une vadrouille* hier soir. Avec de la teinture Rit, qu'on achète au supermarché. Comme ça j'aurai de longs cheveux noirs et un grand chapeau pointu. Et devine quoi d'autre?

— Quoi? Dis-moi.

— Elle riait malicieusement.

— J'aurai des verrues!

— Non!

— Eh oui! J'ai acheté tout ce qu'il faut au magasin hier soir. C'est un truc pour faire de fausses verrues. Et je l'ai acheté

* Sorte de balai à franges.

avec mes sous à moi. (Elle mit la main sur sa bouche pour contenir un petit rire malicieux.) Et devine quoi d'autre?

— Quoi?

— Ma soeur va être fâchée. Mon costume est plus beau que le sien. Et elle n'a pas de verrues parce qu'elle a dépensé tout son argent en bonbons.

— Oh Lor, elle n'a qu'à bien se tenir, hein?

Pour Boo et moi, le programme de l'après-midi était fixé. Il n'était pas encore propre mais je n'aimais pas qu'il porte des couches; ça rendrait l'apprentissage plus compliqué; et les rares, très rares fois où il avait essayé d'utiliser les toilettes, il avait manqué son coup parce qu'il n'arrivait pas à détacher le ruban adhésif de sa couche-culotte. Récemment, j'avais retrouvé plusieurs flaques par terre. Il était particulièrement difficile de s'attaquer à ce problème avec Lori à côté. Aussi, avais-je prévu une séance pipi seule à seul avec Boo. Ensuite, nous irions ensemble à l'épicerie la plus proche - Boo n'était jamais allé dans une épicerie - pour acheter ce qu'il fallait pour tenter à nouveau la recette de la glace. Tel était le programme.

Vers la fin de l'après-midi, après la récréation, j'étais encore avec Boo dans les toilettes des filles, un exemplaire de *Toilet Training in Less Then a Day** posé sur le lavabo et une bouteille de jus d'orange à portée de la main pour que Boo puisse éliminer; la porte était restée entrouverte pour prévenir toute arrivée inopportune. Je tenais Boo au-dessus de la cuvette des W.C. tout en lui tendant des chips pour lui donner soif.

— Torey! gémit quelqu'un dans le corridor. Torey!

Je sortis des toilettes pour voir ce qui se passait.

Lori, dans son costume de sorcière, arrivait en traînant les pieds.

— Torey, s'écria-t-elle éplorée quand elle me vit.

* *Apprentissage de la propreté en moins d'une journée.*

Les larmes avaient coulé sur son maquillage de sorcière, laissant de grandes traînées noires sur ses joues.

— Qu'est-ce qui ne va pas, ma chérie?

— J'avais peur de pas te trouver. (Elle pressa son visage contre mon jean.)

— Qu'est-ce qu'il y a? Tu devais rester dans la classe de Mrs. Thorsen tout l'après-midi, non? Même après la récréation. Tu l'as oublié?

Je lui relevai le menton. Une fausse verrue était restée collée sur la ceinture de mon jean. Boo arriva en sautillant, son pantalon descendu sur les chevilles.

Lori ne voulait pas me regarder même quand je lui tenais le menton. D'un coup de tête elle libéra son visage et l'enfouit de nouveau contre mon jean. Enfin, je me baissai pour relever le pantalon de Boo et le rattacher.

— Tu veux venir avec nous, ma cocotte? demandai-je.

Elle fit un signe de tête affirmatif.

Elle se dirigea tout droit vers la table de travail et se laissa tomber sur une chaise. Je ne savais toujours pas ce qui l'avait mise dans cet état. Ses cheveux noirs de sorcière étaient ramassés sur le coté, le chapeau pointu, trop grand, lui descendait presque sur les yeux. Il y avait quelque chose d'incompatible entre son déguisement et son air pathétique. Je m'approchai et m'assis sur la table près d'elle.

— Eh bien, qu'est-ce qui ne va pas? Tu as été déçue de ne pas nous retrouver ici, c'est ça?

Elle n'écoutait pas. Une autre verrue décollée par ses larmes tomba sur la table. Lori l'écrasa avec son ongle.

— Il s'est passé quelque chose dans la classe?

Elle hocha la tête.

— Si tu me racontais, ça aiderait peut-être.

Elle secoua la tête.

— Tu ne crois pas?

Elle secoua la tête encore.

A l'autre bout de la salle j'aperçus Boo en train de détacher son pantalon. Je me levai pour voir ce qu'il manigançait.

— Reste avec moi, dit Lori.

— D'accord.

Je me rassis et jetai un regard sévère à Boo pour qu'il garde son pantalon. Il battit des mains dans ma direction.

— Mikey Nelson dit que je suis retardée, grommela Lori. Il dit que c'est une classe de retardés ici.

Elle gardait la tête baissée, enroulant une mèche de sa perruque autour de son doigt.

— Il a dit aussi que j'étais la plus retardée de toute l'école, que je pouvais même pas lire des livres de bébé comme à la maternelle.

— Tu connais le vieux dicton, Lor? Celui qui dit que les bâtons et les pierres peuvent rompre les os mais que les mots ne pourront jamais faire mal?

— Ouais.

— Ce n'est pas tellement vrai, n'est-ce pas? Les mots font mal. Très mal.

Elle hocha la tête.

Elle resta un moment silencieuse.

— J'imagine que c'est pas si grave, dit-elle à voix basse. Peut-être bien qu'il a raison. J'ai redoublé la maternelle, et je vais probablement redoubler aussi la première année.

A l'autre bout de la classe, près du tronc de Benny, Boo était assis en tailleur sur le plancher. Il avait l'air d'un elfe. Il nous observait avec gravité.

Lori leva les yeux vers moi.

— C'est vrai, Torey? Je suis retardée?

Je mis un doigt sous son menton et relevai sa tête pour mieux voir son visage dans la lumière grise de cette journée d'automne. Une si belle enfant! Pourquoi tous ces gosses me semblaient-ils si beaux? Pourtant, ils n'étaient pas tous attirants physiquement.

Quelque chose devait influencer mon regard. Mais j'avais beau essayer de les voir comme ils étaient en réalité, ils me semblaient toujours indiciblement beaux. Comme cette gamine. Comme tant de mes enfants. Etaient-ils beaux à ce point? Ou était-ce mon regard qui les transfigurait?

— Torey?

Elle toucha mon genou pour attirer mon attention. La question qu'elle avait posée se lisait dans son regard, au-delà des mots.

Mes questions à moi restaient sans réponses. Les siennes aussi. Je la regardai. Que pouvais-je lui dire en toute franchise qui la satisferait? Non, elle n'était pas retardée. C'était pour une autre raison que son cerveau ne fonctionnait pas normalement. Mikey Nelson n'avait pas eu le mot juste. J'aurais pu lui dire ça. Ou peut-être aussi que tout était mensonge. Mikey Nelson ne savait pas de quoi il parlait. Quelle blague, tout de même! En ce monde qui valorise tellement les talents et les réalisations, ce serait moi la menteuse. Car pour Lori, tous les enseignants, toutes les thérapies, tous les efforts et même tout l'amour du monde ne pourraient peut-être jamais réparer ce qui s'était cassé en une seule nuit de fureur. Et Mikey aurait raison contre moi.

J'écartai doucement les cheveux de son visage, lissai les crins de sa perruque, redressai son chapeau pointu. Une si jolie gamine!

— Il n'y a rien qui cloche chez toi, Lori.

Elle me dévisageait anxieusement.

— C'est la vérité, crois-moi. N'écoute pas ceux qui veulent te faire croire le contraire. Tu n'as rien qui cloche, rien.

— Mais j'sais pas lire.

— Hitler savait lire.

— Qui c'est, Hitler?

— Un homme qui était vraiment retardé.

7

— Bonjour, dis-je. Je m'appelle Torey. C'est moi qui te ferai classe l'après-midi.

— Tu me fiches la paix, non! J'vais pas coller ici, j'te jure. Et d'abord, qu'est-ce que c'est que cette classe?

Nous nous mesurâmes du regard. J'étais debout entre lui et la porte. Il avait la tête rentrée dans ses épaules maigres sous son blouson de vinyle noir. Il était grand pour son âge, mais trop mince. Des cheveux noirs, raides et gras lui tombaient dans les yeux. Des yeux chargés de colère. Il s'agissait sans aucun doute d'un enfant d'immigrants. Ses mains étaient rudes et calleuses: il avait probablement déjà travaillé aux champs.

Je n'avais pas eu le temps de me préparer à recevoir Tomaso. Un coup de fil de Birk dans la matinée, et voilà. Mais il m'avait suffi d'un regard sur ce gamin effronté, plein de défi, pour deviner pourquoi on me l'avait envoyé Il n'était pas du genre à rentrer dans le moule scolaire, ce Tomaso.

— C'est quoi cette foutue classe? répéta-t-il en élevant la voix.

Lori vint se placer entre Tomaso et moi. Elle le toisa du regard.

— C'est notre classe, dit-elle.

— Qui tu es, toi?

— Lori Ann Sjokheim. Et toi?

— Où c'est qu'ils m'ont foutu? Une classe de bébés? (Il me regarda.) *Dios mio!* On m'a fichu dans une classe de bébés.

— Je suis pas un bébé, protesta Lori.

— Une classe merdeuse de mômes, voilà où on m'a fourré. Et avec des filles en plus. Va jouer avec tes poupées, trésor, dit-il à Lori.

Lori fit la moue.

— Je ne suis pas un bébé. J'ai presque huit ans, hein!

— Merde. Je reste pas ici, moi. (Tomaso durcit les épaules et me montra le poing.) Enlève-toi de là, que je me casse. Et j'te cogne dans les nichons si t'essaies de m'arrêter.

J'eus une crispation au creux de l'estomac à la pensée de recevoir un coup. Je ne dis rien. Tout ce que j'aurais pu dire n'aurait fait que jeter de l'huile sur le feu à ce stade. La colère jetait des étincelles dans ses yeux sombres.

Nous étions là à nous mesurer du regard, quand Mrs. Franklin ouvrit la porte derrière moi et poussa Boo dans la classe. Un déclic, la porte s'était déjà refermée.

— Un nègre! Y a un nègre ici en plus! Je veux sortir, cria Tomaso. Je resterai pas dans une classe où il y a un nègre merdeux à côté de moi.

Lori était indignée.

— C'est pas un nègre. C'est Boo. Et t'as pas le droit de lui parler comme ça. (Elle s'avança pour prendre la main de Boo.)

Je me retournai pour pousser le verrou.

— C'est pas ce truc-là qui va m'empêcher de sortir, dit-il. J'peux le faire sauter. On me tiendra pas ici avec un verrou.

— C'est pas pour toi, c'est pour lui, dis-je en montrant Boo. Il perd un peu la tête parfois et cela l'aide à se rappeler de rester en classe.

Tomaso me lança un regard plein de défi. Ses épaules remontèrent sous le blouson noir.

— Tu me détestes, hein?

— Non. Pourquoi te détesterais-je? On ne se connaît même pas.

Brusquement, Tomaso bondit et attrapa une chaise. La faisant rapidement tournoyer au-dessus de sa tête, il la lança à travers la classe contre la cage des verdiers. Les oiseaux voletèrent, affolés, et la cage se mit à osciller dangereusement mais ne tomba pas. Lori avait poussé un cri de surprise, et Boo avait plongé sous la table.

Ces réactions parurent plaire à Tomaso. Il se déchaîna de plus belle. Se précipitant d'un coin à l'autre de la salle avant même que j'aie pu m'éloigner de la porte, il jeta à terre tous les livres de l'étagère, balaya le dessus de mon bureau d'un revers du bras, déchira le carton de Lori en mille morceaux qu'il lança en l'air comme des confettis. Il projeta une autre chaise, mais heureusement, elle ne fit qu'effleurer le mur côté fenêtres, et retomba sur le sol sans causer de dommages. Pendant ce temps j'étais restée appuyée contre la porte sans bouger. Je craignais de l'exciter davantage. Ou encore de lui donner l'occasion de s'échapper dans le couloir.

Ayant cessé son saccage, Tomaso se tourna vers moi.

— Voilà. Alors tu me détestes maintenant?

— Ce n'est pas ce genre de choses qui va m'inspirer de l'amour, si c'est ce que tu veux dire, répondis-je. Mais je ne te déteste pas, et je n'aime pas te voir t'acharner pour te rendre détestable à mes yeux.

— Mais t'es fâchée, non? J'te fais chier, hein?

Bon sang, qu'est-ce que ce môme voulait? Je ne savais absolument pas quoi lui dire. Je n'étais pas en colère. Je ne le détestais pas. Ce que je ressentais c'était plutôt un sentiment proche de la terreur, même si je ne voulais pas l'admettre. Mes mains étaient devenues froides et moites, et je les frottai contre mon jean. Vraiment, Birk ne m'avait pas préparée à cela du tout.

— Si tu penses que je regrette ce que j'ai fait, dit-il, tu te mets le doigt dans l'oeil. Tiens, regarde encore. (Il attrapa un géranium en pot sur le comptoir et le lança par terre.) Tiens!

Toujours appuyée contre la porte pour l'empêcher de sortir, je ne bougeais pas. Mes pensées cependant défilaient à la vitesse de la lumière; je cherchais désespérément le moyen d'arrêter ce gamin avant qu'il n'ait saccagé toute la classe. Ou pis encore, avant qu'il n'ait blessé quelqu'un. Je ne bougeais pas par peur de ce qui arriverait si je ne faisais pas le geste qu'il fallait. Je sentais que ce garçon ne me laisserait pas beaucoup de chances de me rattraper.

— Hé, ça va pas? dit-il. T'as avalé ta langue ou quoi? Tu fais rien? Tu te mets pas en colère? T'es normale ou quoi? T'es une drôle de maîtresse!

— Tu réussiras pas à me mettre en colère, Tomaso. Je ne veux pas me mettre dans cet état.

— Ah bon? fit-il d'un ton indigné. Alors quoi, qu'est-ce qui te prend? Pourquoi tu me détestes pas comme tous les autres? Qu'est-ce qui te fait croire que t'es si spéciale?

— Assieds-toi, Tomaso. Enlève ton blouson et assieds-toi. Il est temps qu'on se mette au boulot aujourd'hui.

Il se baissa pour ramasser un morceau du pot de géranium brisé et le lança dans ma direction. Mais il n'avait pas visé sérieusement. S'il l'avait vraiment voulu, il m'aurait atteinte. Nous n'étions pas très éloignés l'un de l'autre et il n'était pas du genre à rater sa cible.

— Qu'est-ce que tu vas faire de moi? Tu vas me renvoyer pour la journée? Ou bien aller chercher le directeur?

— Non. Je vais attendre tout simplement que tu te décides à travailler.

— Oh là là, avant que j'décide ça... Tu ferais mieux de laisser tomber.

J'attendais patiemment. La sueur commençait à couler sous mes aisselles.

— A l'autre école, on a fait venir la police. Ils m'ont emmené chez le juge pour enfants. Alors, si tu crois me faire peur…

— Je n'essaie pas de te faire peur, Tomaso.

— Je m'en fiche, de toute façon. Je m'fiche de tout.

— J'attends, c'est tout.

— Tu peux m'envoyer chez le directeur, si ça t'chante. Il pourra bien me foutre des baffes. Si tu penses que j'en ai pas reçu des baffes avant? J'en ai reçu des bonnes, alors tu penses bien que ça m'est égal!

Je restais toujours là, à ne rien dire, l'estomac noué.

— Je vais te mordre les nichons.

Le dos appuyé contre la vitre fraîche de la porte, j'attendais toujours.

— Hummmm. Mummmmmff. Ffiou.

Tomaso faisait toutes sortes de bruits avec sa bouche quand je ne lui répondais pas. Il n'était pas prêt à céder. Il y allait de son honneur et de je ne sais quoi d'autre encore.

Mon instinct me disait que Tomaso ne voulait pas vraiment s'en aller.

Il m'arrive de penser que j'ai manqué ma vocation. J'aurais dû être escroc, car ma meilleure technique de défense consiste toujour en petits stratagèmes. Mon instinct, donc, me disait que ce gamin faisait de l'esbroufe. Cela me suffisait. Je m'éloignai de la porte et allai vers lui à l'autre bout de la pièce. Après avoir remis les chaises debout et rangé les papiers sur mon bureau, je m'assis à la table de travail. Je fis sortir Boo de sous la table et l'assis sur une chaise. Puis je fis signe à Lori de venir et étalai les cartes alphabétiques du L et du O. J'avais l'estomac noué, signe de la tension que me coûtait le désir de gagner cette partie de poker. S'il décidait de franchir le seuil de la porte, je n'aurais d'autre choix que de sortir à mon tour et de le ramener de force. Ce serait vraiment là une façon assez douteuse de nouer une relation. Je n'agissais qu'à partir d'une intuition. Une intuition sur un gamin que je ne connaissais pas.

Boo était perturbé par tout ce remue-ménage. Il se balançait d'avant en arrière sur sa chaise et agitait ses doigts devant ses yeux. Je m'approchai pour le remettre droit et il attrapa mon bras en reniflant bruyamment. Il se mit à flairer mon bras nu .

Tomaso se rapprocha de nous. Il resta derrière ma chaise alors que je préparais les cartes alphabétiques et que je m'occupais de Boo, de sorte que je l'entendais sans le voir.

— Tu parles espagnol? demanda-t-il.

— Non, pas vraiment.

— Hummmm. Guenon blanche! Je n'veux pas être dans une classe avec une guenon blanche comme maîtresse.

— Tu voudrais que je parle espagnol?

— Je vais te botter le cul.

J'avalai ma salive.

— Toi, tu parles espagnol?

— Bien sûr! Je *suis* espagnol. Mais dis donc, t'es aveugle ou quoi? Mon père, mon vrai père à moi, son grand-père à lui est venu de Madrid. De la vraie Espagne, pas du Mexique. Il se battait avec des taureaux, le grand-père de mon père.

— C'est vrai?

— Puisque j'te l'dis. Le grand-père de mon père se battait avec des vrais taureaux vivants.

— Il devait être brave.

— Sûr qu'il était brave. Il aurait pu se faire tuer, mais ça n'est jamais arrivé. C'etait un homme brave, vraiment brave. Plus brave que n'importe qui ici. (Il fit une pause.) Plus brave que toi.

— Probablement.

Tomaso étant toujours derrière moi, je ne pouvais pas voir son visage. Tandis que je lui parlais, je regardais Lori et Boo. Lori nous observait à tour de rôle. Boo était toujours en train d'agiter ses doigts devant ses yeux.

— Qu'est-ce qui tourne pas rond chez c'môme? demanda Tomaso. (Il s'était rapproché davantage. Je sentais son corps à quelques centimètres de mon épaule droite.) Pourquoi il agite ses doigts devant ses yeux?

— Il fait ça parfois quand il est effrayé ou pas rassuré. Ça le réconforte, je suppose. Je ne sais pas vraiment. Il ne peut pas nous le dire, il ne parle pas encore.

— Ça lui donne un drôle d'air. Mais c'est un truc pour dingues ici! Et elle, c'est quoi son machin? (Il montrait Lori du doigt.)

— J'ai rien! réagit-elle vivement.

— Lor, dis-je.

— J'ai rien.

— Je sais. Mais Tomaso est nouveau: il ne nous connaît pas encore et il se pose des questions.

— Il devrait les garder pour lui, ses questions. Il n'est pas poli. (La colère perçait dans sa voix.) Il arrive ici, et nous lance des injures. Il fait le fanfaron, casse tout et tu fais rien. Il traite Boo de nègre, c'est mal ça, tu sais? Et puis, il déchire mon carton avec tous les exercices que j'avais faits et que j'voulais montrer à papa.

— Lor, repris-je doucement mais fermement, pas maintenant. Je t'expliquerai plus tard, mais laisse tomber pour le moment, O.K.?

Elle frappa le dessus de la table du plat de la main.

Il y eut un long silence. Sans trop savoir ni pourquoi ni comment, nous nous retrouvâmes là soudain à nous regarder les uns les autres. J'avais la tête vide. Tomaso fit le tour de la table et vint s'asseoir sur l'une des chaises. Boo laissa tomber sa tête sur la table et se mit à renifler bruyamment. J'avançai la main pour l'arrêter.

— Boo, regarde, dis-je en essayant de le distraire avec des cartes alphabétiques.

— Boo? reprit Tomaso. Tu parles d'un nom! Pas étonnant qu'il soit dingue. Avec un nom de revenant comme ça!

Lori, toujours furieuse, dévisageait Tomaso par-dessus la table.

— Pourquoi qu'tu m'zieutes comme ça, la môme? Tu me dévisages comme si j'avais la lèpre, ou quoi? On t'a jamais dit que c'est pas poli de fixer les gens?

— Comment se fait-il que ton père te laisse dire toutes ces grossièretés? demanda-t-elle. Mon père me donnerait une fessée si j'parlais comme ça.

Une étrange expression vint altérer la physionomie de Tomaso.

— J'vais te faire entrer dans l'mur, sale môme. T'écraser ton sale petit museau par terre, si tu la fermes pas.

— Ton père s'occupe pas d'toi?

Pause.

— Tu vas la boucler, dis? T'es qu'une morveuse! (Il tourna sa chaise pour ne plus avoir Lori en face de lui.) C'est pas vrai ce qu'elle dit, me dit-il. Mon père s'occupe de moi. Mon vrai père. Il est là-bas au Texas. Quand il saura qu'on m'a mis en foyer nourricier et que maintenant on veut me foutre dans une classe de bébés, il va venir tout d'suite me chercher.

J'approuvai de la tête.

— C'est pas une classe pour moi, ça non! Mon vrai père, il va venir me chercher, très bientôt. Il sait que j'l'attends.

Pour la durée de la récréation je fis venir deux aides pour emmener les enfants jouer dehors pendant que j'allais au bureau jeter un coup d'oeil au dossier de Tomaso.

Un dossier peu étoffé, à vrai dire. Tomaso n'était qu'un cas parmi des centaines d'autres enfants d'immigrants qui passaient chaque année par notre Etat. Sa scolarité avait été plutôt irrégulière. Personne n'avait essayé sérieusement de comprendre ce qui lui était arrivé, pas plus ailleurs qu'ici, ce qui était un comble.

Les seules informations notables concernaient son histoire familiale. Même là, cela ressemblait fort aux histoires d'autres enfants que j'avais connus. Il était né dans le Sud, Texas, était-il écrit, quoiqu'en réalité ce fût probablement au Mexique. Sa mère était morte alors qu'il n'était encore qu'un nourrisson. Son père s'était remarié. Tomaso avait cinq ans lorsque sa belle-mère avait tiré sur son père et sur son frère aîné lors d'une scène de ménage, les tuant sur le coup. Je m'arrêtai net. Je relus: les tuant sur le coup. Tomaso avait été témoin de la tragédie.

Suite au meurtre du père, la belle-mère fut emprisonnée et Tomaso, seul survivant de la famille, placé sous la tutelle de l'Etat. Il fut successivement recueilli par sept foyers nourriciers. Cela s'était passé dans le Sud-Ouest. Puis un oncle paternel emmena Tomaso vivre chez lui. A sept ans, les autorités policières de l'Etat de Washington trouvèrent l'enfant en train de travailler à la cueillette des fraises dans les champs. Il n'était jamais allé à l'école. Puis, à la suite de mauvais traitements, la garde de Tomaso fut retirée à son oncle. L'enfant connut d'autres foyers nourriciers. Trois, cette fois-là. Il n'y restait jamais très longtemps. On trouvait griffonné ici et là dans le dossier: «personnalité asociale», «incapable de former des liens affectifs». Tomaso se retrouva à nouveau chez son oncle après une séparation de quatre mois, cette fois dans le nord de notre Etat. Puis, il avait été vendu à un couple dans le Michigan pour cinq cents dollars. Mais, trouvant l'enfant invivable, le couple rattrapa l'oncle pour se faire rembourser. Comme il n'avait pu obtenir gain de cause, le couple alerta les autorités. L'oncle fut arrêté, et pour une raison inconnue, Tomaso fut confié aux soins de notre Etat. De nouveau en foyer nourricier.

Sa scolarité avait donc été pour le moins sporadique. Avec de nombreux retards en début d'année et de fréquents déménagements, Tomaso n'avait jamais été à l'école plus de quatre mois par an. Aussi personne ne savait trop bien dans quelle classe le mettre. Dans l'Etat de Washington, on le mit en première année, dans le Colorado en deuxième et en troisième année, ici en deuxième, au Michigan en troisième et de nouveau ici en quatrième. Un test qu'on lui avait fait passer dans le Colorado avait donné un QI de 92. Un test collectif dans le Michigan avait, d'autre part, donné 87. Il avait accumulé du retard dans toutes les disciplines. En arithmétique, il avait plus d'une année à rattraper par rapport au reste de sa classe. Et son niveau en lecture dépassait à peine celui d'élèves de première année.

Cependant ce n'était ni son QI, ni son assiduité scolaire ni ses déficiences qui avaient amené Tomaso dans ma classe ce mois de novembre-là. Les raisons étaient évidentes. Après de nombreuses tentatives pour le garder dans une classe normale, son instituteur avait finalement abandonné quand il avait surpris Tomaso en train d'étrangler un plus jeune que lui dans la cour de récréation. Les renvois, les punitions et même les convocations devant le juge pour enfants ne changèrent pas grand-chose à la conduite de Tomaso. Comme il n'y avait pas de classe à plein temps pour les caractériels graves dans le district, les autorités lui imposèrent l'enseignement à domicile. Mais les parents nourriciers protestèrent contre cette décision. Ils renverraient Tomaso s'il restait à la maison toute la journée. Il n'y avait plus que ma classe. Confiné à la maison le matin, Tomaso devint mon nouvel élève l'après-midi.

Après la récréation, nous replongeâmes dans la même atmosphère tendue. Boo, encore nerveux et peu rassuré, tournoyait et s'agitait malgré mes efforts pour le divertir. Lori reprit son travail à contrecoeur. Tomaso, lui, restait sur ses gardes. L'effort que je faisais pour maîtriser la situation commençait à me peser. Je ressentais une énorme fatigue.

— C'est quelle lettre, Lor? (Je traçais avec mon doigt la lettre L dans le sel.)

Lori changea de position, visiblement mal à l'aise sur sa chaise, et vérifia si Tomaso regardait. Il regardait effectivement.

— Une barre qui descend et une autre sur le côté. C'est quelle lettre?

Grande hésitation. Tomaso se leva pour voir ce que j'avais tracé.

— Tu peux l'aider, Tomaso? Donne-lui un tuyau pour qu'elle devine quelle lettre c'est?

— Quelle sorte de tuyau?

— Quelque chose qui l'aidera à trouver la lettre. Mais sans la lui dire, rien qu'un indice.

Il plissa le front.

— Une barre vers le bas puis sur le côté, Lor. Quelle lettre a une barre descendante et une autre oblique?

— R? dit-elle faiblement.

— R! s'écria Tomaso. R? *Dios mio!* Elle est bouchée! Tu sais pas lire, quoi? Regarde donc, c'est pas un R ça.

— Tomaso, ce n'est pas tout à fait le genre de tuyau que j'avais en tête. Si tu lui disais plutôt des mots qui commencent par cette lettre, ça pourrait l'aider, non.

— R, ricanait-il. Merde alors.

Lori le regardait d'un air furieux.

— Je travaille pas s'il reste ici, me dit-elle.

Tomaso souriait. Ou du moins arborait-il l'expression qui me semblait, jusque-là, se rapprocher le plus du sourire. Secouant la tête, il continuait de rigoler.

— Tu sais pas lire, hein?

— Tomaso, dis-je, apprends que ça ne se fait pas ici de rabaisser les autres. Il n'y a pas beaucoup de règles dans cette classe mais c'en est une. On ne rabaisse pas les autres.

— J'la rabaisse pas, merde. J'dis juste ce que je vois.

— C'est pas vrai! cria Lori. T'essaies de me mettre en colère. Comme tout à l'heure. T'aimes que les gens te haïssent.

— Non. La ferme ou je défonce ton p'tit museau de fouine.

— Hé là, vous deux. Du calme, dis-je.

Lori bondit de sa chaise et s'enfuit vers les cages d'animaux. Après un moment, elle s'affala sur le plancher.

— Qu'est-ce que j'ai fait? Qu'est-ce qui lui prend? demanda Tomaso d'une voix aiguë, où perçait l'irritation. C'est qu'une petite emmerdeuse, voilà tout!

C'était désespérant. Si même Lori rejetait ce gamin, quelle chance lui restait-il? Je me levai avec lassitude et me dirigeai vers Lori. Je m'assis un moment près d'elle et lui parlai, laissant Boo et Tomaso à l'autre bout de la pièce. Bientôt Boo vint à pas menus s'écraser à côté de nous, laissant Tomaso seul dans son coin.

L'après-midi s'écoula avec une lenteur insupportable. Tomaso ne voulait pas travailler et je n'étais pas d'humeur à le forcer. Lori restait fâchée et Boo aurait tout aussi bien pu être sur une autre planète. En fin de compte, je réussis à occuper Lori et Boo avec de la pâte à modeler et des moules en plastique. Puis j'allai trouver Tomaso pour lui parler de certaines règles de base. Me voyant approcher, il se leva et se dirigea vers le placard sous l'évier. Il l'ouvrit, y pénétra et referma les portes derrière lui. J'eus envie de forcer la porte mais je renonçai et rejoignis mes deux autres élèves.

— Quand mon père verra où ils m'ont fichu, dans cette classe d'abrutis, il viendra me chercher! cria Tomaso de son refuge.

Comme personne ne répondait il se vit obligé d'ouvrir une porte.

— Il va m'emmener avec lui. Quand il verra qu'ils m'ont placé dans un foyer nourricier et qu'ils m'ont fichu dans cette classe merdique, il viendra me chercher pour vivre avec lui.

Lori releva la tête. Il y eut un long moment d'indécision où je ne pus deviner ce qu'elle mijotait. Après un intervalle, elle baissa les yeux vers la pâte à modeler et choisit un autre moule avant de regarder de nouveau vers la cachette de Tomaso.

— Tu sais quoi? dit-elle, j'ai déjà été dans un foyer nourricier.

— J'suis là seulement en attendant que mon père vienne me chercher.

— Où il est? demanda-t-elle.

— Au Texas, j'te l'ai déjà dit. Tu te décrasses jamais les oreilles, dis donc?

— Pourquoi qu'il est au Texas et pas avec toi?

— J'imagine qu'il se fait de l'argent pour moi, pour que j'puisse vivre avec lui.

— Ah, se contenta de dire Lori.

C'était un étrange dialogue. L'émotion de tout à l'heure n'était plus perceptible dans sa voix. Elle était assise sur le plancher avec Boo et moi, à deux mètres environ du placard où Tomaso s'était enfermé. Elle continuait de malaxer la pâte en parlant et elle ne levait pas les yeux. Tomaso était toujours sous l'évier.

— Pourquoi on t'a placée en foyer nourricier? lui demanda Tomaso.

Pause. Lori se gratta la tête tout en réfléchissant à la forme qu'elle modélerait ensuite. Sans regarder dans la direction de Tomaso elle haussa les épaules.

— Sais pas. J'imagine qu'ils se sont fatigués de moi.

— Qui? Tes parents?

Lori fit un signe de tête affirmatif.

On entendit remuer dans le placard. Tomaso en sortit et s'approcha tout près de nous.

— Comment tu l'sais qu'ils voulaient plus de toi?

Lori haussa les épaules.

— Je l'sais, c'est tout.

Elle n'avait pas encore relevé la tête. Elle semblait profondément absorbé par son modelage.

— Est-ce qu'ils te manquent? demanda Tomaso.

Un autre haussement d'épaule.

— J'crois que oui. J'sais pas, j'ai une autre famille maintenant.

— Ah oui? reprit Tomaso. Moi aussi. (Il s'éloigna un peu. Nous continuions de travailler avec la pâte. Plusieurs minutes se passèrent ainsi à aller et venir.) Hé, maîtresse, t'as du papier collant?

Je lui dis où le trouver. Il alla le chercher sur mon bureau et se dirigea vers la table de travail. Entre-temps j'aidais Boo à modeler sa pâte.

— Voilà! (Tomaso était revenu. Il tendait à Lori son carton recollé.) Je l'ai un peu rafistolé. C'est pas tout à fait comme avant mais je peux pas faire mieux.

Lori regarda le carton, hocha la tête en guise d'approbation et le plaça à côté d'elle par terre.

— Tu parles espagnol? lui demanda-t-il.

— Non.

— T'as l'air espagnole. Un peu, peut-être. Une vraie Espagnole. Pas une Mexicaine.

— J'pense pas l'être. (Pause. Lori me regarda.) Mais qu'est-ce que c'est une Espagnole?

— Merde, quelle cinglée! hurla Tomaso. L'Espagne, idiote, l'Espagne. Espagnole d'Espagne.

— L'Espagne est un endroit, Lor, dis-je. Un pays d'Europe. Certaines personnes viennent de là et c'est pourquoi on les appelle des Espagnols.

— J'pense pas être espagnole, dit-elle. Je viens de Buffalo.

Tomaso vint s'asseoir à côté de nous et prit le carton rafistolé de Lori. Il l'examina, puis il regarda Lori.

— Tu dois bien être un peu espagnole de toute façon. Il y a quelque chose qui me fait dire ça. Oui, j'pense que t'es probablement un peu espagnole sur les bords.

8

Entre Tomaso et moi ce ne fut pas l'amour d'emblée. Il se révéla un défi de taille. Il était arrivé le 2 novembre, et les semaines qui suivirent furent éprouvantes. Son humeur fluctuait brusquement. Un moment il était calme et coopératif, et l'instant d'après il explosait en gestes destructeurs.Le plus dur pour moi fut de résister à ses mises à l'épreuve. Ce gamin voulait me mettre en colère. Tout lui était bon pour arriver à ses fins et ses tentatives étaient toujours suivies de sarcasmes.

— Maintenant j'parie que t'es fâchée contre moi. J'parie que tu m'détestes.

Au bout de quelques jours ces déclarations commençaient à porter.

Son arrivée mit la classe à l'envers. La première semaine il refusa d'accomplir le moindre travail. Il se déplaçait autour de la classe et nous observait, mais je ne pouvais pas le forcer à s'asseoir et à travailler. Ma classe n'était pas équipée pour accueillir des enfants très agressifs, comme lorsque j'enseignais dans une classe «indépendante». Il n'y avait pas de coin pour les élèves punis, car ni Boo ni Lori n'exigeaient de telles mesures.

Et je ne pouvais en improviser un pour Tomaso parce que, quand il était en colère, la moindre intervention dégénérait vite en affrontement physique. Sans aide scolaire, et avec les autres enfants dont je devais m'occuper, je n'avais tout simplement pas les moyens de forcer Tomaso à rester au coin . Il n'y avait guère d'autres recours possibles. Je me refusais à envisager la possibilité de l'envoyer chez le directeur pour y recevoir des châtiments corporels. Ce n'est pas en le frappant qu'on lui apprendrait à être moins violent. De même, le renvoyer chez lui ou chez le juge pour enfants ne me semblait pas une bonne solution. Si un gamin avait besoin d'être à l'école, c'était bien Tomaso.

La première semaine, je m'y pris de deux façons avec lui. D'abord je le laissai errer librement autour de la classe. Contrairement à Boo, il n'était pas absent, il nous observait. A l'occasion, il se joignait à nous, ne fût-ce que physiquement, en s'asseyant à côté ou en nous parlant. Il prendrait le temps qu'il faudrait pour s'adapter. Je décidai d'attendre le moment où il serait prêt à travailler.

Deuxièmement, je résolus de maîtriser physiquement ses accès de violence. Quand Tomaso explosait et qu'il cherchait à détruire des objets ou à blesser quelqu'un, je lui faisais une prise, le tenant serré le dos contre ma poitrine, les bras retenus sur les côtés, et je l'immobilisais ainsi le temps qu'il fallait. Ce n'était pas la solution idéale, je l'avoue. C'est ce que je me disais chaque fois. Mais j'avais tout essayé et j'en étais venue à la conclusion que Tomaso avait besoin d'une intervention physique pour reprendre ses esprits. Le forcer à s'asseoir ne faisait qu'accroître sa colère. Et si on l'ignorait, ça ne pouvait aller qu'en s'aggravant. Lorsque je réagissais rapidement et que j'arrivais à le ceinturer, il retrouvait son calme. Il y avait toujours un moment de lutte que je craignais parce que Tomaso n'avait pas encore appris à se battre loyalement, et si je n'y prenais garde, il me mordait ou m'écrasait les orteils, ou me donnait des coups de coude dans la poitrine. Mais ses efforts pour se dégager cessaient bientôt et lentement je sentais la tension se relâcher chez lui; et je pouvais ensuite le laisser.

Une aide sur laquelle je n'avais pas compté me vint de Lori, bien que ce ne fût pas intentionnel je suppose, car Lori ne fut pas dans son assiette durant plusieurs jours après l'arrivée de Tomaso. Elle aussi refusa pendant quelques jours de travailler. Je pense qu'elle ne voulait pas faire preuve de faiblesse devant Tomaso. Et cependant il y avait une sorte d'attraction qui s'exerçait entre eux, du coté de Tomaso surtout. Dès le premier jour il avait réparé le carton de Lori après l'avoir brisé, et il ne cessa de manifester envers elle une sorte de déférence discrète. Peut-être parce qu'elle refusait de marcher dans son jeu de terreur et d'esbroufe, ou parce qu'elle avait certaines expériences en commun avec lui et qu'à sa manière elle voulait lui en faire part. Peut-être aussi était-ce l'apparence physique de Lori, qui, avec ses longs cheveux sombres, avait vraiment quelque chose d'espagnol. Je l'ignore. Lori, pour sa part, ne pouvait pas rester fâchée longtemps. Quand il devint évident que Tomaso ne partirait pas, elle l'accepta. Cela parut calmer le gamin. Une espèce de paix fut conclue dans laquelle je n'avais eu aucune part. Petit à petit Tomaso essaya d'amorcer une relation amicale avec Lori, en s'asseyant près d'elle à la table, en écoutant attentivement quand elle parlait, en l'aidant dans son travail sans faire trop de commentaires provocateurs. J'étais heureuse de voir que d'autres personnes pouvaient encore compter pour ce gamin violent.

Bien qu'il fût difficile de supporter l'agressivité de Tomaso et son attitude de défi, je découvris que ce n'était rien en comparaison d'autres comportements qu'il avait. Le gamin s'aperçut vite que la destruction et la violence ne me feraient pas sortir de mes gonds. Mais ce n'était pas la seule corde à son arc. Il aurait pu écrire un livre sur la meilleure façon de rendre un enseignant fou, car il connaissait le sujet à fond.

L'une de ses armes les plus efficaces était son aptitude à péter, à volonté et à n'importe quel niveau de décibel. Il dressait le derrière et l'orientait pour que sa victime profitât pleinement des odeurs et du bruit.

— Ça doit être les fèves que j'ai mangées, disait-il toujours, mi-figue, mi-raisin.

Parbleu, ce satané gosse devait manger des fèves matin, midi et soir pour produire toute cette pétarade. Le clou du spectacle consistait à baisser son pantalon et à y introduire la main pour vérification. Dieu seul sait ce qu'il vérifiait là et je ne lui ai jamais demandé. De fait, j'essayais de mon mieux d'ignorer toute l'affaire. Cependant avec Tomaso les choses n'étaient pas aussi simples. Si le premier, le second ou même le douzième pet n'avaient obtenu aucune réaction de ma part, il bondissait de son siège et agitait la main devant sa figure.

— Ouh! ça pu-u-u-u-e! Je n'peux plus rester assis ici. Il faut que j'aille ailleurs.

Puis se retournant pour sortir de son siège il me pétait en pleine face. Et naturellement il y avait Lori. Si je faisais de mon mieux pour ignorer Tomaso, Lori ne pouvait pas toujours faire de même. S'il persistait assez longtemps, il trouvait toujours un public en elle.

Malheureusement, ce n'était pas la seule tactique de Tomaso pour rendre les enseignants fous. Il avait plein d'autres trucs. Et le plus dévastateur, en ce qui me concerne, fut la campagne du rince-bouche.

— Hou là là! s'écria-t-il un jour quand je m'assis près de lui à la table. (Il fit le geste de s'éventer d'une main.) Ce que tu as mauvaise haleine!

Très embarrassée, je songeai tout de suite à ce que j'avais mangé à midi. Puis je profitai de la récréation pour aller furtivement mâcher de la gomme en salle des professeurs.

Le lendemain, il m'aborda d'un air scandalisé.
— Tu n'utilises jamais de rince-bouche, maîtresse! *Dios mio!* Tu empestes.

La scène se répéta durant plus d'une semaine et je devins complètement paranoïnaque. J'apportai une brosse à dents à l'école pour me brosser après le repas de midi. Puis un flacon de Scope. Mais ce n'était pas assez fort. Un flacon de Listerine prit aussitôt place dans mon placard, à côté de ma mallette à lunch, de mon peigne, du tricostéril et de l'aspirine. Chaque jour je soufflais dans le creux de ma main avant de rentrer en classe pour tester mon haleine. Je songeai même à prendre rendez-vous chez le dentiste. Et naturellement, cette obsession se répercuta dans ma vie. Je me mis à parler aux gens avec la main devant la bouche parce que, me disais-je, si j'incommodais un garçon aussi rude que Tomaso, je devais gêner tout le monde et on était seulement trop poli pour me le dire. Enfin nous eûmes, Jocco et moi, une de nos pires querelles quand je refusai de faire de la sauce à l'ail lors d'une réception.

Il me fallut beaucoup de temps avant d'y voir clair. Dan Marshall était venu en classe un jour et il se promenait au milieu de mes élèves. Il se pencha sur Tomaso pour voir ce qu'il faisait.

— Oh là là, quelle haleine! s'écria Tomaso

Dan se redressa brusquement, le rouge lui montait au visage.

— Vous sentez mauvais de la bouche, monsieur.

A partir de ce moment-là je devins plus méfiante. Tomaso cependant n'abandonnait pas facilement. Quand il s'aperçut que le truc de la mauvaise haleine de marchait plus, il s'efforça d'inventer d'autres stratagèmes.

Un après-midi, nous étions tous ensemble en train de faire des décorations pour Thanksgiving à la table de travail. Tomaso était assis près de moi. Tout à coup il se recule sur son siège et dépose ses ciseaux. Lentement il renifle l'air à plusieurs reprises d'un air critique. Puis il se tourne vers moi.

— Tu sais ce qu'il te faudrait, Torey?

— Quoi donc?

— Un vaporisateur pour hygiène féminine.

Décidément, on ne s'ennuyait jamais avec Tomaso! S'il s'agissait d'un geste outrageant ou vulgaire, on pouvait être sûr qu'il l'avait conçu avec une douzaine de variantes. L'un de ses trucs favoris consistait à s'enfoncer le doigt dans la gorge. Même s'il ne se faisait pas vraiment vomir, cela produisait toujours ce bruit horrible de haut-le-coeur. Instinctivement, je bondissais. Chaque fois je marchais. Et puis il y avait le curage du nez. Tomaso n'en avait jamais beaucoup à curer dans son propre nez. Boo cependant s'avérait une mine d'or pour cette opération. Je me retournais et je surprenais tout à coup Tomaso une main sur la tête de Boo et de l'autre fouillant dans le nez du petit.

— Hé, regarde ça, Torey! s'écriait-il en tirant une longue filandre. Ah, heureusement que je nettoie le nez de Boo, non?

Et quand j'arrivais en poussant les hauts cris, Tomaso me disait de l'air le plus innocent du monde:

— Pour sûr, t'as de la veine que j'sois là pour faire ça, hein?

Ah oui! de la veine: tu pouvais le dire, Tomaso.

A mesure que novembre passait, je commençais pourtant à me dire que j'avais effectivement de la veine. J'aimais de plus en plus ce gamin. Je l'aimais avec ce genre d'amour puissant, irrationnel, que certains enfants m'inspirent. J'aimais la façon scandaleuse qu'avait Tomaso d'aborder la vie, son aptitude outrageuse à s'accrocher à un monde qui avait été tout sauf bon pour lui, et de pouvoir encore, malgré tout, en tirer quelques rires. Assise en classe je l'observais certains jours, je regardais son corps maigrichon sous le blouson de vinyle qu'il refusait d'enlever, ses yeux sombres et vifs remplis de peur. Au début j'avais cru que seule la colère les habitait mais j'avais peu à peu appris que la peur y régnait en maîtresse et que la colère n'était qu'une esclave obéissante. Et c'est peut-être à cause de cela surtout que je l'aimais. C'était un enfant si batailleur que même la peur ne pouvait le dominer complètement. Malgré tous ses problèmes, Tomaso n'abandonnait pas.

9

Décembre arriva. Un mois rude avec ses tempêtes de neige, mais doux aussi avec ses chants de Noël et tous nos rêves mal dissimulés. Lori, je pense, croyait encore au père Noël. Ou du moins le voulait-elle. Tomaso, dans une manifestation de sensibilité qui ne lui ressemblait pas, ne piqua pas de crise à l'évocation de la chose. Quant à Boo, naturellement, il ne nous livra rien de ses pensées à ce propos, si tant est qu'il en eût.

— J'suis allée voir le père Noël hier soir, nous dit Lori. (Nous étions assis autour de la table, en train de fabriquer des guirlandes de papier pour décorer la classe.) Mon père nous a emmenées au centre commercial, Libby et moi, et j'ai vu le père Noël. Il était là, et papa m'a laissée lui parler.

Je vis Tomaso lui jeter un regard de côté sans lever la tête. Puis il me regarda. Il y eut une question muette, échangée entre nous.

— Est-ce que Libby est allée lui parler aussi? demandai-je.

— Non.

Lori ne me regardait pas. Elle s'efforçait d'assembler les guirlandes avec de la vieille colle séchée. Elle s'arrêta un moment et se cala dans sa chaise, en parcourant du regard le bric-à-brac qui encombrait la table.

— Je lui ai demandé la poupée que j'avais vue à la télévision une fois. Tu sais ce qu'elle fait, Torey?

— Non, quoi?

— Toi, tu le sais, Tomaso?

— Comment veux-tu que je l'sache? Tu penses que je joue encore à la poupée, quoi?

— Bon, en tout cas (Elle se pencha de nouveau sur ses guirlandes pour y ajouter un autre bout de papier) cette poupée, elle boit et elle fait pipi, mais il y a mieux que ça encore. Devine quoi?

— *Madre Maria,* Lori, tu vas arriver au bout de ton histoire? coupa Tomaso. T'en finis pas.

Lori secoua sa guirlande avec irritation.

— Bon, bon. Eh bien, elle mange. Vraiment. Je l'ai vue. On peut se procurer une nourriture spéciale en paquets et le bébé la mange. Comme dans la vie. Il mastique et tout . C'est vrai. J'ai donc demandé au père Noël de me l'apporter. Et si je l'ai, je l'amènerai pour vous la montrer.

Tomaso la regardait. Assis à côté de lui, Boo se mit à faire tournoyer les ciseaux sur la table. Tomaso étendit la main pour faire cesser le bruit mais sans quitter Lori des yeux.

— Lor, tu crois au père Noël? demanda-t-il.

Sa voix était posée, sans émotion; mais une nuance de tendresse dans le ton empêchait qu'on prît mal la question. Lori leva les yeux.

— Ben oui.

Une sorte de défi perçait dans sa réponse. Tomaso ne poursuivit pas.

— Le père Noël existe vraiment, ajouta Lori. (Sa voix avait encore quelque chose de défensif.) je l'ai vu, de mes yeux vu, hier soir, tu sais, Tomaso.

Tomaso hocha la tête et baissa les yeux sur son travail. Décidément, j'aimais ce gamin. Malgré la cuirasse qu'il arborait, il ne se révélait jamais aussi dur à cuire qu'il souhaitait l'être, je pense, au fond de son coeur.

— Le père Noël existe, n'est-ce pas, Torey? demanda Lori.

Je craignais d'être entraînée dans cette conversation. Il m'était plus difficile de parler du père Noël que de la sexualité, on ne pouvait s'appuyer sur aucun fait. Tout dépendait de chacun. Tel enfant avait besoin de croire au père Noël parce qu'il vivait avec une mère qui le battait. Tel autre avait besoin de croire en l'esprit du Bonhomme Noël parce que la vie lui avait pris des choses sans jamais rien lui donner. Et un troisième n'avait pas besoin de cette fiction; pour lui ou pour elle la réalité n'existait pas, c'était tout. En somme, une question très compliquée.

Lori, je pense, avait besoin du père Noël. Elle avait besoin de savoir qu'on ne jugeait pas toujours la valeur d'une personne à la façon dont elle trace ses lettres. Elle avait besoin d'un rêve dont la splendeur dépasse la vie. Rien d'autre ne pouvait compenser ses déficiences.

Tomaso devait avoir senti la même chose que moi. C'est lui qui vint à ma rescousse au milieu d'un silence embarrassé, en disant tout à coup:

— Je crois au père Noël moi aussi, Lor.

— Ah oui? fit-elle, étonnée.

— Oui, j'y crois.

— Ma soeur y croit pas. Elle se moque de moi. Mais je lui dis qu'il existe vraiment. Je l'sais.

Tomaso acquiesçait. Puis, il se remit à son travail, sans nous regarder ni l'une ni l'autre.

— Il y a beaucoup de choses qui sont vraies, dit-il, mais nous le savons pas.

— Libby se demande où est le père Noël, s'il existe. Elle dit que celui du centre commercial n'est pas vrai. C'est juste un homme qui a mis un costume rouge. Et c'est la même chose pour le père Noël du centre ville au Bon Marché. C'est aussi un homme déguisé. (Lori repoussa les guirlandes en face d'elle d'un air indigné.) Je le sais. Pourquoi elle arrête pas de me seriner ça? Comme si j'étais un bébé. Je sais bien que c'est un vieux qui se déguise. (Puis elle tourna les yeux vers moi, des yeux immenses, pleins de ressentiment.) Mais il y a tout de même un père Noël aussi.

Je hochai la tête.

— Libby, elle, elle se demande comment il se fait qu'on ne voie jamais le père Noël, s'il existe. Elle dit qu'il y a personne qui vit au pôle Nord. Y a rien que d'la glace là-bas. Et des Esquimaux. Et y a aucun d'entre eux qui est père Noël. Nos parents, ce sont eux qui nous donnent les cadeaux. Et l'père Noël c'est qu'des histoires pour les bébés. C'est ce que dit Libby.

— Mais il y a un paquet de choses qu'on ne voit pas et les gens y croient quand même, dit Tomaso. J'ai jamais vu Jésus, moi, mais j'y crois. Pareil pour Marie. Chaque soir quand je dis mes prières, je sais que Jésus et Marie m'écoutent mais j'ai jamais vu ni l'un ni l'autre. Et j'sais pas où est le Paradis, je l'ai jamais vu. (Tomaso avait mis un coude sur la table et posé le menton sur sa main d'un air pensif, tout en regardant Lori travailler.) Mais je sais que Marie, Jésus et le Paradis existent vraiment. Même les adultes savent ça. Je pense que pour le père Noël c'est la même chose. Une sorte d'esprit, quoi.

Lori me regarda.

— C'est vrai ce qu'il dit?

— Je pense que c'est une façon de voir les choses, dis-je.

— Et puis, continua Tomaso, je pense que le père Noël permet aux gens de se sentir bien à l'intérieur et d'aimer les autres ou de vouloir leur donner des cadeaux. Il ne vient pas lui-même le faire, mais il nous le fait faire à sa place. Un peu comme Frankenstein et son monstre.

— Mais alors pourquoi tous ces hommes qui se déguisent dans les magasins? demanda Lor. Pourquoi ils veulent nous tromper?

— Je pense pas qu'ils veuillent te tromper, Lor, dis-je. Je pense qu'ils le font parce que ça fait du bien aux gens. Ça les rend heureux de voir un père Noël.

— Libby n'y croit pas du tout.

— Libby est stupide, décréta péremptoirement Tomaso.

— Elle ne comprend pas tout à fait, Lor, ajoutai-je. Parfois, quand on découvre que les choses ne sont pas comme on le souhaitait, on est perturbé et on ne veut plus y croire pendant un bout de temps. Mais les sentiments, ça change. J'imagine que c'est ce qui se passe pour Libby. elle ne veut pas croire au père Noël parce qu'il n'est pas vraiment un gentil vieux monsieur en costume rouge, mais quand elle sera grande, elle verra que le vrai père Noël est beaucoup plus gentil. Elle y croira alors.

Lori réfléchit un moment.

— Alors, est-ce qu'on peut croire à ce type du centre commercial? Est-ce qu'on peut aller lui dire ce qu'on veut, même si c'est pas pour de vrai?

Je souris.

— Oui, j'imagine qu'on peut très bien. N'est-ce pas, Tom?

Il approuva de la tête.

— Ouais, je pense que c'est régulier. Le vrai père Noël accepte ça.

Mais il y a ceux qui sont bien loin de l'esprit du père Noël.

Durant la deuxième semaine de décembre, j'avais emmené les enfants dehors pour la récréation. Il y avait du soleil ce mercredi-là, avec cette luminosité propre à l'hiver. Peut-être n'aurais-je pas dû les laisser sortir. Il faisait encore froid et une mince couche de glace couvrait la partie bétonnée du terrain de jeux, les balançoires et les appareils de gymnastique. Je dis aux enfants de rester sur la pelouse, à l'écart des équipements glissants, et comme cette belle journée nous changeait des semaines humides et sombres de l'hiver , je les laissai s'en donner à coeur joie.

Pendant que Lori et Boo couraient, je bavardais avec Tomaso appuyée au mur du bâtiment, en plein soleil. Tomaso me parlait d'une émission de télévision qu'il avait particulièrement appréciée et du comédien qui en était la vedette; il avait envie d'écrire à ce comédien pour voir s'il lui répondrait. Dans le feu de la conversation, je ne surveillais pas Boo et Lori d'aussi près que j'aurais dû. Ils étaient entrés sur le terrain de jeux à mon insu.

Tout à coup, j'entendis un cri perçant.

Boo. J'eus tout juste le temps de le voir tomber des barres fixes. C'est Lori qui avait crié. Boo, lui, n'avait émis aucun son.
— Boo! criai-je en accourant. (Tomaso courait derrière moi.) Boo! Boo!

Je touchai son visage. Il gisait, ramassé sur le sol d'une façon un peu insolite. Avec mille précautions je ramenai sa tête vers l'arrière. Du sang jaillit au coin droit de sa bouche.

Lori criait tandis que Tomaso s'agitait nerveusement derrière moi.

— Pourquoi il bouge pas? Il est mort? dit-il (A ces mots Lori se mit à pleurer encore plus fort.)
— Pour l'amour du ciel, Tomaso, il n'est pas mort, voyons. Qu'est-ce que tu dis là?
— On devrait peut-être prier, proposa Tomaso et il tomba à genoux à côté de moi.
— Tomaso! criai-je exaspérée. Va chercher du secours, veux-tu! Remue-toi, bon sang! Va chercher quelqu'un.

Il était comme un paquet de nerfs, bondissant sur ses pieds et ne sachant que faire l'instant d'après. J'indiquai la porte et il partit. Boo s'étira. Il était à moitié dans mes bras et à moitié dans le sable sous les barres fixes. Je ne sentais aucun os brisé. Je craignais une commotion cérébrale. Enfin il ouvrit les yeux et cligna des paupières avec une expression un peu égarée. Puis sous le coup de la douleur il se mit à gémir.

Dan Marshall et toute une nuée d'employés de l'administration arrivèrent en courant derrière Tomaso. Dan s'accroupit à côté de moi et se mit à examiner Boo minutieusement pendant que je le tenais dans mes bras. Boo pleurnichait doucement maintenant. Un filet de sang s'échappait de ses lèvres.

— Vous l'avez vu tomber?

Je fis signe que oui.

— Je ne l'ai pas vu se cogner ailleurs que sur le sol.

Dan entrouvrit délicatement la bouche de Boo. Du sang se répandit sur sa main.

— C'est sa langue. Regardez.

Au bout de la langue, Boo avait une entaille profonde de quelques centimètres. Derrière nous Lori gémissait.

— Il faudra lui faire des points de suture, dit Dan.

Il s'adressa à l'une des aides derrière nous.

— Mary, appellez sa mère pour qu'elle vienne nous rejoindre à l'hôpital.

— Allons-y, dit-il. Je conduis.

— Et mes autres élèves? demandai-je.

— Te fais pas de soucis pour nous, Torey, dit Tomaso. On sera sage, moi et Lori, t'en fais pas.

A côté de Dan au volant, je tenais Boo sur mes genoux. Il pleurait, puis après un moment il cessa. Je tenais un sac de plastique sous son menton pour recueillir le sang et d'éventuels vomissements. Boo frappait frénétiquement contre mes jambes et essayait de se balancer, mais le sac et le peu d'espace dans la voiture ne lui permettaient guère de tels mouvements.

Mrs. Franklin vint à notre rencontre dans le parking de l'hôpital. C'était Dan maintenant qui transportait Boo, remuant et glapissant, dans la salle des urgences. Nous avions tous deux nos vêtements tachés de sang.

Mrs. Franklin dut remplir d'interminables formulaires tandis que Dan et moi portions Boo jusqu'à la table d'examen. Dan le déposa, et Boo s'affaissa comme une poupée de chiffon, le sang s'écoulait de sa bouche et se répandait sur le col de sa chemise.

On entendait en bruit de fond le battement incessant de ses paumes contre le papier blanc de la table.

— Alors, jeune homme, comment allons-nous aujourd'hui? (Un médecin en blouse blanche était apparu, le verbe haut, plein d'assurance, en face de Boo. Sa voix éclatait au milieu de notre silence encore rempli de panique.)

Je me retournai vers Dan et vis qu'il était parti. Sans doute m'avait-il abandonnée pour aller fumer une cigarette. Il fumait rarement mais je savais que le sang le troublait. Je l'avais vu devenir vert.

Le médecin était un homme d'âge mûr, dans la cinquantaine peut-être, avec des cheveux grisonnants, les traits larges: le médecin dans toute sa splendeur.

— T'as fait une chute à l'école, c'est ça?

Boo battait l'air frénétiquement, avançant les mains pour attraper le bras du médecin et le sentir.

— Hé, bas les pattes! Qu'est-ce que tu fais? Baisse les mains et dis-moi ton nom. Quel est ton nom?

Boo se tortilla et il cracha le sang qui lui emplissait la bouche.

— Tu peux pas me dire ton nom? Un grand garçon comme toi? Tu as trop mal pour parler?

— Il ne parle pas, dis-je puisque j'étais, selon toute apparence, la seule personne sur place à pouvoir répondre pour Boo.

— Vous êtes sa mère? demanda le médecin.

— Non. Je suis son institutrice.

— Qu'est-ce qui ne va pas chez lui? poursuivit le médecin. Mentalement, je veux dire.

— Il est terrifié. Ho, Ho, Boo. Je suis là, regarde. Maintenant détends-toi. Tout va très bien. Il faut laisser le docteur te regarder. Tiens, prends ma main.

— Qu'est-ce qu'il a? Il est psychotique?

Je haussai les épaules.

— Autistique, je pense. On ne sait pas.

— Dommage, tout de même, reprit le médecin. Un si beau petit garçon. Avez-vous remarqué qu'ils sont tous comme ça. Quel gâchis!

Mrs. Franklin entra sur ces entrefaites. Elle prit ma place près de la table d'examen et réconforta Boo. Lentement, le médecin entreprit de maintenir la bouche de Boo ouverte.

Il dit qu'il était nécessaire de suturer la coupure que Boo s'était faite à la langue. Une infirmière arriva avec des entraves et attacha Boo à la table. Jusque-là, on pouvait comprendre. Les mains de Mrs. Franklin s'agitaient fébrilement. Un faux mouvement de part et d'autre pouvait être dangereux. Et Boo était si terrifié à ce moment-là que ses mouvements rendaient impossible toute intervention dans sa bouche. Oui, on pouvait accepter facilement les entraves, mais ce que j'avais du mal à comprendre c'était le médecin. Je le vis prendre l'aiguille et l'enfiler, puis se pencher au-dessus Boo alors que l'infirmière ajustait l'entrave de la tête.

Boo hurlait.

Je me tenais dans un coin éloigné de la pièce. Je m'approchai. Mais j'étais embarrassée.

— On ne lui fait pas d'anesthésie? murmurai-je à l'oreille de Mrs. Franklin.

Pauvre petit bout de femme effrayée. Elle savait ce qui se passait. Elle cacha sa tête et se mit à pleurer.

Boo criait à fendre l'âme.

Je demeurai dans l'embarras. Boo criait si fort que je n'arrivais plus à suivre mes pensées. Je m'approchai, assez près cette fois pour toucher la blouse blanche et raide du médecin:

— Excusez-moi. (J'hésitais à intervenir parce que je ne savais pas ce qui allait se passer et après tout, ce n'était pas vraiment mes affaires. Mais mon embarras était trop grand.) Excusez-moi, docteur, répétai-je et cette fois je touchai sa blouse, vous ne lui faite pas d'anesthésie? Une anesthésie locale ou quelque chose...?

Le médecin se tourna vers moi. Son expression me révéla tout de suite qu'il pensait que je devais comprendre toute seule.

— Vous savez, dit-il, il ne sent pas vraiment la douleur. Ces gens-là n'ont pas de vraies sensations, mais seulement ce qu'ils imaginent. Pourquoi gaspiller avec eux des produits précieux?

Les hurlements de Boo s'étranglèrent dans sa gorge en une sorte de gargouillis et se réduisirent à un cri rauque avant qu'il ait pût reprendre sa respiration, assez pour hurler de nouveau.

J'étais abasourdie. C'était là une situation à laquelle je n'étais absolument pas préparée. Ce qui se passait devant mes yeux dépassait tout ce que j'avais pu connaître ou imaginer jusqu'alors. En réalité, je ne ressentis même pas d'émotion de prime abord. Je restai simplement figée, incrédule.

Puis la colère monta en moi. Avec une violence telle qu'elle explosa en cris de toutes sortes. Il ne pouvait faire ça, ce Méphisto en blanc, ce diplômé d'Auschwitz! Non, il ne s'en tirerait pas comme ça! Ah, si je pouvais lui arracher la peau centimètre par centimètre, il ne s'en tirerait pas comme ça. Je me mis à lui hurler des injures, enterrant momentanément les cris de Boo. Je n'avais jamais été aussi bouleversée. Ah oui, je lui arracherais la peau morceau par morceau...

J'aurais voulu l'écorcher. C'était la première fois de ma vie que je souhaitais sérieusement faire mal à un autre physiquement. Ce n'était pas même une pensée consciente; j'étais au-delà de la réflexion.

Un homme vêtu de blanc que je n'avais pas vu entrer m'entraîna hors de la salle. Il me laissa dans le hall et me dit de partir.

Ma colère mit du temps à s'apaiser. Mrs. Franklin avait été explusée de la salle elle aussi et elle pleurnichait en marchant le long du corridor. J'aurais voulu la gifler pour sa docilité stupide. Dan était assis dans la salle d'attente, une tache de sang sur sa cravate. J'eus envie de lui donner des coups de pied.

L'adrénaline dans mon sang me faisait trembler et je ne pouvais rester assise avec eux. Je me levai donc et fis les cent pas dans le couloir pour me calmer. Dan grillait cigarette sur cigarette, contemplant la cendre qui augmentait. Mrs. Franklin, assise sur le bord d'une chaise, tamponnait ses yeux avec un mouchoir. Et moi j'arpentais le corridor.

L'incident ne cessait de me tourmenter. Ce misérable avait torturé volontairement un gamin sans défense et tout ce que je pus prendre comme mesure de représailles fut de remplir en trois exemplaires un formulaire de réclamation.

Ce court épisode, qui dura à peine dix minutes, fut le plus dramatique de ma carrière.

De retour à l'école, durant les vingt minutes qui restaient jusqu'à la fin de la journée, je m'employai à apaiser les craintes de Tomaso et de Lori. Tout irait bien pour Boo maintenant. Il était reparti chez lui avec sa mère mais il serait de retour à l'école demain, si tout se passait bien. Quand je leur remis des feuilles de papier, je remarquai que mes mains tremblaient encore. S'ils s'aperçurent de ma détresse, ils ne firent pas de commentaires. Je leur en sus gré. Je n'aurais pu partager mon émotion avec eux. Elle était encore trop vive. D'ailleurs, je n'aurais pu la partager avec personne.

— Tu sais, me dit Lori plus tard alors qu'elle mettait ses caoutchoucs avant de s'en aller chez elle, je voulais pas faire tout ce boucan au terrain de jeux. Je voulais pas crier comme ça.

— Je sais, Lor. Moi aussi j'ai eu peur.

Elle se leva et haussa les épaules. Ou plutôt une seule épaule.

— Non, c'était pas ça. Je sais pas comment le dire comme il faut. J'étais pas vraiment effrayée. C'était seulement que... eh bien, c'était pour Boo. Je voulais pas qu'il ait mal.

Elle se mordit la lèvre supérieure, semblant absorbée par des pensées profondes avant de me regarder de nouveau.

— Je voudrais pouvoir l'expliquer bien. Parfois j'ai comme une sorte d'envie que ce soit moi qui sois blessée. Alors au moins je saurais comment ça fait mal et je pourrais faire quelque chose pour soulager la douleur. Mais quand un autre se fait mal, il y a rien qu'on peut faire pour lui enlever le mal. Tu vois ce que je veux dire?

— Oui, je pense que oui.

— C'est un peu ça qui m'a fait pleurer. Je déteste ça, je déteste voir les autres se faire mal.

Je lui souris. Elle tourna les talons et alla mettre son manteau. je continuai de sourire, une expression qui convenait peu à ce qu'elle m'avait fait ressentir. En mon for intérieur, j'adressai une prière de remerciement à celui qui avait permis que je travaille ici plutôt qu'une douzaine de rues plus loin, à l'hôpital.

10

Le plus triste chez l'être humain, c'est l'étendue de son ignorance.

Quand on travaille avec des enfants, on a facilement tendance à se croire omniscient. Avec eux, j'essayais de rester vigilante face aux fausses sécurités des théories, aux postulats solennels des manuels et des cours d'université; j'essayais de garder de la place dans mon esprit pour les contradictions de la vie quotidienne. Ce n'était pas simple, car je continuais d'exiger des réponses. Intellectuellement, je pouvais accepter que des questions restassent à jamais sans réponse. Mais, affectivement, je n'ai jamais pu.

Tomaso continuait d'être un véritable défi pour moi. Juste au moment où je pensais être arrivée à cerner sa personnalité et à savoir désormais quelle conduite adopter, il rebondissait dans une nouvelle direction. Avec lui plus qu'avec tout autre élève que j'avais eu, il était facile de retomber dans mon omniscience d'adulte: démontrer par A plus B pourquoi il agissait de cette façon, pourquoi il avait tel ou tel comportement. Je démolissais les théories sur la maladie mentale avec une ardeur de jeune Freud, parce que j'ignorais ce qui se passait chez lui et que cette incompréhension de ma part m'effrayait. Je m'étais rabattue sur le vieux truc des éducateurs et des psychologues - le magnétisme des chamans - qui consiste à nommer une chose pour acquérir du pouvoir sur elle. Alors, comme l'apprenti-sorcier, dans mon ignorance je touchai la vérité.

Il y avait une vente promotionnelle de bulbes de jacinthes au drugstore. Une grosse caisse de bois avait été placée à la porte, surmontée d'une immense affiche de couleur voyante proclamant que la marchandise provenait directement de Hollande: ACHETEZ MAINTENANT POUR LE PRINTEMPS! TOUTES LES COULEURS! TROIS POUR 1$. Je souris en passant près de la caisse. J'aimais les jacinthes. Elles me rappelaient mes années de collège dans l'Etat de Washington où d'immenses massifs de fleurs s'épanouissaient à l'extérieur de la bibliothèque publique où j'avais l'habitude d'étudier. Mais ici, le climat était plus froid et plus sec et ces fleurs poussaient mal. Il était donc probable que ces petits bulbes ne verraient jamais le printemps.

Je m'arrêtai sur le pas de la porte, me demandant si nous pourrions faire pousser des bulbes dans la salle de classe. Arriverions-nous à les faire fleurir précocement durant les longs jours de neige de janvier et de février? Lori serait enchantée. Et Boo aussi, je pense. Quant à Tomaso, je n'en savais rien. Avant de franchir la porte du magasin, je fouillai dans les poches de mon pantalon pour voir combien j'avais sur moi: Trois dollars vingt-huit. J'achetai neuf bulbes de trois couleurs différentes.

Ah, le beau désordre! Des pots, de la terre, du papier journal et des cuillers jonchaient le plancher. Un livre rempli d'illustrations était ouvert en face de nous. J'avais lu aux enfants des passages sur les bulbes, les jacinthes, puis sur la façon de mettre en pot, de cultiver et de forcer la croissance. Je leur expliquai qu'il faudrait mettre les plantes dans des pots de fleurs puis les laisser au réfrigérateur durant six semaines pour permettre aux racines des bulbes de pousser.

Lori ne manquait pas un mot de ce que je disais. Elle tenait un bulbe entre ses doigts, et le faisait rouler sans cesse en étudiant les illustrations du livre.

— J'vais faire ça à la maison, dit-elle. J'vais demander à papa de m'en acheter quelques-uns, à moi et à Libby. Il faut que j'écoute bien tout ce que tu dis.

Elle se tourna vers Boo à côté d'elle.

— Hé, Boo, regarde toi aussi. Tu vois ces fleurs? Non, non, pas là. Ici. Tu vois? C'est ça qu'on va faire.

Boo, avec sa pauvre langue tout enflée, laissait Lori lui tourner la tête.

— Je veux en faire quatre, dit Tomaso.

— On les fait ensemble, Tom, expliquai-je. On a seulement deux pots.

— Je veux faire les miens. J'veux pas mettre mes fleurs dans des pots moches comme ceux-là. J'veux avoir mes pots à moi.

— C'est une bonne idée, Tomaso. Peut-être qu'on pourra le faire bientôt, mais pour l'instant, il faut planter dans ces pots-là. C'est tout ce que nous avons. Et puis, c'est juste pour les mettre au frigo, alors peu importe dans quoi ils sont.

— Je veux en faire deux, et je veux les mettre dans mes pots à moi. (Il prit une cuiller et l'agita d'un air menaçant dans ma direction.) Je veux un pot pour moi et un autre pour donner à mon père.

— On les plante seulement pour la classe, Tom. Pour les mettre sur l'appui de la fenêtre en janvier. (Je ne savais pas comment aborder la question de son père assassiné.) Personne n'est censé les apporter à la maison.

— Non!

Il explosa en jurons de toutes sortes et bondit sur ses pieds. Il me lança la cuiller. Je n'eus que le temps de baisser la tête, elle passa au-dessus de mon épaule gauche.

— Non! Non! Non! Je veux mes fleurs à moi, tu entends, maîtresse à la con. Tu m'entends? J'en veux une à moi tout seul!

— Tomaso, s'écria Lori, prends la mienne.

— Va te faire foutre! (D'un violent coup de pied, il envoya voler les pots de terre à travers la pièce.) Je t'emmerde!

— Holà, holà!

Je m'élançai pour le ceinturer par-derrière. Il essaya furieusement de se dégager mais je le tenais fermement. Nous luttâmes ainsi une minute ou deux, comme nous l'avions déjà fait si souvent. Il m'écrasa les pieds et je serrai les dents pour ne pas crier. Lori et Boo nous regardaient les yeux écarquillés. S'ils avaient peur, lorsque Tomaso et moi avions de ces petits démêlés, ni l'un ni l'autre ne le montraient guère. Cependant ils ne nous quittaient pas des yeux. Et Lori se tenait prête à détaler au cas où elle et Boo devraient s'écarter du chemin.

C'est au moment où nous étions ainsi engagés dans un combat sans merci que mon esprit s'en alla interroger les théories. Pourquoi faisait-il cela? Quel spectre dans son passé se dressait si impitoyablement quand on lui refusait des jacinthes? Quel complexe, quel désir non comblé gardait son père encore vivant dans la tête de ce jeune garçon? D'où venait donc cette immense colère? J'étais un chaman implorant des dieux invisibles. Et que mes dieux s'appellassent Freud, Maslow et Skinner, ne réduisait d'aucune façon ce pouvoir divin que je leur attribuais alors. Comme tout bon agnostique, j'étais beaucoup plus apte à croire sous la pression de la nécessité. Allons, criais-je à tous mes dieux, expliquez-moi ce môme! Ne le laissez pas me tenir en échec de cette façon.

Puis, comme toujours, je sentis la colère de Tomaso s'évanouir. Ses muscles se relâchèrent; il soupira; son corps devint plus lourd. Je relâchai un peu ma prise et nous nous assîmes, moi sur la chaise, et lui entre mes jambes, pas tout à fait sur mes genoux mais pas loin.

— Je pense que j'pourrai réparer ce pot, dit Lori doucement dans le silence qui s'était abattu sur nous, et elle montra les morceaux.

Je hochai la tête.

— Mon père a quelques pots dans son garage, je crois. J'pourrais les apporter, dit-elle.

— Non, Lor, ça va. Ne t'en fais pas. On ira chercher des boîtes de lait à la maternelle. On plantera nos jacinthes dedans. Ce sera mieux de toute façon.

J'avais laissé Tomaso, qui avait glissé de la chaise pour tomber assis à mes pieds. Il se tourna vers moi.

— Est-ce que je peux en amener une à mon père? (Sa voix était presque inaudible.) Quand on les aura fait pousser, peut-être?

Que pouvais-je, que devais-je lui dire? Avec lassitude je haussai les épaules.

— Je pense que oui, Tom. Si tu le veux alors, je pense que tu pourras en avoir une.

— O.K.

J'envoyai Lori en bas chercher les boîtes de lait pendant que Tomaso, Boo et moi ramassions les morceaux épars des pots de terre et les jetions aux ordures. Puis nous nous remîmes, cuillers à la main, à planter des bulbes dans la terre. Mais Tomaso restait renfrogné.

— Lor, fais attention à ne pas les enterrer trop profondément. Comme ça, tu vois, dis-je.

— D'accord.

— Tom, tu y arrives?

Il leva les yeux.

— Pourquoi tu m'appelles toujours comme ça?

— Comment?

— Tom. Je m'appelle pas Tom, je m'appelle Tomaso. Et tu le dis même pas comme il faut. C'est To-MAH-so.

— C'est pas ce que je dis?

— Non, tu l'dis pas bien. Et en plus tu m'appelles Tom. Je m'appelle pas Tom.

— Je voulais pas te fâcher, j'aime employer des diminutifs, c'est tout.

— Bien oui, c'est comme quand elle m'appelle Lor tout le temps au lieu de Lori. Sauf quand elle est fâchée contre moi. Alors c'est Lori.

Tiens, je n'avais pas remarqué cela.

— J'aime pas, un point c'est tout. Tom est un nom américain, et je suis espagnol. Alors cesse de m'appeler comme ça.

— O.K., j'vais essayer, dis-je.

— Ça vaut mieux. J'aime pas qu'on me donne des noms de gringo. (La colère perçait encore dans sa voix.)

Je continuai à discuter de bulbes de jacinthes avec Lori et de trucs de plantation tout en aidant Boo avec son bulbe. Il roucoulait doucement pour lui-même, et le bruit était assourdi par sa langue enflée. Cependant, derrière la quiétude de notre conversation, je sentais monter la colère de Tomaso. Je le guettais attentivement, sinon avec les yeux du moins avec mon esprit, parce que je pressentais l'imminence d'une autre explosion.

Boo tendit la main pour prendre une autre cuiller et renversa accidentellement un carton de terre à empoter.

— Eh, fais attention, moutard! J'vais t'aplatir ton sale petit museau si tu recommences.

— Tomaso, dis-je fermement.

— La ferme!

La colère le rendait maladroit. Il n'arrivait pas à disposer la terre autour du bulbe dans son carton. Et dans un geste d'impatience il envoya promener la caisse d'un violent coup de poing.

— J'en ai rien à foutre! Quelle connerie tout ça! C'est ta faute si ça marche pas. Mon père, lui, il aurait su comment faire.

Je le regardai.

— C'est à cause de ton père que t'es si agressif, n'est-ce pas?

Quelle phrase stupide! Du genre qui fait bien sur un divan de psychanalyste ou dans un manuel de psychologie mais sûrement pas dans ma classe. Et que ce fût somme toute la vérité ne rendait pas mon propos moins maladroit pour autant.

Tomaso se figea. Ses yeux s'écarquillèrent comme frappés d'horreur. J'en avais trop dit. Je vis les larmes apparaître dans ses yeux. Il leva les mains en l'air et les rabattit sur ses oreilles. Mais l'explosion que je croyais avoir précipitée ne vint pas. Il se laissa tomber sur le côté comme s'il souffrait les affres de l'agonie, les yeux fermés.

— Putain de bordel, gémissait-il, pourquoi y a toujours autant de bruit ici? Ca me fait mal aux oreilles: Ca me tue! Là, ça bat dans mes oreilles. Il faut que ça cesse!

Puis avant que j'aie eu le temps de réagir, il partit comme l'éclair, traversa la pièce en courant, tira le verrou et sortit.

Nous restâmes tous les trois abasourdis, paralysés. Durant quelques instants aucun de nous ne broncha. Puis Lori se tourna vers moi.

— Qu'est-ce qui s'passe?

— J'sais pas trop.

Boo nous regardait avec ses yeux verts arrondis, insondables.

— Oh, oh, oh, oh, se contenta-t-il de dire. (C'est à peu près ce que je ressentais moi aussi.)

Je n'arrivais pas à trouver Tomaso. J'avais laissé Lori et Boo sous la surveillance d'une aide scolaire et j'étais partie à sa recherche. Mais je ne le trouvais nulle part. La pensée qu'il avait pu quitté l'école faisait monter mon angoisse. Cependant, je ne croyais pas qu'il l'eût fait. Je parcourus le hall, les corridors, fouillai tous les coins et recoins du bâtiment en forme de H. Je n'appelais pas, car s'il s'était caché c'était inutile, et une sorte de loi du silence m'empêchait d'alerter des personnes étrangères à notre histoire.

Je parcourus de nouveau le bâtiment de long en large, vérifiai les armoires-bibliothèques qui n'étaient pas verrouillées et les vestiaires du gymnase. Je sortis pour voir dans le parking s'il ne se cachait pas entre les voitures. Je fis rapidement le tour des rues avoisinantes. Je me demandais si Tomaso serait capable de retrouver son chemin jusque chez lui. Il devait parcourir plusieurs kilomètres en autobus à travers la ville. Mais avec l'instinct de survie qu'il possédait, je savais qu'il pourrait très bien se débrouiller. Il n'en serait pas moins affolé, ça je le savais aussi. Je revins à l'école et cherchai encore. J'avais un grand poids sur l'estomac, une vive angoisse à l'idée de devoir appeler ses parents nourriciers pour leur dire qu'il s'était enfui.

Et puis tout à coup je le découvris. Je pense que je n'aurais pu l'apercevoir s'il n'avait pas bougé. J'étais dans le fond du gymnase, sur la scène aux rideaux lourds où l'on avait rangé tous les vieux pupitres et les accessoires de spectacle. Tomaso était là au milieu de ce bric-à-brac, accroupi sous une vieille table. En marchant, j'avais entendu un bruissement dans la pénombre, c'est alors que je l'avais aperçu. Des larmes roulaient encore sur ses joues et sa figure était maculée par toute la poussière qui s'était accumulée dans ces coulisses depuis des années. La morve coulait sur sa main.

Les coulisses étaient éclairées par une ampoule dont la puissance ne devait pas dépasser quarante watts. Cet éclairage ne m'aidait guère à le distinguer. Je dus me mettre à quatre pattes et coller le visage au niveau du sol.

— Salut, dis-je.

Il me regarda avec ses grands yeux noirs et ne dit rien.

— Je suis désolée, Tom... Tomaso. Je n'aurais pas dû parler comme ça. J'ai dit des choses que je n'avais pas le droit de dire. (J'avais du mal à discerner son expression dans l'ombre.) Veux-tu revenir en classe?

Il secoua la tête.

Je me mis à plat ventre pour mieux le voir. Il devait se trouver à deux mètres de moi, sous la table du fond, au milieu d'un monceau de vieux pupitres. Certains de ces pupitres étaient de vieux modèles avec des pattes en fer forgé qu'on vissait au plancher autrefois. Je me demandais comment Tomaso avait bien pu se fourrer là. Nous nous épiions l'un l'autre. Je sentais un fossé nous séparer. Il avait suffi d'un faux pas en classe pour nous amener là tous les deux, dans la pénombre, à plat ventre par terre, physiquement proches mais en réalité très éloignés.

— Je suis désolée, Tomaso. Je regrette beaucoup ce que j'ai dit. Que puis-je faire d'autre?

— Va-t'en.

— On fait des erreurs parfois, Tomaso. Ça m'arrive à moi aussi. Je suis désolée de t'avoir bouleversé. J'ai eu tort.

— Merde, tu vas te taire, non? Tout c'que tu sais faire, c'est parler, parler, parler. Pour l'amour du Christ, quand donc tu vas te mettre à écouter?

Et vlan! Voilà qui me remettait à ma place. Le coup avait porté et je me tus. Nous continuâmes de nous épier dans l'ombre poussiéreuse.

Les minutes passaient. Quelle heure pouvait-il être? J'entendais le tic-tac de ma montre mais je n'osais pas la regarder. Je m'inquiétais pour Boo et Lori, qui étaient avec l'aide scolaire. Et nous restions toujours là, sans bouger, sur le sol.

Tomaso étira un bras pour essuyer son visage. Il pleurait sans bruit. Je le regardais à travers une forêt de pattes de pupitres. Il me renvoyait mon regard. Le fossé entre nous commençait à se réduire.

Bientôt nous parvint le bruit de pas des élèves dans le corridor. Bon sang, ce ne pouvait être déjà la fin de la journée? Qu'allais-je faire? Je changeai légèrement de position.

— Ne me laisse pas, murmura-t-il si bas que je l'entendis à peine.

— Non, je reste. (Ma voix était devenue sans que je m'en rende compte, un murmure.)

Nouveau silence. Nouvelle attente. Cela ne faisait plus de doute, c'était la fin des classes. Les corridors résonnaient de cris joyeux. J'étais paralysée par la peur que quelqu'un entre inopinément et dérange notre étrange tête-à-tête. Mais c'était là une inquiétude sans fondement. J'avais peut-être traversé l'édifice trois fois avant de songer à venir ici. Seul Tomaso pouvait penser à un endroit pareil.

Puis, tous les élèves partis, le calme revint. Lori devait être rentrée chez elle maintenant, car elle habitait près de l'école. La mère de Boo était sûrement venue. Je regrettais de n'avoir pu dire au revoir aux enfants.

Nous restions à attendre. Je commençais à avoir des crampes à force de rester à plat ventre sur ce plancher de bois brut, et la poussière me chatouillait le nez.

— Je veux me tuer, dit Tomaso dans un murmure.

— Vraiment?

Il hocha la tête.

— Pourquoi donc?

— Je ne supporte plus d'être ici.

— Ici? Tu trouves l'école dure?

— Non, pas ici, idiote! Ici, le monde.

— Ah!

— Et je sais comment faire. J'ai tout prévu. J'avalerai des cachets. J'en ai, tu sais. Mon père nourricier prend des pilules bleues pour quelque chose, la tension, je crois; en tout cas, j'lui pique des pilules depuis pas mal de temps déjà. J'en ai juste assez maintenant, je pense. J'm'enfermerai dans ma chambre et j'les boufferai toutes d'un coup. Et j'm'attacherai un oreiller sur la figure pour être bien sûr que ça marche. Je veux mourir.

Je le regardais, et il me semblait que ses dix années de vie s'étaient rassemblées là, sous la table.

— J'veux plus vivre. J'en ai plus envie, absolument plus. C'est trop dur.

Les mots ne me venaient pas. Que pouvais-je lui dire?

Glissant sur le ventre, je me rapprochai autant que possible de lui. J'avançai la main à travers les pattes des pupitres, mais il devait me manquer près d'un mètre encore pour l'atteindre.

— Tomaso, tu peux toucher ma main?

Un moment d'expectative. Je pouvais voir ses yeux mouillés de larmes briller dans l'ombre.

— Tomaso, tu peux m'atteindre?

— Peut-être bien.

— Prends ma main.

Un bruissement. Le craquement d'un pupitre qu'on pousse. Puis je sentis sa main dans la mienne. Elle était froide et humide.

— Accroche-toi à moi, Tomaso. Ne te laisse pas aller.

Et nous restâmes ainsi, contorsionnés entre les pattes des vieux pupitres, nos visages couverts de poussière. Les minutes s'écoulaient. Je sentais les battements de mon coeur résonner contre le plancher.

— Mon père est mort, souffla Tomaso.

— Je sais.

— Je veux mourir, moi aussi. Je veux rejoindre mon père. Je veux m'en aller loin d'ici.

— Ne lâche pas ma main, Tomaso.

— C'est trop dur ici. La vie est trop dure.

Je le laissai continuer.

— Mon père nourricier me déteste. Ma mère nourricière me déteste aussi. Ils s'en fichent, après tout, que j'vive ou que j'meure. Je suis l'enfant de personne. Tout le monde me déteste.

— Pas Lori.

— Quoi?

— J'ai dit que Lori ne te déteste pas.

— Peuh! Lori? C'est rien qu'une petite môme. Un bébé.

— Oui, mais c'est quelqu'un tout de même.

— Ouais. (Pause. Puis le silence.) J'la déteste pas moi non plus.

— Je le sais, dis-je.

— On peut pas détester Lori. Même si on voulait.

— Non, on peut pas.

Une autre longue pause. Je laissai échapper un soupir. La main de Tomaso serra la mienne.

— Et toi, Torey, tu m'détestes pas?

— Non.

— Si, tu me détestes.

— Non.

Je lui souris. Doucement. Tristement. Que pouvais-je lui dire qu'il croirait?

Nous continuâmes de nous regarder, nous tenant la main, comme deux rescapés. Puis je sentis l'émotion m'envahir tout à coup. J'allais me mettre à pleurer moi aussi. Ce que je faisais était trop difficile pour moi.

— Non, Tomaso, je ne te déteste pas. Je ne sais comment te le dire pour que tu me croies. Tu sais, tu vas me faire pleurer parce que je ne sais au juste quoi te dire mais je veux que tu me croies.

Il se taisait.

— Tu... tu es un garçon très spécial. Et je t'aime pour ça. C'est vrai, je te le jure. (Un aveu qui n'avait pas été facile.)

Il ne répondit pas. Il ne fit que continuer de me regarder. Mais des larmes réapparurent et roulèrent le long de ses joues.

— Viens ici, Tomaso. Sors de là, tu veux?

Il secoua la tête.

— Je t'en prie, viens.

Il secoua de nouveau la tête.

— J'ai besoin de toi, Tomaso. Viens ici pour que je puisse te serrer contre moi.

Il vint. D'une façon qui n'était ni lente ni rapide, ni silencieuse ni bruyante. Il se tenait debout devant moi après être sorti en rampant de sous les pupitres. J'étais encore à genoux sur le plancher de sorte qu'il me dominait d'une tête. Pendant un instant aucun de nous ne bougea. Sa figure était encore humide, ses cheveux ébouriffés. Alors il se pencha et se jeta à mon cou. Et moi, j'étreignis ses jambes.

— Tu leur diras pas que j'ai pleuré, hein? demanda-t-il enfin, la figure encore enfouie dans mes cheveux.

— Non.

— Tu le diras pas à Lori?

— Non.

— Je voulais pas pleurer. Je suis trop grand maintenant. Un homme ça pleure pas.

— Allons donc, on en a tous besoin parfois. Même les hommes.

Il fit un pas en arrière pour se dégager de mon étreinte. Il me regarda un moment. Puis très gracieusement il s'agenouilla et prit mon visage entre ses mains comme si j'étais un enfant qu'il fallait réconfortér. Avec un sourire de côté, énigmatique, il se contenta de dire:

— Tu peux m'appeler Tom, si tu veux.

11

Noël approchait déjà. Des airs de musique jaillissaient des magasins, des carillons et des ascenseurs. Il y avait une couche de neige de plusieurs centimètres, les bougies se multipliaient aux fenêtres et les guirlandes lumineuses clignotaient autour des porches des maisons. La gaieté se lisait sur tous les visages.

J'aimais beaucoup ce moment de l'année mais ce fut seulement en janvier que je réalisai combien j'étais heureuse de retrouver la vie de tous les jours. Je m'occupai des préparatifs de Noël avec mes gamins. Nous achetâmes un sapin à un vieil homme de quatre-vingts ans qui coupait encore ses propres arbres et qui les vendait dans un coin de parking du centre commercial. Après avoir choisi le plus gros et le plus fourni des sapins, je le plaçai tant bien que mal à l'arrière de ma petite voiture et nous revînmes tous les quatre à l'école couverts d'aiguilles et des fortes odeurs de résine. Nous suspendîmes des guirlandes de pop-corn et de canneberges jusqu'à ce que nos doigts fussent tachés de rouge, nous chantâmes des chants de Noël jusqu'à ce que nos voix fussent enrouées ; et nous fîmes des biscuits en pain d'épice pendant que Tomaso nous faisait entendre sa version personnelle de *Gingerbread Man*.

La magie de la saison nous enveloppait. Pendant un bref intermède, nous partageâmes une joie pure. Puis vinrent les vacances, dix jours de congé.

Nous avions décidé, Joc et moi, de donner une suprise-partie. Je projetais de partir dans le Montana deux jours avant Noël; aussi le vendredi soir précédent organisâmes-nous une grande soirée, à la bonne franquette, pour tous nos amis. Moi qui ne cours pas tellement les surprises-parties et qui en donne encore moins, j'avais été un peu effrayée par les quarante invités. Mais là comme dans tant d'autres situations, Jocco était sûr de lui. Il avait commandé la nourriture, les bougies, le vin, les chaises supplémentaires; il avait même placé le mobilier et emprunté des couverts. Moi j'étais responsable du déballage, du découpage et de la présentation de quatre kilos de fromage.

Malgré mes appréhensions, la soirée se déroula dans une franche atmosphère d'amitié et de gaieté, avec du *Tom-and-Jerry** à profusion et, pour le buffet, une demi-douzaine d'assortiments de gâteaux secs, fournis gracieusement par la soeur de Joc qui vivait dans le Massachusetts. Le chat sauta sur la table et grignota le fromage, Josh Greenberg dansa le charleston et Joc apprit à tout le monde à dire «Joyeux Noël» en français. Je fus gagnée par un sentiment de bien-être presque nostalgique, incapable de me rappeler un seul moment désagréable.

Le lendemain Jocco vint m'aider à nettoyer. Après avoir vidé les cendriers, enlevé toutes les parcelles de nourriture sur les tapis et lavé un monceau de vaisselle, nous nous installâmes au salon pour envelopper les cadeaux de Noël. Jocco avait apporté les siens, qui semblaient tous lourds et difficiles à manipuler, et il les avait empilés au milieu de la pièce. Nous les fîmes dégringoler sur le tapis et déroulâmes des rouleaux de papiers d'emballage, de rubans et de papier adhésif.

* Boisson chaude au rhum avec des oeufs battus, du sucre et des épices. NDT.

J'avais installé un arbre de Noël. Habituellement, je n'avais pas très envie de décorer, peut-être parce que j'en faisais déjà beaucoup à l'école. Joc cependant avait tenu à ce que nous eussions un arbre pour la surprise-partie et il en avait acheté un, ainsi qu'une caisse de boules de Noël. Il avait apporté le tout pour que je l'installe.

Donc, cet après-midi-là, il alluma les petites ampoules de l'arbre , éteignit et fit du feu dans la cheminée. Une tempête de neige avait fait tomber la nuit plus tôt. J'étais encore remplie de ce doux sentiment que la soirée m'avait donné la veille. Jocco, lui, ne tarissait pas de petites histoires drôles qu'il me racontait entre deux emballages, le ruban dans une main et le papier collant dans l'autre. Le feu de cheminée se reflétait dans ses yeux, les rendant sombres et brillants. Comme il me plaisait ainsi! Surtout quand il riait. Le simple fait d'y penser me rendait heureuse.

— J'ai aimé la soirée, dit-il après un silence.

— Moi aussi.

— Je pense que tout le monde s'est bien marré, hein?

— Oui. (Mon attention était centrée sur un ruban que je n'arrivais pas à nouer correctement.)

— Même Gary Stennet s'est amusé, je crois, dit Joc. Qu'en penses-tu? Il m'a semblé, en tout cas.

— Il était ivre, Jocco.

— Peut-être, mais il s'est amusé.

— Oui, t'as probablement raison.

— Ça n'a pas été aussi raté que tu le pensais, dis?

— Que veux-tu dire? Je pensais pas que ce serait raté.

Il sourit.

— Voyons, je sais bien que c'était pour moi cette boum. C'est pas ta façon de t'amuser. Mais je veux que tu saches que j'ai aimé. Je trouve que c'était réussi. Je me suis bien amusé.

Je lui rendis son sourire.

— Moi aussi.

Une autre pause dans la conversation. Petite, cette fois. Nous mangions des chips de tortilla qui restaient de la veille. J'entendais craquer les chips sous la dent de Joc. Si j'avais fait quelque chose de plus absorbant qu'emballer des cadeaux, peut-être n'aurais-je pas remarqué ce craquement mais mon esprit n'étant guère occupé, j'étais attentive au moindre bruit. Je levai la tête. Joc me regardait. Encore une fois je remarquai ses yeux brillants et rieurs. Je me penchai de nouveau sur mon emballage.

— Tor?

— Oui?

— Si on se mariait.

J'étais en train de dérouler à grand bruit du papier d'emballage orné de gros pères Noël. Je n'avais peut-être pas bien entendu.

— Comment?

— Si on se mariait.

Cette fois j'avais bien entendu. Accroupie sur les talons, je me cambrai en arrière.

— Que dis-tu, Joc? (Je demandais une fois encore pour être bien sûre.)

— J'ai dit que je voulais t'épouser.

Et crac!

Cette déclaration à brûle-pourpoint eut sur moi l'effet d'un coup de tonnerre. Nous n'avions jamais évoqué ne serait-ce qu'une lointaine possibilité de mariage. Et, à vrai dire, cela ne m'avait jamais traversé l'esprit. Je n'étais pas prête à me marier, et je l'avais dit à Joc. Il ne m'avait jamais laissé penser qu'il envisageait que notre liaison pût évoluer dans ce sens.

Un silence lourd était tombé entre nous. Le regard de Joc pesait sur moi et, tout ce dont je me souviens, c'est d'avoir regardé au-dessus de son épaule, par la fenêtre, le bleu profond de la pénombre, dehors.

— Je veux que ça continue, dit-il d'une voix tendue. Des soirées comme celle d'hier. J'veux qu'on soit tous les deux comme ça tout le temps. Je veux vivre avec toi, Tor.

J'étais encore bouche bée. Les sentiments se bousculaient dans ma tête. Joc me regardait; il attendait. Je voulais lui dire oui. Là tout de suite. Mais je savais que je n'étais pas prête. Pas tout de suite. Parfois même je craignais de ne l'être jamais.

Et pas avec Joc. Malgré l'intensité du moment, je le sus immédiatement. Je l'avais toujours su. Non seulement Joc et mois étions différents sur bien des points fondamentaux, mais nous étions aussi trop semblables. Nous étions tous les deux remuants, directs, déterminés. Nous ne pourrions vivre ensemble longtemps, pas au quotidien, en tout cas. Nous finirions par nous assassiner. A mesure que je l'examinais à la lueur du feu de cheminée, je savais que lorsque le moment viendrait pour moi, si jamais il venait, l'homme de ma vie ne serait pas Jocco, même si je souhaitais ardemment que ce fût lui en ce soir d'hiver.

Joc attendait toujours, assis, un cadeau à moitié emballé à la main. Tendrement il se pencha au-dessus des papiers et des emballages qui nous séparaient, posa une main sur mon visage et m'embrassa. Je sentais la chaleur de sa main sur ma joue, et la douceur envahissante de ses lèvres. Je voulais l'épouser. Une fois seulement, j'aurais voulu être comme tout le monde. Mais c'était si compliqué, beaucoup plus que les sorcières et les dinosaures de mon enfance. Si compliqué que j'en avais les larmes aux yeux.

Jocco se rassit.

— Tu n'as pas besoin de répondre maintenant. S'il te faut du temps pour y réfléchir, je comprends.

Je ne pouvais pas arrêter mes larmes.

Il me scrutait, cherchant à lire en moi. Le feu crépitait, une étincelle vola par-dessus le pare-feu. Joc étendit le pied pour l'étouffer. Je sentais mes doigts, mes paumes et le dos de mes mains moites. Je dus aller chercher un kleenex.

— C'est tes gosses? me demanda Joc quand je revins dans la pièce avec une boîte de kleenex. (Il me prenait au dépourvu.

Mes élèves étaient le dernier obstacle auquel j'aurais pensé dans les circonstances présentes.)

Je secouai la tête.

— C'est tes damnés mômes, je l'sais. Je pourrai jamais rivaliser avec eux, n'est-ce pas? (Sa voix était posée.)

— Jocco, je t'assure, les enfants n'ont rien à voir avec ça.

— C'est pas compliqué, t'es mariée avec ton boulot. Je me demande pourquoi je me bats comme ça.

— Tu te trompes, Joc. Mon travail n'a rien à voir là-dedans. Je n'y pensais même pas. J'ai besoin de réfléchir, c'est tout. Tu me demandes ça à brûle-pourpoint.

L'irritation commençait à percer dans nos voix. Je sentais qu'il était en train de se fâcher et je ne savais comment l'en empêcher, sinon en acceptant de l'épouser. La seule pensée de gâcher cet après-midi idyllique par une querelle me torturait presque autant que la question qu'il m'avait posée.

— J'ai raison, dit-il. Ton travail envahit toute ta vie, Torey. Et un jour tu devras décider ce qui est le plus important pour toi parce qu'aucun homme ne voudra jamais partager sa vie avec la moitié d'un asile de fous.

Plus que jamais j'entrevis alors la fin de notre liaison.

Il observa le feu un moment avant de reporter son regard sur moi.

— Pour toi, ce travail est plus qu'un boulot ordinaire. C'est une histoire d'amour. Que tu travailles et que tu t'épanouisses dans la carrière que tu voudras, j'ai rien contre, mais je ne pourrai jamais me contenter d'être un amant de passage.

— Tu ne comprends pas, protestai-je.

— Oh non, tu ne me feras pas avaler cette salade. Je comprends, et mieux que toi, probablement. Ce que je dis, c'est tout simplement qu'on ne peut plus partager un lit à trois.

— Un lit à trois?

— Oui. Toi, moi et ton boulot.

— Nous ne sommes pas trois, Joc. Seulement deux. Le reste fait partie de moi.

Nous nous disputâmes. Sans cris, car nous avions tous les deux peur que la situation ne nous échappe. Finalement, Joc s'en alla. D'un coup de pied, il écarta le papier d'emballage de son chemin, se dirigea d'un pas lourd et bruyant vers le placard et mit son veston. Il referma la porte sans bruit derrière lui, me laissant au milieu des ruines de ce samedi après-midi.

Je me remis à pleurer. Doucement. Dans la pièce faiblement éclairée par les braises et l'arbre de Noël, je laissai couler mes larmes.

Jocco revint. Vers 22h30, dans la soirée. Je venais de sortir de la douche et j'étais en train de trier les serviettes dans le placard de la salle de bains. Il ouvrit la porte et s'avança à pas feutrés dans le corridor.

— Je voulais te dire que je suis désolé , Tor.

— Moi aussi.

Il avait le sourire triste qu'inspire le sentiment de l'irréparable.

— Je savais qu'on n'y arriverait jamais, que c'était pas pour nous. J'ai voulu essayer, c'est tout. Tu comprends, j'espère? J'ai essayé par acquit de conscience.

Je hochai la tête et réussis à sourire.

— Sans rancune?

— Sans rancune.

J'ouvris la bouche pour dire autre chose mais rien ne sortit. Jocco se tenait debout à trois mètres de moi peut-être, dans le corridor, ses gants à la main, des flocons de neige disséminés sur ses cheveux noirs. Nous n'ajoutâmes rien, ni l'un ni l'autre.

12

Janvier apporta beaucoup de surprises.

La première fut Claudia, qui devint ma quatrième élève de l'après-midi. Elle arriva le premier jour après les vacances de Noël. J'avais eu droit de la part de Birk Jones à un peu plus d'informations que pour Tomaso.

Claudia avait douze ans, m'avait dit Birk. Elle était peu représentative du genre d'écolier dont j'avais l'habitude. Elève modèle d'une école religieuse de l'extrémité de la ville, elle avait été jusque-là une fillette de sixième année tranquille et bien élevée. Elle venait d'une famille aisée: son père était dentiste et sa mère enseignait les arts plastiques dans un collège de la ville. A la connaissance de Birk, Claudia avait toujours été une enfant sage, sans trouble de comportement ni problème scolaire. Sauf, bien sûr, pour une chose: elle était enceinte.

— Enceinte? avais-je crié à Birk au téléphone.

Bon sang, à quoi pensait-il donc? Rien qu'à y songer j'avais les nerfs en boule. Depuis le temps que Birk et moi travaillions ensemble, il m'avait envoyé des psychotiques, des mangeurs d'ordures, des braillards, des batailleurs, des fous et même un gamin sans jambe ni bras et avec un trou dans la tête. Je pensais que j'avais tout vu. Mais je devais me tromper sans doute. En tout cas, je n'avais pas la moindre idée de ce que j'allais faire avec cette fillette.

Malheureusement, Birk ne le savait pas non plus. Jusqu'à Noël personne ne s'était aperçu que Claudia était enceinte. Dans sa famille, elle s'était arrangée pour cacher longtemps la vérité. Mais quand celle-ci éclata finalement au grand jour après une visite chez le médecin, Claudia fut immédiatement retirée de l'école catholique qu'elle fréquentait. Dans notre district, il n'y avait rien de prévu pour les filles enceintes. Ni ailleurs dans la région. En désespoir de cause, Birk avait placé Claudia à mi-temps dans une école de puéricultrices. Ma classe avait été choisie comme le meilleur endroit pour que Claudia pût suivre son programme de sixième année.

Birk ne cessait de me répéter au téléphone de ne pas m'en faire. Elle ne me causerait pas de problème. Son ancienne école allait envoyer tous ses manuels et son travail pour le reste de l'année: je n'avais pas besoin, de planifier quoi que ce fût pour elle. C'était, m'assurait-il, une fillette très gentille, très calme, très polie: elle ne posait aucun problème, absolument aucun. Tout ce qu'il lui fallait, c'était une école où on ne la remarquerait pas trop.

Comme si ma classe était un refuge.

— Alors, c'est d'accord? demanda Birk.
Pause.
— C'est d'accord?
Pause.
— D'accord.
Le plus épineux pour moi ce n'était pas Claudia elle-même, c'était plutôt d'expliquer sa présence aux autres enfants.

— Enceinte? s'écria Tomaso marquant le même étonnement que moi quand Birk m'avait annoncé la nouvelle. Elle va avoir un bébé ici?

Avant que j'aie pu clarifier les choses, Lori intervint.

— Un bébé? T'avais dit que c'était une enfant comme nous?

— Elle a douze ans, dis-je.

— Mais c'est encore une enfant, n'est-ce pas? demanda Lori.

Tomaso avait les yeux écarquillés.

— Oh, Torey, dit-il avec le plus grand sérieux, peut-être qu'il vaudrait mieux que Lori et Boo ne soient pas à côté quand on discute de ça. Ils sont trop jeunes.

— Trop jeunes pour quoi? s'écria Lori, indignée.

Tomaso m'attrapa le bras.

— Ce que je veux dire, c'est qu'elle a dû faire *ça*, tu sais. *Ça*, la chose.

— Vous parlez de quoi comme ça? demanda Lori. (Elle se tourna vers moi.) Qu'est-ce qu'il raconte? J'suis trop jeune pour quoi?

— Tom, si tu veux dire qu'elle a eu des relations sexuelles...

— Torey! Torey! Ce sont des gosses!

Il rougit jusqu'à la racine des cheveux. J'étais amusée de voir que Tomaso était tout à coup gêné d'entendre parler de ces réalités qu'il évoquait si librement quand il jurait.

L'arrivée de Claudia dissipa toutes nos appréhensions. C'était une fillette excessivement timide, avec un sourire engageant. Elle était grande pour ses douze ans, dépassant Tomaso d'une tête, presque aussi grande que moi. Elle avait des traits un peu anguleux avec des pommettes hautes et saillantes, d'épais sourcils froncés et de grands yeux. Ses cheveux lui descendaient plus bas que les épaules; ils étaient épais, ni tout à fait blonds ni tout à fait châtains non plus, comme on les a à l'adolescence. Ses yeux avaient une couleur indéfinissable. Malgré ses traits anguleux, quelque chose de doux émanait d'elle, la douceur innocemment provocante des très jeunes enfants.

Lori et Tom ne furent guère des modèles de correction à l'arrivée de Claudia. Tomaso se mit le plus loin possible d'elle, comme s'il avait peur de la contagion, et il avait le regard fixé sur le ventre de Claudia. Lori poussa l'indiscrétion jusqu'aux limites de l'impolitesse; je dus l'écarter plus d'une fois et proférer des menaces. Cependant, Claudia supporta tout stoïquement. Elle fut patiente avec Lori bien au-delà de ce que les bonnes manières peuvent considérer comme nécessaire. Elle demanda à Tomaso si son ancienne école lui manquait depuis qu'il avait dû venir ici. Elle craignait, pour sa part, que la sienne ne lui manquât.

Je l'observais de loin quand je n'étais pas en train de remettre Lori à sa place. Claudia semblait si timide qu'on souffrait pour elle en la voyant engagée dans une conversation. Elle rougissait, mordait ses lèvres, rentrait la tête dans les épaules ou la baissait. Je me demandais comment elle avait pu approcher d'assez près un garçon pour tomber enceinte.

La deuxième surprise en janvier, ce fut Boo qui me la donna.

Tout le temps que je l'avais eu dans ma classe, de septembre à décembre, j'avais essayé sans relâche de le faire communiquer d'une façon ou d'une autre. J'avais essayé de le forcer, de l'attirer ou de le stimuler par des récompenses: rien n'avait marché. Il ne parlait qu'épisodiquement et tenait toujours des propos délirants. Son langage consistait principalement en «écholalie à retardement»: répétitions assommantes de publicité télévisée, de bulletins météo et conversations entre présentateurs de radio. Parfois il reprenait de vagues entretiens que j'avais eus avec Lori ou Tomaso des jours ou des semaines auparavant. On avait l'impression d'avoir constamment de petites hallucinations auditives.

A côté de cette écholalie, il y avait aussi la répétition de certaines phrases qu'il avait tout particulièrement retenues. L'une d'entre elles, qu'il avait extraite d'une de mes séances de travail avec Lori, était: «Quelle lettre est-ce?» Certains jours il revenait dessus comme un disque rayé, et il nous rebattait les oreilles toute la journée de «Quelle lettre est-ce? Quelle lettre est-ce?» Il le répétait des centaines et des centaines de fois, un peu hors d'haleine et avec mon intonation exacte. «Quelle lettre est-ce?» dans les toilettes. «Quelle lettre est-ce?» en se berçant et en contemplant Benny. «Quelle lettre est-ce? Quelle lettre est-ce?» Et jamais, jamais, la moindre réponse.

Aucune de ses vocalises ne semblait correspondre à un désir de communiquer. Les plus impersonnels des bruits qu'il faisait, ses petites roucoulades, étaient en réalité les seuls qu'il adressât à quelqu'un, d'habitude à Benny, et parfois à Lori. Et nul d'entre nous ne les comprenait.

Mon moral avait fléchi quelque peu en décembre. Bien que je continuasse mes efforts pour le faire parler, je tournai bientôt la plupart de mon énergie et de la sienne vers l'apprentissage de la propreté, dont la maîtrise me paraissait plus accessible.

— Pour l'amour du ciel, Boo, assieds-toi, veux-tu? criai-je.

Avec Lori, j'enlevais ce qui restait de nos décorations de Noël. Elle était sur le rebord de la fenêtre et j'étais debout sur la table essayant d'attraper les guirlandes de papier fixées aux plafonniers. C'était le vendredi après-midi de la première semaine après les vacances de Noël et c'était presque l'heure de partir pour les enfants, aussi n'étais-je guère exigeante sur ce qu'ils faisaient. Tom jouait avec des petites voitures de course par terre. Claudia lisait. Mais Boo persistait à tourner sur lui-même, les bras étendus comme un danseur, les yeux clos comme s'il poursuivait une extase intérieure. J'étais déjà descendue une fois de mon perchoir pour l'arrêter. Ce que je craignais le plus n'était pas qu'il fasse la toupie, mais qu'il aille se frapper quelque part et se blesser ou qu'il bute sur les jouets de Tomaso. Il m'avait cependant obligée à intervenir à plusieurs reprises et son obstination était en train de me faire perdre patience.

Lori descendit du rebord de la fenêtre et alla vers lui. Elle s'apprêtait à l'entourer de ses bras, comme je le faisais avec Tomaso.

— Lor, je t'en prie, laisse-le tranquille. Il m'entend et je veux l'habituer à prêter attention à ce qu'on lui dit. Allons, Boo, ça suffit maintenant, assieds-toi.

Il n'en continua pas moins de tourner sur lui-même. Parfois il m'entendait. Bien que ne parlant pas, il avait développé de bonnes capacités réceptives, pour peu qu'il s'en servît. Mais quand il s'excitait lui-même ainsi, il fallait la plupart du temps le réorienter physiquement.

Soudain Boo alla donner contre le coin du pupitre de Claudia et fit tomber le livre qu'elle tenait. Puis il culbuta sur le plancher. Je sautai de la table et l'attrapai par le bras.

— Tu veux me mettre à bout encore, Boothe Birney, dis-je en le relevant.

— Tu veux me mettre à bout encore, Boothe Birney, répéta-t-il d'une petite voix chantante.

Lori et Claudia rirent.

En grognant je l'entraînai vers la caisse de jouets. Lori nous y suivit et en retira une toupie pour lui tandis que je l'asseyais.

— Voilà, il aime ça, dit-elle en faisant tourner la toupie.

Il aimait les toupies, en effet. C'était un autre genre d'auto-excitation pour lui. Il se penchait sur la toupie et regardait avec une grande fascination les couleurs qui tournaient. Mais pas cette fois-là. Il fut sur pied dès que je le laissai. Il étendit les bras pour tourner encore sur lui-même.

— Je t'ai dit de t'asseoir, Boo, dis-je de mon ton le plus sévère.

— Quelle lettre est-ce? Quelle lettre est-ce?

Je l'attrapai fermement.

— Assieds-toi! lui criai-je au visage. (Une main sous son menton, l'autre dans les boucles de ses cheveux, j'entrepris de l'asseoir une autre fois.)

— Assieds-toi, répétai-je plus doucement en l'y forçant physiquement. (J'avançai mon visage près du sien, regardant intensément dans ses yeux verts inexpressifs.) Je ne plaisante pas, Boo. Assieds-toi.

Les autres élèves observaient. Lori rôdait autour, car Boo était un peu son bébé.

— J'vais lui chercher quelque chose pour jouer, O.K.?

— Non, Lor. Il est déjà surexcité. Je veux qu'il reste assis et qu'il reprenne un peu ses esprits. (J'avais encore la main posée sur la tête de Boo que j'avais forcé à s'asseoir en tailleur sur le plancher. Nous nous regardions l'un l'autre comme un charmeur de serpent et son cobra.) Assis, dis-je. (Prudemment j'enlevai ma main. C'était comme ajouter la dernière carte à un château de cartes.) Assis, Boo.

Il resta à terre, continuant de me regarder. J'étais incapable de dire s'il était avec nous ou encore dans les nuages.

— Reste assis là, Boo. Tiens, voilà un magazine. Regarde les images.

Il laissa le magazine tomber entre ses mains et continua de me fixer. Je m'éloignai et m'apprêtai à remonter sur la table pour enlever les décorations.

Ce genre d'intervention était la règle plus que l'exception. D'innombrables fois auparavant il s'était surexcité ainsi en tournant sur lui-même, en battant des mains... Et si j'arrivais à l'asseoir, à l'immobiliser un instant, il se calmait toujours. Pour un moment.

Lori et moi retournâmes à notre travail. Pendant qu'elle bavardait, j'entendais Boo grommeler derrière. Je n'y accordai guère d'importance, car Boo grommelait toujours. Mais Lori, elle, écoutait.

— Quoi donc, Boo? demanda-t-elle au beau milieu d'une conversation qu'elle avait engagée avec moi au sujet de sa soeur et de la chambre qu'elle partageait avec elle.

Je tournai la tête pour regarder Boo.

— Ne touche pas, Boothe, disait-il. Je te l'ai dit une fois déjà, et je te l'ai dit des millions de fois depuis, ne touche pas à ça. Vas-tu obéir!

— Il parle comme d'habitude, dis-je à Lori.

Mais Lori sauta du rebord de la fenêtre.

— Ne pas toucher à quoi, Boo?

Boo avait relevé la tête comme s'il parlait avec une personne invisible. Il ne cessait de se gronder lui-même. Il leva un doigt et l'agita vigoureusement.

— Touche pas, je t'ai dit! Tu vas me mettre à bout encore, Boothe Birney. Je ne plaisante pas, touche pas à ça!

— Pas toucher à quoi? persistait à demander Lori. Elle était venue se placer juste en face de lui. En soupirant je descendis de la table, avec l'intention de remettre Lori au travail. Quand j'arrivai en face de Boo, il leva le regard vers moi. C'était son regard vide habituel.

Lori mit un genou à terre.

— Qu'est-ce que tu dois pas toucher, Boo, pas toucher quoi? (Elle lui criait au visage comme si elle parlait à un sourd.)

— Cesse de le tourmenter, Lor.

Alors Boo leva la tête vers elle. Ses yeux brillaient.

— Les prises de courant. Boothe Birney, touche pas aux prises de courant.

— Les prises de courant? répéta Lori qui plissait le nez, intriguée.

Je m'agenouillai à côté d'elle. Je touchai le visage de Boo. Il nous observait, les yeux plissés, comme quelqu'un qui essaie de voir à une grande distance.

— Pas toucher à quoi, Boo?

— Les prises de courant. Touche pas à ces prises de courant, Boothe Birney, répondit-il.

Lentement, comme un somnambule, il se leva, nous contourna et se dirigea droit vers une prise. Il la toucha prudemment du doigt, en répétant:

— Touche pas, touche pas aux prises de courant, Boothe. (Puis il se retourna vers nous.) Ca mord quand on met son doigt dedans.

J'étais sidérée. Ce n'était pas une conversation très élaborée à vrai dire. Cela pouvait même ne pas être considéré du tout comme une conversation. Echolalie atténuée, aurait dit peut-être un puriste, aptitude à donner en écho une réponse appropriée à une question. Mais malgré tout, Boo nous avait parlé. Pour la première fois depuis qu'il était entré en classe, il nous avait répondu verbalement. Il avait communiqué.

Alors Boo se retourna et se plaça dos au mur et à la prise de courant. Il agita les doigts d'une main vers les lampes fluorescentes au plafond et se mit à réciter:

— On prévoit des journées en grande partie ensoleillées dans la région. Maximum durant la journée, dans les trente degrés. Minimum la nuit, entre quinze et vingt. Du brouillard dans les terres basses. Venteux par moments le long des versants et des Rocheuses.

13

Le père Noël n'avait pas oublié Lori. La deuxième semaine de janvier, après que l'excitation due à l'arrivée de Claudia et aux premiers mots de Boo fut retombée, Lori se sentit obligée de nous montrer son trésor. Elle arriva un après-midi avec une grosse boîte qu'elle avait peine à transporter: c'était sa poupée.

Baby Alive était une merveilleuse créature qui buvait à la bouteille en remuant les lèvres et qui mangeait à l'aide d'une cuiller en plastique une sorte de purée gélatineuse. Lori nous fit la démonstration de chacun des exploits de sa poupée. Nous pûmes même constater que la purée ressortait par un grand trou pratiqué dans le derrière de la poupée, puis tombait dans une couche jetable.

Tomaso fut exceptionnellement patient. Au cours de la démonstration, il s'assit à la table de travail avec tout le monde et n'émit ni remarque sarcastique, ni grognement désapprobateur, ni pet. Cela me fit d'autant plus plaisir que Lori, devenue intarissable, nous racontait des détails auxquels personne ne tenait. Je ne cachai pas ma satisfaction à Tomaso.

Tomaso accueillit mon compliment d'un haussement d'épaule.

— Oh, tu sais, j'ai eu une fois un ours en peluche que j'aimais beaucoup. Je le montrais partout avec tous ses trucs. Alors je sais ce que c'est. Les mômes sont comme ça. Moi aussi je l'étais.

Touchée par sa sensibilité, je lui dis en souriant:

— Eh bien, j'apprécie que tu y aies songé et que tu ne te sois pas moqué d'elle.

Lori nous avait entendus. Elle tira une chaise et s'assit, tenant sa poupée maternellement contre sa poitrine.

— Tu l'as encore ton ours? Toi et moi, on pourrait jouer ensemble à la poupée, si tu l'apportais.

Tom eut un sourire plein de tolérance. Je sais très bien qu'il aurait raillé quiconque aurait fait une telle proposition, à l'exception de Lori.

— Non. Je l'ai plus.

— Qu'est-ce qui lui est arrivé? demanda Lori.

— Eh bien... c'est à un autre endroit où j'vivais il y a longtemps... on me l'a piqué. Il y avait là un autre garçon plus grand que moi, il a pris mon ours et il l'a jeté par la fenêtre. Alors je m'suis battu avec lui et quand mon père nourricier est revenu à la maison, il a dit que j'étais trop grand pour avoir un ours en peluche. Il l'a jeté aux ordures et il l'a brûlé.

Lori fronçait les sourcils, d'un air peiné.

— Quel âge avais-tu?

Tom haussa les épaules.

— J'étais petit.

— Plus petit que moi?

Autre haussement d'épaule.

— Je m'en souviens plus.

Un frisson parcourut l'échine de Lori et elle serra sa poupée encore plus fort dans ses bras.

— Que personne essaie de jeter ma poupée aux ordures!

Tomaso lui adressa un sourire paternel et lui caressa l'épaule.

— T'as rien à craindre, la môme. Je les laisserai pas faire. Si quelqu'un essaie pour voir, je l'écrabouille.

— J'l'écrabouillerai moi aussi! (Lori s'interrompit un moment pour réfléchir. Penchant la tête de côté, elle regarda Tomaso d'un air scrutateur.) Mais t'as pas d'autre ours ou quelque chose? C'est le seul que t'as eu?

Tomaso hocha la tête. Il ne la regardait pas, il examinait ses doigts.

— Mais t'as rien alors?

— Ben oui, j'ai des trucs, répondit-il. (L'impatience commençait à le gagner.) J'ai un jeu de Sorry et des Lego. Et là où j'habite, il y a des garçons de mon âge; parfois ils me laissent aller dans leur chambres voir leurs jouets. Une fois, l'un des gosses, Barry, m'a même laissé essayer son gant de base-ball et il m'a dit que peut-être un jour il me laisserait jouer avec.

— Mais t'as pas d'ours ou d'animaux en peluche?

— Ah, Lori, tu vas la boucler, à la fin? Bon Dieu, c'est des jouets de fille, ça, tu l'sais bien. Que veux-tu que j'fasse avec des trucs comme ça? Il avait raison, mon autre père nourricier: je suis trop grand pour ce genre de trucs. Alors cesse de faire l'idiote, hein!

— Mais alors t'as rien à aimer?

— Merde, Lori, tu m'les casses! Fais-la cesser, Tor, tu veux? Merde alors. Elle n'en finit pas avec ses «mais» par-ci, ses «mais» par-là. Je sais pas, Lori Sjokheim. Est-ce que t'es contente? J'en ai plein de trucs à aimer. J'ai mon Sorry. J'te l'ai déjà dit, t'as compris non. T'as les oreilles bouchées ou quoi? Et j'ai mes Lego. Et j'parie que j'peux construire avec des trucs, bien mieux que toi. Et j'ai aussi le gant de base-ball de Barry. Qu'est-ce qu'un gars peut désirer de plus? Alors fous-moi la paix avant que je me fâche.

— Mais parfois tu t'sens pas seul dans le noir? demanda-t-elle à voix basse. (Sa voix était si placide après celle de Tomaso qu'elle vous pénétrait en douceur, profondément, comme une fine lame de rasoir.)

— Foutre merde! (Tomaso bondit, projetant violemment sa chaise par terre.) Espèce d'emmerdeuse, tout c'que tu sais faire c'est poser des questions. Jésus-Marie, tu m'donnes envie parfois de t'arracher ta sale petite langue. (Puis s'adressant à moi.) Pourquoi merde tu la fais pas taire? Elle parle, elle parle, c'est comme une diarrhée.

Il se précipita à l'autre bout de la classe. Ses gestes étaient tendus. Il s'installa sur un pupitre et resta là, continuant à cette distance, à pester contre nous.

Lori se retourna vers la table, déposa sa poupée par terre à côté d'elle et prit son carton. Elle ne dit rien de plus. J'étais incapable de deviner ce qu'elle pensait. Je pris les cahiers qui restaient. Je tendis le sien à Claudia, mis celui de Tomaso en face de sa chaise sur la table, et ouvris celui de Boo pour commencer à travailler avec lui.

Nous travaillions en silence. Tomaso restait dans son coin. Ses jurons avaient rapidement dégénéré en petits bruits divers: grognements, rots et borborygmes. Le silence avait quelque chose de poignant, en partie parce qu'il était incongru, en partie parce que nous savions tous que quelque chose s'était produit, quelque chose de blessant, sans que personne ne sût au juste quoi.

En fin de compte, Tomaso abandonna son perchoir solitaire et revint à la table. Il resta derrière moi un moment, me regardant travailler avec Boo. Je ne me retournai pas parce que je me sentais embarrassée. Alors il contourna la table derrière Lori et se pencha sur son épaule.

— Je connais tous ces mots-là, fit-il avec douceur en désignant ce qu'elle était en train de copier. Tu veux que je te les lise?

Elle fit oui de la tête. Il lut la phrase. Puis il regagna sa place et s'assit. Il tira son cahier vers lui et l'ouvrit. Il nous regarda. D'abord Lori, puis moi. Je levai les yeux vers lui.

Avec une expression de lassitude, il pressa son poing contre son front.

— Tu sais une chose, dit-il, je m'sens seul parfois. Je m'sens vraiment, vraiment seul.

Je hochai la tête en signe de compréhension.

— Oui, ça arrive à tout le monde.
— Ouais. A tout le monde.

Claudia demeurait une énigme pour moi. Non pas tant, je suppose, à cause de ce qu'elle faisait qu'à cause de ce qu'elle ne faisait pas. On ne sentait guère sa présence. Entre le moment où elle arrivait en classe et celui où elle partait, si je pouvais tirer d'elle trois phrases complètes, c'était extraordinaire. Elle me regardait rarement dans les yeux. Elle tenait presque toujours son regard baissé. A tel point qu'elle devait sans doute déjà, après une semaine avec nous, connaître par coeur les motifs du linoléum.

C'était une excellente élève. L'école religieuse nous avait envoyé tous ses livres et le travail qu'il lui restait à faire pour achever son année scolaire. Chaque jour après la classe je choisissais dans ce matériel des devoirs à faire et je les mettais dans son cahier pour le lendemain. Claudia arrivait le lendemain après-midi, prenait le travail à faire et s'asseyait à l'écart; elle était complètement absorbée par son travail, sans dire un seul mot. Sa timidité créait une sorte de rempart autour d'elle. Comment avait-elle donc pu tomber enceinte?

La deuxième semaine de son arrivée parmi nous, nous reçûmes son dossier de son ancienne école. A maints égards, c'était un dossier tout à fait ordinaire. Elle avait toujours été excellente en classe. Son Q.I., quoique ne la classant pas dans la catégorie des surdoués, était bien au-dessus de la moyenne. Elle lisait déjà comme une élève de dixième année, le reste était à l'avenant. Il n'y avait rien de spécial à relever dans ce dossier, sinon que Claudia était une élève en avance.

On ne disait pas grand-chose sur sa famille. C'était l'aînée de cinq enfants, toutes des filles. Trois de ses soeurs étaient aussi inscrites dans cette école religieuse. La plus jeune, elle, n'était pas d'âge scolaire. Sa famille était décrite brièvement comme froide, distante et ambitieuse.

D'après le dossier, Claudia était enceinte de trois mois et devait accoucher au début juillet. Apparemment on n'avait jamais envisagé la possibilité d'un avortement dans cette famille catholique rigoriste. En tout cas, d'après le dossier, on ne pouvait savoir si la famille avait découvert la grossesse assez tôt pour envisager l'avortement. L'école n'avait pas été avisée de la situation avant les vacances de Noël. On ne fournissait aucune information sur le père du futur enfant.

Tous les rapports du dossier mentionnaient le comportement réservé et l'extrême timidité de Claudia. Chaque année, l'institutrice l'avait noté. Claudia participait à des activités de groupe seulement si elle y était obligée. Elle tombait littéralement malade quand elle devait parler devant la classe; et sa peau se couvrait de marbrures rouges quand elle devait parler à des adultes. Même si les autres enfants ne semblaient pas l'éviter, on ne l'avait jamais vue nouer de véritables amitiés. Elle ne marquait d'intérêt véritable que pour la lecture. Elle se réfugiait dans les livres.

Je refermai le dossier et le lançai sur mon bureau où il alla atterrir avec un bruit sourd, rassurant. Ce genre d'élève était déroutant. C'étaient des enfants invisibles. En réalité, Claudia était affectivement aussi perturbée que Tomaso. Mais, dans l'ordre actuel des choses, il fallait déranger pour attirer l'attention des autorités et obtenir qu'on s'inquiète de vous et qu'on vous vienne en aide.

En regardant le dossier étalé devant moi, j'eus des doutes sur moi-même. Peut-être était-ce seulement moi qui la voyais comme une enfant à problèmes? J'enseignais dans des classes spécialisées depuis tant d'années. Cela n'influençait-il pas mon jugement? Je me posais ce genre de questions parfois. Comme si, même si un enfant était considéré comme normal ailleurs, il finissait toujours par devenir fou ici. Peut-être était-ce seulement moi qui percevais les choses ainsi, peut-être était-ce l'air qu'on respirait dans ma classe? Je me moquai de moi-même et me levai pour partir.

Tomaso et Lori acceptèrent que Claudia s'intègre à la classe. Mais je ne pense pas que leur curiosité ait été pleinement satisfaite au sujet de sa grossesse, et ils essayaient de la mettre suffisamment à l'aise pour poursuivre l'interrogatoire que j'avais interrompu le premier jour.

Un après-midi, nous étions en train de peindre. J'avais étendu du papier journal et de grandes feuilles de papier à dessin sur le plancher, et disposé un assortiment de pinceaux et de la peinture. Seulement, Tom décida très rapidement de faire de la peinture au doigt et avant même que je pusse l'en empêcher, il avait versé de la peinture sur sa feuille et sur celle de Boo. Puis retroussant ses manches, il plongea dans son oeuvre. Lori, naturellement, se joignit à eux. Mais pas Claudia. Elle restait assise se contentant de regarder, sans même prendre un pinceau. Quand elle me vit renoncer moi-même au pinceau et me joindre à l'expérience collective, elle versa avec hésitation un peu de peinture sur sa feuille et se mit à tracer avec un doigt. Cet exercice créa une atmosphère de franche camaraderie. Je laissai cette activité continuer après la récréation, le reste de l'après-midi. Les gamins étaient vraiment entrés dans le jeu, ils riaient et criaient.

Tomaso fut le premier à découvrir qu'en enlevant ses chaussures et en barbouillant de peinture la plante de ses pieds on pouvait faire des empreintes. Lori, à son tour, essaya d'autres parties du corps: le coude, les jointures des doigts et, avant que je pusse l'arrêter, le nez. Je voyais Claudia se détendre. Elle commença à rire avec les autres, puis elle peignit ses pieds. Finalement, elle montra à Tomaso comment faire des gravures en découpant des tampons dans des gommes. Plus tard, elle et Tom en vinrent à se barbouiller jusqu'aux coudes de couleur rouge et pourpre.

Quand je leur demandai de passer au nettoyage, je trouvai Tomaso et Claudia tous les deux devant l'évier, riant à gorge déployée et se lançant de l'eau sale. Il y avait déjà à leurs pieds une mare d'eau qui était en train de couler vers le papier journal. Cette partie de rigolade avait mis Tom à l'aise.

— Mais comment se fait-il qu'ils t'ont mise en classe ici? demanda-t-il. C'est qu'tu vas avoir un bébé, rien que pour ça?

Elle fit un signe de tête affirmatif.

— Ben, dit-il en secouant la tête, c'est des blagues... (Il s'arrêta un moment pour laver ses avant-bras sous le robinet qui coulait.) Mais dis donc, tu l'as fait? La chose? Avec un garçon?

— Ouais.

— Oh là là. (Ceci dit sur un ton sérieux, sans moquerie, avec une pointe de respect même.) C'était un grand gars?

Elle haussa les épaules.

J'arrivais derrière eux avec un balai et je jugeai préférable de m'immiscer dans la conversation avant qu'elle n'échappât au contrôle de Claudia.

— Ça suffit, Tom. C'est indiscret.

— C'est pas indiscret, hein, Claudia? C'est juste une question comme ça.

— Je sais, mais certaines affaires sont strictement personnelles et elles ne regardent que soi. Personne n'a à faire subir d'interrogatoire à Claudia.

— Tu préfères ne pas en parler, Claudia? reprit Tomaso.

Elle répondit encore par un haussement d'épaule.

La cloche sonna et les élèves partirent, sauf Claudia qui s'attarda et m'aida à enlever les restes de peinture et le papier journal maculé. Elle était à quatre pattes en train de gratter le linoléum avec ses ongles.

— Bon, ça suffit, dis-je. On peut laisser le reste au concierge. Et puis, il ne faut pas que tu manques ton car.

Elle haussa une épaule.

— Ça fait rien, j'marcherai. C'est pas très loin.

— D'accord, mais arrête avec le linoléum. Il faudra le laver à grande eau de toute façon. Et puis, il ne faut pas que ta famille s'inquiète de ton retard.

— Personne va s'inquiéter, reprit-elle.

Finalement, je la laissai continuer. Je m'installai à la table de travail pour trier les devoirs à corriger. Claudia s'accroupit sur ses talons et regarda dans ma direction.

— Tu sais, dit-elle, ça m'fait rien d'en parler.

Je relevai la tête. J'étais concentrée sur autre chose et ne compris pas tout de suite de quoi elle parlait.

— Parler de quoi?

— Le bébé. (Des marbrures rouges apparurent sur son cou.)

— Tant mieux, repris-je. Les gosses sont curieux des fois, tu sais. Je ne voudrais pas qu'ils te mettent mal à l'aise avec leurs questions. Ça peut être pénible.

Elle haussa les épaules.

— Il y a pas grand-chose à dire, tu sais. C'était un garçon que j'avais rencontré comme ça: Randy. Il avait quinze ans. Et je suis tombée enceinte. Voilà, c'est tout.

Elle racontait ça comme elle aurait raconté un film.

Je la regardais. Etrangement, Claudia me mettait mal à l'aise. J'avais une expérience plutôt limitée des adolescents; elle s'était bornée, en fait, à des gosses si gravement perturbés qu'ils agissaient comme des enfants beaucoup plus jeunes. Mais mon malaise venait d'ailleurs. J'avais parfois l'impression que mon âme était restée congelée quelque part au milieu de l'enfance, que le reste de ma personne avait grandi mais que cette partie de moi-même qui était la plus authentique, mon moi profond, n'avait jamais atteint l'âge adulte. Si je fonctionnais si bien avec les enfants ce n'était pas parce que j'avais des dons spéciaux mais simplement parce que j'étais l'un d'eux; mon seul avantage était d'avoir une plus grande expérience de la vie. Leurs pensées n'étaient pas un mystère pour moi, ni les miennes pour eux. Et que survinssent des gosses plus âgés, de l'âge de Claudia par exemple, et je n'arrivais pas à les comprendre, tout simplement, parce qu'ils étaient plus vieux que moi. C'est cet écart-là qui me mettait mal à l'aise.

Claudia se releva et alla jeter des restes de peinture à la poubelle. Puis elle se mit à l'autre bout de la table où j'étais assise. C'était la première fois qu'elle s'approchait d'aussi près.

— J'aime beaucoup ton jean, dit-elle et doucement elle toucha ma jambe. (Elle m'adressa un petit sourire furtif avant de baisser la tête. Je remarquai qu'elle avait des marbrures sur les bras.)

— Merci.

— J'vais demander à maman de m'en acheter un comme ça. Ça t'va bien tu sais.

— T'es gentille, merci.

— J'aime comment tu coiffes tes cheveux.

Elle m'attendrissait. J'aurais voulu lui dire que je comprenais, que je me souciais d'elle et qu'elle n'était plus seule. Mais je ne pus. Si elle avait eu cinq, sept ou neuf ans, je n'aurais eu aucune hésitation, mais elle était, physiquement du moins, une jeune femme comme moi. J'étais retenue par la bienséance et j'étais grop gênée pour m'accorder la même liberté verbale qu'avec les plus jeunes. Ces efforts un peu hésitants mais sincères pour combler un fossé contre lequel je ne pouvais rien moi-même, me touchaient.

— T'aimes ça enseigner? demanda-t-elle. (Elle me regardait, mais avec circonspection, comme un animal non apprivoisé.)

Je hochai la tête.

— C'est peut-être ce que je ferai un jour. (Puis elle toucha son ventre.) Mais je sais pas encore. (Elle émit un long soupir de lassitude.) J'ai juste fait ça une fois, tu sais.

— Ah?

— Ouais. Une fois seulement. Et Randy disait que je pouvais pas tomber enceinte. Il disait qu'il fallait avoir des seins pour tomber enceinte. Regarde: même maintenant j'ai presque pas de seins. Tu vois? Même maintenant. (Pour bien me montrer elle pressait son chemisier sur sa poitrine.)

Je le reconnus d'un signe de tête.

— Il disait que j'pouvais pas tomber enceinte, et on l'a fait qu'une fois. (Elle leva la tête et regarda vers la fenêtre. Je contemplai un moment la couleur étrange, indéfinissable, de ses yeux, et toute l'amertume qu'ils exprimaient.) Tout ce qu'on peut croire... (Elle baissa les yeux de nouveau et suivit avec son doigt le contour d'une tache rouge sur son bras.) Je n'ai même pas aimé. Ça fait mal.

Nous restâmes un instant sans parler. Le silence exprimait ce que j'étais incapable de dire avec des mots. Avec quelque hésitation je passai mon bras autour des ses épaules.

— J'ai peur, dit-elle.

— Oui, je comprends.

— Qu'est-ce que j'vais faire avec un bébé? Je suis encore un bébé, moi-même.

14

De subtils changements, qui me préoccupaient, commençaient à se produire chez Lori. Je ne pouvais absolument pas dire quand cela avait commencé. Et pour être franche, je ne pouvais même pas dire en quoi ils consistaient. Je m'en apercevais tout de même. Et bien qu'ils fussent minimes, ils semblaient annoncer de plus grands bouleversements. Lori était moins ouverte avec moi, moins enjouée. Des faits bénins la pertubaient davantage; ses accès de mauvaise humeur étaient moins intenses mais plus durables.

C'est surtout en jouant avec elle que je sentis ces changements. J'avais inventé des petits jeux de cartes pour lui apprendre à lire. La plupart de ces jeux consistaient simplement à apparier les lettres, un L avec un L, un S avec un S et ainsi de suite, même si les lettres étaient de couleurs, de dimensions ou de styles différents. Elle n'avait même pas à savoir de quelles lettres il s'agissait, en fait.

Ces parties de cartes furent d'abord un plaisir pour nous deux. Le jeu consistait à ne pas rester avec la dernière carte, donc à les apparier toutes. Comme c'était un jeu de hasard, nous avions toutes les deux une chance égale de gagner. Mais mes années d'enseignement m'avaient appris divers stratagèmes de sorte que je pouvais au besoin piper les dés à volonté.

Cette activité ravissait Lori. Elle inscrivait nos résultats dans un coin du tableau noir. Chaque jour elle inscrivait un point dans la colonne de la gagnante, et c'est ainsi que les résultats s'étaient accumulés depuis quelques mois. Inscrire les points était devenu en soi un exercice.

Presque chaque jour, nous jouions une ou deux parties. De temps à autre, j'introduisais de nouvelles cartes pour maintenir la valeur pédagogique du jeu, et Lori n'en continuait pas moins de l'apprécier. Si je laissais tomber cette activité, elle la réclamait à cor et à cri et certains jours elle arrivait plus tôt pour jouer des parties en plus. Mais malgré l'intérêt qu'elle y portait, l'ambiance du jeu était en train de changer. Je ne remarquai pas tout de suite de quoi il s'agissait exactement. Puis un après-midi, je m'aperçus que je faisais exprès de la laisser gagner souvent. En regardant les points au tableau, je me rendis compte que cela se produisait depuis longtemps. J'avais vaguement peur de la voir perdre.

Cette impression m'avait frappée au milieu d'une partie. Je me demandai aussitôt ce qui l'avait provoquée. Je regardai Lori: penchée sur ses cartes, elle était très absorbée. Apparier les lettres était encore une tâche difficile pour elle. Elle avait l'air concentré, sourcils froncés et front plissé.

— C'est moi qui vais gagner, dis-je à voix basse sur le ton de la plaisanterie.
— Non, tu gagneras pas. (Elle ne plaisantait pas.)
— Et alors, qu'est-ce qui arrive si je gagne?

Pause. Lori leva les yeux et je découvris alors en un éclair ce qu'il y avait d'imperceptiblement changé chez elle. Puis elle eut un sourire désarmant, à la façon de la bonne vieille Lori.

— Tu ferais mieux de pas gagner.

Je ne gagnai pas. Vers la fin de la partie j'aurais pu tirer la carte gagnante car je savais où elle se trouvait. Au dernier moment, je renonçai. Quel que fût le changement en train de se produire, je préférais ne pas le voir.

A mesure que les jours passaient et que je jouais des parties avec elle ou que je l'observais en train de jouer avec les autres, je caressais toujours l'idée de la mettre au défi pour crever l'abcès. Et cependant chaque fois que j'envisageais de le faire, je reculais. Il arrivait toujours quelque chose que je pouvais invoquer pour justifier ma retraite. Je planifiais ma victoire jusqu'à la dernière carte. Je battais même les cartes d'avance avant la classe pour qu'il me soit encore plus difficile d'éviter la victoire. Mais là encore je battais en retraite.

En vérité, je savais déjà ce qui se passait, mais je ne voulais pas l'accepter. Je m'obstinais à vouloir croire que les choses allaient mieux pour Lori. Mon travail et mon dévouement pour elle y contribuaient. Sa présence à mes côtés l'après-midi suffisait à réduire les tensions. Et tout simplement aussi, mon amour pour elle. Elle allait mieux. Elle avait une meilleure opinion d'elle-même. Elle allait réussir à s'en sortir, et même à régler son problème avec la lecture. Elle était trop forte et mes efforts étaient trop grands pour qu'il n'en fût pas ainsi. J'y croyais avec l'énergie du désespoir.

— Je vais gagner cette fois-ci, déclarai-je.

Elle répondit par un vague grognement sans lever les yeux. Pas une fois dans la semaine elle ne s'était donné la peine d'inscrire nos résultats au tableau. Elle n'avait fait que jouer. C'était devenu comme une sorte de drogue pour elle. Elle était obsédée par l'envie de jouer.

— J'ai pas gagné depuis longtemps déjà. Tu crois pas que je mérite de gagner maintenant?
— Non. (Elle n'avait pas encore levé les yeux. Elle déposa un M assorti avec un N.)

— A ton tour.

— Lor, ces deux-là ne vont pas ensemble. Regarde-les bien.

— Si, elles vont ensemble.

Je lui montrai la différence entre les deux; de l'index je suivis le dessin des lettres jusqu'à ce que je finisse par la convaincre qu'il ne s'agissait pas des mêmes lettres.

Elle fronça les sourcils.

— Mais j'en ai pas d'autres qui vont.

— Tiens. (Je retournai les cartes pour les lui rendre.) Garde-les jusqu'à ce que tu puisses les apparier.

— Non, protesta-t-elle. J'en ai pas d'autres qui vont. Je veux mettre celles-là ensemble. Laisse-les là. Ca compte.

— Non, ça compte pas, Lor. Reprends-les.

Mon insistance commençait à la contrarier. Elle me darda un regard noir.

— Laisse-les là, Torey. Sinon j'pourrai pas gagner. Il te reste moins de cartes que moi.

— Mais c'est pas juste. C'est pas comme ça qu'on doit jouer.

— Je m'en fous. Laisse-les là.

Je les laissai sur la table, et je me sentis moi-même fâchée. Nous jouâmes quelque temps en silence.

Puis vint le moment fatidique. Je tirai la carte gagnante, un X pour aller avec celui que j'avais déjà. Ma dernière carte. Durant une seconde ou deux qui me parurent longues, je regardai la carte que je venais de tirer. C'était maintenant ou jamais.

Lori leva les yeux sur moi, voyant que je m'étais arrêtée. Elle savait, je pense.

— J'ai mon X, dis-je aussitôt. (Je craignais en attendant davantage de perdre ma détermination.) Voilà, dis-je en abattant ma dernière paire, j'ai épuisé mes cartes.

Une expression absolument indéchiffrable traversa son visage. Le silence devint si lourd entre nous que Tom et Claudia nous regardèrent.

— Qu'est-ce que vous fabriquez? demanda Tomaso.

Les larmes commençaient à couler sur les joues de Lori. Ses yeux étaient lourds de reproches.

— T'avais pas le droit de faire ça, Torey. C'est pas juste. C'est moi qui devais gagner.

— C'est seulement un jeu, Lor. On ne faisait que jouer, voyons.

Sa douleur se tourna en colère, et elle balaya les cartes de la table rageusement. Les cartes allèrent voler partout.

— Pourquoi tu m'as fait ça? Tu devais me laisser gagner! (Puis elle se mit à sangloter, la tête baissée, ses petites épaules secouées par des spasmes.) C'est pas juste, c'est pas juste. C'est le seul endroit au monde où je pouvais gagner et maintenant même toi tu me laisses pas gagner. Je déteste cet endroit! (Et elle donna un coup de pied à la table.)

Voilà ce que j'avais fait. Je restais là paralysée, muette. Que pouvais-je dire? Comme Pandore, j'avais ouvert une boîte fatale. Mais contrairement à elle, je pense que j'avais toujours su ce que j'y trouverais. Et qu'il faudrait l'ouvrir un jour ou l'autre, cette boîte. Mais ce que j'allais faire après ça, je n'en avais pas la moindre idée.

J'avais invité les parents de Claudia à venir discuter amicalement. Je voulais leur montrer quel programme je suivais, la réussite semblait importante dans cette famille. Pour ma part, je voulais savoir quels étaient leurs projets pour Claudia et son enfant, afin que je puisse préparer le terrain en connaissance de cause durant les mois que Claudia passerait auprès de moi.

De tous les parents que j'ai rencontrés, ceux de Claudia étaient décidément les moins communicatifs. Non parce qu'ils ne parlaient pas. Loin de là. Le père était un homme sûr de lui, arrogant, qui s'écoutait parler. La mère, quant à elle, s'empressait de remplir le moindre silence. Mais rien de ce qu'ils racontaient tous deux n'avait le moindre intérêt.

J'avais l'habitude de rencontrer toutes sortes de gens. Au cours des années, j'avais eu devant moi des directeurs de collège, des candidats au prix Nobel et des artistes connus, aussi bien que des alcooliques, des prostituées et d'anciens détenus. Ils avaient tous un problème en commun: des enfants perturbés. Dans ces familles, le climat pathologique était étonnamment semblable malgré les différences d'éducation, de statut social et de fortune. Et franchement, je préférais travailler avec les pauvres ou les ignorants. Le problème avec les gens plus instruits c'est qu'ils sont plus fuyants.

Il en était ainsi avec la famille de Claudia.

Son père était un vrai salaud. Malgré toute son intelligence il devenait stupide quand il s'agissait d'être humain.

— Vous savez, me dit-il, Claudia me parle parfois de l'école à la maison. Elle m'a dit que vous lui aviez donné la responsabilité de certains élèves. (Traduction: Ne pouvez-vous faire votre travail vous-même?)

— Elle m'a dit qu'elle devait s'occuper... d'un petit Noir. (Traduction: Maintenant vous savez ce que je pense des Noirs.)

J'acquiesçai.

— Oui, ça doit être Boo.

— D'après ce que j'ai compris, c'est un enfant autistique. J'ai lu quelque chose sur l'autisme. C'est incurable, n'est-ce pas? (Traduction: Un gosse fou à lier.)

— Elle a dit qu'elle devait s'occuper de ce petit Noir, ce gosse autistique, et que c'est vous qui lui aviez demandé ça.

— Oui, c'est vrai, dis-je. Elle ne veut pas?

Il haussa une épaule.

— Oh, non, pas vraiment. Elle m'en a parlé seulement. (Traduction: Moi je ne veux pas.)

— Et elle disait aussi qu'il y avait un autre garçon dans la classe. Un enfant de travailleurs migrants qui travaille dans les champs. (Traduction: Maintenant vous savez aussi ce que je pense des Chicanos.)

— De fait, corrigeai-je, Tomaso ne travaille pas aux champs actuellement. Il ne manque jamais une journée d'école. Et c'est l'un des meilleurs élèves que j'ai eus.

Le père hocha la tête pensivement et rumina la chose un moment. Puis il se pencha au-dessus de la table qui nous séparait, et me demanda d'un ton confidentiel, à la limite du murmure:

— Dites-moi, ces gosses, ils ne sont pas un peu dangereux, non?

Je me penchai à mon tour vers lui et murmurai avec indignation:

— Non. Mes élèves ne sont pas dangereux.

— Ah bon, fit-il. Alors, qu'en est-il de leurs comportements? Ça ne semble pas très joli de ce côté-là. N'y a-t-il pas un danger que Claudia subisse de mauvaises influences? Vous comprenez, si elle travaille avec ce petit Noir, ne va-t-elle pas être influencée par tout ce qu'il fait? Vous comprenez, nous avons investi beaucoup d'argent pour l'envoyer dans une bonne école jusqu'ici. Je ne tolérerais pas qu'elle attrape quelque chose ici.

Je méritais une médaille pour mon sens des bienséances. Et la seule personne qui en méritait une autre était Claudia, pour vivre avec ce type et rester une chic fille malgré tout.

— Non, expliquai-je aussi gentiment que je le pus. Vous n'avez pas à vous inquiéter. Ce dont les autres élèves sont atteints ne s'attrape pas.

— Bon, ça va. Mais j'étais un peu inquiet, vous comprenez.

La mère semblait assez gentille sauf qu'elle ne parlait jamais autrement que pour remplir les blancs. Tout silence au milieu de notre conversation paraissait la terrifier et elle les comblait avec les commentaires les plus insipides. Elle souriait d'abondance en hochant sans cesse sa tête qui avait l'air suspendue à un fil comme une tête de marionnette. Elle et Claudia devaient faire une paire plutôt mal assortie.

Même si elle enseignait les arts plastiques dans un collège de la ville et si elle occupait ce poste depuis un certain nombre d'années, elle me parut le stéréotype de la femme dominée, mal dans sa peau, absorbée par ses enfants et son intérieur.

Ni l'un ni l'autre n'avait beaucoup réfléchi à ce que Claudia allait faire de l'enfant. Ils lui faisaient passer des examens prénatals mais ne voulaient pas entendre parler de psychologues pour aider Claudia à assumer la maternité et ses autres problèmes. La seule évocation de la chose irrita le père. Il n'y avait rien qui clochait chez sa fille! Tout était de la faute du garçon. Ne savais-je pas d'ailleurs que Claudia avait été pratiquement violée? Mais peut-être avait-elle besoin d'aide justement à cause de ça, suggérai-je. Si je pensais que sa fille avait besoin d'un psychologue, fit-il observer brutalement c'est que je travaillais depuis trop longtemps avec des gosses cinglés. Et à dire vrai, il n'était pas très heureux de la savoir dans cette classe. Il avait bien envie de la retirer de l'école et d'engager une préceptrice. Je me tus, car l'isolement était bien la dernière chose dont Claudia avait besoin.

L'entretien se termina dans une atmosphère hostile. J'avais été échaudée et je ne pouvais me résoudre à oublier nos divergences. Le père, pour sa part, me considérait comme une enseignante qui se mêlait de ce qui ne la regardait pas et qui outrepassait les limites de sa fonction. Pour moi, les choses étaient on ne peut plus claires. Je savais désormais qu'il valait mieux jouer de prudence dans mes rapports avec lui. Car s'il ne retirait pas Claudia de ma classe, je ne doutais pas que si je l'irritais trop, il n'hésiterait pas à me poursuivre devant les tribunaux.

15

— Que va-t-il se passer à l'arrivée du bébé? demandai-je.

Claudia et moi bavardions ensemble après la classe. Elle était restée pour m'aider à préparer ce que j'allais faire faire à Boo et elle s'était mise ensuite à son travail personnel.

C'était un après-midi de neige, grisâtre, mais il ne faisait pas vraiment sombre. J'étais allée à la fenêtre regarder tomber les gros flocons, le dos tourné à Claudia qui était à la table.

— Sais pas.
— Tu n'y penses pas parfois? demandai-je et je me retournai vers elle.
— Ouais, parfois.
— Tu n'en parles avec personne? Tes parents? Qu'est-ce qu'ils en disent, eux?
— On n'en parle pas à la maison. Je n'ai pas le droit. Mon père me l'a interdit. Il ne veut pas que Corinna ou Melody se fassent des idées.
— Ce sont tes soeurs?
— Ouais. Corinna a onze ans et Melody neuf. Il pense que Caroline ne sait pas encore. Elle a seulement six ans. Quant à

Rebecca, elle a quatre ans tout juste; je peux lui parler à elle. C'est ma préférée dans la famille. Je lui raconte tout.

— Ah oui. Mais Claudia, qu'est-ce qui va arriver au bébé quand il naîtra? C'est dans cinq mois seulement. C'est moins loin qu'il n'y paraît.

Elle hocha la tête d'une façon qui signifiait: tais-toi.

— Qu'est-ce que tu vas en faire?

— Je t'ai déjà dit que je n'savais pas. On verra quand ça arrivera, c'est ce que ma mère dit. J'vais le garder, si c'est ça que tu veux dire. Oui, naturellement, je vais le garder.

— Toi, tu veux le garder le bébé?

Je m'assis près d'elle.

— Mais oui. (Elle fit une brève pause et un sourire effleura ses lèvres, un sourire tout intérieur comme si elle caressait des pensées plaisantes.) Il va être tout à moi. Mon bébé. Je vais m'arranger pour qu'il m'aime. Moi seule. (Une pause encore.) Et Rebecca aussi peut-être. Un peu. Mais surtout moi.

— Tu sais comment tu vas t'en occuper?

Elle fit oui de la tête.

— Moi et maman, on s'en occupera. J'le ferai manger et changerai ses couches. Ça m'est égal de faire ça, et maman s'occupera des autres choses. Tu sais ce qu'elle m'a dit une fois ma mère, un soir qu'on parlait et que mon père était allé au Elks Club? Elle m'a dit que les bébés lui manquaient. Rebecca n'est plus un bébé maintenant. Et elle m'a dit qu'elle voulait un autre bébé.

— Mais ta mère travaille, Claudia. Elle est dehors toute la journée.

— Ouais, je sais. Mais... ça ira.

— Les bébés c'est pas comme des poupées, tu sais. On ne peut pas les laisser sur une étagère quand on n'a pas envie de s'en occuper.

— Je sais tout ça. Tu te fais trop de soucis.

— C'est plus fort que moi.

Le temps sembla suspendu un long moment. C'était si calme que je croyais entendre tomber la neige. Claudia regardait ses ongles; puis elle passa la main sur la légère saillie de son ventre, et regarda au loin. Je me levai pour aller de nouveau à la fenêtre.

— Ça ira. J'en suis sûre.

Je me juchai sur le rebord de la fenêtre. Je sentais le froid de la fenêtre dans mon dos. Quand je ne parlais pas, Claudia tambourinait sur sa chaise.

— Tout se passera bien, Torey. Tu te fais toujours du souci pour rien. Ça se passera bien.

Oui, ça se passerait bien, c'était sûr. Chez Claudia qui, à douze ans, venait tout juste de quitter le monde des fées et du père Noël, la confiance ne manquait pas. Chez moi, par contre, c'était le doute qui ne manquait pas. Je songeais que les trois quarts de sa vie seraient déjà écrits pour elle, si elle gardait le bébé. C'était le cas pour quatre-vingt-dix pour cent des filles mères. L'avenir pour elle, c'était quitter l'école avant le collège, ne jamais trouver d'emploi bien rémunéré pour vivre décemment et élever son enfant, ne jamais régler le désaccord causé par la naissance du bébé dans une famille déjà perturbée, se marier pour s'en sortir, etc., etc., etc. Et surtout, plonger dans le monde des adultes avant d'avoir pu dépasser le stade de l'enfance: elle comme son enfant en seraient marqués. J'entendais déjà se fermer toutes les portes devant elle.

— As-tu déjà songé, Claudia à faire adopter ton bébé?

L'horreur se peignit sur son visage.

— Non! Bien sûr que non!

— Je sais que c'est une chose terrible à envisager, quand on a porté l'enfant durant tous ces mois, mais parfois c'est la meilleure chose à faire. A la fois pour toi et pour l'enfant.

— Non! Non, tais-toi, ne dis pas ça. Je l'abandonnerai jamais. C'est mon bébé. Mon bébé à moi seule et personne a le droit de me l'enlever sans mon accord.

— Claudia...

— Je ne veux rien entendre!

J'ouvris la bouche pour parler mais elle me lança un regard si renfrogné que je la refermai aussitôt.

Alors elle éclata en sanglots.

— Comment peux-tu me dire des choses pareilles? T'as jamais eu de bébé, tu sais pas ce que c'est. Je le veux, ce bébé-là. C'est lui qui arrangera tout.

J'eus un pincement au coeur.

Elle se leva et se dirigea droit vers la porte. Puis elle s'arrêta, appuya sa tête contre le chambranle et sanglota.

Je soupirai et songeai que, ces derniers temps, tout le monde était toujours en larmes ici. J'en avais assez. Quittant le rebord de la fenêtre, j'allai vers elle. Elle eut d'abord un mouvement de recul. Mais au lieu de franchir la porte, elle se retourna, courut jusqu'au coin lecture et se laissa tomber sur les coussins par terre.

Je restai près de la porte à la regarder. J'étais allée trop loin, j'avais été trop brutale. Pour notre première discussion, j'aurais dû seulement préparer le terrain. Maintenant le sujet était trop chargé d'émotion pour elle et pour moi.

Je ne savais pas quoi faire. Claudia n'avait pas son pareil pour me mettre dans l'embarras.

Elle sanglotait, la tête enfouie dans un coussin. Je m'approchai et restai devant elle quelques instants. J'aurais voulu m'agenouiller et la prendre dans mes bras comme je l'aurais fait avec Boo ou Lori, mais la timidité que j'avais déjà ressentie m'en empêchait. J'avais l'impression qu'elle était plus vieille que moi, car elle avait des problèmes que je ne savais comment aborder. Ses pleurs n'étaient pas des pleurs d'enfant.

Je n'arrivais pas à vaincre mes réticences.

— Ecoute, Claudia, dis-je finalement, je vais en salle des professeurs pour quelques minutes, O.K.?

Elle ne répondit rien.

— Je reviens.

En vérité, j'avais besoin de sortir.

Là-bas, je pris un Dr. Pepper au distributeur. Assise, la boîte froide pressée contre mon front, je me mis à feuilleter de vieilles revues pédagogiques. Peut-être y puiserais-je des idées sur ce qu'il fallait faire quand on se sentait fatiguée et dépassée par les événements.

A mon retour, la salle de classe était plongée dans le silence et l'obscurité. Les lampes fluorescentes gênaient Boo, aussi nous étions-nous habitués à travailler sans elles, sauf durant les jours les plus sombres. Nous remarquions donc rarement la pénombre, mais aujourd'hui je la remarquais.

Je restai un moment sur le pas de la porte pour scruter Claudia. Elle avait cessé de pleurer mais elle était toujours dans le coin lecture, étendue sur un coussin. Elle me tournait le dos. Toute cette histoire était trop dure pour une fille de son âge. Elle aurait dû être chez elle en train d'accrocher aux murs de sa chambre des photos de vedettes de cinéma et d'écouter les derniers tubes à la radio.

Je m'approchai d'elle et m'agenouillai sur le tapis.

— Je t'ai apporté un coca. Tu en veux?

Elle se retourna et me regarda un moment avant de se redresser. Ses yeux étaient rouges et gonflés. Lentement elle tendit le bras pour saisir la boîte de coca, et la prenant entre ses deux mains elle but avidement. Puis elle la déposa sur son genou, la tenant toujours entre ses mains. Nous pouvions sentir entre nous toute la quiétude crépusculaire de cette journée de janvier.

— Je suis désolée, Claudia.

Je m'arrêtai parce que je n'aurais pu expliquer pourquoi je l'étais: pour être si faillible je pense, pour avoir trop présumé de ma position d'autorité alors que je n'avais pas de réponse.

Elle leva les yeux vers moi. Pour la première fois elle me regardait en face. Puis, fronçant les sourcils, elle dit:

— Pourquoi tu t'en fais pour moi? T'es la seule.

Je ne savais quoi répondre.

Elle continuait à me fixer.

— Je comprends pas c'que tu veux. On est seulement les enfants des autres ici. Qu'est-ce qu'on pèse dans la balance? Pourquoi tu t'occupes de nous?

La pénombre m'empêchait de discerner la moindre couleur dans ses yeux. Les larmes y perlaient encore, mais sans tomber. Elle mordit sa lèvre inférieure pour arrêter le tremblement de son menton. J'avançai la main pour la toucher mais m'arrêtai à mi-chemin. Nous étions toutes deux prisonnières du regard de l'autre et je me sentais comme Alice dans le trou du lapin, en train de tomber de plus en plus bas. Et plus je percevais de choses, moins je comprenais.

Claudia laissa retomber sa tête. D'une main elle ramena ses cheveux en arrière puis, avec un long soupir, elle leva les yeux de nouveau. Esquissant un sourire, elle dit:

— T'es spéciale, tu sais.

Je ne pus que hocher la tête.

Il y avait aussi Lori. Chaque moment difficile, chaque occasion manquée, chaque faute que je faisais, rien n'était jamais perdu quand il s'agissait de Lori. J'aurais voulu parfois enfermer son esprit dans une boîte et l'emporter avec moi, quoiqu'en réalité je ne savais même pas ce que je trouvais en elle de si exaltant. Quand je voulais la décrire, je n'arrivais jamais à cerner cette grâce aérienne qui lui était tellement particulière. Le lendemain de ma conversation avec Claudia, j'étais en train de finir de déjeuner à la table de travail lorsque Lori entra en trombe, une feuille de papier à la main. J'écartai ma chaise et elle sauta sur mes genoux.

— Je t'ai apporté quelque chose, annonça-t-elle.

— Ah oui?
— Tu veux voir? Tiens.

Elle était assise en travers de mes jambes, le dos contre ma poitrine. Elle leva la feuille de papier au-dessus de sa tête pour me la montrer. Je la pris.

Le dessin représentait un oiseau, un oiseau bleu avec des ailes noires et des pattes très jaunes. Le trait en était assez maladroit, parce que les talents artistiques de Lori étaient à la mesure de ses autres réalisations. Mais le bonheur éclatait avec évidence dans ce bec d'oiseau.

— Je trouve que c'est mon meilleur dessin. J'ai pris les meilleurs crayons, ceux qui étaient bien taillés. Et tu vois, j'ai pas dépassé les lignes cette fois-ci. C'est bien, hein? C'est ce que j'ai fait de mieux jusqu'ici.
— Ah oui, Lor, tu as raison. C'est ton meilleur dessin.
— C'est-ce que pense aussi Mrs. Thorsen. Même qu'elle voulait l'afficher. (Lori se contorsionna pour me regarder.) Mais j'ai dit que je l'avais fait pour toi, et qu'elle pouvait pas l'avoir.
— Mais t'aurais pas dû. Il est beau ton dessin. T'aurais dû la laisser l'afficher. Tu dois en être fière, dis?
— Ah oui, j'en suis fière. Mais c'est pour toi que je l'ai fait.
— Eh bien, j'en suis ravie. C'est un beau dessin, ma petite chérie. Peut-être bien que je pourrais lui trouver une place sur notre tableau d'affichage, pour que tout le monde puisse l'admirer.
Lori prit la feuille de mes mains et la tint un moment devant ses yeux, l'examinant d'un air méditatif.
— Tu sais ce que j'pensais quand je l'ai fait?
— Non, quoi?
— Que c'était pas vraiment comme sur une photographie. Comme dans les magazines. J'voulais vraiment que ça soit le mieux possible, sans erreur. Mais ça n'est pas sorti comme je voulais. C'est pas parfait.

— Mais non, Lor, ne dis pas ça. C'est très beau, mieux que n'importe quelle photographie.

— Non. Non, c'est pas ce que j'veux dire. Si c'est mauvais c'est parce que c'est pas comme je voulais le dessiner. C'est pas parfait comme je l'voulais. Mais tu sais, Tor, ce que j'ai pensé... (Elle s'interrompit, traîna un peu sur les dernières syllabes tout en jetant un autre regard scrutateur sur le dessin.) Eh bien, j'ai pensé que c'était parfait comme ça. Pas à cause de ce qu'on voit mais de ce qui est en dedans. Dans ma tête, j'ai vu cet oiseau parfait.

Elle se retourna furtivement vers moi avec un sourire:

— Et c'est comme si ça me suffisait à moi pour aimer ce dessin, même s'il n'est pas vraiment parfait. Peut-être parce que... parce que c'est comme si je savais qu'il pourrait l'être... (Elle se tourna encore vers moi.) Tu comprends ce que j'veux dire?

Je hochai la tête.

— Oui, je crois que oui.

— Les choses ne sont jamais vraiment parfaites, dit-elle. Mais à l'intérieur, on peut toujours les voir parfaites si on essaie. Ça rend les choses belles pour moi.

—T'es une grande rêveuse, Lor.

Elle me regarda fixement, d'une prunelle noire et arrondie qui exprimait quelque chose au-delà du sourire. Elle ne dit rien.

— C'est bien d'être comme ça.

Le dessin de l'oiseau bleu ne fut jamais affiché dans notre classe. Je l'apportai chez moi et le suspendis au mur au-dessus de mon lit pour me rappeler au moins deux fois par jour que la beauté existait dans un monde imparfait.

16

A l'école le temps n'est pas jalonné par les mois comme dans la vie courante, mais plutôt par les fêtes. Il y a l'Halloween, Thanksgiving et Noël, bien entendu, mais il y a aussi les périodes intermédiaires, comme celle qui suit la Saint-Patrice avant Pâques et celle qui précède la fin de l'année, quand on doit se contenter de cerf-volants ou de fleurs pour le tableau d'affichage.

Nous étions déjà en février, avec la Saint-Valentin à l'horizon. J'essayais de ne pas trop insister sur les fêtes parce que mes gamins finissaient par devenir surexcités. Cependant, après le long ennui de janvier, j'avais toujours hâte de retrouver la gaieté de la Saint-Valentin et j'étais un peu plus détendue.

Lori était, naturellement, celle qui aimait le plus les fêtes. Avant tout le monde, elle arrivait avec des projets de surprises-parties, de présents et de décorations. La Saint-Valentin ne fit pas exception.

La première semaine de février Lori se présenta un après-midi avec un immense sac à provisions.

— J'ai apporté des trucs pour la Saint-Valentin, annonça-t-elle. C'est pour mettre sur les murs, ça va faire joli.

Elle sortit de son sac un coeur en sucre, trois décorations murales usagées, achetées dans un magasin discount, et une bonbonnière de plastique en forme de coeur. Elle avait aussi des cartes de voeux.

— Et voici des cartes de la Saint-Valentin pour tout le monde. (Elle sortit un assortiment d'enveloppes aux formes bizarres.) Je les ai faites hier soir avec Libby. Elle m'a aidée à écrire les voeux et moi, j'ai découpé les images. (Elle me les tendit.)

Les autres étaient arrivés maintenant. Tomaso était penché sur l'épaule de Lori pour voir ce qu'il y avait encore dans le sac. Claudia examinait l'une des décorations murales, et Boo tournait en cercles de plus en plus larges autour de nous.

J'avais les cartes dans les mains et je me demandais ce que j'allais en faire. Nous n'avions pas encore constitué d'album pour les cartes parce que la Saint-Valentin était encore éloignée. D'autre part, je ne voulais pas déposer les cartes sur mon bureau: c'était déjà un tel fouillis que je craignais de ne jamais pouvoir les retrouver.

— Je les place sur l'étagère ici, d'accord? dis-je à Lori. Quand on fera l'album de la Saint-Valentin, on les placera dedans. D'accord?

— Non, répondit Lori en mettant les mains sur ses hanches. C'est pour aujourd'hui. Je veux que tout l'monde les ouvre maintenant. Je les ai faites spécialement pour ça.

— On est seulement le 5 février, dit Claudia.

— Ça m'est égal. C'est pour aujourd'hui quand même. Papa va m'acheter des valentins au magasin pour la Saint-Valentin parce que je dois en avoir pour mon autre classe aussi. Mais ceux-là sont spécialement pour vous. Pour aujourd'hui. Il faut les ouvrir maintenant.

Je secouai la tête en souriant.

— O.K., Lor. Viens m'aider à les distribuer. Mais il n'y a pas de noms dessus.

— Non, bien sûr que non, répliqua Lori avec une pointe d'exaspération. Tu sais bien que j'aurais pas pu les lire. (Elle me fit les gros yeux pour n'avoir pas pensé à cela.) Bon, celle-ci est pour Tom et celle-là pour Claudia. La grande est pour Boo et puis voilà la tienne.

C'étaient des cartes très personnalisées. Celle de Claudia était un découpage représentant une femme avec un bébé. JE T'AIME. TOI ET TON BEBE. pouvait-on lire en grosses lettres carrées, écrites par la soeur de Lori. Tomaso, pour sa part, reçut une photo de magazine représentant un danseur espagnol d'apparence douteuse, collée au dos d'un morceau de carton replié. A l'intérieur, il y avait un message indéchiffrable. Lori l'avait écrit elle-même.

— Qu'est-ce que ça veut dire, Lori? demanda Tomaso.

— Oh, j'ai dû l'écrire moi-même. Si Libby l'avait écrit, elle aurait pu penser que t'étais mon p'tit ami, et c'est pas vrai. (Elle haussa les épaules.) T'es un copain, c'est tout.

— Mais qu'est-ce que t'as écrit? demanda-t-il encore.

Elle rougit. Elle n'aurait pas osé le dire devant moi. Je pense que c'était quelque chose comme: je t'aime. Je le lui dis.

— C'est normal qu'on dise des choses comme ça sur une carte de la Saint-Valentin, reprit Lori vivement. C'est marqué sur toutes les cartes de la Saint-Valentin. C'est pas qu'il est mon p'tit ami, non, c'est pas ça. Vous savez que c'est pas ça, hein?

Claudia riait.

— Ouais, on sait, Lor.

Ma carte était un dessin fait à la main. Comme m'expliqua Lori, il n'y avait pas, dans les magazines, des photos qui nous ressemblaient. Elle nous avait donc dessinés tous les cinq, main dans la main. Il y avait un ballon jaune au-dessus de la tête de l'un des personnages et c'était marqué: JE T'AIME. JE SUI EREUSE AVEC TOI.

La carte de Boo était la plus grande. Lori avait collé sur plusieurs feuilles de papier des découpages d'animaux, de jouets et de personnages.

— Y a pas de mot dessus, dit-elle, parce que Boo sait pas lire. Y a que des images. Je l'ai vu regarder des images et il aimait ça. Alors j'lui en ai fait. C'est un livre avec un tas de belles choses à regarder.

Boo s'empara aussitôt du livre que Lori lui avait fabriqué et s'assit par terre à mes pieds pour le regarder.

— C'est pour toi, Boo, lui dit Lori. J'l'ai fait pour toi parce que t'es un gentil garçon et que je t'aime bien. (Elle lui caressa la tête.)

Sur la deuxième page il y avait une grande photo de chien hirsute. Boo leva le livre à la hauteur de son nez et scruta l'image. Puis il la flaira bruyamment.

— Toutou. Toutou.

— Eh, Tor! Tu entends! cria Lori. (Je m'étais éloignée un peu pour regarder la carte de Tom. Lori m'attrapa le bras.) Il parle! Boo aime ma carte.

— Toutou, disait Boo en tapotant la photo du chien.

Tomaso plongea à côté de lui.

— C'est Benji, Boo. Benji. Peux-tu dire: Benji?

— Toutou.

— Oui. Mais dis: Benji, continua Tomaso.

— Toutou.

— Benji.

— Benji, répéta Boo. Toutou. Benji.

— Et ça, qu'est-ce que c'est? demanda Lori en indiquant la page en face.

Boo regarda l'autre image, c'était un chat tiré d'une publicité de nourriture pour chat Purina Cat Chow.

— Toutou, dit Boo.

— Non, reprit Tomaso. Ce n'est pas un toutou, Boo. C'est un minou. Dis: minou, Boo.

— Minou.

— Allons, maintenant qu'est-ce que c'est? demanda Tom.
— Toutou.
— Non, dit-il avec une pointe d'exaspération.
— Minou.
— Oui! s'écrièrent à la fois Tomaso et Lori en battant des mains.

L'enthousiasme se répandit dans la classe comme un feu de brousse. Tous les quatre nous tombâmes à genoux, nous pressant autour de Boo. Tomaso était devenu chef. Il tournait les pages entre les mains de Boo qui résistait. Boo voulait encore regarder le chien et le chat. Mais avec une douce fermeté, Tom insistait pour qu'il regarde d'autres images. En phrases courtes, directes, il incitait Boo à dire les noms, le corrigeait s'il se trompait et lui donnait la bonne réponse.

J'étais assise sur mes talons. Un miracle se produisait devant moi. Mon propre petit miracle. Et je souriais en les regardant tous: la fillette qui ne pouvait pas lire, le garçon renvoyé de l'école, la fille de douze ans enceinte et le gosse cinglé. Nul n'était du genre à faire des miracles, et pourtant.

— Sensas! C'est sensas, Boo, écoute-toi un peu, disait Tomaso. (Le petit cercle autour de Boo s'ouvrit.) Ecoute-le, Tor. Ecoute-le parler. Et c'est pas des aberrations cette fois, il parle vraiment.

Ils continuèrent. Lori sortit du cercle et se glissa sur mes genoux. Elle jeta ses bras autour de mon cou.

— Ah, Tor, je suis heureuse. J'ai envie de rire et de pleurer en même temps. On a fait parler Boo comme une vraie personne. (Sa voix baissa soudain jusqu'au murmure comme si elle était gênée.) C'est moi qui l'ai fait parler. C'est moi, dis? C'est à cause de la carte que je lui ai faite. Il a parlé à cause de moi, hein?

J'approuvai de la tête.

— Oui, mon chou. C'est toi qui as déclenché tout ça.

Elle resta immobile dans mes bras. Fermant les yeux, elle laissa tomber sa tête vers l'arrière comme transportée dans un ravissement sans borne.

Notre rêve fut de courte durée. Boo revint bientôt à son vieux moi farfelu et commença à jaser à propos de Chuck Barris et du *Gong Show*. Je m'y attendais; pourtant deux fois en un mois Boo nous avait répondu. Avec un net progrès la deuxième fois. Je n'entretenais pas d'illusion sur Boo et il s'agissait donc pour moi d'un miracle de premier ordre.

Il était à prévoir que les enfants n'auraient pas la même vision des choses. Ils s'attendaient à ce genre de magie qu'on trouve seulement dans les contes de fées. D'ailleurs Boo nous abandonna si vite pour son monde hermétique, qu'ils ne purent s'empêcher de penser que tout avait été vain.

Lori en particulier était démoralisée.

— Je pensais qu'il continuerait, dit-elle d'une voix proche du sanglot. Il nous parlait. J'pensais qu'on l'avait guéri. Mais qu'est-ce qui va pas chez lui? Il ne veut pas aller mieux ou quoi?

Je mis un genou à terre et passai mon bras autour de ses épaules.

— Mais oui, il le veut, Lori. Mais ça se passe pas comme ça, tu sais. C'est pas qu'il ne veuille pas parler, il ne le peut pas toujours, c'est tout. Mais je suis sûre d'une chose: il était très, très content que tu aies réussi à le faire parler un peu.

— Mais pourquoi il a arrêté?

— Je n'en sais rien.

— Et pourquoi tu l'as laissé faire? Comment ça se fait qu'il devient pas mieux?

— Ah! Lor, si j'avais pu. Je veux autant que vous qu'il parle mais ce genre de choses n'est pas en mon pouvoir. C'est Boo qui doit faire son propre cheminement.

Elle baissa la tête. Du bout de sa chaussure de tennis elle suivait le contour d'un dessin invisible sur le linoléum. Puis elle sembla l'examiner.

— Mais on lui montre des choses chaque jour et on lui parle et il n'apprend toujours pas. Il sera jamais un enfant normal, alors.

— C'est décourageant, n'est-ce pas? Parfois ça me rend triste aussi.

— Mais ça donne rien, tout ce qu'on fait. Il sera jamais normal.

— On va continuer d'essayer quand même. Pour ce qu'il deviendra après, eh bien, qui vivra verra. Aujourd'hui ce qui compte c'est qu'il ait parlé.

Elle continuait de remuer son pied sur le plancher.

— Ce qui compte c'est ce qui se passe aujourd'hui, repris-je. Tu comprends, n'est-ce pas? C'est ça qui compte.

— Ouais, répondit-elle sans grande conviction, en fixant toujours le plancher.

Puis elle s'interrompit et leva les yeux vers moi.

— Non, dit-elle en secouant la tête. J'comprends pas. Pas vraiment.

J'avançai le bras pour l'étreindre et pressai son visage contre mon chemisier. Mais elle n'avait pas envie de se faire consoler. Elle était trop déçue. Tout en tenant Lori, je regardais Boo assis sur le plancher. Du bout des doigts d'une main, il tapotait ses cils, l'autre main suspendue en l'air, palpitant dans la lumière. Ses traits délicats de bébé étaient noyés dans une vague rêverie.

N'empêche qu'aujourd'hui il avait parlé.

17

Le onzième anniversaire de Tomaso tombait le 22 février. Devais-je ou non le célébrer? Quelle ampleur faudrait-il donner à l'événement? Tomaso était un drôle de garçon, très imprévisible surtout. D'une part, il cherchait désespérément à être le centre du monde, à être aimé et flatté. D'autre part, c'était un macho qui ne souhaitait qu'indifférence virile. En fin de compte, je résolus de faire au moins un gâteau d'anniversaire. Pour le reste, on improviserait.

Lori, elle, pensa aux cadeaux.

Un matin, en début de semaine, alors qu'elle sortait en récréation, Lori vint me trouver dans ma classe. Il y avait encore des élèves avec moi, aussi arriva-t-elle sans faire de bruit, sur la pointe des pieds. Elle me tapota l'épaule. Je sursautai.

— J'ai quelque chose d'important à te demander.

J'écarquillai les yeux.

— Tu sais, c'est l'anniversaire de Tomaso vendredi. Est-ce qu'on peut lui offrir des cadeaux?

— Non, je ne pense pas, Lori. Il y aura un gâteau d'anniversaire et peut-être qu'on fera des jeux ou autre chose. Mais pas de cadeaux.

Une pause. Elle fit une moue du coin des lèvres.

— J'ai déjà acheté quelque chose. Je l'ai acheté au magasin hier soir quand papa a emmené Libby pour lui acheter des collants de danse.

Elle avait son manteau sur elle et une casquette rouge qui lui tombait sur les yeux, ce qui lui donnait l'air d'un lutin.

— Je l'ai acheté moi-même avec mes économies. Mon père m'a même pas aidée. (Elle me dévisageait, les yeux lourds de reproches sous ses cils sombres.) Et puis j'ai dépensé vingt-neuf cents pour mettre un chou dessus.

— Oh! repris-je, eh bien, puisque c'est comme ça, Lor, je suis d'accord. Mais personne d'autre n'a un cadeau pour lui. Et personne ne célèbre d'anniversaire ici. Tu penses que c'est juste?

Elle fronça les sourcils d'impatience.

— Ah! Torey, les anniversaires n'ont pas besoin d'être justes, ce sont des anniversaires, c'est tout. Alors, je peux?

Je cédai.

— Bon, mais file vite en récréation avant que Mrs. Thorsen ne s'aperçoive de ton absence.

Elle sourit, montrant ses dents écartées, et d'un coup sec tira sa casquette encore plus bas sur ses yeux.

— Oh, c'est pas grave. Je lui ait dit que tu m'avais demandé de venir. (Elle rit.) Et elle m'a crue.

Elle bondit hors de ma portée alors que je feignais de lui donner une gifle.

— Alors, tu me dis pas ce que tu vas offrir à Tom?

— Oh non! (Elle s'élança en riant vers la porte.) C'est une surprise! s'écria-t-elle en s'esquivant.

Vendredi 22. Avec Lori j'attachais du papier crépon autour de la chaise de Tomaso et de la table, tandis que Claudia écrivait JOYEUX ANNIVERSAIRE TOMASO sur une grande affiche apposée en travers de la porte. Bref nous achevions les préparatifs d'une fête princière.

Tomaso fut ravi.

— J'ai jamais eu de fête avant, dit-il en entrant. (Il se tordait le cou pour regarder l'affiche sous tous les angles.) Vous avez fait tout ça pour moi? Pour moi tout seul?

Ses yeux brillaient. Il était stupéfait. Il tournait autour de la pièce contemplant, les yeux écarquillés, nos pauvres tentatives de décoration.

— C'est pour moi? J'ai jamais eu de fête avant. Jamais. Et un gâteau en plus? Vous m'avez fait un gâteau? Pour moi?

Je n'avais jamais vu de gamin regarder avec autant d'incrédulité une affiche, un gâteau, huit ballons et du papier crépon jaune. Tom continuait à faire le tour de la classe. Chaque fois qu'il touchait aux ballons ou au gâteau, ou qu'il regardait l'affiche, il répétait: «Pour moi? Pour moi?»

— Et devine quoi? lui dit Lori après qu'il eut tourné ainsi plusieurs fois autour de la classe. Devine quoi, Tomaso, je t'ai apporté un cadeau.

Tomaso lui lança un regard sceptique.

— Oui! C'est vrai, hein, Torey? dit-elle en se tournant vers moi. Je peux lui donner?

— Même si tout ça est très amusant nous allons faire notre travail d'abord, jusqu'à la récréation. Après, on mangera le gâteau et Tom pourra déballer ton cadeau.

Des protestations s'élevèrent. Lori me supplia de lui laisser montrer la boîte à Tomaso. Lui montrer seulement, promit-elle. Puis on travaillerait. Je cédai.

C'était une grande boîte, de cinquante centimètres de côté à peu près, qui en imposait par ses seules dimensions. On s'apercevait au premier coup d'oeil que Lori l'avait emballée elle-même. Des animaux de cirque peints en jaune caracolaient gaiement sur le papier d'emballage. Un gros chou doré couronnait le tout.

— C'est pour moi? dit immédiatement Tomaso. C'est pour moi ça? (Il avait des yeux exorbités.)

Il ne fut pas facile d'obtenir de Lori qu'elle replace la boîte dans le placard et de convaincre tout le monde de revenir à la table. Tom et Lori continuaient d'entretenir leur excitation.

— Venez vous deux, appelai-je. Allons, dépêchons. Le travail d'abord, la fête ensuite. Allons!

Claudia avait réussi à attraper Boo et ils vinrent à la table. Tomaso était toujours avec Lori, la boîte jaune vif entre eux.

Enfin la boîte fut rangée et ils vinrent nous rejoindre à contrecoeur. Je tendis à Tom son cahier, et Lori prit l'alphabet en papier de verre. Le silence régna un moment, tout le monde se penchant sur son travail. Puis Tomaso jeta un regard de côté à Lori.

— As-tu vraiment acheté ça pour moi? souffla-t-il. T'as acheté ça pour moi?

Lori fit signe que oui sans lever la tête.

— C'est parce que tu voulais m'acheter un cadeau, dis? (Il avait appuyé intentionnellement sur «voulais».)

Je souris en les regardant. Une émotion profonde et douce-amère était montée en moi.

Les quatre-vingt-dix minutes avant la récréation semblèrent une éternité. Lori ne cessait de donner des coups de coude à Tomaso et à Claudia pour leur demander l'heure, ne sachant la lire. Tomaso regardait souvent l'heure aussi, mais plus discrètement. Je surpris même Claudia en train de jeter des regards à la pendule. Seul Boo était hors circuit.

Enfin deux heures sonnèrent. Je demandai à une femme de service d'emmener les enfants en récréation pendant que je découpais le gâteau, disposais les serviettes en papier et servais le jus d'orange. Puis je plaçai le paquet, avec ses animaux de cirque et son chou de vingt-neuf cents, au centre de la table.

Alors ils arrivèrent. Un ouragan. Tomaso entra en criant et sauta brusquement sur un pupitre. Boo faisait l'avion, les bras étendus, vrombissant bruyamment. On avait certainement dû lui communiquer l'humeur de la fête durant la récréation. Lori chantait. Seule Claudia entra d'une manière qu'un enseignant pouvait considérer comme à peu près correcte, un sourire indulgent aux lèvres.

— Mon cadeau! Il faut ouvrir mon cadeau d'abord! s'écria Lori.

— Voilà, dis-je en leur tendant le jus d'orange alors qu'ils arrivaient en trombe. Boo, non! Non, non! (Il tenait son morceau de gâteau au-dessus de la tête.)

— Déballe mon cadeau, Tom!

— Torey, Boo se met du gâteau dans les cheveux.

— Lori, bon sang, fais attention, veux-tu? Tu es presque rentrée dedans.

— A l'aide! A l'aide, quelqu'un! J'ai renversé mon jus d'orange.

— Boo, s'il te plaît, veux-tu t'asseoir! Non, pas dans ton oreille. Claudia? Lori? Voulez-vous l'empêcher de se fourrer du gâteau dans les oreilles? Boo!

— Hé, regardez ça, y a une fleur sur mon gâteau.

— Quoi? Comment ça s'fait que j'ai pas de fleur, moi, Torey? Je veux une fleur aussi.

— Boo!

C'était le chaos.

— Hé tout le monde. Je compte jusqu'à cinq. Et quand j'aurai fini, tout l'monde devra être assis par terre avec son assiette devant lui. Vous m'entendez? Un…

Un branle-bas de chaises et de pieds.

— Deux.

— Tom, ici. Vite, à côté de moi.

— Trois.

— Boo. Boo, assieds-toi. Boo!

— Quatre.

— Suffit! Arrête de pousser, Lor. Assieds-toi. Nous allons écoper et ça s'ra ta faute.

— Quatre et demi.

Bousculades et précipitation.

Cinq.

Quatre visages angéliques sont tournés vers moi. Tomaso et Claudia ont coincé Boo entre eux. Il a du sucre glacé dans ses boucles noires mais il est enfin assis comme tout le monde.

— Voilà. C'est beaucoup mieux, dis-je. Bon sang, vous vous conduisiez comme une bande de sauvages. Maintenant on reste assis et on finit tranquillement son gâteau et son jus. Comme des êtres civilisés. O.K.?

Trois approbations de la tête. Boo, lui, buvait son jus à grand bruit.

Rien ne vaut les propos d'enfants en train de manger.

— J'aime ce gâteau, Torey, dit Tom. Il est fait avec quoi?

— Avec du chocolat.

— Ah oui. J'essayais de me rappeler le nom. Je l'avais sur le bout de la langue.

Cela fit rire Lori et elle s'étouffa avec son jus. Claudia leva son assiette à la hauteur du visage.

— J'aime l'odeur du chocolat, dit-elle.

Naturellement, tout le monde leva son assiette pour sentir. Même Boo essaya d'imiter les autres.

— Pour sûr ça sent bon, dit Tomaso en reniflant profondément. J'peux même en faire remonter l'odeur dans mon nez, c'est si bon.

Lori s'était dressée sur ses genoux sous le coup de l'excitation.

— Devine quoi? Tu sais c'que j'ai appris? C'est relié ensemble en arrière.

— Nous la regardâmes tous intrigués.

— Là en arrière. (Elle ouvrit la bouche toute grande et indiqua l'intérieur.) Le nez et la bouche sont reliés ensemble en arrière. Et tu sais comment je l'ai su?

— Euh...

— Eh bien, une fois, ma soeur Libby, bon, nous avions eu des fèves au dîner et puis elle est allée en haut et a vomi. Elle était penchée au-dessus du lavabo et tu sais quoi? Elle a rejeté des fèves par le nez.

— Lori! (Avec mon air de maîtresse d'école.)

— Mais c'est vrai, Torey. Je raconte pas des blagues. J'étais là, je l'ai vue. J'étais dans la salle de bains avec elle quand c'est arrivé et les fèves sont sorties de son nez. Alors ça doit être relié ensemble en arrière.

— Je ne pensais pas que tu racontais des blagues, Lori. Mais c'est le genre de conversation...

— Et vous savez c'que grand-père fait? lança Claudia. Il se gargarise le nez avec de la saumure.

Tout le monde se tordit de rire. J'avais partagé ma part de gâteau en deux et en donnai une partie à Tomaso, qui était assis à côté de moi. La conversation continua sur cette lancée désopilante.

Puis vint le grand moment. Lori prit cérémonieusement le paquet enveloppé de jaune sur la table et le porta à Tomaso, assis sur le plancher.

— Voilà, dit-elle la voix presque rauque de plaisir, et elle déposa la boîte par terre.

Tomaso resta un moment sans bouger, se contentant de la regarder. Puis soigneusement, prudemment, il se mit à défaire le ruban. Il travaillait d'une seule main et très délicatement, comme si la boîte pouvait disparaître à tout moment.

— *Leones*, l'entendis-je murmurer pour lui-même, *leones y monos*. *Para me*. (Les mots semblaient se fondre dans un souffle.) *Para me*.

L'emballage tomba révélant une boîte d'accessoires électriques. L'excitation de Lori était à son comble. Une tresse entre les dents, elle s'était levée et se balançait d'une jambe sur l'autre. Elle s'approcha de moi, assise sur une petite chaise derrière eux, et agrippa mon genou d'une main. Elle continuait à sauter d'un pied sur l'autre. A tout moment elle se tournait vers moi pour me communiquer son excitation.

La boîte avait été fermée avec force rubans adhésifs. Tomaso avait du mal à en venir à bout. Il était de plus en plus excité lui aussi et il travaillait maintenant des deux mains. Mais son ardeur le rendait malhabile.

— Tu veux les ciseaux, Tom? demandai-je.

— Non. (Il tenta de soulever le rabat supérieur de la boîte. Lori l'avait fixé avec plusieurs épaisseurs d'adhésif. (Efforts et grognements.) Bon, O.K., les ciseaux, Tor. J'y arrive pas.

— J'vais les chercher, j'vais les chercher! s'écria Lori. (Et elle courut vers la boîte à ciseaux sur le rebord de la fenêtre.)

— Non, attends, Lor. Ceux-là ne sont pas assez pointus pour couper ce ruban. (J'allai à mon bureau chercher mes longs ciseaux que j'utilisais rarement avec les enfants.) Voilà, Tom, prends ça. Ça devrait aller.

— Ah oui! s'écria-t-il et il coupa les rubans qui restaient.

Avec un soin religieux il ouvrit la boîte. D'abord une couche de papier de soie. Lori s'était remise à tressauter contre moi. Tomaso plongea le bras et tira le cadeau de la boîte.

Un ours en peluche. Il était brun et crépu, portant un tee-shirt brun foncé. Ni trop gros ni trop petit.

Tomaso tint un moment l'ours à bout de bras et le regarda. Lori explosait en joyeux hululements. Claudia me souriait. Et Tomaso, apparamment muet de stupéfaction, restait assis. Sans un bruit. Sans un geste.

— Alors, tu l'aimes? demanda Lori. Je l'ai acheté avec mon argent à moi. Papa ne m'a pas aidée du tout et ça m'a coûté dix dollars quatre-vingt-dix-huit. J'ai pris toutes mes économies depuis janvier et j'ai même utilisé une partie de l'argent que tante Gert m'a donné à Noël. Je savais que t'avais plus d'ours en peluche, Tom. Alors ça m'fait rien.

Tomaso explosa comme un volcan.

Il bondit sur ses pieds, jetant le papier d'emballage dans toutes les directions.

— Quel cadeau idiot! Que veux-tu que j'fasse avec cette merde-là? Pour qui tu me prends? Un bébé ou quoi? (Il criait.) Quel foutu cadeau merdique! T'es aussi stupide dans tout c'que tu fais qu'en lecture. Pas étonnant qu'on t'ait placée dans cette classe de crétins. Tu sais rien, rien de rien!

Frappée de stupeur, Lori rentrait les épaules, et les coins de sa bouche s'affaissaient. Des larmes se mirent à couler sur ses joues. Elle laissa échapper un sanglot sourd.

Je me levai pour m'interposer mais n'en eus pas le temps.

— Tiens, regarde c'que je fais de ton foutu cadeau! hurla Tomaso.

Il saisit les longs ciseaux et d'un mouvement preste les plongea dans le ventre de l'ours, qui rendit sa bourre de mousse. L'ours tomba éventré sur le plancher. Les ciseaux suivirent. Tomaso se lança à travers la pièce, hystérique, hurlant et jurant. Lori gémissait.

— Tomaso, arrête!

Je sautai par-dessus la table de travail et le coinçai momentanément entre la fenêtre et une étagère basse. Mais il enjamba l'étagère et se remit à courir. Terrifiée à l'idée qu'il pourrait sortir de la classe, je franchis à nouveau la table de travail et courus vers la porte.

Tomaso profita de ce moment pour reprendre l'avantage. Il n'était pas aussi incohérent que je l'avais cru. Attrapant une petite chaise, il me la projeta violemment dans les jambes. Le bruit du bois heurtant mes tibias me résonna dans la tête. Saisissant ma jambe sous le coup de la douleur, je tombai contre la porte.

Quand je me redressai, Tomaso tenait les ciseaux pointus à quelques centimètres de mon estomac.

Le silence soudain. Un silence tendu. Lori avait même cessé de pleurer.

— Tu vas pas m'dire quoi faire, dit-il d'une voix basse et rauque. J'en ai marre de t'entendre, espèce de grue. Tu vas la fermer ou j'te perce les tripes.

Il était bien capable de le faire. En essayant de me remettre d'aplomb sur mes pieds, le dos plaqué contre la porte, je regardai avec lassitude les ciseaux qui me menaçaient. Je savais qu'il était capable de tout s'il se sentait acculé.

Il avança les ciseaux encore plus près. Un centimètre à peine séparait maintenant l'instrument pointu de mon corps. Et toujours régnait ce silence irréel. Je pris une respiration profonde. La douleur dans ma jambe se répercutait dans ma tête. L'air était rempli d'odeurs de gâteau, de jus d'orange et de peur. La sienne ou la mienne? Claudia, Lori et Boo étaient figés sur place.

— Maudite garce, reprit-il. Garce!

La voix était encore basse et rauque, mais je devinais autre chose.

Silence.

Mon pouls battait dans mes oreilles. La sueur coulait sous mes aisselles et dans mon dos. Et maintenant je la sentais ruisseler entre mes seins. Une voix à l'intérieur de moi protestait: «Ne me fais pas ça. Allons, Tom, je t'en prie. Ne me fais pas ça.» Le silence régnait tout autour.

Nous nous surveillions l'un l'autre. Les ciseaux dans la main, il me regardait droit dans les yeux. Un gamin magnifique. Même à ce moment-là et quelle qu'en fût l'incongruité, c'est cette pensée qui me vint à l'esprit. Elle était plus forte que ma peur.

Nous attendions. Les yeux dans les yeux, en silence.

Je souhaitais que quelqu'un dans le corridor m'aperçût le dos ainsi plaqué à la porte et qu'il vînt à mon secours. Mais le temps était mon meilleur allié. Si je pouvais tenir tête à ce gamin furieux sans le provoquer si je pouvais tenir bon jusqu'à ce que sa rage tombe, la situation se dénouerait d'elle-même. Si un étranger survenait, cela pourrait mettre le feu aux poudres. Tomaso pourrait alors en venir à faire ce que j'espérais pouvoir éviter. N'empêche que je me sentais terriblement seule, là, du mauvais côté des ciseaux. Et Dieu sait combien j'avais peur.

Les minutes s'écoulaient lentement. Une à une.

— Tomaso, murmurai-je, tu n'veux pas faire ça, dis.
— La ferme!
— Allons, Tom. Tu veux blesser personne.
— La ferme, maudite grue! Tu m'dis toujours quoi faire! Tu m'forces toujours à ressentir des choses que je n'veux pas ressentir. J'en ai ras l'bol. Je n'suis pas ta propriété. J'en ai ras l'bol! Tu fais trop de bruit. Tu m'écorches les oreilles. Toi, oui toi! Tu m'écorches les oreilles.

Soudain les coins de sa bouche s'affaissèrent, son menton se mit à trembler. Levant sa main libre, il s'essuya les yeux sur sa manche de chemise.

— Je te déteste. Tout ça est de ta faute, cria-t-il.
— Ma faute?
— Et de sa faute à elle, dit-elle en désignant Lori.
— C'est de notre faute si tu es tellement en colère? dis-je.
— Je n'suis pas en colère! Pourquoi tu dis toujours ça? Combien de fois, merde, faudra-t-il te l'dire? Je n'suis pas en colère!
— Ah oui, je vois. Tu n'es pas en colère.
— Non. (Des larmes commençaient à ruisseler sur ses joues.) Je suis malheureux c'est tout.

Un bref sanglot secoua son corps. Je profitai de l'occasion pour bouger légèrement. Tomaso vit de l'hostilité dans ce mouvement et il appuya la pointe des ciseaux contre mon diaphragme. Je ne bougeai plus.

— Essaie pas de bouger.
— O.K.

Par-dessus son épaule, je regardai la pendule. J'avais l'impression d'avoir passé la moitié de ma vie sous la menace de ces ciseaux. En fait il ne s'était écoulé qu'une demi-heure depuis la récréation. Je rentrai le ventre et me pressai encore plus contre la porte pour atténuer la pression de la pointe des ciseaux sur ma peau.

Il essayait encore de garder le contrôle de la situation. Je frissonnai. Derrière Tomaso, Claudia s'occupait de Boo. Elle tira une chaise et s'assit. Le bruit fit sursauter Tomaso, qui pressa les ciseaux dans l'étroit espace que j'avais gagné en rentrant le ventre. Lori s'était remise à pleurer. La classe était en train de se désintégrer, et tout ça pour un stupide ours en peluche.

— Ecoute, je suis désolée, Tomaso. Si j'ai fait quelque chose pour te rendre malheureux, j'en suis désolée.
— Non, c'est pas vrai. Tout ça est de ta faute.
— Qu'est-ce que j'ai fait? Vas-tu me le dire, au moins?
— Tu l'sais même pas?
— Non.
— *Parece mentira*. T'es aussi idiote que le reste de la classe.
Je hochai la tête.

Les larmes apparurent de nouveau, plus abondantes cette fois. Il baissa les yeux sur les ciseaux. Lentement il tourna le poignet pour les avoir posés à plat sur sa paume. Ses larmes tombèrent dessus.

Je n'osais pas bouger. Sa main était ouverte maintenant et en respirant j'effleurai la pointe des ciseaux, ce qui les fit bouger un peu sur sa paume. Mais peut-être était-ce sa main qui tremblait.

— Pourquoi tu m'laisses pas tranquille? demanda-t-il. (Son ton s'était adouci. Il leva les yeux sur moi.) Pourquoi tu veux toujours me regarder en dedans? (Il referma sa main sur les ciseaux et les baissa.) Je voulais te haïr. Te haïr. Pourquoi tu m'laisses pas faire? Pourquoi tu m'fiches pas la paix, pourquoi?

Il ne se mit pas à courir comme je le prévoyais. Il serra les ciseaux dans sa main et les lança sur le plancher. Puis il baissa la tête, cacha son visage dans ses mains et fondit en larmes.

J'étais bouleversée. Il m'avait posé une question de fond. De quel droit le forçais-je à se soucier d'un monde qui ne se souciait pas de lui? Pour chaque gosse, la même question se posait. Il n'avait pas été le premier à mettre en doute mes certitudes à ce propos. Le plus triste pour moi c'est que je n'avais pas de réponse, c'est que je n'étais jamais tout à fait sûre que la douleur que j'infligeais valait mieux que celle que je soulageais. Cette question rendait l'affaire des ciseaux presque anodine.

— Oh! Tommy, dis-je avec des larmes dans la voix. Oh! Tommy, je suis si désolée.

Je tendis les bras et il s'y jeta.

Nous nous consolâmes l'un l'autre. Je pliai les genoux en le tenant toujours contre moi. Je m'assis sur le plancher, le dos toujours contre la porte et pris Tomaso sur mes genoux. C'était bien sûr un grand garçon de onze ans, presque un adolescent, mais il n'y avait pas moyen de faire autrement. Il s'accrocha à mon cou et enfouit son visage dans mes cheveux. Il pleurait avec des sanglots profonds qui lui secouaient tout le corps. En le berçant d'avant en arrière contre la porte, je lui chantonnais doucement toutes sortes de choses, des petits mots insensés que seul l'amour inspire. J'avais le coeur trop lourd pour pleurer.

La première demi-heure après la récréation avait duré une éternité. Par contre, le reste du temps passa à toute vitesse. Je gardai Tomaso sur mes genoux durant presque trente minutes. Puis la présence des autres enfants me força à me lever et à essayer de reconstruire notre classe. Nous bougeâmes tous à la fois et causâmes avec la gentillesse un peu embarrassée qui succède aux explosions de colère.

Je tenais avant tout à accorder un moment d'attention à Lori, parce que je me doutais que l'incident devait l'avoir particulièrement perturbée; mais en une quinzaine de minutes je n'en avais guère le temps. Nous nous consacrâmes plutôt aux derniers petits travaux du vendredi: nettoyer, remettre la classe en ordre et préparer les billets de présence pour la semaine suivante.

Tomaso errait à travers la classe. Comme un aveugle, il butait contre les objets, se déplaçait en titubant d'un endroit à l'autre tandis que nous nous affairions autour de lui. Je remarquai que Lori s'arrêtait de temps à autre pour l'observer. Mais son expression ne me permettait pas de deviner ses sentiments.

Puis je vis tout à coup Tomaso penché au-dessus de l'ours en peluche, en train de ramasser la bourre et d'essayer délicatement de la remettre en place. Humblement il vint vers moi, l'ours dans les mains.

— Tu penses que tu pourrais le réparer? demanda-t-il. (Il gardait la tête baissée.) Peut-être que ça pourrait se recoudre, non?

Je pris l'ours et l'examinai.

— Oui, je pense que c'est possible.

— As-tu une aiguille et du fil? Pourrais-tu le faire toi-même? (Il s'interrompit un instant.) Tout de suite?

— Je ne suis pas sûre d'avoir ce qu'il faut.

— Peux-tu regarder? S'il te plaît?

J'apportai l'ours éventré à mon bureau. Tomaso me suivit. Et pendant que je fouillais dans mes affaires, Lori s'approcha.

Ils se regardèrent l'un l'autre le temps d'un long silence douloureux. Lori se pencha sur mon bureau.

— J'vais aller au bureau voir s'ils ont pas du fil quelque part, Torey, si tu veux.

Je la regardai. Ce n'était pas la première fois que je lui enviais sa force.

— O.K., Lor, si tu veux.

La cloche sonna avant que Lori ne soit revenue du bureau. Claudia m'aida à mettre les bottes et le manteau de Boo puis elle le fit sortir pour attendre sa mère en face de l'école. Tomaso restait à côté de moi à la porte. Il pressait l'ours sur sa poitrine.

Quand Lori fut de retour, je pris de nouveau l'ours et retournai à mon bureau, où j'examinai les dommages plus attentivement.

— J'pourrai pas lui rendre son apparence d'origine, Tom.

— Ça ira quand même.

J'examinai la chose de nouveau.

— Tor? demanda-t-il.

— Oui?

— Tu vas le faire maitenant?

— Tu dois prendre ton car, Tomaso. Et ça peut me demander du temps. Je le ferai pour lundi. D'accord?

Il me regarda sans répondre immédiatement. Il avait perdu toutes ses défenses et je pouvais voir en lui. Son regard se fit plus pressant.

— Est-ce que j'peux rester? J'ai pas envie de rentrer à la maison tout de suite.

Après réflexion, j'acquiesçai.

— O.K., j'te ramènerai chez toi plus tard.

— Veux-tu le réparer maintenant?

— D'accord.

Lori était encore là.

— Torey? dit-elle en me touchant légèrement l'épaule alors que je me penchais sur l'ours. Et moi? Est-ce que j'peux rester aussi?

Je levai la tête.

— J'ai pas envie de rentrer à la maison, moi non plus.

Je souris et hochai la tête.

Ils s'assirent à mes pieds pendant que je remettais la bourre dans le ventre de l'ours et que je recousais la blessure. La secrétaire n'avait que du fil bleu marine au bureau et mes points maladroits étaient visibles sur la fourrure brune. Mais je me concentrai et fis de mon mieux.

Ce calme autour de nous, cette immobilité absolue, avait quelque chose d'apaisant. Mes émotions avaient atteint un tel paroxysme que le retour à la normale était presque douloureux physiquement. C'était comme lorsque j'étais petite, quand j'avais joué trop longtemps dans la neige et que je rentrais à la maison: la chaleur qui pénétrait mes doigts et mes orteils gelés m'était une souffrance agréable.

Lori et Tomaso me surveillaient intensément, assis tous deux en tailleur par terre. Ils ne quittaient pas l'ours des yeux. Jamais chirurgien n'avait opéré devant un public aussi attentif.

Après quinze minutes de couture, je dus me reposer. J'avais les doigts endoloris à force de pousser l'aiguille dans le tissu épais. J'avais mal au dos aussi, à force de travailler courbée. Je me redressai sur ma chaise et m'étirai pour relâcher les muscles crispés.

Mais leurs regards sur moi étaient si intenses, si remplis de confiance que je me sentis obligée de me remettre à l'oeuvre.

Je souris.

— Vous savez, vous deux, vous êtes mes préférés.

Lori sourit. Légèrement. L'air énigmatique. Tomaso resta impassible.

— Tu te soucies pas vraiment que les choses marchent toujours comme il faut, n'est-ce pas? demanda Lori.

— Non, pas vraiment.

— Tu vois, Tomaso? (Elle se retourna vers moi.) C'est c'que je lui ai dit.

— Tu m'aimes? demanda le gamin faiblement.

Je hochai la tête.

— Oui. Oui, je pense que c'est une autre façon de le dire.

18

Qu'y avait-il donc dans l'ours en peluche de Lori qui mit Tomaso hors de lui ce vendredi après-midi? Ce cadeau lui rappelait-il le temps où il avait été blessé profondément dans ses affections? La gentillesse de Lori, en s'exprimant par un cadeau aussi personnel, était-elle trop douloureuse pour ce gamin qui avait si peu connu la tendresse? En tout cas,cet après-midi-là, il emporta avec lui, l'ours aux gros points de suture bleus, et on ne sut jamais ce qu'il en fit.

Le comportement de Tomaso changea à partir de ce moment-là. Un changement subtil, difficile à cerner, mais un changement tout de même. Auparavant, au cours de ses explosions de colère, il n'avait jamais dirigé sa violence contre quelqu'un. Malgré toute son agressivité, Tomaso n'était pas du genre à blesser quelqu'un. D'ailleurs, après cet épisode, il ne menaça plus jamais personne dans la classe. Sa colère persista, mais je me sentais davantage en sécurité lors de ses débordements et Tomaso devait ressentir la même chose. Nous savions maintenant tous les deux jusqu'où les choses pouvaient aller sans mettre en danger notre relation. Nous avions traversé une sorte d'ordalie par le feu et en étions sortis indemnes.

J'aurais pourtant bien aimé savoir ce qui avait changé chez lui, comment ce changement s'était effectué et pourquoi. En vain. Il n'en reste pas moins que cet après-midi dramatique fut décisif pour Tomaso et pour moi. Et quand je me surprenais à le regarder dans le silence de l'après-midi, je me sentais plus proche que jamais de lui.

L'état de Claudia continuait de me préoccuper. Je savais que les probabilités étaient grandes qu'elle eût une grossesse à hauts risques, à cause de son âge et du manque de soins prénatals durant les premiers mois. Mais cette naissance était plus risquée encore qu'il n'y paraissait. Malgré mon peu d'expérience de la naissance et des bébés, j'en savais trop au sujet des enfants non désirés, élevés par des parents immatures ou perturbés. Claudia, en fait, était en train de semer de nouvelles graines pour ma classe, et j'en étais profondément affectée.

Toutes mes tentatives pour lui parler de l'avenir de son enfant s'étaient terminées de façon désastreuse. Elle ne voulait pas croire que son enfant pût grandir ailleurs que dans un univers de conte de fées. Tout serait merveilleux après la venue au monde du bébé. Ce serait un enfant idéal: tout rose, mignon et délicatement parfumé. Il l'aimerait tendrement et elle aurait l'impression d'être la personne la plus importante au monde. Elle rêvait de ce bébé comme elle rêvait d'être la reine de sa classe au collège, de danser dans le corps de ballet ou d'obtenir une bourse d'études à l'université Stanford. Elle croyait dur comme fer qu'après la naissance du bébé elle nagerait dans le bonheur. Rien ne pouvait l'en dissuader.

C'était l'avers de la médaille. Le revers, dont Claudia parlait rarement, laissait au contraire entrevoir des moments critiques. Il m'apparaissait quand je l'observais dans la cour de récréation, le dos appuyé au mur de brique, solitaire, les mains sur son ventre, regardant les autres élèves jouer; et aussi quand elle me confiait ses rêves, ses mots disant une chose et ses yeux une autre, entièrement différente. A l'occasion, elle osait même l'exprimer ouvertement: comment allait-elle s'en tirer?

J'étais très préoccupée par Claudia. Je m'étais beaucoup rapprochée d'elle à mesure que le temps passait mais je ne la connaissais toujours pas. Je ne savais pas vraiment ce qui se passait dans sa tête. Aucun élève ne m'avait rendue aussi impuissante à mes propres yeux. Le choc entre le réel et l'imaginaire chez Claudia n'était qu'une question de temps. Je le savais et je craignais qu'elle ne finît par faire ce que nous aurions tous voulu éviter. C'était dans son cas une course contre la montre: comme le temps passait et que la situation ne s'améliorait pas, je savais qu'il me fallait de l'aide. Nous étions en train de la perdre.

Je ne pouvais toujours pas compter sur le soutien des ses parents. J'appelai sa mère à son travail un matin. Il y avait des semaines déjà que nous nous étions rencontrées et j'espérais qu'en lui parlant à elle seule je pourrais plus facilement lui faire partager mon point de vue. Après avoir bavardé un moment de choses et d'autres, je lui demandai si elle et son mari étaient à présent d'accord pour que Claudia soit soutenue sur le plan psychologique. Non, cela ne leur semblait pas nécessaire, au dire de la mère. Je lui dis qu'à force de travailler avec Claudia j'étais de plus en plus convaincue qu'elle souffrait de dépression. Elle se réfugiait dans les livres, dans les films et dans la musique. Et quand ces moyens lui faisaient défaut, dans le travail scolaire. Je craignais, dis-je à sa mère, qu'un temps ne vînt bientôt où une chansonnette à la radio ne suffirait plus.

Déprimée? Sa mère eut un petit rire sympathique. Mais non, ce n'était qu'une phase de l'adolescence. Elle avait été comme ça elle-même à douze ans. Et puis, comment Claudia pouvait-elle être déprimée? Elle n'était encore qu'une enfant.

Je me retrouvai le combiné à la main, guère plus avancée.

A la fin, je résolus de chercher par moi-même pour Claudia. J'espérais dénicher une sorte de groupe d'aide peut-être un groupe d'autres filles-mères avec un adulte qui servirait de conseiller. Je voulais lui trouver un lieu où elle pourrait partager ses sentiments, envisager des solutions pour l'avenir et tout simplement rencontrer des personnes qui la comprendraient. Dans ma grande naïveté, je présumais qu'un groupe de ce genre existait.

L'annuaire du téléphone dans les mains, le combiné coincé entre mon oreille et mon épaule, je composai le numéro du service d'aide psychologique du lycée.

— Quel âge a votre fille? demande le conseiller.

— Ce n'est pas ma fille. C'est mon élève. J'ai entendu dire que vous vous occupiez d'adolescentes enceintes.

— Est-ce que vous avez l'autorisation des parents pour faire appel à nous?

— Non. C'est seulement pour voir ce que vous proposez.

— Je regrette. Pourquoi ne dites-vous pas aux parents de la jeune fille de me téléphoner? Je ne pense pas qu'on puisse divulguer des informations confidentielles au téléphone, n'est-ce pas?

Confidentielles? Il suffisait de voir Claudia une seule fois pour comprendre quel était son problème. Mais ils s'en fichaient pas mal. Clic, la communication était coupée.

— Allô, je m'appelle Torey Hayden.

J'avais cette fois au bout du fil une infirmière de l'hôpital. J'avais appris qu'elle donnait des cours sur la grossesse et tout ce qui s'ensuit. Je lui expliquai la raison de mon appel.

— Je peux vous conseiller un excellent livre. C'est moi qui l'ai écrit. Il s'intitule *Le Miracle de la vie*.

— Qu'est-ce qu'il raconte? demandai-je innocemment.

— Les faits. Comment le sperme se développe chez le père. Comment le père transmet la semence à la mère. Comment le bébé est conçu à ce moment précis. C'est tout à fait ce qu'il faut pour quelqu'un de douze ans. Il contient les tout derniers développements de la science. Il est moderne d'esprit, à la portée des adolescents. Il montre des images du sperme et de l'ovule, réalisées au microscope électronique.

— Ça me semble très bien. Le problème c'est que l'étape du sperme et de l'ovule est déjà franchie. Ce que je cherche, en fait, c'est une sorte de groupe d'aide pour cette enfant. Quelque chose pour l'aider à tenir le coup.

— Oh. (Suivi d'un autre «oh» plus lourd de compréhension. Puis une longue pause.) Oui, c'est pas une mauvaise idée. Avez-vous essayé auprès du centre de santé mentale?

Le centre de santé mentale. J'avais un psychologue au bout du fil.

— Hummmmmmm, faisait-il pensivement. Hummmmm. Hummmmm. Hummmmm.

— Vous savez, dis-je je suis inquiète parce que cette gosse n'a jamais eu d'information sur les moyens de contraception. Et je pense qu'elle ne savait même pas qu'elle risquait de tomber enceinte.

— Hummmm... Hummmm... Hummmm. Oui, c'est terrible, hein? La sexualité s'étale partout devant leurs yeux et on leur apprend pas à se débrouiller avec. Hummmm. C'était différent quand vous et moi étions gosses, n'est-ce pas? Les gens ne se rendent pas compte que pendant ce temps ces mômes sont dehors en train de le faire. Je veux dire: la chose. (Il parlait comme Tomaso.)

— Bien sûr, dis-je. Mais je pense qu'elle a besoin d'être aidée dans sa situation. Elle a douze ans seulement.

— Hummmm... Hummmm... Hummm. Voyons. Vous avez pensé à une thérapie, hein?

— Ça serait bien. Mais je pensais surtout à un groupe de jeunes filles dans le même cas qu'elle. Peut-être avec un conseiller. Enfin quelque chose pour qu'elle ne se sente pas trop seule.

— Hummmm... Hummm. C'est difficile.

— J'ai peur que ses parents ne soient pas d'accord pour une thérapie.

— Je vois. Hummm. Hummm. C'est pas facile. Mais il y a le groupe de planning familial, avez-vous essayé auprès d'eux?

Planning familial: c'est une jeune femme avec un fort accent britannique qui me répond cette fois.

— Douze ans, vous dites? Ah, mais c'est terrible! C'est à pleurer.

— Oui, mais... (J'expliquai pour la quatrième fois ce que je cherchais, comme un disque rayé.

— Est-ce qu'elle est au courant des moyens de contraception?

— Apparemment non.

— Ah bon, reprit la jeune femme sur un ton de réflexion. Apparemment non, hein? (Tout à coup cela lui parut amusant. Elle rit.) Bon, eh bien, je pourrais vous envoyer des brochures sur la contraception.

— Ce que je cherche, c'est un groupe d'aide pour cette gosse. (Ou pour moi peut-être. Ha! ha!)

— Elle pourrait venir ici et nous pourrions lui parler. Est-ce que ses parents lui permettraient de prendre la pilule? Le diaphragme n'est pas très sûr pour des jeunes filles, vous savez.

— Vraiment, je ne crois pas qu'elle ait besoin d'un moyen contraceptif pour le moment. Elle est enceinte déjà...

— Il ne faudrait pas lui donner quoi que ce soit sans l'autorisation écrite des parents. Et surtout s'il s'agit d'une fillette de douze ans. Est-ce que les parents accepteraient de signer une autorisation?

— Je vous l'ai déjà dit, je ne suis pas sûre qu'elle ait besoin d'un moyen de contraception en ce moment.

— Mais il y a toujours des brochures. Et puis après, si on veut aller plus loin...

— Franchement, il ne s'agit pas de contraception pour l'instant.

— Ah, si vous le dites. Alors que puis-je faire pour vous?

— C'est un groupe d'aide que je cherche.

— Nous n'avons rien de ce genre. Avez-vous appelé l'hôpital? Il y a une infirmière là-bas qui a écrit un livre magnifique. Tout à fait indiqué pour cet âge-là.

Je choisis au hasard, dans l'annuaire un nom de prêtre, composai un numéro et récitai ma rengaine.

— Douze ans, vous dites? (Il parlait d'une voix douce.)

— Oui. Je cherche un groupe d'aide.

— Je n'en connais qu'un. Et je ne sais même pas s'il existe encore. C'est au lycée. Au service d'aide psychologique.

Je recomposai le numéro du conseiller psychologique du lycée. Je pris une voix plus aiguë en espérant qu'il ne me reconnaîtrait pas.

— Oui, nous avons un groupe de ce genre, me dit-il. Quel âge a votre fille?

— Douze ans.

— Douze ans?

— Oui.

— Ah, je regrette, mais nous n'acceptons que des filles de plus de seize ans.

Je soupirai, de lassitude et d'impuissance.

— Mais elle est tout de même enceinte.

— Désolé. Si vous voulez mon avis, douze ans c'est trop jeune pour pouvoir participer aux discussions. Ce sont des discussions d'adultes, vous savez.

Je n'en croyais pas mes oreilles. Elle était assez grande pour tomber enceinte mais pas assez pour en parler. Mais ce n'est pas ce que je rétorquai.

— Vous ne pourriez pas faire une exception? Elle est très mûre pour son âge. Elle a un Q.I. élevé.

— Non, je regrette.

Dernier appel. Une infirmière scolaire de ma connaissance. Je savais qu'elle n'avait pas d'expérience en la matière, mais j'espérais qu'elle me donnerait quelques conseils. Je devais avoir un ton désespéré parce qu'elle me dit de me détendre.

— Dorothy, conseille-moi quelque chose au moins.

— Tu me prends au dépourvu.

— Il doit bien y avoir une demande pour un groupe de ce genre dans une ville comme la nôtre. Quelque chose de plus que ce que propose le lycée.

Elle en convenait. Mais le problème, disait-elle, c'était l'âge de Claudia, non sa grossesse. Car personne ne veut admettre qu'une fillette puisse tomber enceinte. De même que pour les enfants maltraités ou victimes d'agressions sexuelles, cette vérité est trop scandaleuse pour que la plupart des gens la regardent en face. Peut-être croit-on qu'en l'ignorant elle disparaîtra d'elle-même.

Je comprenais son point de vue et en convenais moi-même, mais cela n'aidait pas Claudia pour autant.

— Alors, il n'y a aucun groupe de ce genre? demandai-je.
— C'est un problème trop délicat.
— On ne pourrait pas faire quelque chose?
Dorothy rit.
— Ah! Tu peux toujours essayer.

19

J'entendis quelqu'un pleurer.

Je n'en fis pas grand cas d'abord. C'était le matin vers 10h25, et j'étais en train de faire épeler des mots à Bobby Beechinor. Mes trois élèves étaient concentrés sur un jeu. Si bien que lorsque les pleurs commencèrent, je n'y prêtai attention qu'un instant revenant aussitôt à mon travail.

Les sanglots s'interrompirent un moment, je pense. Puis ils reprirent et se rapprochèrent. C'était comme un bruit de sirène, aigu et ondulatoire, dans le corridor. Bobby avait levé la tête et s'était tourné de côté pour mieux entendre. Les autres s'étaient arrêtés aussi. Le bruit arrivait dans notre direction.

Bang! Quelque chose avait frappé la porte. Durement. Les pleurs continuaient, quoique plus sourds.

Bobby m'adressa un regard interrogateur quand je me levai pour aller voir ce qui se passait. Je tournai avec précaution la poignée de la porte. Je ne réussis pas à ouvrir du premier coup, je dus la pousser de tout mon poids.

Lori.

Affaissée contre la porte, les deux mains accrochées à la poignée, elle avait glissé jusqu'au plancher et sanglotait. Elle restait là, plaquée à la porte qui, en s'ouvrant, l'avait coincée contre le mur. Elle gémissait sourdement.

— Lori? Qu'est-ce qu'il y a? (J'étais affolée, la gorge serrée, le coeur battant.) Réponds-moi!

Brusquement, elle eut comme un regain d'énergie. Elle sauta sur ses pieds et fila au bout de la classe, contournant la table et les pupitres. Près de la fenêtre, au fond, il y avait deux grandes armoires encastrées dans lesquelles je rangeais le matériel de dessin. Elles étaient légèrement surélevées par rapport au plancher, posées sur deux traverses perpendiculaires au mur. Lori tira le tapis en face d'une des armoires et se glissa prestement dessous.

Stupéfaite, j'étais restée sur le pas de la porte, me demandant ce qui se passait au juste. Les élèves étaient tout aussi étonnés. Bobby Beechinor s'était levé à demi de sa chaise mais était resté figé sur place. Quant à Carrie Weems, elle avait interrompu son jeu et se baissait pour regarder sous l'armoire.

— Lori? dis-je en allant vers l'armoire. Je me mis à quatre pattes pour essayer de la voir. Elle était complètement repliée sur elle-même, la tête dans ses mains.

— Lori, qu'est-ce qui se passe? Qu'est-ce qui ne va pas?

Pour seule réponse, je l'entendis pleurnicher.

Je me relevai. Les élèves me regardaient bouche bée.

— Ça va pour aujourd'hui, laissez vos affaires là. Demain, on reprendra où vous vous êtes arrêtés, O.K.?

— Mais il est seulement 10h30, Torey, dit Bobby.

— Ouais. On n'a pas fini notre partie.

— Je sais, mais faites ce que je vous demande, O.K.? Vous finirez la prochaine fois.

Ils ramassèrent leurs affaires en silence. En quelques instants la classe se vida et je restai seule avec Lori. Je retournai à l'armoire et m'accroupis de nouveau. Lori s'était glissée jusqu'au fond. J'aurais pu l'atteindre si je l'avais voulu mais je n'essayai pas. Elle gardait ses mains au-dessus de sa tête. Ses sanglots n'en finissaient pas.

— Lor? Il n'y a plus que moi, ma chérie. Tout l'monde est parti. Sors et dis-moi ce qui ne vas pas, veux-tu?

Elle n'eut aucune réaction. Je ne savais même pas si elle avait entendu.

Soudain la porte de la classe s'ouvrit. Entrèrent Dan Marshall et Edna Thorsen. Ils s'arrêtèrent sur le seuil et jetèrent un regard à la ronde. Je me redressai.

— Elle n'est pas ici? Vous avez dit qu'elle était venue ici, non? dit Dan à Edna.

— Elle est ici, dis-je. (Ses pleurs étaient trop faibles pour qu'ils les entendissent de l'endroit où ils se trouvaient, et tous deux arborèrent des mines perplexes.) Elle est sous l'armoire, précisai-je.

— Ah! Grand Dieu! marmonna Edna en levant les bras au ciel.

Dan, lui, fit la grimace.

— Je vous jure, dit Edna plus pour Dan que pour moi, cette fillette est piquée. Elle va finir chez les dingues.

— Qu'est-ce qui se passe?

— Ah, vous le savez sans doute autant que nous. Je pense qu'on devrait appeler le centre de santé mentale pour leur dire de venir la chercher. Je le pense vraiment, Dan. Cette gosse est folle à lier. Un point c'est tout.

Dan épiait par-dessus mon épaule le moindre signe de vie sous l'armoire.

Il se caressa le menton d'un air soucieux.

— Qu'est-ce qui est arrivé? demandai-je encore.

— Qui sait? répliqua Edna. Nous étions en train de faire un exercice de lecture comme tous les jours. Elle était là comme d'habitude et elle avait la tête en l'air comme d'habitude aussi. J'en ai eu assez et je le lui ai dit. Et ça l'a mise à l'envers soudain. Elle a vomi. Sur ses vêtements, sur le plancher et sur les souliers neufs de Sandy Latham. Comme ça, sans prévenir... une enfant de son âge... Elle est assise, elle refuse de travailler comme d'habitude et soudain, sans crier gare, elle vous vomit en pleine figure. Puis elle part en trombe et se met à hurler comme une furie dans les corridors. Je vous le dis une fois pour toutes, cette gosse est complètement détraquée.

Dan secoua la tête.

— Elle m'inquiète beaucoup.

— Et que fait-elle ensuite? continua Edna. Elle vient se réfugier ici. Moi, j'ai pensé tout naturellement qu'elle était allée dans les toilettes des filles. Alors voilà que je me mets à courir les corridors derrière elle. Si Dan n'avait pas été là j'y serais probablement encore. Je l'ai avertie qu'elle aurait la raclée de sa vie si elle n'arrêtait pas de courir les corridors en hurlant comme ça.

Durant un bref instant, nous regardâmes tous les trois en direction de l'armoire. Je ne savais pas du tout quoi faire. En toute franchise, je n'étais pas même sûre d'avoir compris ce qui était arrivé exactement.

— Bon, est-ce qu'on la tire de là ou quoi? demanda Dan.

La question était autant adressée à moi qu'à Edna. Dan était un gros homme, la quarantaine largement dépassée, avec cette sorte de bonté que possèdent souvent les hommes de cet âge. Il paraissait sincèrement déconcerté par la conduite de Lori.

— Non, attendons, Dan. Je vous en prie, dis-je en mettant la main sur son bras.

Il s'arrêta.

— Et si on la laissait là pour le moment? Elle est bouleversée, quelle qu'en soit la raison. N'aggravons pas les choses.

— Ah, Torey! (La voix d'Edna était chargée de condescendance.) Vous entrez dans son jeu. Je sais que vous voulez bien faire avec Lori, mais parfois vous la laissez vous mener par le bout du nez.

— Cette gosse est bouleversée et elle se cache sous mon armoire, bon sang. Je crois qu'il faut la laisser reprendre ses esprits au lieu de la brusquer. Elle sera encore plus mal si on la tire de force de sa cachette.

— Vous êtes trop molle, dit Edna en haussant les épaules.

Je haussai les épaules à mon tour.

— Vous devez admettre vous-même qu'il ne s'agit pas d'une conduite normale, dit Edna. Cette enfant ne se conduit pas normalement. Elle est manifestement... comment dites-vous? Perturbée? Même vous, vous le reconnaissez.

Je hochai la tête d'un air las.

— Vous voyez? fit Edna en se tournant vers Dan. Vous voyez, même Torey pense qu'elle est détraquée. Je ne sais pas pourquoi on persiste à la garder à l'école avec les enfants normaux. Elle ne peut pas lire, elle ne peut pas écrire et maintenant elle perd la tête. Même Torey avec tous ses diplômes peut le constater. C'est le moment de faire quelque chose.

Je saisis l'occasion.

— Bon alors, laissons-la tout simplement ici pour le moment. C'est le meilleur endroit pour elle de toute façon, n'est-ce pas? Ici. Tout le monde retourne à son travail et on la laisse tranquille. Je m'occuperai de ça plus tard.

Edna leva les bras au ciel encore une fois et tourna les talons.

— Vous pouvez la garder. Bon débarras! C'est tout ce que je peux dire. Bon débarras!

Le bruit du verrou au moment où Dan referma la porte derrière lui avait quelque chose de dramatique. Je regardai par-dessus mon épaule vers l'armoire. Je n'avais pas la moindre idée de ce que j'allais faire.

— Lor? Lori? Ça va?

Je me remis à quatre pattes pour regarder sous l'armoire. Maintenant que j'avais donné congé à mes élèves, il me restait environ cinquante minutes pour lui parler.

— Viens, mon chou, sors de là, viens t'asseoir avec moi. On est toutes seules maintenant. Personne ne viendra te faire de mal.

Mon front touchait le bord de l'armoire. Je pouvais sentir une odeur âcre de vomi.

Aucune réponse. Les pleurs s'étaient interrompus et elle ne donnait plus aucun signe de vie.

Je me remis en position assise, pressant la joue contre mon genou. Je sentais le tissu rugueux de mon jean contre ma peau.

— Lor? Viens, Lor, sors de là.

Silence. Je ne me sentais vraiment pas bien, non seulement parce que Lori était dans tous ses états mais aussi parce que je n'avais rien vu venir. Car cette conduite était le signe de problèmes graves. Refusant d'admettre que l'état de Lori empirait, j'avais attendu trop longtemps. Et voilà où nous en étions. Je me sentais vraiment mal.

— Ecoute-moi, Lor. Je dois me remettre au travail. Les autres élèves vont arriver. Tu peux rester là aussi longtemps que tu veux. On ne te dérangera pas. Personne ne t'obligera à sortir. Je serai là. Je ne partirai pas, je t'abandonnerai pas.

Le reste de la matinée se passa tranquillement. Les élèves ne s'aperçurent même pas que Lori était là. Et elle ne donna aucun signe de vie.

Je ne descendis pas en salle des professeurs pour déjeuner comme j'en avais l'habitude. Je sortis mon sandwich au beurre de cacahuètes et le mangeai sur place.

Billie, l'orthophoniste, entra dans la classe au bout d'une demi-heure.

— Holà, qu'est-ce qui s'passe, Hayden? (Elle riait d'une façon dégagée, contagieuse.) J't'ai cherchée partout. T'es pas descendue à la cafétéria?

J'aimais Billie. C'était l'une de ces merveilleuses personnes tout d'une pièce qu'on rencontre si rarement. Noire originaire de Caroline du Sud, elle avait traversé le pays jusqu'au Nord-Ouest une dizaine d'années auparavant, fraîchement divorcée, avec cinq gosses de moins de douze ans et sans métier. Ceux qui avaient prédit qu'elle ne réussirait pas ne connaissaient pas Billie. Maintenant, elle achevait une maîtrise d'orthophonie et trois de ses cinq gosses étaient au collège; et elle était encore en quête de nouveaux défis. Elle menait des actions locales en faveur des femmes battues; elle avait rédigé un projet de subventions pour le financement d'une émission de radio concernant les enfants maltraités; et elle était responsable de la collecte pour les malades atteints de poliomyélite. Et les trente-six mille activités de Billie ne l'empêchaient pas de réussir à convaincre chacun de ses amis qu'il était pour elle le centre du monde.

Cependant, malgré toute mon affection pour Billie, je ne pouvais me résoudre à lui dire pourquoi j'étais assise ainsi toute seule, en train d'avaler un sandwich au beurre de cacahuètes. Sans que je sache vraiment pourquoi, je ne voulais pas trahir Lori. Même pour Billie. Aussi marmonnai-je quelques excuses au sujet d'un travail que j'avais à faire.

La porte s'ouvrit à nouveau. C'était Dan Marshall. Billie roula de gros yeux.

— Voici Mister problème!

Dan n'était pas d'humeur à apprécier l'humour de Billie. Sans se soucier d'elle il vint directement à moi.

— Elle est encore là?

Je hochai la tête.

Un long silence s'installa, qui nous rendit tous mal à l'aise parce que Dan n'en dit pas davantage et que je ne trouvai moi-même rien à ajouter. Quant à Billie, elle nous regardait l'un l'autre alternativement en essayant de deviner de quoi il s'agissait.

— Est-ce que vous allez la laisser là? demanda Dan. (Question légitime, sans provocation aucune.)

— Je pense que oui. Elle sortira bien un jour, dis-je. (J'hésitais à parler devant Billie.) Dan, voulez-vous me dire ce qui s'est vraiment passé dans la classe d'Edna?

Il secoua la tête.

— Je n'sais pas, Tor. Franchement, je n'en sais rien.

— Parfois, je pense qu'elle n'est pas faite pour enseigner, dis-je. Elle fait du tort à certains élèves.

Il haussa les épaules avec une expression de lassitude.

— Je suis sûr qu'elle a été un peu dure avec Lori, mais que puis-je faire? De toute façon, elle prend sa retraite l'an prochain.

Nouveau silence.

— Ça me préoccupe vraiment, Torey, dit-il en pointant l'armoire du menton. Sans blague, je me demande si on devrait pas faire appel à quelqu'un, faire quelque chose. Je suis vraiment inquiet.

— Moi aussi.

Nous nous regardions de chaque côté de la table. Finalement, Dan hocha la tête et tourna les talons.

— On se verra plus tard. Tenez-moi au courant.

— Oui, je n'y manquerai pas.

Il partit.

Billie avait les yeux écarquillés.

— Hé, Torey, que se passe-t-il donc? (Elle se laissa tomber sur une chaise à côté de moi et je lui racontai tout.)

12h40. Boo arriva le premier. Qu'allais-je dire aux gamins? Les pensées se bousculèrent dans ma tête quand j'aperçus le petit. La dernière fois que j'avais regardé, Lori était toujours cachée sous l'armoire, le corps replié en position foetale et la tête dissimulée.

J'étais aussi inquiète que Dan. Je n'osais même pas admettre vis-à-vis de moi à quel point je l'étais. Qu'allions-nous faire? Que devions-nous faire? Dan voulait faire appel à quelqu'un. Mais qui? Le centre de santé mentale? Avait-il une équipe spéciale qui pourrait venir tirer une fillette de sous une armoire, comme des pompiers portent secours à un chaton coincé? Je savais que les gens du centre n'avaient pas vraiment de réponse. Des gens sympathiques, sans aucun doute, mais sans réponse. Et le père de Lori alors? Pourrait-il comprendre mieux que moi ce qui était arrivé à sa fille? J'étais dans le noir.

Tomaso arriva en bondissant, gonflé à bloc.

— Salut, Tor. Salut, Boo. (Il exécuta une petite danse autour de la table de travail et ramassa son cahier d'exercices. Quand Claudia arriva, il obliqua dans sa direction.) Hé salut, Claud!

Un long silence. Tomaso allait et venait.

— Où est Lori? (De toute l'année, Lori n'avait jamais manqué une journée. Tom continuait de faire le tour de la classe.) Où est-elle?

— Veux-tu venir t'asseoir ici, s'il te plaît? demandai-je.

— Où est Lori? s'obstinait-il.

— On va en parler.

L'appréhension se lisait dans son regard.

— Qu'est-ce qui lui est arrivé? Elle est malade?

— En quelque sorte, oui.

Ce fut une discussion pénible. Pénible parce que je ne savais pas quoi dire.

— Lori n'est pas très bien aujourd'hui. Il s'est passé quelque chose dans sa classe et elle n'est pas bien du tout.

— Mais où est-elle?

Que pouvais-je dire? Les mots ne venaient pas. Sentant mes épaules s'affaisser, j'étendis les mains devant moi sur la table.

— C'est pas facile.

Tout le monde était aux aguets. Les visages étaient si ouverts, si candides que je souris.

— Je crois qu'elle a eu besoin de se réfugier quelque part parce qu'elle se sentait trop malheureuse. Elle est venue ici. Elle est sous l'armoire.

Tomaso et Claudia se retournèrent tous deux pour regarder. Et avant que je pusse l'en empêcher, Tomaso s'était levé de sa chaise et se dirigeait vers l'armoire.

— Tom! criai-je. Reviens t'asseoir ici.

Il s'arrêta.

— Je veux seulement la voir.

— Assieds-toi. Ecoute-moi maintenant, je ne veux pas que tu la déranges. Il ne faut pas y aller, ni regarder sous l'armoire, ni la déranger. Lori est toute retournée. Je veux que vous la laissiez.

— Mais peut-être qu'elle veut pas qu'on la laisse, dit Claudia.

— Si, je pense que si.

— Comment le sais-tu? demanda Tom. Tu n'es pas dans sa peau.

Je me frottai les yeux, en soupirant. Cette journée me semblait interminable.

— Non, c'est vrai. Et puis, je ne sais pas. Mais faites-moi confiance pour une fois, voulez-vous, et ne me compliquez pas les choses.

L'après-midi traînait en longueur. Les trois enfants étaient troublés. Claudia ne cessait de s'interrompre dans son travail, se plaignant de ne pas savoir faire des choses qui n'étaient pourtant pas nouvelles pour elle. N'importe quoi l'irritait. Boo parlait tout seul, trop fort, et beaucoup trop. Et quand je posais des questions d'arithmétique à Tomaso, il se fâchait. Les minutes s'écoulaient avec une lenteur impitoyable.

Je songeai sincèrement à étrangler Tomaso à mesure que le temps passait. Il ne restait pas en place. Il allait et venait autour de la classe, faisant les cent pas. Il était comme un briquet d'amadou prêt à s'enflammer. Je craignais une autre explosion de violence de sa part. Il n'était pas du tout à son travail. Il ne donnait aucune réponse exacte. Ma propre inquiétude me faisait perdre patience. Je criais après Boo parce que j'avais peur de m'en prendre à Tomaso, et Boo fit l'erreur de se mettre dans mes jambes. En fin de compte, je criai après tout le monde.

Vint la récréation. Je dus sortir. Ma propre santé mentale exigeait que je quitte la classe pour profiter un peu du faible soleil de mars. Je m'agenouillai devant l'armoire et dit à Lori que nous sortions en récréation et serions de retour bientôt. Elle se remit à sangloter, ou peut-être n'avait-elle jamais cessé, je n'en savais rien. Son visage était enfoui dans ses bras. Une petite flaque s'étendait à côté d'elle. Je ne pouvais dire s'il s'agissait de vomi ou d'urine ou de quoi que ce fût d'autre. Je lui répétai que nous sortions pour un petit moment. Puis je sortis.

J'étais plus déprimée que jamais: trois heures avaient passé depuis qu'elle s'était réfugiée sous l'armoire. Les choses en étaient toujours au même point. Le diagnostic d'Edna était-il exact? Même si Lori avait réussi à préserver sa santé mentale au cours des derniers mois, c'en était peut-être fait maintenant. Elle était fichue.

Appuyée contre le mur de l'école, je regardais les enfants jouer. Mon esprit cependant était à des milliers de kilomètres de là.

— Tor, je peux aller aux toilettes? demanda Tomaso.

Il se tenait là devant moi et je ne l'avais même pas vu venir. Une mèche de cheveux lui descendait sur l'oeil gauche. Il la replaça d'un coup de tête.

— Oui, va.

Qu'allais-je donc faire? Qu'allait-il se passer si Lori ne sortait pas à la fin de la journée? Faudrait-il la tirer de force? Oh, Lori! Je me sentais très coupable tout à coup. J'aurais dû voir les choses venir. Il y avait eu ces petits changements que j'avais notés chez elle: sa crise l'automne dernier, son incapacité grandissante à faire face à une situation de rivalité. Pourquoi n'avais-je pas réagi à temps? Pourquoi avais-je laissé aller les choses? J'étais dans le métier depuis trop longtemps pour me permettre d'être si imprévoyante. Oh Lori…

Je fus ramenée brusquement à la réalité par Boo qui lança une balle contre le mur, à côté de moi. Je regardai ma montre. La récréation était presque terminée.

— Où est Tomaso? criai-je à Claudia.

— Je ne sais pas. Il est entré et n'est plus ressorti.

— Bon sang! Peux-tu surveiller Boo une minute? Je reviens.

Je rentrai dans l'école en courant, craignant que mon insouciance ne m'ait coûté un autre gosse.

— Tom, murmurai-je dans les toilettes des garçons. Tomaso?

J'allai voir dans la classe.

Il était là. Assis en tailleur sur le sol, penché en avant de telle sorte que sa poitrine était presque plaquée sur le linoléum, dans une pose digne d'un maître de yoga. Il parlait doucement dans l'espace exigu sous l'armoire.

L'irritation s'empara de moi. Je l'attrapai au collet.

— Tomaso, relève-toi tout de suite! Tu m'entends? Je t'ai dit de la laisser tranquille. Je ne plaisantais pas. Va t'asseoir à ta place avant que je me fâche pour de vrai. Et ne bouge pas de là jusqu'à ce que les autres rentrent! Ne bouge pas d'un centimètre!

Sachant qu'il avait été nerveux tout l'après-midi, je m'attendais à ce qu'il réagît violemment et qu'il se mît en colère contre moi. En fait, j'étais de si mauvaise humeur à ce moment-là que j'étais presque en train de provoquer un conflit avec lui. Les soucis et l'angoisse m'avaient rendue furieuse et je voyais rouge. C'était la seule manière de relâcher ma tension. Mais soudain Tomaso éclata en sanglots.

— Bon sang, Tom!

Et je partis chercher les autres élèves.

Quand nous revînmes, il était toujours assis à sa place comme je le lui avais ordonné. Il avait cessé de pleurer mais en me voyant il recommença de plus belle.

— J'voulais seulement la réconforter. J'faisais rien de mal. J'te jure.

Claudia, debout à côté de moi, demanda:

— On peut même pas lui parler?

— Asseyez-vous, s'il vous plaît, tout le monde.

Claudia tira une chaise. Boo s'assit sur la table.

— Bon, écoutez-moi, c'est un mauvais moment à passer. Moi-même, je ne suis pas d'humeur à rire aujourd'hui. Je suis aussi paniquée et anxieuse que vous. Et moi aussi je veux aider Lori. Mais rien ne se fera si vous me marchez sur les pieds.

— C'est vraiment pas la démocratie ici..., murmura Claudia.

— Non, pas en ce moment.

Tomaso se mit à pleurer comme un sale gosse.

— Elle a besoin de moi! brailla-t-il.

Ce cri du coeur m'ébranla. L'angoisse nous rendait tous un peu cinglés. Me laissant tomber sur une chaise en face de lui, je restai un moment immobile la main devant les yeux. Puis j'écartai les doigts pour regarder. Il m'épiait. La morve coulait sur sa lèvre supérieure. Sa joue était luisante de pleurs. Je ne pus m'empêcher de sourire.

— Crétin va, tu vas finir par me mettre à bout.

Durant les vingt dernières minutes avant la sonnerie, Tomaso s'assit par terre devant l'armoire et parla à Lori. Je n'arrivais pas à entendre ce qu'il disait la plupart du temps; ce n'était d'ailleurs pas toujours en anglais.

Dan Marshall survint. Il montra la tête à la porte, et quand je le vis, j'allai à sa rencontre dans le corridor.

— Comment ça va?

Je secouai la tête.

— Je pense qu'il faudrait appeler son père pour la tirer de là, dit-il. Il ya trop longtemps que ça dure.

Je ressentis un poids terrible au creux de l'estomac. Mr. Sjokheim était un homme si gentil et je ne voulais pas lui retourner sa fille dans cet état. Pourtant, elle avait besoin de plus que ce que nous pouvions lui donner, semblait-il. J'acquiesçai.

— Je pense que oui.
— O.K., conclut Dan.

Puis il tourna les talons et s'éloigna dans le corridor, me laissant seule à la porte de ma classe.

Quand les élèves eurent quitté l'école, je restai appuyée au chambranle de la porte, surveillant le corridor. Je savais pas dans combien de temps Mr. Sjokheim allait arriver. Puis ne voyant rien venir, je rentrai dans la salle et refermai la porte.

Seule de nouveau.

Je marchai jusqu'à l'armoire, m'assis par terre et me penchai pour regarder en dessous. Lori n'avait pas bougé. Il émanait de sa cachette exiguë des relents de vomi et d'urine. Sans bruit, j'allai à l'évier et en ramenai un torchon mouillé.

— Lori? M'entends-tu? Il est temps de sortir.
Elle ne pleurait plus ni ne faisait le moindre bruit. Je n'obtins aucune réponse.
— Lor? Viens maintenant. Sors de là, ma chérie. Je t'en prie. Tout le monde est parti. Il ne reste plus que toi et moi.
Pas le moindre bruit.
— Chérie?

Je restai là à l'épier en silence. Dehors, une petite pluie froide de mars cinglait les carreaux de la fenêtre. Une pénombre de fin d'après-midi m'environnait.

— Ton père va venir te chercher, mon chou. La journée est finie. Il est temps de rentrer à la maison.
Silence.

Je me surpris à me bercer. Les jambes repliées sous moi, les bras croisés, je me berçais d'avant en arrière. Je pensai à Boo. Je fermai les yeux quelques instants. La journée avait été bien plus pénible que je ne l'aurais cru. Mes muscles tremblotaient comme lorsque j'arrivais à l'heure du dîner l'estomac presque vide.

Lori. Looooori. Lori-Lori-Lori, appelai-je. (Cet appel se transforma presque en berceuse. Petite chanson sans air mais réconfortante.) Lori. Lori ma petite, où es-tu? Lori, Lori-Lori-Lori.

Je me mis à chanter, tout en surveillant la pendule. Je chantais tout ce qui me passait par la tête: des comptines, des jingles publicitaires, des hymnes, des chansons folkloriques. Je les chantais avec les véritables paroles ou avec d'autres, peu m'importait. Et tout ce temps, je me berçais doucement pour apaiser mes propres angoisses. Un bruit léger se fit bientôt entendre sous l'armoire.

— Lori, Lori, Lori va venir, entonnai-je sur l'air de *Hark, the Herald Angels Sing*.

Un bruissement. Et sa tête apparut soudain. L'étroit espace sous l'armoire l'obligea à sortir en rampant, comme un reptile. Je continuai de chanter. Elle se glissa hors de sa cachette et sans même se soulever, elle posa sa tête sur mes genoux; puis elle poussa un profond soupir et ferma les yeux.

Je chantais toujours. Elle était restée à plat ventre sur le sol, la tête sur mes jambes croisées et les mains agrippées à mon jean. Ses cheveux étaient humides de sueur, d'urine, de vomi et que sais-je encore... Elle ressemblait à un poussin tout juste sorti de l'oeuf. Doucement je pris le torchon, maintenant froid, et lui essuyai le visage, sans cesser de chanter. Ma propre voix me paraissait tout à coup lointaine et étrangère.

Quand je fus à court de chansons et que j'eus la gorge sèche, un silence total s'installa entre nous. Je caressais les cheveux de Lori, la peau douce de son visage.

La pendule marquait presque quatre heures. Je me demandais quand Mr. Sjokheim aller arriver et ce que je lui dirais. La tête toujours sur mes genoux, Lori n'avait pas bougé d'un pouce. Elle gardait les yeux fermés et ses doigts étaient blancs à force d'agripper mes genoux.

— Comment te sens-tu, Lor? murmurai-je. Ca va?
Pas de réponse.

Je me penchai et la soulevai. Elle retomba lourdement contre moi quand je la pris dans mes bras. Un puissant sentiment m'envahit au plus profond de moi, quelque chose de maternel, d'instinctif, de primaire. Cette sensation, trop primitive pour qu'on l'appelle émotion me submergea en même temps que le désir obscur de la protéger.

— J'ai pissé dans ma culotte, me souffla Lori.
— C'est pas grave, mon chou.

Dehors, la neige succédait à la pluie. La classe était gagnée par l'obscurité. Lori se mit à pleurer, doucement, presque sans bruit.

— Allons, allons, ma chérie. (Je baissai la tête pour sentir sa peau chaude et humide contre ma joue.) Je t'aime, Lor, et nous allons régler cette histoire. Tu verras. Je ne laisserai plus jamais se produire des choses de ce genre. Non, ça ne se reproduira plus.

Elle n'arrêtait pas de pleurer.

20

J'étais à bout de forces ce soir-là en rejoignant ma voiture au parking. Il ne me restait plus un gramme d'énergie. La neige continuait de tomber, mais c'était maintenant davantage une neige fondue, qui, mêlée aux détritus formait une couche de boue le long des trottoirs. Il n'était pas encore cinq heures, mais le crépuscule d'hiver ajouté au mauvais temps avait fait tomber une obscurité précoce. J'étais littéralement vidée, mais comme souvent après une rude journée, j'étais fébrile. Rentrer dans une maison enténébrée, m'ouvrir une boîte de conserve et prendre une douche me semblait impossible. Je bifurquai donc dans une rue transversale et gagnai la voie rapide.

J'aimais conduire. La légère vibration du volant sous mes doigts était pour moi une sorte d'ivresse. Au sortir de l'autoroute je m'engageai dans les courbes, les pentes et les détours des chemins de campagne autour de la ville. La circulation était rare en cette soirée peu clémente. L'air froid était descendu dans les vallées et à mesure que je grimpais dans les hautes terres je laissais la neige pour une pluie brumeuse de printemps. A une douzaine de kilomètres de la ville je débouchai dans un chemin qui menait dans les collines. Je baissai les vitres de chaque côté pour laisser l'air frais du soir entrer dans la voiture.

Je filais sans penser à rien, avec pour seules sensations la fraîcheur de l'air sur ma peau et le déroulement du ruban noir de la route. Le bloc d'angoisse de la journée avait fini par se désagréger sous la pluie, cédant la place à une sorte de quiétude grisante.

Vers 19h30 je consultai ma montre pour la première fois depuis que j'avais quitté l'école. J'avais grimpé tout droit dans les collines, bifurqué dans les chemins étroits troués de flaques d'eau, pour redescendre ensuite dans un village situé à une centaine de kilomètres de la ville. Je m'arrêtai devant un restaurant en plein air. Je n'avais pas faim mais, le ventre vide depuis le matin, je commençais à avoir mal à la tête. Après avoir regardé le menu battu par la pluie peint sur le mur du restaurant, j'optai pour une glace au chocolat fondant, une véritable extravagance puisque ça coûtait aussi cher qu'un hamburger frites. Emportée par une sorte de rêverie, je m'assis à une petite table de pique-nique dont la peinture blanche s'écaillait et dégustai consciencieusement ma coupe de glace sous la pluie froide.

Jusqu'à présent, je m'étais délibérément abstenue de penser à la journée que je venais de vivre, gardant de toute l'affaire un souvenir abstrait, comme si tout cela était arrivé à quelqu'un d'autre. Je remontai dans ma voiture pour rentrer chez moi.

— Veux-tu bien me dire où t'étais? me lança Joc, debout devant la porte du garage, les poings sur les hanches.

— Partie faire un tour en voiture.

— Un tour en voiture? La belle affaire! Tu sais ce qu'il y avait au programme ce soir? Où donc as-tu la tête, merde?

— Ça va, Jocco, t'énerve pas!

— M'énerver? Mais sais-tu ce qu'il y avait au programme ce soir? L'anniversaire de Carol et Jerry. Nous sommes censés être chez eux depuis deux heures déjà.

Ah, zut! Je claquai la porte du garage derrière moi et entrai dans la maison. J'esquissai un vague sourire d'excuse.

— Eh bien.

— Eh bien?

— Bon sang, Joc, vas-tu répéter tout ce que je dis?

— Eh bien? C'est tout ce que tu trouves à dire: eh bien? Franchement, Torey, penses-y un peu: Carol a préparé à dîner pour nous. Et te voilà partie je ne sais où. Pendant quatre heures et demie. Et c'est tout ce que tu trouves à dire?

— Vas-tu me foutre la paix, à la fin?

Nous nous querellions dans la cuisine, une fois de plus. Je n'avais pas même pris le temps d'enlever mon manteau. Furieux, Joc se dirigea vers le salon et je lui emboîtai le pas.

— Si tu veux savoir la vérité, j'ai eu une journée infernale à l'école. Ma classe est en train de se désintégrer. J'ai une élève qui s'est complètement effondrée. J'aurais dû le prévoir, peut-être que j'aurais pu l'éviter. Je me sentais dans tous mes états. J'avais besoin de m'aérer l'esprit. Je n'aurais pas été en forme pour la fête de toute façon.

— Ah! Sors de tes hantises pour une fois. Le monde ne repose pas sur tes épaules.

Je le dévisageai.

Les yeux de Joc se rétrécirent et il me regarda ainsi un long moment.

— Tu sais quel est ton problème? Tu vis dans les nuages. Tu passes ta vie entière à prendre tes désirs pour des réalités. En théorie c'est beau, mais c'est diablement insupportable dans la vie de tous les jours.

— Il y en a qui doivent vivre ainsi, Joc.

— Assurément, et c'est toi sans doute. Mais je ne veux pas, moi, passer le reste de mes jours avec une bande de dingues irrécupérables. Toi, peut-être. Et tu veux probablement y consacrer toute ta vie, pas moi. (Il se dirigea vers le placard et prit son manteau.) J'espère seulement que tes rêves suffiront à te tenir compagnie car personne ne le fera si tu continues à vivre comme ça. T'auras pour toute compagnie que tes chimères.

Et il sortit.

Debout au milieu du salon, je restai un moment les yeux fixés sur la porte, le coeur battant. Nous avions eu des querelles avant, plusieurs même, mais celle-là était différente.

C'était, je le savais, la dernière.

21

Lori ne vint pas à l'école le lendemain. Je m'en doutais bien. Mais j'avais quand même continué d'espérer que tout cela n'avait été qu'un mauvais rêve. L'après-midi arriva et Lori ne se montra pas.

Les enfants avaient la mine basse. Boo était intrigué par l'absence de Lori. Il ne cessait de se lever de son siège pour aller épier à la porte. Ne voyant personne venir dans le corridor, il chercha partout dans la classe, sa petite frimousse noire fripée d'inquiétude.

— Bon, quelle lettre est-ce? Quelle lettre est-ce? répétait-il sans cesse en errant dans la classe. (Pour la première fois il me vint à l'esprit que cette phrase était pour lui une sorte de code pour désigner Lori. Il était assez ironique que Boo ait assimilé Lori à la lecture.)

Tomaso était paniqué.

— Où est-elle? Qu'est-ce qui lui est arrivé? Pourquoi elle est pas venue? demandait-il constamment.

Aucune de mes réponses ne le satisfaisait. Mais il ne me quittait pas d'une semelle. Il voulait être proche physiquement, assis à côté de moi, debout près de moi à la récréation et restant tout l'après-midi dans mon sillage.

Seule Claudia se comportait normalement. De fait, elle devint mon meilleur appui. Sans même que je le lui demande, elle allait s'occuper de Boo quand Tomaso m'accaparait. Elle distribua les cahiers d'exercice, puis elle les ramassa et vérifia les réponses de Tomaso en calcul.

Après la récréation, quand nous eûmes achevé quelques exercices de routine, je leur proposai d'aller s'asseoir dans le coin lecture où je leur lirais quelques pages à haute voix. Nous avions beaucoup avancé *The Wind and the Willows* durant les dernières semaines et je pensais que la lecture de quelques chapitres pourrait nous changer les idées.

Comme nous nous asseyions, Tomaso écarta le coussin que Lori prenait d'habitude. Boo bondit soudain sur ses pieds.

— Aah! Aah! Aah! cria-t-il à Tomaso. (Puis attrapant le coussin il courut vers la porte.) Aah-aah-aah! fit-il et il frappa à la vitre. Quelle lettre est-ce? Quelle lettre est-ce? Aah! Aah! Aah! Aaaaaaaaaah! (Il se retourna alors vers nous. Il y avait des larmes sur ses joues, les premières que je me rappelais lui avoir jamais vues.) Allô, petit, dit-il avec une haute voix de tête. Allô, petit. T'es un gentil garçon, Boo. T'es un gentil garçon, en tout cas.

— T'es inquiet pour Lori, Boo? demandai-je. (J'essayai de le rassurer, mais il faisait la sourde oreille.)

Boo traversa ensuite la classe en courant jusqu'au coin où étaient rangées ses affaires. Il se mit à fouiller frénétiquement, écartant un panier de perles puis une boîte de couches. Il se mit à disperser partout autour de lui les jeux et le matériel pédagogique. Puis enfin il trouva. Il revint vers nous, tenant dans sa main levée au-dessus de sa tête le livre d'images que Lori lui avait confectionné pour la Saint-Valentin. Il le mit sur la table.

Il était cette fois bien avec nous et ne flottait plus, comme d'habitude, dans son monde intérieur en ne nous laissant que la coquille vide d'un petit gamin. Des larmes coulaient encore sur ses joues. Posant le livre bien à plat sur le dessus de la table, il se mit à tourner les pages avec des gestes lents et précis.

— Toutou, dit-il d'un air déterminé.

Il nous regarda. Puis, quittant la table il vint vers moi dans le coin lecture et attrapa mon bras. Me tirant, il revint vers le livre. Me tenant toujours par le poignet il frappait l'image qu'il regardait.

— Toutou. Toutou. Quelle lettre est-ce?
Il tourna la page.
— Minou. Quelle lettre est-ce? Minou.

Il leva un regard vers moi puis sur le livre. Il parcourut chaque page de la même façon.

Tout cela était-il à l'intention de Lori? Peut-être. Peut-être le stress avait-il donné l'impulsion nécessaire pour mettre son cerveau en branle. Je n'en savais rien. Même après six mois, je n'en savais pas suffisamment sur Boo.

Claudia et Tomaso restaient figés sur leurs sièges, sans dire un mot. N'ayant pas réussi à communiquer avec moi, Boo se dirigea vers Claudia. Je pensais qu'il allait la tirer aussi, mais après avoir esquissé le geste de lui prendre le bras il s'arrêta. Il la dévisagea un moment, comme si c'était la première fois qu'il la voyait réellement. Puis en se raidissant un peu, il avança ses deux mains et il toucha les cheveux de chaque côté du visage de Claudia, délicatement, avec des gestes de coiffeur. Son front était plissé comme s'il essayait de comprendre. Il toucha encore le visage de Claudia et ses cheveux.

— Quelle lettre est-ce? demanda-t-il.

Puis tournant les talons il revint vers moi à la table. Il reprit le livre, le feuilleta, le laissa tomber, se pencha en avant, les deux mains à plat, et nous regarda l'un après l'autre. Un gosse bien réel était là derrrière ces yeux: il nous voyait bien. Je souhaitais désespérément comprendre ce qu'il voulait.

Boo jeta un regard circulaire dans la classe. Lentement, comme si sa décision avait été longuement mûrie, il marcha vers le fauteuil à bascule et le poussa pour le mettre en mouvement. Alors, avant même que je me rendisse compte de ce qu'il faisait, il enleva tous ses vêtements. J'étais ébahie. Des mois s'étaient écoulés depuis qu'il s'était livré à ce petit manège. Mais, cette fois, il n'y avait plus ni rire hystérique ni course effrénée. Debout, il se contentait de faire glisser ses vêtements à terre. Quand il fut complètement nu, il grimpa dans le fauteuil et se mit à se bercer.

— Qu'est-ce qu'il fait? souffla Claudia.
— Je n'en sais rien.
— B-I-N-G-O! chantait-il d'une voix claire et légère. B-I-N-G-O, *and Bingo was his name oh!*
— Oh oh, c'est bizarre, me dit Claudia en posant sa main sur mon bras. Ça me rappelle *The Twilight Zone*.

Boo regarda vers nous. Il me sourit. Un sourire très doux, angélique, comme s'il était venu de très loin et qu'il était franchement heureux de me voir. Il leva une main en l'air et l'agita comme pour saluer.

— B-I-N-G-O! B-I-N-G-O, *and Bingo was his name oh!*

Je ne savais absolument pas quoi faire.

C'est Boo qui résolut le problème pour moi. Tout en continuant de chanter, il leva la main et l'agita en l'air. La chanson mourut sur ses lèvres tandis que le mouvement de sa main l'absorbait de plus en plus. J'avais attendu trop longtemps, Boo n'était plus avec nous.

Lori ne vint pas le lendemain non plus. J'avais essayé de joindre son père par téléphone le soir précédent mais en vain. Dan Marshall avait essayé aussi. Aucun de nous ne parlait de Lori. Quand nous nous rencontrions, Edna et moi, dans le corridor, au bureau ou en salle des professeurs, nous faisions toutes deux semblant d'avoir plaisir à nous voir. Nous parlions de la pluie et du beau temps, des vacances de Pâques, de tout sauf de Lori. Avec Dan ce n'était guère mieux. Nous parlions de la gamine chaque fois que nous nous rencontrions, mais c'était devenu une sorte de rituel.

Je la reconnus tout de suite. Du moins le pensai-je. En la voyant, j'éprouvai ce genre de réminiscence qui nous hante quand on se rappelle soudain quelque chose qu'on a vu en rêve. Elle avait les cheveux noirs coupés courts à la Jeanne d'Arc, comme les enfants du temps de ma mère. Ses petites lunettes rondes à montures délicates lui donnaient un air de chouette. Elle semblait venue d'une autre époque. Elle vint vers moi sans un mot, puis elle s'arrêta à l'angle du bureau et me jeta un regard scrutateur.

— Je m'appelle Libby. Je suis la soeur de Lori.

C'étaient des vraies jumelles. C'est du moins ce que disaient les dossiers. Mais je ne suis pas sûre que je l'aurais identifiée comme la soeur de Lori et encore moins comme sa vraie jumelle. Cette enfant, qui avait l'air si solennelle derrière ses verres épais, n'avait pas l'exubérance de Lori. Elle avait l'air de porter le monde entier sur ses épaules.

— Je viens chercher les devoirs de ma soeur.
— Ah! (Nous nous regardâmes.) Comment va ta soeur?
— Elle viendra pas.
— Demain?
— Jamais.
— Ah? fis-je.
Libby hocha la tête.
— Qui a décidé ça?
— Elle.

— Je vois.

— C'est mon père qui m'a dit de venir chercher ses devoirs. (Elle pencha la tête et une mèche de cheveux tomba sur le côté.) Vous n'êtes pas aussi jolie que ma soeur avait dit, affirma-t-elle.

Le jeudi suivant, après trois jours d'absence de Lori, Mr. Sjokheim vint à l'école.

— Je ne sais pas quoi faire avec elle, me dit-il pendant que nous attendions Edna et Dan. Franchement, je ne sais pas. Elle n'a même pas regardé les exercices que Libby a apportés à la maison pour elle et se rend malade à l'idée de retourner à l'école. Je sais que ce n'est pas bien de la garder à la maison mais que puis-je faire d'autre?

La réunion fut lugubre. Presque dès le début, Dan laissa entendre que Lori pouvait avoir besoin de soins psychiatriques sérieux, et fort probablement d'un bilan à l'hôpital. Ce n'était pas une mince affaire car il n'y avait pas d'établissement de ce genre dans notre ville. Le plus proche se trouvait à l'université où Lori était allée passer des examens neurologiques. Mr. Sjokheim ne cessait de proposer diverses autres solutions. («Ne pourrait-on pas faire ça plutôt? Ne pourrions-nous pas essayer ceci, cela?») Il en proposa une bonne douzaine, dont plusieurs étaient absurdes, comme s'il cherchait désespérément une porte de sortie.

Puis nous en vînmes à parler de la conduite de Lori en classe avant sa crise. Edna, s'attachait à dénoncer tous les petits travers de Lori: son incapacité à faire les exercices, sa dissipation, son hyperactivité et ses milliers d'autres petits défauts. Dans la bouche d'Edna, Lori était cent fois pire que je ne l'avais jamais perçue.

Je ne savais pas quoi dire. Ce que rapportait Edna n'était pas totalement faux. Lori ne réussissait pas bien en classe. Et on ne pouvait nier que, dans bien des cas, sa conduite était celle d'une enfant perturbée. Elle l'avait été en maintes occasions et elle l'était certainement maintenant. Elle avait besoin d'aide. Mais le vrai problème n'était pas là. Qui voulions-nous abuser ici? Etions-nous vraiment convaincus que ce qui arrivait à Lori était sa faute? Etions-nous aveugles à ce point?

Non, ce n'était pas la faute de Lori. C'était la nôtre. La mienne, celle de Dan, celle d'Edna, celle de tout ce stupide système scolaire. C'est nous que nous devions accuser, pas Lori. Est-ce être inadapté que d'abandonner ce qu'on est physiquement incapable de faire et qu'on a essayé malgré tout, durant trois ans, de faire? Est-on fou parce qu'on ne peut plus supporter la tension nerveuse? Si Lori avait été aveugle ou sourde ou sans bras, on nous aurait considérés comme de vilaines brutes de la forcer ainsi jusqu'à la crise, mais parce qu'elle avait une infirmité que personne ne pouvait voir, nous nous permettions de rejeter le blâme sur elle.

Je ne suis par particulièrement courageuse, à vrai dire. Et j'étais dans une situation où j'avais besoin de courage. J'aurais voulu dire là, tout de suite, ce que je pensais. Ou au moins avoir le courage de me lever et de quitter ma place pour exprimer mon désaccord. Mais mes lèvres étaient paralysées, mes pieds ne voulaient pas bouger. Je restai muette.

Mr. Sjokheim se tenait coi lui aussi. Ses yeux étaient clairs et doux, d'une légère teinte noisette. A chaque litanie d'Edna, il hochait la tête. Pas une fois il ne lui répondit et il ne fit aucun commentaire. A la fin, Edna dit qu'à son avis Lori était trop profondément perturbée pour rester dans cette école. Sa place était ailleurs.

Mr. Sjokheim baissa la tête et porta une main à son visage. Je sentis immédiatement qu'il allait pleurer et je fus envahie par ce sentiment de gêne qu'on éprouve quand on voit un adulte sangloter. Je me levai pour aller chercher la boîte de kleenex sur l'appui de la fenêtre.

— Je suis désolé, désolé, ne cessait-il de dire pour s'excuser de ses larmes. C'est seulement que je ne sais pas quoi faire.

— Ne vous en faites pas, dit Dan, je sais combien ça doit être pénible pour vous.

Dans le silence qui suivit je sentis l'humiliation de Mr. Sjokheim. J'essayais désespérément de délier ma langue qui me faisait faux bond. En fin de compte, tandis que Mr. Sjokheim reprenait ses esprits, son kleenex froissé à la main, Dan leva la séance en déclarant que, quelles que fussent les solutions qu'on adopterait pour Lori, il était indispensalbe qu'elle revînt à l'école immédiatement. Autrement, on risquait d'ajouter la phobie de l'école à ses autres problèmes.

Je priai Mr. Sjokheim de rester pendant que les autres partaient. Tout ce qui me restait dans l'armoire était du chocolat en poudre. Je fis bouillir de l'eau avec un serpentin électrique immergé dans un bocal vide et nous nous attablâmes ensemble autour d'un chocolat servi dans des tasses en plastique.

Nous n'échangeâmes guère de paroles. J'aurais voulu lui demander des nouvelles de Lori. J'étais curieuse de savoir si elle lui avait raconté ce qui s'était vraiment produit dans la classe d'Edna ce matin-là. J'aurais voulu le rassurer aussi, lui dire que je ne croyais pas que Lori fût aussi irrécupérable qu'on l'avait laissé entendre. Malheureusement, je ne trouvai pas les mots pour le dire. Nous nous contentâmes donc d'échanger des propos anodins. Il était encore au bord des larmes, je le sentais dans sa voix. J'avais une envie presque irrésistible de le toucher. Je ne m'en rendais pas toujours compte, mais j'avais souvent besoin de toucher pour communiquer. Cependant, les conventions sociales m'en empêchaient. Comme je ne pouvais communiquer avec lui de cette façon, je ne communiquais pas du tout.

— Ecoutez, dis-je enfin, ça va s'arranger. Les choses rentreront dans l'ordre.

— Vous pensez?

— Oui, je le pense.

Il haussa les épaules et fixa le fond de sa tasse vide.

— Mais Dan avait raison pour une chose, repris-je. Il faut qu'elle revienne à l'école. Personne ne peut l'aider en son absence.

Et chaque jour qu'elle passe à la maison rend plus difficile son retour en classe.

— Je ne sais pas si je vais pouvoir y arriver, dit-il.

— Il le faut.

Il hocha la tête.

— O.K., je vais essayer.

Pourtant, le vendredi, Lori ne s'était toujours pas montrée à l'école.

22

Libby vint comme d'habitude le lundi après-midi chercher les devoirs de Lori. Bien que je lui eusse dit, dès la première fois, que Lori n'avait aucun devoir à faire dans ma classe, elle venait malgré tout chaque jour.

Une semaine s'était écoulée depuis l'incident. L'atmosphère de la classe était presque redevenue normale malgré l'absence de Lori. La routine avait repris.

Libby entra et traversa la classe pour venir me rejoindre à la table de travail. Elle était venue plus tard que d'habitude. Il était déjà presque quatre heures moins le quart. Je croyais qu'elle avait finalement compris et qu'elle ne viendrait pas. Mais, visiblement, elle n'était rentrée chez elle que pour changer de vêtements car elle portait maintenant une salopette et un chemisier, alors qu'auparavant je l'avais vue en robe.

— Je viens chercher les devoirs de ma soeur.
Je souris.
— Il n'y en a encore pas pour elle.

Libby me jeta un regard inquisiteur. Ses cheveux courts étaient partagés par une raie sur le côté et attachés avec un noeud rouge. Plus que jamais elle avait l'air d'une réminiscence de l'époque de la Dépression. Elle repoussa ses cheveux du revers de la main, rajusta ses lunettes et continua de m'épier.

— Comment va Lori? demandai-je.
— Bien.
— Elle nous manque. Est-ce qu'elle viendra à l'école demain?
— Non.
— Non?
— Je vous l'ai dit déjà. Elle ne reviendra jamais.
Nous nous regardâmes.
— Jamais? C'est long ça pour attendre.

Libby ne poursuivit pas. C'était la plus étrange des gamines. Je ne me sentais pas à l'aise en sa présence. Elle continuait de me dévisager comme elle le faisait toujours. Elle possédait une aptitude troublante à vous fixer du regard.

Comme elle ne semblait pas vouloir partir, je poussai une chaise du pied pour qu'elle s'y assoie. Ce qu'elle fit.

— Dis-moi, Libby, qu'est-ce que t'aimes faire d'habitude? demandai-je, cherchant désespérément à rompre le silence.
— Jouer.
— Ah? Jouer à quoi?
— A la poupée.
— Hummm. C'est amusant ça. As-tu une poupée particulière?
— Oui.
— Comment elle s'appelle?
— Elle n'a pas de nom.
— Tu l'appelles seulement ton bébé, je suppose? C'est c'que je faisais moi.
— Non, j'l'appelle pas. C'est une poupée.
— Ah.

Quelle conversation! Si je ne l'avais pas entendue parler auparavant, j'aurais pu penser qu'elle ne s'exprimait que par monosyllabes. Je levai les yeux sur elle. Elle m'examinait toujours. Cette satanée gamine m'embêtait, à la fin. Elle était si silencieuse, si introvertie, si différente de Lori.

Libby me regardait remplir les bulletins scolaires. Elle se contentait de rester là, à observer, pas mal à l'aise pour deux sous. Après notre tentative de dialogue, je décidai de continuer à travailler sans m'occuper d'elle. J'espérais qu'elle partirait. Mais non.

Je relevai la tête et rencontrai encore ses petits yeux inquisiteurs posés sur moi. Laissant mes dossiers un moment, je me rencognai dans ma chaise.

— Libby, dis-je, il y a quelque chose que je voudrais savoir. Peut-être pourras-tu m'aider?

Elle continua de me regarder sans sourciller.

— Sais-tu ce qui est arrivé à Lori dans la classe de Mrs. Thorsen la semaine dernière?

— Elle reviendra pas à l'école.

— Oui, je sais. Mais sais-tu pourquoi?

— Oui.

Un moment de silence. Elle changea de position sur sa chaise et son gros noeud rouge bougea sur sa tête.

— Veux-tu me le dire?

Pas de réponse.

— Il faut que je sache, Libby. Je ne peux pas aider Lori si je ne sais pas ce qui lui est arrivé et elle ne l'a pas dit.

— Lori confie ses secrets à personne. Moi non plus.

— Elle te l'a dit, non?

— C'est pas pareil. On est jumelles et on s'dit tout ce qui nous arrive.

— Ecoute, Lib, Lori a besoin d'une aide plus grande que celle que tu peux lui donner. Elle a besoin de grandes personnes dans cette affaire-là.

— Moi et Lori, on est la seule vraie famille qui reste. Même notre père actuel, c'est un père adopté.

Je souris.

— Oui, je sais. Il y a beaucoup de choses que je sais déjà. Mais j'ai besoin d'en savoir plus.

Pour la première fois Libby sembla hésiter et regarda au loin. Son regard erra un moment sur le tableau d'affichage.

— Tu sais c'que j'ai fait une fois? dit-elle sur un ton bas.

— Quoi?

— J'ai craché sur elle.

— Sur qui? Lori?

— Sur la vieille. J'ai craché sur elle. C'était à la récréation. Je lui ai dit que j'allais aux toilettes et puis je suis revenue dans la classe et j'ai craché sur son bureau.

— Qui était cette vieille?

— Mrs. Thorsen.

— Oh.

Une longue pause s'ensuivit.

Libby se pencha en avant d'un air volontaire, croisant les bras sur la table.

— J'vais te dire ce qu'elle a fait à Lori.

Sa petite frimousse était proche de la mienne et pour la première fois je pouvais voir dans ses yeux sa ressemblance avec sa soeur.

— Elle voulait la faire lire, commença-t-elle. Elle a demandé à Lori de se lever devant toute la classe. Tout l'monde. Même Robby Johnson était là qui regardait, et c'est lui qui lit le mieux en première année. Mieux que moi. Alors la vieille a dit à Lori de lire. Elle lui a tendu un gros livre avec une couverture rigide comme ceux qu'on a dans le groupe de lecture avancé. Lori n'arrivait pas à lire ça, c'est sûr. Et tout l'monde rigolait. Personne avait l'habitude de s'moquer de Lori mais maintenant ça y était, ils riaient tous. Et la vieille regardait Lori d'un air innocent et lui demandait comment il se faisait qu'elle n'arrivait pas à lire. Et même quand elle prit le livre que Lori peut lire à peu près, ma soeur était trop effrayée pour faire quoi que ce soit. Et tout l'monde n'arrêtait pas de rigoler et elle pleurait. Mais la Thorsen ne la laissait pas s'asseoir. Elle dit à Lori qu'elle allait apprendre pour de bon. Alors Lori se mit à vomir. C'est elle qui a fait vomir Lori en face de toute la classe et elle a même pas dit qu'elle était désolée.

— C'est ce qui s'est vraiment passé? demandai-je.

— Juré craché! Tu peux demander à tout l'monde. Demande à Nancy Shannon ou à Mary Ann Marks ou à d'autres. Tu peux même demander à Robby Jonhson. Il est dans les louveteaux et il ne doit jamais raconter de mensonge. Demande-lui et il te l'dira.

Les yeux de Libby flamboyaient. Sa petite bouche était serrée.

— Je la hais, la vieille. Un jour j'lui cracherai en pleine figure. J'l'ferai, je l'jure.

Elle frémissait de haine. Le dégoût lui tordait la bouche.

— Lori est pas idiote, elle est aussi intelligente que n'importe qui. Si elle arrive pas à lire c'est qu'elle a eu un accident.

— Je sais, fis-je en hochant la tête.

Libby se cala au fond de sa chaise et la conversation s'allégea un peu.

— Lori reviendra pas. Je pense qu'elle devrait plus revenir.

— Ah, je ne suis pas tout à fait d'accord. Je pense qu'il serait bon qu'elle revienne. Mais il faudrait que les choses changent pour elle.

— Ouais. Il faudrait que quelqu'un écrase la vieille avec une voiture.

Je n'aurais jamais cru une telle haine possible à cet âge.

Nous continuâmes la conversation mais sur un ton plus modéré. Puis Libby retomba peu à peu dans ses monosyllabes. Les aiguilles de la pendule indiquaient déjà près de quatre heures trente et je ne voulais pas trop tarder à partir. Je n'avais pas encore fini de préparer les leçons du lendemain. Je me replongeai donc dans mes paperasses. Libby restait là à m'observer.

— J'ai du travail, expliquai-je. Je n'ai plus beaucoup de temps pour parler.

— Ça va, dit-elle mais elle ne broncha pas.

— Ton père va s'inquiéter si tu restes trop longtemps.

— Non. Il est pas encore rentré à la maison. Et j'ai dit à la gardienne que j'allais à mon cours de danse.

— Ah oui?

— J'ai mis mon collant en dessous, tu vois? (Elle dénoua sa salopette pour me le montrer.)

— Bon, je ne veux pas te chasser mais il se fait tard et je dois finir ce travail avant de partir.

Elle sourit.

— O.K. ça m'dérange pas.

Je poursuivis mon travail pendant que Libby restait là assise sagement.

A 16h45, je fermai mes dossiers et les posai sur mon bureau. J'hésitai un peu.

— Il est temps de partir maintenant, Libby.

Elle restait assise. Elle avait le dos tourné et d'une main elle tripotait ses cheveux. Elle ne fit pas le moindre geste pour se lever.

— Libby?

— Elle se retourna.

— Il est temps de partir, mon chou.

Elle restait assise, continuant de me fixer et d'entortiller ses cheveux. Ses sourcils étaient légèrement froncés comme si je m'étais adressée à elle dans une langue étrangère. Elle inclina un peu la tête, dans une pose qui lui était familière, et sa chevelure noire bascula de l'autre côté. J'allai prendre ma veste dans le placard.

— Maîtresse?

— Oui?

— Est-ce qu'elle va toujours être comme ça?

— Que veux-tu dire, Libby?

Ma veste à la main, je m'approchai de la table. C'était la première fois peut-être que je me rendais compte de son jeune âge.

— Est-ce que Lori va toujours rester comme ça?

C'était une fillette digne d'un roman. Avec ses cheveux noirs, coupés à la garçonne, le gros noeud posé sur le côté, sa salopette en jean et son chemisier écossais (sans oublier les collants). Au début, son petit air rétro m'avait déconcertée. Et maintenant, à mesure que je la voyais, je craignais, si je ne la regardais pas assez, de ne plus pouvoir me souvenir d'elle. Elle avait cette sorte de fragilité des visions de rêve ou des souvenirs anciens.

— Ce que j'veux dire…

Libby s'était interrompue un moment. J'avais cru entendre comme un sanglot au bout de sa voix, bien que ce fût le genre de fillette à ravaler ses larmes. Elle s'éclaircit la voix.

— Ce que j'veux dire, c'est que Lori va pas bien du tout. C'est pire qu'on pense parfois. Elle peut rien faire. Même les livres de bébé avec des lettres uniques, comme ceux que j'lisais y a deux ans déjà, eh bien Lori elle peut même pas les lire. Et elle arrive pas à écrire son nom. Elle lace même pas ses souliers. C'est grave, tu sais, vraiment grave.

J'eus mal pour elle. Une émotion me prit à la gorge. C'était trop de soucis pour une enfant qui n'avait pas huit ans.

Je déposai ma veste sur la table et m'assis en face d'elle. Libby avait penché la tête et examinait ses mains. Dans l'éclairage morne de la classe je pouvais discerner un léger tremblement chez elle. Elle leva vers moi un regard inquiet.

— Est-ce que Lori est retardée, maîtresse?

Ce devait être une question bien difficile à poser de la part de quelqu'un qui avait tant risqué pour défendre Lori. Mais, semblait-il, même elle, Libby, soupçonnait que ça pourrait être la vérité.

Je restai momentanément à court de mots. Comme je ne répondais pas sur-le-champ, Libby se leva. L'inquiétude se lisait sur son visage. Peut-être prenait-elle mon silence pour la confirmation de ses propres appréhensions. Je craignais qu'elle ne s'enfuît brutalement.

— Attends un moment, Libby. Reste un peu avec moi, tu veux? dis-je en avançant la main vers elle.

Libby resta sur place, à moins d'un pas de moi.

— Est-elle retardée, oui ou non?

Je secouai la tête.

— Non, elle ne l'est pas. (Je me levai pour passer un bras autour de ses épaules qui tremblaient et pour la ramener près de moi. Je me rassis en gardant mon bras autour de ses épaules.) Tu connais ses problèmes, je pense. Et probablement mieux que quiconque parce que tu as toujours été avec elle. Elle a des lésions au cerveau, il ne s'agit pas de retard mental. C'est une sorte de blessure qui rend difficile pour elle d'apprendre de la même façon que toi et moi. Mais d'après ce que j'ai lu dans les dossiers, les docteurs disent qu'un jour peut-être elle pourra lire. Peut-être pas aussi bien que toi; mais à mesure qu'elle grandira et que son cerveau apprendra à se débrouiller, peut-être qu'elle y arrivera, un peu.

Les épaules de Libby s'affaissèrent. Elle se pencha un peu vers moi mais si légèrement que je sentais à peine la pression de son corps. Elle porta la main à son nez pour le gratter. Visiblement, elle ne croyait pas un mot de ce que je racontais.

— Lori n'est pas retardée, Lib, je t'assure. Tu as tout à fait raison de la défendre. Parce qu'il n'y a rien qui ne va pas dans la tête de Lori. Regarde comment elle est dans d'autres matières. En calcul, par exemple. Quand elle n'a pas besoin d'écrire, elle est très futée. Et ce qui est plus important encore, beaucoup plus important, Lori est douée pour les contacts avec les autres. Il y a un petit garçon ici dans la classe qui ne parle même pas. Lori a des relations très spéciales avec lui. Elle comprend les gens mieux que toutes les personnes que j'ai rencontrées jusqu'ici. Elle lit dans les coeurs comme toi et moi nous lisons dans les livres, Libby: ce qui est beaucoup mieux, crois-moi, que tout ce qu'on enseigne à l'école.

Long silence chargé d'émotion. Libby respirait lentement, profondément. Mon bras passé autour d'elle, je la tenais le plus serré possible contre moi.

— Comment ça se fait que ça lui est arrivé à elle? Comment ça se fait que j'ai rien moi?

— Personne ne peut expliquer ça, mon chou.

— Mon père m'a dit qu'elle avait eu la tête cassée. Il a dit qu'il avait vu ça sur les photos à l'hôpital.

Je hochai la tête.

— J'ai entendu dire ça aussi.

Libby avait la tête baissée, et ses yeux rétrécissaient comme si elle scrutait quelque chose sur le plancher. Elle posa une main légère comme un souffle sur mon épaule.

— Je sais comment c'est arrivé, dit-elle d'une voix basse sans inflexion. Mon père, mon vrai père, il battait beaucoup Lori. Ma mère nous battait aussi. Et mon père, lui, il avait une sorte de bâton et il s'en servait pour nous punir. (Elle s'interrompit un moment.) Il nous battait quand on était turbulentes. (Elle fit une pause.) Et je pense qu'on devait l'être pas mal. Il battait Lori plus que moi. Et parfois il la frappait tellement fort qu'elle restait là sans bouger ni pleurer du tout. Et j'avais beau la secouer elle bougeait pas.

Libby baissa la main et elle passa ses doigts sur son autre bras.

— Une fois, poursuivit-elle, mon père m'a cassé le bras. Ma mère m'a fait un bandage avec une taie d'oreiller mais ça faisait tellement mal que je hurlais. Et je pouvais plus m'arrêter. Alors elle m'a amenée chez le docteur. Mon père m'a avertie que je ferais mieux de pas raconter comment c'était arrivé. Il fallait dire que j'étais tombée dans l'escalier. Y avait pas d'escalier dans notre maison mais c'est ce qu'il m'a obligée à dire, et c'est ce que j'ai fait. Un autre fois, il m'a attachée à mon lit. (Elle soupira profondément et secoua la tête.) J'ai eu une peur terrible.

Libby me regarda.

— Tu sais quoi? Je rêve parfois à mon ancienne maison et je m'réveille terrifiée. Parfois j'suis en train de pleurer. J'ai toujours peur qu'il trouve où je suis et qu'il vienne me chercher. (Elle mordit sa lèvre inférieure.) Parfois durant la journée je ressens une sorte de nostalgie. Tu sais, je fais des petits dessins sur eux, mais pas la nuit. Quand je fais ces rêves-là j'peux plus m'endormir pour le reste de la nuit. Ça me donne un mal de tête horrible et j'ai mal à l'estomac. Papa doit venir s'asseoir près de moi. (Elle s'interrompit un moment.) Je sais pas si Lori se rappelle ça. Elle m'en parle jamais, en tout cas.

— Tu sais, n'est-ce pas, que ça arrivera plus jamais? dis-je. Ton père actuel ne laissera plus jamais personne vous enlever à lui. Il vous aime, il vous aime beaucoup. Vous êtes ses petites filles maintenant et il ne vous laisserait pas partir. Quoi que vous fassiez. Cela n'arrivera plus jamais. Il faut dire cela à Lori aussi.

Elle hocha la tête.

— Je sais. Parfois je l'sais bien... mais d'autres fois on dirait que j'oublie.

Ses yeux me regardaient intensément, ses beaux yeux nostalgiques.

— Je parie que c'est mon père qui a fait ça, dit-elle. Je parie que c'est lui qui a blessé Lori tellement qu'elle peut plus lire maintenant.

— On ne peut pas dire. Nous ne le saurons probablement jamais.

— Moi je l'sais, dit-elle sans émotion. Et quand je serai grande, je le retrouverai. J'prendrai un grand couteau et j'lui enfoncerai dans le ventre. Je le retrouverai et je le tuerai. Oui, je le tuerai. Tu verras. J'le tuerai pour ce qu'il a fait à Lori. Et à moi aussi. Y a personne qui m'en empêchera.

Que pouvais-je lui dire? Elle n'avait que sept ans et avait déjà vécu le cercle infernal des brimades, de la violence et de la haine.

Nous restions silencieuses. Puis Libby regarda la pendule.

— Il faut que je parte. Mon cours de danse finit à cinq heures. J'vais m'faire gronder si j'arrive trop tard.

— J'peux te ramener chez toi.

Elle secoua la tête et se dirigea vers la porte.

— Non, j'aime bien marcher.

— Très bien. (Je mis ma veste tandis que Libby s'apprêtait à sortir.) Lib?

Elle s'arrêta, se retourna.

— Au revoir.

Elle eut un tressautement bizarre des épaules, presque un haussement, et une sorte de serrement des lèvres qu'il était difficile d'appeler un sourire.

— Au revoir, dit-elle.

23

Mon appartement était sombre et froid quand je rentrais. J'aurais tant aimé que Joc fût là à m'attendre. Mais la maison était vide.

Depuis une semaine, il n'avait pas donné signe de vie. Pas d'appel, pas de lettre, rien. Il n'était même pas revenu chercher ses disques. Je me doutais bien, le soir de notre dernière dispute, qu'il en serait ainsi. J'ai toujours su, je crois, que ça se terminerait de cette façon. Et cependant je gardais espoir: je n'avais pas décroché ses photos, je n'avais pas emballé ses disques pour les lui envoyer et je ne verrouillais pas ma porte. Au cas où…

Je me félicitais de si bien accepter son départ. Pas de larme, pas de dépression. Pas d'appel désespéré, humiliant. Il était parti. C'était fini.

Mais je savais bien que je me mentais. Je ne pouvais pas combler si vite le vide qu'il avait laissé derrière lui. Je ne savais pas quoi faire de moi. Le problème de Lori m'absorbait tellement que je l'évoquais même en mangeant ou en dormant. Chez moi, je tournais en rond, hantée par mon idée fixe.

Lors de mes soirées solitaires, je découvris que je n'avais plus de vie sociale. Certes, je n'avais jamais été du genre à bambocher. Mon univers s'était toujours réduit à un petit cercle d'amis et de collègues de travail. Mais je les avais négligés pour ne plus rencontrer que les amis de Joc.

Billie vint à ma rescousse et m'invita à dîner le samedi soir. Pour des leçons de survie, me dit-elle.

— Ah, c'est tout à fait comme moi quand j'ai divorcé, s'écria-t-elle en se tapant sur la cuisse (avec l'accent traînant de la Caroline du Sud.) Je ne m'étais pas rendu compte jusque-là que nos amis étaient ses amis à lui. Une femme seule se retrouve souvent sans amis.

— Ce n'est pas tout à fait ça. C'est... eh bien, j'en sais rien. J'imagine que nous n'avons jamais eu d'amis communs, seulement de vagues relations et des endroits où Joc aimait aller pour s'amuser.

Billie eut, tout en plaçant un morceau de viande dans la marmite du pot-au-feu, un geste de dédain.

— Ne t'en fais pas pour ça. Qui a besoin des hommes, après tout?

— Eh bien, moi, pour commencer.

Ce fut un dur moment à passer, je dois l'admettre, même si je ne donnais pas de signe de détresse. J'avais besoin de quelqu'un. Joc avait raison sur un point: ma passion pour l'enseignement ne suffisait pas à remplir ma vie. La vieille question, que ma famille me posait si souvent, s'imposait à moi de nouveau: pourquoi ne pas me marier? Pourquoi pas, après tout? Je pris un oreiller sur mon lit et le lançai de toutes mes forces contre le mur. Et pourquoi la vie n'apportait-elle pas de réponse facile?

Qu'allait-on faire de Lori? Je me doutais bien de ce qui s'était réellement passé dans la classe d'Edna et le récit de Libby me l'avait confirmé. Je connaissais assez Edna pour cela. Et je connaissais Lori aussi.

Edna n'admettait pas l'échec. Elle ne comprenait pas ce qu'on pouvait reprocher à ses méthodes. C'était une vieille citadelle imprenable. L'administration l'appuierait, d'autant plus qu'Edna en était à sa dernière année d'enseignement. Le temps d'alerter les autorités, il serait déjà trop tard pour intervenir. Contester le traitement trop sévère qu'elle infligeait à Lori et sans aucun doute à d'autres élèves de la classe équivalait à combattre des moulins à vent.

Je tentai d'en parler une ou deux fois avec elle aussi diplomatiquement que je le pus, mais en vain. Je ressortais toujours de ces discussions plus mal en point qu'avant.

Derrière ces raisons très intellectuelles que j'invoquais pour ne pas poursuivre l'affaire, se cachait aussi mon manque de courage. Edna m'intimidait. Je ne sus jamais exactement pourquoi. Il y avait bien sûr les raisons surperficielles, comme mon horreur des discussions: je n'aimais pas savoir les gens fâchés contre moi et parfois je m'efforçais de les apaiser pour avoir la paix. J'étais très vulnérable dans les situations qui faisaient ressortir ma jeunesse ou mes erreurs passées. Mais il y avait aussi des raisons plus profondes, que je ne comprenais pas complètement. Les façons de penser d'Edna et les miennes se situaient à des années-lumière de distance. Edna ignorait complètement ce que je disais et ce que j'essayais de faire. Mes idées n'avaient aucun sens pour elle. Et son point de vue me restait étranger. Mon âge et mon manque d'expérience étaient mes pires ennemis. Comment savoir si j'avais raison? J'avais donc beaucoup de difficulté à affronter Mrs. Thorsen. Elle semblait si sûre d'elle et moi je doutais tellement de moi. Et nos confrontations finissaient toujours de la même façon: j'avais l'impression d'être une petite fille.

Je pouvais justifier de mille et une façons mon refus de m'opposer à une vieille femme dure et insensible. Et je n'avais guère de peine à les exposer à Billy ou à d'autres collègues. Mais quand je me réveillais au milieu de la nuit et que je me retrouvais seule avec moi-même, incapable de me rendormir, je n'étais pas très fière de moi.

Comme je ne pouvais pas affonter Edna, j'essayai auprès de Dan.

— C'est nous qui avons tout fichu en l'air, Dan. Je ne voudrais pas que le reste de sa vie soit gâché pour une chose dont nous sommes responsables.

Dan était à son bureau. Il mit la main derrière sa nuque et entreprit une rotation de la tête comme on le fait pour relâcher la tension des muscles.

— Je me demande toujours quels sont nos vrais buts en tant qu'enseignants. Apprendre à lire, à écrire et à compter? Ou aider la planète à sortir du cauchemar dans lequel elle est plongée en contribuant à faire changer les mentalités?

Dan secoua la tête.

— C'est du romantisme, Torey.

— Du romantisme? C'est du romantisme d'exiger davantage des gens?

Nos regards se croisèrent.

Il secoua de nouveau la tête.

— Votre devoir ici c'est d'enseigner, Torey. Enseigner à lire, à écrire et à compter ou n'importe quoi d'autre qui se trouve au programme. C'est le seul moyen d'obtenir davantage des gens. Il n'y a pas de raccourci.

Je ne répondis rien, à court d'arguments.

— Ecoutez, Tor, la conduite d'Edna envers Lori n'a certainement pas été aussi gentille que je l'aurais souhaité. Mais c'est la vie. Elle n'exigeait de Lori rien de particulier après tout. Si la petite ne peut supporter la pression de la première année, elle ne réussira jamais à franchir toutes les étapes du système sans aide psychologique.

— Peut-être alors faut-il changer de système.

— Pour une seule personne? Je comprends très bien votre sentiment à cet égard. Et je le partage, croyez-moi. Mais c'est une école ici et nous sommes là pour enseigner. Si un enfant n'arrive pas à apprendre dans ce système, c'est regrettable, mais c'est tant pis.

— Dan, aucun système ne doit être plus important qu'un être humain. Quand on se met à sacrifier des gens pour maintenir un système, alors c'est qu'il y a quelque chose qui cloche.

Il hocha la tête d'un air las.

— Peut-être bien, qui sait? Peut-être...

Il n'était pas facile de trouver une solution pour Lori quand elle reviendrait à l'école. Tout le monde disait qu'il fallait la retirer de la classe d'Edna. Mais où la placer? La seule classe d'éducation spécialisée à plein temps était celle de Betsy Kerry, qui enseignait à un groupe d'attardés profonds. Quels que fussent les problèmes de Lori, elle n'avait pas de place dans cette classe. Il y avait encore la possibilité de la placer dans l'autre classe de première année, celle de Libby. Cependant, l'institutrice de cette classe était une jeune fille dont c'était la première année d'enseignement, et elle avait déjà assez de mal avec ses élèves sans qu'elle ait aussi à s'occuper d'une enfant à problème comme Lori.

A la fin, je me proposai pour prendre Lori avec moi toute la journée. Même si elle restait théoriquement dans la classe d'Edna comme élève de première année, elle me serait confiée pour toutes les matières sauf en musique, en éducation physique et dans les disciplines artistiques. Je lui trouverais une place parmi mes autres élèves en rééducation le matin et, l'après-midi,on ferait comme d'habitude. Ce n'était pas la solution rêvée mais nous espérions qu'elle permettrait à Lori d'être plus détendue et donc de se concentrer davantage sur son travail.

Mardi, toujours pas de Lori. A midi, je descendis au bureau et appelai Mr. Sjokheim à son travail. Il était désolé mais n'avait pu se résoudre à la forcer à venir. Je fus glacée par cette nouvelle.

Il était temps de passer à l'action. Nous étions restés passifs aussi longtemps que nous avions pu nous le permettre. Je dis à Mr. Sjokheim que nous ne pouvions plus laisser les choses continuer ainsi, sinon Lori aurait besoin d'une aide extérieure pour se remettre. Mr. Sjokheim m'apprit qu'il avait rendez-vous avec un psychologue la semaine suivante. Cela ne suffisait pas, dis-je. Lori devait revenir en classe. Et tout de suite. Mr. Sjokheim ne fut pas étonné: le psychologue lui avait dit la même chose. Je demandai si je pouvais aller la voir. Il accepta. Le soir même, à 19h30.

C'était à moi de jouer maintenant. En roulant dans les rues du quartier résidentiel où habitaient les Sjokheim, dans le soir qui tombait, je réfléchissais. Voilà, me disais-je, le moment est venu de me mettre en cause. Et comme je l'avais promis à Lori, je savais que je ne reculerais pas quand viendrait le moment d'affronter les autres. Mr. Sjokheim vint m'ouvrir. Libby était au salon. Elle venait de se laver les cheveux et elle les séchait avec une serviette. Sans ses lunettes, sa ressemblance avec Lori était frappante. Quand elle me vit, elle laissa tomber la serviette et me dévisagea. Je voulus lui dire bonjour mais une gêne s'empara de moi et je souris seulement. Libby ne me rendit pas mon sourire. En y pensant maintenant, je ne me souviens pas de l'avoir vue sourire souvent.

Mr. Sjokheim me conduisit à la chambre de Lori. Celle-ci m'attendait. J'avais des crampes d'estomac. La porte s'ouvrit. Je ressentais toujours la même gêne et n'avais pas envie d'entrer. Qu'allais-je dire? J'eus un moment d'hésitation dans le corridor. Je sentais mon coeur battre. Au coin du corridor, appuyée contre le mur, Libby me surveillait. Avec un sourire faussement confiant à l'adresse de Mr. Sjokheim, j'entrai.

Lori était assise sur son lit, vêtue d'un peignoir jaune en ratine; ses longs cheveux foncés tombaient sur ses épaules. Elle me regardait fixement. Sans sourire. Sans la moindre expression d'amitié. Sous le faible éclairage de la lampe de chevet, ses yeux étaient noirs et profonds. Un grand désert nous séparait.

— Bonjour, dis-je.

Pas de réponse. Je la vis prendre des respirations profondes. Elle était assise, une jambe repliée sur le lit, les mains posées sur son genou.

— Bonjour Lori.

— Salut, Torey.

Je m'approchai.

— Tu me manquais, Lor. Je suis venue te voir. Tu nous manques à tous.

Silence. Ses yeux étaient fixés sur moi. Elle avait un regard farouche que je lui avais jamais vu, sans la moindre trace de familiarité.

— Puis-je m'asseoir près de toi? demandai-je.

Elle hocha la tête. Je repoussai les draps défaits et m'assis à côté d'elle. Elle s'écarta un peu pour éviter mon contact.

— Lor, nous voulons que tu reviennes.

Elle tourna la tête pour me regarder en face. Un léger frisson me parcourut l'échine. C'étaient les yeux de Libby que je voyais là. Et la haine de Libby. J'en aurais pleuré.

— Je reviendrai jamais.

— Je sais que tu veux pas revenir.

— Non, je veux pas revenir, c'est comme ça. Je reviendrai jamais.

— Mais tu me manques, Lori. Boo s'ennuie de toi. Et Tom aussi. Et Claudia. On a besoin de toi, Lor. La classe n'est plus la même sans toi.

— Je m'en fiche.

Qu'est-ce qu'on t'a fait? pensai-je. Puis je crus tout à coup que j'allais me mettre à pleurer. Je détournai les yeux.

Un léger tapotement se faisait entendre dans le silence et je tournai la tête dans la direction du bruit. A la fenêtre derrière le lit de Lori, il y avait une jardinière pleine de jonquilles. La plupart étaient fanées mais l'une était encore tout épanouie et sa corolle jaune vif venait frapper constamment contre la vitre. Quand je me retournai, je vis que Lori avait baissé la tête et qu'elle suivait avec son doigt les motifs imprimés sur le drap.

— Lor?

— Quoi? demanda-t-elle sans lever la tête.

— Lori, on a eu tort.

Dans le silence qui s'ensuivit, j'avalai ma salive.

— On a eu tort de te traiter de cette façon-là. On a eu tort aussi de te faire croire que la lecture était aussi importante. C'est pas vrai.

— Mais si, c'est vrai, répliqua-t-elle en gardant la tête baissée, d'une voix basse mais ferme, avec une nuance de colère comme si je me moquais d'elle.

— Non, c'est pas vrai. Et c'est notre faute à nous de t'avoir fait croire que ça l'était. Nous avons eu tort.

— Si c'est important, dit-elle encore et elle leva les yeux pour me regarder. Elle m'a ridiculisée devant les autres. Elle m'a fait vomir. Devant tout le monde. Je ne retournerai jamais là-bas, personne ne m'y obligera. Je m'en irai loin d'ici si jamais quelqu'un essaie de me forcer à y aller. Même toi.

— Lor, écoute-moi. Je t'en prie.

— Non. Va-t'en! Je ne retournerai pas à l'école. Et je ne veux pas te voir ici. Laisse-moi tranquille, va-t'en.

— Lori.

— T'as pas compris? (Des larmes lui montèrent aux yeux.) Qu'est-ce qu'il te faut? Va-t'en. J'veux pas te voir.

Elle se retourna et enfouit son visage dans l'oreiller. Ses cheveux déployés autour d'elle la recouvraient.

Je restais assise à la regarder, impuissante, à court de mots. La jonquille tapait doucement contre la fenêtre, c'était le seul bruit qu'on entendait dans la pièce. J'aurais voulu prendre Lori dans mes bras et écarter d'elle tous ces malheurs: elle était encore si petite. Il était si rassurant de me dire qu'il y avait encore des problèmes que je pouvais résoudre avec une étreinte et qu'il était en mon pouvoir d'adulte de tout arranger.

— Lor? (Je touchai son dos.)
— Va-t'en d'ici! répéta-t-elle.

Ma main retomba sur ma cuisse. En tournant la tête je vis Libby dans le corridor. Vêtue seulement d'une petite culotte, elle serrait son pyjama sur sa poitrine. Ses cheveux encore humides étaient coiffés maintenant; d'une main elle brossait une longue mèche vers l'arrière. Nous échangeâmes un long regard muet et je ne pus déchiffrer son expression. Puis elle tourna les talons et disparut.

Tout doucement j'étendis la main et caressai le dos de Lori. Elle sursauta d'abord pour échapper à ma main, mais comme je persistais, elle se détendit, le visage toujours enfoui dans l'oreiller.

— Lori? dis-je au bout d'un moment. Veux-tu t'asseoir près de moi? Je t'en prie.

Avec un grand soupir elle se releva et vint se placer à côté. Sa dignité contrariée maintenait des distances entre nous et je n'osai pas trop la toucher. Je laissai mon bras derrière elle et ma main sur le drap.

— Lor, dis-moi Lor, qu'est-ce qu'on t'a fait?
Elle examinait ses doigts.
— Je suis désolée, dis-je.
Elle me regarda.
— Je suis désolée.
— Pourquoi?
— Je suis désolée de t'avoir laissé croire que les choses étaient importantes alors qu'elles ne l'étaient pas. On a eu tort sur bien des points à ton sujet, Lori. Parfois quand les gens vivent dans un petit univers, les petites choses commencent à paraître terriblement importantes. Même quand elles ne le sont pas. On n'aurait jamais dû te faire croire que lire était plus important pour nous que toi; car, ça, c'est tout à fait faux.
— Quand même, je sais pas lire.

— Je sais. Je sais aussi que c'est commode de savoir lire. Mais un jour peut-être tu le pourras. Qui sait? Et même si tu n'y arrives jamais, ça n'a pas vraiment d'importance. Je ne m'en fais pas pour si peu. Nous trouverons bien un moyen pour contourner ça. Tu n'as pas besoin de savoir lire pour être heureuse.

Ses yeux brun foncé étaient impénétrables.

— D'autre part, continuai-je en souriant, tu sais déjà faire des choses qui sont bien plus importantes que lire.

— Quoi donc?

— Tu n'as qu'à regarder les gens d'une façon particulière pour savoir exactement ce qu'ils ressentent. Comme tu l'as fait pour Tomaso et son ours en peluche. T'es capable de comprendre ces sentiments-là, de deviner ce qui rend les gens heureux ou tristes. Et tu te préoccupes des autres. Depuis que je te connais, Lor, je t'ai toujours vue te préoccuper des autres. Et ça, crois-moi, c'est beaucoup plus important que de savoir lire. Malgré tout ce qui peut arriver, n'oublie jamais ça. Nous avons terriblement besoin de personnes qui se préoccupent des autres. Il y a plus de gens qu'il n'en faut pour lire tout ce qu'il y a à lire mais on manque terriblement de gens qui se préoccupent des autres.

Lori continuait de me regarder sans broncher. Je pouvais même voir mon reflet dans ses yeux. Puis elle pencha la tête et laissa échapper un gros soupir. Elle prit une mèche de cheveux entre ses doigts et la passa délicatement sur ses lèvres.

— Mais j'veux lire, moi.

Je me sentis fatiguée tout à coup. Et vieille.

— Tu sais, si je connaissais un moyen de te faire lire je l'utiliserais. Si ça coûtait un million de dollars et que je pouvais l'acheter, je le ferais.

Elle semblait déconcertée.

— Lor, tout ce que je veux c'est que tu sois heureuse. Crois-moi, si je connaissais un moyen de te faire lire, je le prendrais. Il n'y a pas de secret là-dedans. (Je m'arrêtai, à court d'arguments.) Ecoute, si Dieu d'une manière ou d'une autre pouvait m'enlever ma capacité de lire pour te la donner à toi, je pense que j'accepterais. Je serais heureuse de te donner ma capacité de lire.

Lori leva les yeux. Son front se creusa de rides.

— Mais.... (Elle détourna la tête, regarda les jonquilles derrière la fenêtre puis regarda ses mains.) Mais si ça arrivait, alors tu pourrais plus être ma maîtresse. Tu pourrais pas si tu pouvais plus lire. (Elle tourna de nouveau les yeux vers moi.) Je voudrais pas que tu fasses ça.

Je souris.

— C'est pas si important que ça, non?

Aucun sourire n'affleurait à ses lèvres, mais, dans le clair-obscur de la chambre, je discernai malgré tout la lueur d'un sourire dans ses yeux. Elle avança sa petite main et doucement caressa la mienne.

24

Lori revint à l'école, mais non sans douleur. A l'heure du déjeuner, le lendemain, j'allai la chercher chez elle avec Billie et ce fut avec des pleurs et des cris qu'elle monta dans la voiture. Sur le chemin de l'école située à quatre rues de là, elle vomit dans un sac à poubelle et on dut la traîner en classe malgré ses larmes et ses gémissements. Mais enfin Lori était de retour à l'école.

Une fois son entrée faite et les autres élèves installés, je fis un geste audacieux. J'allai dans son casier chercher tout le matériel qu'Edna avait apporté à son intention. Je pris les manuels de lecture si joliment illustrés, les nouvelles cartes à rébus et objets divers que j'avais rassemblés pour apprendre à écrire et à lire à Lori. J'entrepris de tout jeter au panier. Je pris les manuels un par un, en arrachai les pages et les déchirai en deux. Tomaso et Boo me regardaient, fascinés. Claudia, elle, notre amoureuse de livres, était tout simplement horrifiée. Lori observait à distance, d'un air circonspect.

— Qu'est-ce que tu fais? risqua Tomaso.

— Je me débarrasse de tout ça. Lori ne fera plus d'exercices de lecture.

— Non? s'écria-t-il avec le plus grand étonnement. (Puis son visage s'éclaira.) Est-ce que je peux t'aider?

— Non.

Lori se rapprocha un peu.

— Mais c'est l'école ici, dit Claudia. Il faut qu'il y ait des exercices de lecture.

— Non, dis-je. Plus de lecture pour Lori. Plus d'écriture non plus. Et plus d'orthographe.

Tom écarquilla les yeux.

— Mais qu'est-ce qu'elle va faire alors?

— Beaucoup de choses. (J'arrachai les dernières pages et les déchirai en quatre.) Voilà!

Lori s'était rapprochée davantage. Les autres élèves contemplèrent encore un peu le carnage puis retournèrent à leur travail. Finalement Lori s'avança et regarda dans la corbeille d'un air dubitatif. Je frappai dans mes mains et elle me regarda. Elle n'avait pas l'air réjouie.

— Qu'est-ce qui ne va pas?

Elle semblait sur le point de dire quelque chose ou de vouloir le dire, mais elle ne dit rien.

— Je sais comme tu as envie d'apprendre à lire. Et à écrire. Et tous les autres trucs que les gamins apprennent à l'école. Je sais et je n'ai pas perdu espoir pour toi non plus. Je pense que tu apprendras. Mais pas maintenant. Ce n'est pas le bon moment.

Ses sourcils restaient froncés, avec une expression de tristesse qui voilait son regard.

Je tirai une chaise et m'assis. La prenant sous les bras, je l'assis sur mes genoux.

— Il faut que tu aies confiance en moi.

Elle avait la tête baissée et promenait son doigt sur une des côtes de velours de mon pantalon.

— Je vais te donner une petit exemple, O.K.?

Elle me regarda intriguée.

— Tu te souviens en décembre quand on a planté les jacinthes?

Elle hocha la tête.

— Tu te souviens qu'il a fallu les mettre au réfrigérateur durant plusieurs semaines pour les faire pousser?

— Ouais.

— Qu'est-ce qui leur est arrivé pendant qu'elles étaient au réfrigérateur?

Lori réfléchit un moment.

— Elles ont fait des racines.

— Oui, bravo. Mais les voyais-tu faire des racines quand tu les regardais? Est-ce qu'elles semblaient faire quelque chose au frigo?

Elle secoua la tête.

— Mais est-ce qu'elles ne l'ont pas fait quand même? Est-ce qu'elles n'ont pas fleuri après?

— Oui.

Je souris.

— Alors dis-moi, Lor, qu'est-ce qui se serait passé si tu avais voulu qu'elles fleurissent tout de suite quand on les a eues en décembre? Qu'est-ce qui se serait passé si tu avais pris le bulbe dans tes mains, si tu avais enlevé l'écorce et extirpé le petit embryon de fleur? Aurais-tu pu le faire fleurir?

— Oh non, il serait mort.

— Bien sûr, il serait mort. Même si tu l'avais aimé beaucoup, même si tu avais tout essayé. Car la fleur n'était pas prête à fleurir alors et tout ce que tu aurais fait c'est la tuer.

Ses yeux cherchaient les miens.

— Eh bien, les personnes c'est comme les bulbes de jacinthes. Ce qu'il faut, c'est donner la meilleure place possible à chacun pour qu'il grandisse. Mais chaque individu est seul responsable de sa propre croissance. Si on intervient à tort et à travers, alors on fait du mal. Peu importe qu'on soit bien intentionné ou non. Parfois la croissance se passe en silence, comme celle des bulbes dans le réfrigérateur. Parfois on ne peut même pas savoir s'il se passe quelque chose et pourtant ça ne signifie pas qu'il ne se passe rien.

Elle m'écoutait avec une sorte de solennité, sans dire un mot.

— Alors fais-moi confiance, Lor. Je veux te donner un peu plus de temps pour pousser. Tu vas lire mais quand ce sera le moment pour toi. Me comprends-tu?

Elle fit un signe de tête affirmatif, avec sincérité.

— Tu me remets au frigo pour faire plus de racines.

Ainsi le calvaire de la lecture était fini. Lori, maintenant avec moi la plus grande partie de la journée, se livra à d'autres activités: arithmétique, sciences, et toutes sortes d'activités manuelles. Pour les exercices qui exigeaient absolument la lecture, quand je ne trouvais pas d'autres moyens de contourner la difficulté, je chargeais Tomaso d'être le lecteur officiel de Lori. Il avait la responsabilité de lire à Lori tout ce qui lui était nécessaire.

S'il lui fallait écrire, Tom le faisait. J'expliquai à ce dernier que Lori était complètement dépendante de lui dans ces cas-là et que, comme le chien pour l'aveugle, il devait s'assurer que Lori ne fût jamais en difficulté quand il était là. Tomaso prit ses fonctions à coeur.

Chaque jour, Lori et moi travaillions sur les diverses petites choses qu'elle ne maîtrisait pas encore et qui, bien que n'étant pas liées à la lecture et l'écriture, semblaient commandées par la même zone du cerveau et aussi problématique que son aptitude à reconnaître les symboles écrits. Nouer ses lacets en était un exemple, de même que lire l'heure. J'allai jusqu'à me procurer une horloge en braille pour l'aider à reconnaître les heures par la position approximative de ses mains sur le cadran plutôt que par les chiffres.

Le temps qui restait était consacré à des matières non scolaires. Lori était devenue notre personne à tout faire. Elle aidait Boo avec ses tableaux de Montessori, elle nourrissait les animaux, nettoyait leurs cages et arrosait les plantes; elle distribuait et ramassait les cahiers. J'avais établi un système de fichiers par couleurs pour mes élèves en rééducation du matin et je chargeais Lori de prendre leurs devoirs sur mon bureau, de les placer dans les chemises correspondantes, de trier les chemises à la fin de la journée et de les classer. Nous choisîmes un coin du terrain de jeux pour faire un jardin et Lori ratissa et bêcha la terre puis elle choisit des graines dans un catalogue de jardinage. Elle aida aussi Tomaso à installer une petite station météorologique au milieu de ce jardin pour mesurer la quantité de pluie tombée, repérer la température, noter le degré d'humidité et la direction des vents. Il s'agissait de menues activités sans éclat, rien qui pourrait en faire la première femme présidente des Etats-Unis ou la première astronaute à voler vers Mars. C'était plutôt de ces petites choses qui l'aideraient tout simplement à être Lori, la petite écolière de la classe 101. Et cela, à mon avis, était déjà beaucoup.

Mais si le calvaire de Lori avait pris fin, le mien ne faisait que commencer. Ce que je m'étais promis de faire, je l'avais fait. Je passais maintenant dans les couloirs en rasant les murs, terrifiée à l'idée que Dan ou Edna découvrît ce que je faisais. Lori était encore officiellement l'élève d'Edna, et je savais que je m'exposais beaucoup en ne suivant pas avec Lori le programme qu'Edna m'avait fourni. J'imaginais déjà la fureur d'Edna. Et Dan non plus ne serait pas content de mes initiatives. Je savais la confrontation imminente.

Mais plus que de Dan et d'Edna, c'était de moi que j'avais peur. Serais-je capable de me battre pour faire valoir mon point de vue? Respecter la promesse faite à Lori avait été relativement facile. Lori avait encore foi dans ma toute-puissance, et quand nous étions en classe, quand la porte était refermée et nous séparait du monde extérieur, je savais qu'il n'y avait rien que je ne pusse essayer. Tout me semblait alors possible.

J'y avais puisé le courage nécessaire pour mettre en oeuvre ce que je croyais bon. Mais maintenant j'avais peur. Je craignais que le moment de la confrontation venu, ce courage-là ne soit pas suffisant. Je découvris vite que vivre selon ses convictions ne procurait pas autant de satisfactions que les romans le laissent entendre.

Lori avait tellement accaparé mes pensées durant les semaines précédentes que je n'avais pas accordé aux autres élèves la même attention que d'ordinaire. Je ne les avais pas oubliés pour autant.

Des trois autres, c'était Claudia qui me préoccupait le plus. Elle continuait de se tenir à l'écart. Il y avait trois mois déjà qu'elle était arrivée et je la connaissais encore à peine. Elle restait fréquemment avec moi après les cours, mais nous avions rarement de véritables échanges. De simples potins, le plus souvent. Notre relation me rappelait la fois où j'étais allée, du temps où j'étais collégienne, faire une expérience de zoologie sur le terrain. Nous étions tapis dans un marécage, une nuit, pour observer à la clarté de la lune la danse nuptiale des grues. Cette danse, c'était Claudia et moi qui la faisions maintenant: en haut, en bas, en avant, en arrière, fascination, froid, brusque rapprochement mais jamais de contact. Il m'arrivait parfois de penser que c'était peut-être ainsi avec les enfants dits normaux. Peut-être qu'un enseignant n'arrive jamais à les connaître avec cette familiarité brute qu'on éprouve au contact des enfants perturbés. Et cette complexité me fit venir les larmes aux yeux. Peut-être était-il d'usage de ne jamais les toucher. Je n'en savais rien, mon expérience avec les enfants normaux étant trop réduite. Quoi qu'il en soit, je souhaitais avoir plus de contact avec elle. Elle semblait si avide de quelque chose qu'apparemment je ne lui donnais pas. Ou du moins pas suffisamment.

Depuis un mois, Claudia s'était mise à prendre du poids. Je ne le savais pas à l'époque, mais ce phénomème est courant chez les très jeunes mères. A la maison, Claudia était, pour ainsi dire, mise en quarantaine. Aucune amie ne venait la voir. Son père lui interdisait de sortir sauf à certaines occasions. L'univers de Claudia se réduisait à l'école, à la télévision, aux livres et à Rebecca, sa soeur de quatre ans.

Mes connaissances des soins prénatals étaient limitées. Mes seules ressources étaient des livres que j'avais consultés à la bibliothèque et les informations que je pouvais tirer du mari d'une copine, médecin à l'hôpital, mais malheureusement en orthopédie. Je ne réussis pas à trouver de groupe d'aide pour Claudia et je me rendis compte finalement que je n'en trouverais probablement jamais. Le seul appui devrait venir de nous. C'était une position difficile pour moi qui manquais de connaissances et d'expérience et qui n'étais même pas intime avec Claudia. De tous mes gosses, c'était elle qui accaparait le plus souvent mes pensées à la maison, parce qu'elle me faisait sentir mon impuissance et parce que je savais qu'elle avait besoin d'aide.

— Tor?

C'était après l'école, à la mi-mars. J'étais comme d'habitude en train de préparer les leçons du lendemain. Claudia était restée pour fabriquer du matériel d'apprentissage pour Boo et Lori. Elle était assise à son pupitre près des étagères. Je levai la tête quand elle m'interpella.

— Qu'est-ce que c'est? demanda-t-elle.

Elle avait dans les mains un magazine qu'elle avait pris dans son pupitre. Elle l'avait ouvert et elle vint s'asseoir en face de moi à la table de travail.

— Qu'est-ce que c'est quoi? Qu'est-ce que tu as là?

— Ça.

Elle me tendit le magazine, un numéro de *Cosmopolitain*. Elle l'avait ouvert à la page d'une sorte de courrier du coeur dirigé par un psychiatre. Claudia me montrait la lettre d'une femme qui disait ne pas pouvoir atteindre l'orgasme. Je lus ce que cette femme racontait.

— C'est quoi exactement un orgasme? me demanda-t-elle.

Oh là là! On ne m'avait jamais appris à répondre à des questions pareilles à l'école normale.

— Ecoute, c'est un peu difficile à expliquer. C'est une sorte de sensation, vois-tu, une sensation physique qui monte dans le corps quand on est excité sexuellement. Ça arrive d'habitude quand on a des rapports sexuels.

— Mais qu'est-ce qu'on ressent? Est-ce que ça fait mal?

— Non. C'est quelque chose d'électrique, de rythmique. (Je m'interrompis pour réfléchir à ce que j'allais dire ensuite.) Une sensation très plaisante, très agréable. C'est une des principales raisons qui pousse les gens à faire l'amour.

— C'est bon alors?

Je hochai la tête.

Une expression confuse et plutôt sceptique se peignit sur son visage; elle reprit le magazine et relut l'article.

— Tu veux dire que c'est censé donner une sensation agréable quand on a un rapport sexuel avec un garçon?

De nouveau je hochai la tête.

Claudia secouait la tête, incrédule. Elle continuait de regarder fixement les pages du magazine comme si elles allaient lui révéler soudain l'explication de cette information incongrue.

— Mince alors! (Elle secoua de nouveau la tête.) On est censé *vouloir* des relations sexuelles? Oh là là! On m'a jamais dit ça.

Puis elle s'adressa à moi, encore incrédule.

— Je pensais que c'était quelque chose qu'on faisait seulement parce qu'on devait le faire, pour se faire aimer d'un garçon, pour qu'il nous abandonne pas pour une autre. Je ne savais pas qu'on était censé aimer ça, ça non.

Une tristesse douloureuse s'empara de moi à mesure que je la voyais se débattre avec cette hérésie que j'avais avancée. Claudia s'affaissa pesamment sur la chaise.

— Moi, j'ai pas aimé, ça non. C'était affreux. Ça m'a fait mal.

— Ça s'est passé plutôt mal pour toi, lui dis-je. Tu ne comprenais pas encore. Dans le rapport sexuel il y a bien plus que le physique qui compte, et bien plus que le fait d'avoir l'âge pour le faire. Tu étais trop jeune, Claudia. Ton corps était prêt mais pas ta tête. Peut-être bien que ce fut la même chose pour Randy. J'espère que lorsque tu seras plus grande ce sera différent.

Claudia avait penché la tête. Elle pliait les coins du magazine.

— Tu sais, on nous fait croire que le sexe est une chose extraordinaire, à la télé et partout. Ils nous font croire que c'est facile et que si on le fait avec un garçon, tout ira très bien. On sera heureux et tout le tralala. Et la vie sera belle pour toujours. Vraiment, ça ressemble pas à ça du tout.

— Non, pas du tout.

Dans le silence, on n'entendait que le bruissement de son ongle sur les coins des pages du magazine.

— Je m'sens si seule parfois. Je pense que peut-être j'ai été seule toute ma vie. Je pense que je suis née comme ça. Des fois je me vois comme un petit point sur une feuille de papier. Tu sais, rien qu'une petite tache de rien du tout avec tout ce vide autour de moi.

Elle soupira.

— Randy était si gentil, continua-t-elle. Tu sais ce qu'il faisait? Il m'achetait du milk shake et des trucs chez McDonald sans que j'aie besoin de le lui demander. Il était chic Randy, il était gentil avec moi.

Voilà une fillette qui était prête à vendre son âme pour un milk shake de chez McDonald, et personne ne croyait qu'elle avait besoin d'aide.

Un grand silence tomba entre nous. Je ne trouvais rien à lui dire d'important; aussi, quand elle cessa de parler, le silence s'installa de nouveau. Je tournai les yeux vers la fenêtre. La journée était venteuse et grise. Quand je me retournai, Claudia avait les yeux fixés sur moi.

— Tor?

— Oui?

— Suis-je une mauvaise fille?

Je secouai la tête.

— Non. Il n'y a pas de mauvaise personne.

Elle mit la tête dans ses mains. Le silence tomba de nouveau. Cette fois, cependant, il avait quelque chose de tendu. J'aurais voulu le rompre mais je n'y arrivais pas. Claudia était absorbée en elle-même, le regard perdu au loin.

Enfin son regard se porta sur moi.

— Tu penses que je suis souillée, n'est-ce pas? A cause de c'que j'ai fait.

— Non.

Le silence à nouveau.

— Je le suis, dit-elle lentement. Des fois je prends trois douches par jour et je me sens encore souillée.

25

Le lendemain de mon entretien avec Claudia, je repris mes démarches pour obtenir de ses parents qu'elle ait une aide psychologique. Cette aide me semblait essentielle non pas tant à cause de ce que Claudia avait fait que pour les raisons qui l'avaient poussée à le faire et le sentiment qu'elle en avait gardé. Je voulais faire comprendre à sa famille que le genre d'aide dont Claudia avait besoin ne pouvait se trouver à l'école. J'étais une enseignante et ma compétence ne portait que sur ce qui se passait à l'intérieur des murs de la classe. Le problème de Claudia était d'un tout autre ordre et nécessitait une intervention extérieure sous peine de dégénérer. La mère convenait volontiers devant moi que Claudia avait besoin d'aide mais cette approbation n'allait pas plus loin. Quant au père, il était beaucoup moins souple. Et comme Claudia ne posait aucun problème en classe, j'avais les mains liées pour entreprendre quoi que ce fût de mon propre chef.

J'avais décidé de déjeuner dans ma classe pour rattraper le temps perdu et avancer le travail que j'avais dû différer à cause de Lori. En outre, la date limite pour remplir les bulletins scolaires approchait et, comme toujours, là aussi j'étais en retard.

La porte s'ouvrit tout à coup. Mrs. Franklin passa une tête hésitante.

— Est-ce que je vous dérange?

— Non, entrez.

Un sourire de joie éclairait son visage. Elle tira Boo derrière elle et ferma la porte.

— Je suis venue vous montrer... Boothie a (elle s'arrêta juste en face de la table) eh bien, Boothie... je pense, je pense qu'y a du mieux peut-être.

Elle jucha Boo sur la table et enleva ses souliers et ses chaussettes. Boo se voyant l'objet de tant d'attentions était pris d'un fou rire. Mettant de côté mon sandwich et enlevant rapidement les miettes, j'avançai ma chaise pour mieux voir.

— Regardez, dit-elle. Allons, Boothie, allons. (Elle commença à remuer ses orteils nus.) Un petit cochon? Quoi donc mon chéri? Un petit cochon s'en alla au marché?

Boo se pencha pour voir ses pieds. Sous le coup de l'excitation, il agita ses mains de chaque côté. Alors Mrs. Franklin prit son gros orteil dans ses doigts et le remua. Boo se montrait fort intéressé.

— Allons, Boothe Birney, montre à ta maîtresse ce que tu sais faire. Allons, fais-le pour ta maman. Un petit cochon...

Ce petit manège avait piqué ma curiosité aussi, de sorte que nous étions tous penchés sur les pieds nus de Boo.

Alors, très lentement il arrêta de battre des mains et il avança la main pour attraper son orteil.

— Un petit cochon s'en va-t-au marché, dit-il. Un petit cochon reste à la maison. Un petit cochon aye-aye-aye-aye-aye tout le long du chemin.

Boo laissa échapper un gloussement de plaisir.

Mrs. Franklin était rayonnante.

— Vous voyez? Vous voyez? C'est tout à fait comme ça qu'il le disait avant... (Elle s'interrompit.) Eh bien, avant... avant de grandir. C'est comme lorsqu'il était bébé. Fais-le encore, Boothie, fais-le pour maman.

— Un petit cochon s'en va-t-au marché. Un petit cochon reste à la maison. Un petit cochon aye-aye-aye-aye-aye tout le long du chemin! (Il poussa un cri perçant, leva ses orteils en l'air et les serra dans ses mains.) Aye-aye-aye-aye-aye tout le long du chemin!

On aurait pu croire qu'il venait de découvrir le moyen de guérir le cancer à voir la réaction qu'il obtint de nous pour cette prouesse.

Mrs. Franklin était au moins aussi excitée que Boo. Elle ne cessait de caresser son fils, de serrer sa tête bouclée contre elle, et de redemander la comptine.

— C'est tout à fait comme ça qu'il disait, ne cessait-elle de me répéter. Boo Birney était trop petit pour le dire comme il faut quand Charles séchait ses pieds et reprenait la comptine avec lui. Boothie disait toujours aye-aye-aye-aye-aye. C'est tout à fait comme avant. C'est la première fois qu'il nous parle.

Ces propos me touchaient. Si l'amour avait pu guérir ce gamin, il ne fait aucun doute qu'il aurait été vite remis. Ces paroles portaient les espoirs et les angoisses de plusieurs années. Mais je pense que nous savions toutes deux que l'amour ne serait pas suffisant. Nous étions comme les parents d'un malade condamné, nous réjouissant d'un bref sursaut de santé, si illusoire fût-il. Nous savions toutes deux qu'il n'y avait pas d'avenir au-delà des rêves.

Boo sauta à bas de la table et se mit à courir à travers la pièce, semant dans son sillage blouson, gants et chapeau. Mrs. Franklin me regarda.

— Il va mieux, hein? (L'espoir faisait trembler sa voix.) Il s'améliore. C'est un signe d'amélioration, non?

— Chaque petit progrès compte, repris-je.

— On arrivera peut-être à lui faire dire maman, dit-elle tout bas. Une fois seulement. Ne croyez-vous pas?
Je fis oui de la tête.

Tomaso, lui, faisait des progrès de géant. De tous les élèves, c'est lui qui affichait les progrès les plus manifestes. La plupart de ses petites habitudes agaçantes avaient disparu. Même la fréquence et la grossièreté de ses jurons avaient atteint un niveau plus acceptable. Mais surtout, nous étions arrivés à circonscrire ses explosions de colère. Il en avait encore, mais plus brèves, plus vite maîtrisées. Je n'avais plus besoin de l'immobiliser physiquement. Il me suffisait de lui dire de s'asseoir jusqu'à ce qu'il ait repris ses esprits. Depuis la scène de son anniversaire, il n'avait pas eu de comportement violent.

Ses rapports avec Lori furent un grand facteur de progrès pour lui. Sa fonction de lecteur auprès d'elle était grandement appréciée de part et d'autre. Tomaso prit cette responsabilité avec le plus grand sérieux. Etait-ce son estime de soi qui se trouvait ainsi rehaussée ou bien était-ce son plaisir d'être si manifestement utile à quelqu'un? Peut-être aussi était-il trop occupé pour se mettre en colère. En tout cas, à partir du moment où il remplit cette fonction, à la mi-mars, il devint plus calme et d'humeur plus égale.

Lui-même reconnaissait son nouveau statut dans la classe.

— Je dois me surveiller, me confia-t-il un après-midi. Elle dépend de moi pour bien des choses. Je ne peux plus me fâcher autant parce que je dois toujours rester aux alentours pour m'assurer que tout va bien pour elle. (Il m'adressa un large sourire.) Je suis ce qu'on appelle un vrai pote, hein? (Je dus en convenir.)

Le seul problème qui continuait de m'embêter chez Tomaso était ses allusions constantes à son père mort. Il savait que son père était mort et qu'il l'était depuis plus de la moitié de sa vie maintenant. Et pourtant, chaque jour Tomaso y faisait allusion une ou deux fois comme si ce père était encore vivant et qu'il prenait une part très active dans la vie de son fils. J'en concluais que Tomaso avait besoin de cette fable qu'il avait bâtie et dans laquelle son père jouait un rôle majeur. Je n'avais rien contre ce genre de fantasme. Sans aucun doute, cela compensait l'instabilité de son existence. N'empêche que je vivais des moments difficiles quand il persistait à vouloir nous maintenir dans un monde extérieur à son fantasme et le réalisme de certaines remarques me dérangeait. Je ne savais comment réagir. Pendant un certain temps, j'ignorai tout simplement cette attitude espérant qu'elle disparaîtrait d'elle-même. Mais non. Parfois, je craignais qu'il ne puisse pas toujours faire la différence entre ses désirs et la réalité. Pis encore, les gamins dans l'autobus de l'école s'étaient mis à le taquiner au sujet de son «papa superman». Les temps étaient mûrs pour une confrontation.

C'est Tomaso qui en fournit lui-même l'occasion. Un après-midi vers la fin du mois, il apporta en classe une grande figurine de toréro en plâtre. J'avais vu des figurines semblables dans les vitrines des magasins qui vendaient du matériel d'artisanat. Selon toute vraisemblance, il avait peint l'objet lui-même. Les couleurs étaient brillantes, presque criardes, et appliquées avec une certaine gaucherie qui trahissait un enfant de onze ans.

— Hé, regardez-moi ça, s'écria-t-il en venant déposer la figurine sur la table. (Lori et Boo accoururent pour regarder le précieux objet sous tous les angles. Claudia n'était pas encore arrivée.) C'est un toréro. Exactement comme le grand-père de mon père. Tout à fait comme lui.

— Oh là, s'exclama Lori sur un ton appréciateur. C'est gros!

— C'est beau, non?

— Ah oui!

Tomaso gonfla la poitrine.

— Devine quoi? dit-il.

— Quoi?

— C'est mon père qui a fait ça pour moi. Mon vrai père.

— Ah? fis-je en jetant un regard dubitatif.

— C'est vrai, il l'a fait pour moi. Spécialement pour moi. Et vous savez comment il a fait? D'abord il l'a sculpté puis il l'a fait cuire dans un four très chaud pour le faire durcir. Ensuite il l'a peint.

— Hou là là, dit Lori encore. Tu veux dire qu'il a pris rien qu'une poignée de glaise et qu'il a fait un toréro avec? Hou là là!

— Ouais, c'est ce qu'il a fait.

— C'est vraiment un artiste, dit Lori. J'aimerais que mon père puisse faire des choses comme ça pour moi. T'as de la veine. Mon père, lui, il peut même pas colorier sans déborder.

— Mon père, c'est quelqu'un. Il peut faire des tas de choses. Il peut faire tout ce qu'on veut. Par exemple, je vois un jouet dans un magasin, alors j'ai qu'à demander à mon père et il me le fait. Il a dû me fabriquer cinq cents jouets. Ils sont toujours bien mieux faits que ceux qui sont dans les magasins.

— Est-ce qu'il m'en ferait un? demanda Lori.

Claudia arriva sur ces entrefaites. Nous voyant tous autour de la table, elle s'approcha.

— Qu'est-ce que c'est?

— C'est un toréro, dit Lori. C'est le père de Tomaso qui l'a sculpté lui-même spécialement pour Tomaso.

Claudia eut une expression d'incrédulité et elle se pencha pour examiner la figurine.

— Allons donc, Tomaso, c'est pas vrai. Ton père n'a pas fait ça. C'est un de ces objets qu'on vend à la boutique de céramique. Ces choses sont faites en série dans un moule.

— Mon paternel a fait ça tout seul, Claudia. Il en a vu un à la boutique de céramique et en a fabriqué un autre qui lui ressemble tout à fait.

— Allons donc, Tomaso, tu l'as probablement fait toi-même. Ça se voit. Aucun adulte ne peindrait comme ça. Tu mens et tu le sais.

Tomaso rougit jusqu'à la racine des cheveux.

— Qu'est-ce que t'en sais? Tu te crois bien fûtée n'est-ce pas? C'est mon père qui l'a fait, que je te dis!

— Hé, ça va vous deux, ça suffit! intervins-je pour empêcher que la situation ne s'envenime. Il est temps de vous mettre au travail aujourd'hui. Tom, s'il te plaît, range ta figurine sur l'appui de la fenêtre.

— Elle me traite de menteur. Pourquoi que tu lui dis rien à elle?

— Du calme, Tom. Range ta figurine, veux-tu. On s'occupera de l'affaire quand je n'entendrai plus rien.

— Non! T'es avec elle. T'es toujours de son côté.

— Tomaso. (Avec ma voix autoritaire.)

— La ferme! Tu veux la fermer! Pourquoi tout le monde me marche sur les pieds? Tais-toi. Je veux pas te parler.

— Je sais que tu te sens traité injustement mais ça n'arrangera pas les chose de te mettre en colère. Assieds-toi.

Les autres élèves commençaient à s'écarter de Tomaso. Ils sentaient qu'il était sur le point d'éclater. Je leur demandai de se mettre au travail. Lori prit la main de Boo. Claudia flâna encore un moment. Elle et Tomaso manifestaient parfois des rivalités idiotes de frère et soeur et Claudia semblait ravie de le voir en mauvaise posture.

— Ouste! fis-je avec un geste de la main.

Elle prit ses fiches et s'en alla à son pupitre.

Tomaso restait debout les yeux braqués sur moi. J'allai déposer la figurine sur l'appui de la fenêtre. Puis je lui désignai une chaise du doigt. Ses yeux rétrécirent. Je lui désignai de nouveau la chaise. Un long moment, pour sauver la face, et il s'assit.

— O.K., causons maintenant, dis-je.

— J'ai pas envie. Tu es toujours de son côté... Tu es toujours pour les autres, jamais pour moi.

— Mais si tu m'expliquais ton point de vue.

— T'as entendu. T'es sourdingue ou quoi? Elle m'a traité de menteur. Elle s'est moquée de ma figurine et toi t'as rien dit. T'es rien qu'une maîtresse, oui.

— Elle a dit que ton père ne l'avait pas faite.

— Il l'a faite! Il l'a faite spécialement pour moi. Il sait que j'aime les trucs d'Espagne et il a fait ça pour moi.

Que dire d'autre? Ses yeux noirs flamboyaient, pleins de défi.

— Tom? (Ce n'était pas vraiment une interrogation.)

Il se taisait.

— Parfois la vie ne va pas exactement dans le sens qu'on voudrait, n'est-ce pas?

Il secoua la tête. Ou plutôt il sursauta, puis il baissa les yeux sur ses mains posées sur ses genoux.

— Et parfois on ressent comme un besoin de se raconter des histoires. Elles ne sont pas toujours tout ce qu'il y a de plus vrai mais elles nous font du bien. C'est ce qu'on fait d'habitude, Tom, jusqu'à un certain degré. On peut toujours se raconter des histoires aussi longtemps qu'on ne s'illusionne pas soi-même. Mais ça ne va plus quand on essaie de faire croire ces histoires aux autres. Ça doit demeurer des histoires pour soi.

— C'est pas des histoires, grommela-t-il en fixant ses doigts.

— Tom.

— Non, c'est pas des histoires! (Il gardait la tête baissée.)

Je ne répondis pas. Le silence tomba entre nous. Froid et cassant.

Enfin, il porta la main à son front et l'étreignit.

— J'aurais voulu qu'il ait fait ça pour moi. (Sa voix était si faible que j'arrivais à peine à l'entendre.)

— Oui, je comprends ça.

Ses yeux sombres rencontrèrent les miens. La douleur que j'y voyais était immense.

— Il me manque tant. Pourquoi est-ce qu'il a dû partir?

Tom croisa les bras sur la table et y laissa tomber sa tête. Il ne pleurait pas; il n'y avait pas la moindre trace de sanglot dans sa voix. De la détresse seulement. J'avançai la main et passai mes doigts dans ses cheveux.

Tomaso tourna la tête pour me regarder. Ses yeux étaient fixés sur un point invisible entre nous.

— Il est mort. Tu le savais, non? Mon père est mort.

— Je le savais.

— J'ai essayé de ne pas les entendre. Je me suis bouché les oreilles avec mes deux mains, dit-il. Mais ils criaient trop fort.

J'ai essayé de ne pas les entendre mais j'ai pas pu, c'était trop fort. Moi et César, on était couchés.

— César?

— Mon frère. Lui et moi, on dormait sur le canapé. Mais elle avait un fusil. Je sais pas où elle l'avait pris; je l'avais jamais vu avant. Elle l'avait dans les mains. Quand César a vu ça, il s'est levé du canapé. Elle a dit de rester là, mais il s'est levé quand même. Il pleurait. Alors elle lui a dit: «Je te conseille de retourner sur le canapé ou je te frappe avec le cordon de la lampe et il va t'en cuire.» Et mon père, lui, il crie après elle. Il crie après elle… Il crie…

Tomaso regardait fixement dans le vide. Les bouts de ses doigts étaient devenus blancs à force de serrer le bord de table.

— Il y avait beaucoup de bruit. Je pouvais pas éloigner tout ce bruit. Et eux, ils criaient si fort. Et César pleurait. Il était revenu sur le canapé et il chialait, il braillait. Là, dans mon oreille… J'ai pensé que c'était mon sang. J'ai cru que je saignais. J'ai bondi du canapé et j'ai couru… C'était si chaud… Là dans mon oreille, je pouvais encore l'entendre. Le sang ça fait tant de bruit.

Il s'interrompit. Une atmosphère irréelle flottait autour de lui. Une sorte d'ahurissement imprégnait les traits de Tomaso. Il leva la tête brusquement, et regarda autour de lui.

— Je me demande où César est passé? Où est-il?

Tout aussi soudainement Tomaso laissa retomber sa tête sur ses bras croisés: elle semblait trop lourde pour rester droite.

J'entendais ma propre respiration.

Il murmura quelque chose de presque inaudible en espagnol. Ses yeux fixaient toujours le vide entre nous.

Il y a tant de bruits qui peuplent le silence. Un petit vent susurrait contre l'angle nord du bâtiment et produisait des bruits de succion dans les bourrelets de la fenêtre. Dans leur cage, à l'autre bout de la classe, les verdiers s'adressaient de petits roucoulements. La femelle venait juste de pondre des oeufs et ils avaient à discuter de questions domestiques. Claudia, concentrée sur son travail, froissait du papier. Les voix de Boo et de Lori se fondaient en un ondoyant murmure. Et tout cela ensemble composait un silence.

Tomaso m'épiait maintenant. Je souris.

— Pourquoi est-ce que les gens meurent, Torey?
— Ça, je ne sais pas.
— Je voudrais que ce ne soit pas comme ça.
— Je le voudrais aussi parfois.
Sans lever la tête, Tomaso dirigea son regard derrière moi vers le toréro sur l'appui de la fenêtre.
— Mon père n'a pas fait ça pour moi. Je l'ai fait moi-même au Boys' Club. (Sa voix était douce, presque paisible. Il ne détachait pas les yeux de la figurine.)
— C'était idiot de dire ça. Mon père aurait pas pu la faire. Il est parti en Espagne à l'heure actuelle, pour trouver une maison pour lui et moi. Et peut-être qu'il en a trouvé une maintenant et qu'il va venir me chercher très bientôt.

Une petite larme se forma au coin de son oeil et glissa lentement jusque sur ses mains.

26

Edna apparut dans le corridor avant le début des cours le premier jour d'avril. Poisson d'avril. Il ne s'agissait pas d'une visite d'amitié, je le vis sur-le-champ.

— Je veux voir les manuels de lecture de Lori Sjokheim.

— Je ne les ai pas.

— Où sont-ils? Avec quoi lui enseignez-vous? Je veux voir ça.

J'étais en train d'accrocher mon blouson dans le placard. Je refermai la porte du placard et restai un moment les yeux fixés sur la poignée.

— Je n'ai pas ces manuels de lecture.

La sévérité des traits d'Edna lui donnait un air froid. Je ressentais en ce moment la même crainte que Lori avait dû ressentir bien des fois. Je me sentis fondre, comme une enfant prise en faute et rappelée à l'ordre par son institutrice. Il me fallut tout mon courage ne serait-ce que pour soutenir son regard.

— Vous lui enseignez à partir du programme que je vous ai fourni, n'est-ce pas? dit Edna. (La douceur de sa voix démentait une colère fortement contenue.)

— Non, dis-je en secouant la tête.

— Mais pour qui vous prenez-vous? Lori Sjokheim est une élève inscrite dans ma classe. Vous n'avez pas le droit de vous mêler du programme que j'ai choisi pour elle.

— Lori n'est pas prête à lire actuellement, Edna.

— Qui dit ça? Vous?

Aïe! Ce n'était pas une partie de plaisir. J'avais eu trois semaines pour me préparer à défendre ce en quoi je croyais. Une sueur froide me coulait sous les bras comme une douche glacée sur mes résolutions héroïques. Après deux phrases, j'étais déjà à court de munitions.

— Laissez-moi vous dire une chose et je vous conseille de bien m'écouter, dit Edna. C'est une école ici, non une garderie pour ces petits crétins que vous dorlotez. Nous sommes ici pour enseigner. Pour rien d'autre.

Je prenais des respirations profondes pour garder contenance. Je craignais de me laisser aller à des attitudes humiliantes. Comme pleurer.

— Je vous le dis franchement: si ces gosses ne sont pas capables d'apprendre, qu'on les mette ailleurs. Il faut les envoyer dans des endroits faits pour eux. Ce qui ne va plus dans ce pays aujourd'hui, je vais vous le dire moi, c'est le socialisme. Chacun veut s'occuper des affaires d'autrui. Et savez-vous comment ça s'appelle? demanda-t-elle. (Ses épaules tremblaient et son visage s'était empourpré.) Ça s'appelle de la cruauté. C'est de la cruauté de laisser croire à ces gamins-là qu'ils peuvent être comme tout le monde. De les mettre en serre, de les couver pour qu'ils se multiplient. C'est dans l'intérêt de personne tout ça. Au nom de l'égalité on nous force à paver les voies de la médiocrité. Combien de vos protégés connaissent l'auteur du *Gettysburg Address?* Combien d'entre eux sauraient reconnaître des passages de *Hamlet?* Combien même connaissent le salut au drapeau?

Silence.

— Allons, combien d'entre eux, Torey?

— Probablement aucun.

— Exactement, aucun. Et vous êtes là à me dire que vous n'apprendrez pas à lire à Lori Sjokheim. Qu'est-ce que vous leur avez donc enseigné? Comment donc osez-vous vous appeler une institutrice? (Elle se retourna pour partir.) J'en ai soupé de votre libéralisme larmoyant. Je vous conseille de suivre le programme sinon ça va barder.

Elle claqua la porte.

A 9h15 Dan Marshall arriva. Il me fit sortir dans le corridor. Après avoir donné des instructions à mes élèves, je le rejoignis.

— Edna est dans mon bureau depuis une heure, Tor, et elle est hors d'elle. Elle me raconte des absurdités au sujet du programme que vous feriez suivre à Lori. Elle essaie de me dire que vous n'apprenez pas du tout à lire à Lori.

J'avais l'estomac noué, la tablette aux raisins et aux noix que j'avais prise comme petit déjeuner passait mal.

— Je déteste colporter des ragots, mais j'ai besoin de savoir ce que vous faites en classe avec Lori. Edna ne cesse de me harceler avec ça.

Je le regardai aussi fermement que mon moral fléchissant me le permettait.

— Elle a raison, Dan. Je n'apprends pas à lire à Lori.

Tout son corps s'affaissa.

— Ah, c'est pas vrai. Dites-moi que je rêve.

Pause chargée d'inquiétude.

— Dan? (Il me regarda.) C'est pas possible. Lori n'est pas prête pour lire. Elle n'est absolument pas capable de lire. Ou d'écrire. Quel que soit son problème, elle n'en est pas sortie encore. Mais je lui apprends d'autres choses et on obtient de bons résultats. C'est une gosse brillante et elle a beaucoup de possibilités. Je vous demande seulement de me faire confiance. Voulez-vous?

Ce cher vieux Dan était un homme à principes. J'adorais travailler avec lui. C'était un chic type, sincère, serviable, quelqu'un avec qui on pouvait parler. Combien de fois me suis-je dit qu'il était bien meilleur que d'autres directeurs que j'avais connus. Cependant, fondamentalement, il était faible. Dans ses décisions il avait tendance à prendre partie pour le plus agressif. Quand une affaire sérieuse se présentait je ne savais jamais quelle était son opinion ni même s'il en avait une. Et quand les choses se corsaient, il se réfugiait derrière des principes et des directives. Les circulaires de notre district devenaient alors sa bible.

— Ce n'est pas une question de confiance, Tor. Nous avons des obligations envers ces gosses, ils ont droit de recevoir l'enseignement au programme. Les circulaires sont explicites...

— Lori ne peut pas lire. Ce n'est pas parce qu'elle ne veut pas. Ou parce que je refuse de lui apprendre.

Dan secoua la tête.

— Alors qu'est-ce qu'elle fabrique à l'école? Si vous pensez qu'elle n'est pas capable d'apprendre, alors, sa place n'est pas ici. Décidez-vous, Torey. D'un côté vous ne cessez de dire qu'elle est normale et de l'autre, vous prétendez qu'elle ne peut pas suivre le programme normal. Ou bien c'est une élève comme les autres et elle suit le programme ou bien elle suit un enseignement spécialisé. Il n'y a pas d'autre alternative.

— Un enseignement spécialisé à plein temps? Où? Dans la classe de Betsy Kerry? Vous voulez placer Lori avec une bande de mômes dont les Q.I. additionnés ensemble n'atteignent pas le sien? Allons, Dan, vous n'êtes pas sérieux. Vous vous mettez à raisonner comme Edna.

Nous continuâmes de discuter ainsi comme deux chiens qui se disputent un os. Nous n'étions ni l'un ni l'autre en colère; et je n'étais même pas sûre que nous fussions d'avis contraires. Mais l'affaire avait pris de telles proportions que nous ne pouvions tirer aisément nos épingles du jeu.

Je détestais me retrouver dans ce genre de situation. Etre là, debout, au milieu du corridor en train d'argumenter alors que j'aurais dû être en classe avec mes élèves. Je ne me supportais pas quand j'étais hors de moi. Mais je ne savais pas quoi faire. Je m'obstinai à défendre mon point de vue.

A la fin, je fis tout pour envenimer les choses: au lieu d'exprimer calmement les arguments réels et solides que j'avais de ne pas enseigner la lecture et de faire valoir tout ce que Lori apprenait, par ailleurs, je me sentais de plus en plus nerveuse. Je devins sarcastique et j'élevai le ton. Par réaction, Dan devint cassant.

— Il va falloir régler cela, dit-il. S'il faut en appeler à Birk Jones, je le ferai, Torey.

— Je n'ai pas d'objection.

— O.K., alors.

Il y eut une longue pause pendant laquelle nous nous regardâmes, chacun souhaitant désespérément que l'autre fléchît. Puis, il tourna les talons et s'éloigna dans le corridor.

Je restai un instant appuyée contre le mur à le regarder s'éloigner. Ma tablette aux raisins et aux noix me restait impitoyablement sur l'estomac. Les gamins dans la classe hurlaient comme des sauvages. Les choses étaient devenues complètement hors de proportions. Même dans mon état de surexcitation, je m'en apercevais. L'affaire était devenue sérieuse.

Quelle journée horrible. Je n'en avais jamais vécu de pareille.

Ce qui avait donné à cette affaire sa dimension dramatique était mes propres doutes au sujet de la loi d'intégration qui était à la base de nos difficultés. Depuis qu'elle était entrée en vigueur, je m'en accommodais mal. Je la trouvais d'un idéalisme touchant. C'était l'enfant bâtard de cette phrase particulièrement mal comprise de la Constitution qui dit que tous les humains naissent égaux. En vérité aucun d'entre nous n'est l'égal de l'autre. Nous sommes des êtres humains et cela s'accompagne du droit inné à la dignité, sans égard à la race, à la religion, au sexe ou à d'autres facteurs. Mais nul d'entre nous n'est l'égal de l'autre. Malheureusement, le Congrès croit encore que l'égalité est possible à force de bureaucratie, d'argent et de lois.

Pour de nombreux enfants, la loi d'intégration avait été une bénédiction, surtout pour les handicapés physiques. Il s'agissait après tout d'enfants «normaux», leur incapacité n'étant que physique. De même que certains ne peuvent courir aussi vite que les autres ou sauter aussi haut, ils ne pouvaient voir, ils ne pouvaient entendre ou ne pouvaient marcher. Personne ne gagnait à ce qu'ils soient à l'écart. Pour d'autres enfants cependant, les enfants attardés et les caractériels, en particulier, cette loi faisait plus de mal que de bien. Etre constamment poussé aux limites de ses possibilités et rester toujours malgré tout le plus idiot de la classe, comme cela se passait dans le cas des enfants ayant des difficultés d'apprentissage, était désastreux sur le plan psychologique. Il n'était pas possible avec trente autres élèves et un programme rigide à suivre d'accorder à des enfants comme les miens, qui avaient besoin d'être constamment soutenus et stimulés, l'attention qu'il leur fallait. Pour eux, cette loi était une sorte d'arrêt de mort. Le cas de Lori était particulièrement pénible. Je m'opposais à ce qu'on mît davantage l'accent sur la lecture que sur l'enfant elle-même. Je me refusais aussi à blâmer Lori pour des réactions que nous avions nous-mêmes provoquées. Et quant aux mesures à prendre je n'étais pas aussi éloignée d'Edna ou de Dan qu'il le semblait d'abord. En réalité, s'il y avait eu une structure appropriée dans notre district, j'aurais moi aussi choisi de placer Lori à plein temps dans une classe spécialisée. Elle avait déjà trop souffert du fait que nous ne savions pas comment lui enseigner. J'aurais aimé qu'on la dispensât de l'enseignement classique jusqu'à ce qu'un programme sur mesure fût élaboré pour elle. Mais entre-temps, nous ne savions pas où la placer. En proposant de la prendre toute la journée, j'avais pensé pouvoir fournir un semblant d'éducation spécialisée. Mais la loi d'intégration m'avait en quelque sorte reléguée dans l'illégalité. A mes yeux, Lori était une élève qui relevait d'un enseignement spécialisé que je pensais pouvoir lui donner. Pour Edna cependant, j'outrepassais mes fonctions d'institutrice responsable du soutien scolaire. Et pour Dan, nous avions tort toutes les deux. Dans les circulaires, il n'y avait rien qui concernât des classes comme la mienne: des classes spéciales qui, en vertu de la loi, n'existaient pas.

L'incident me troubla tellement que j'en fus malade. Toute la journée, les enfants furent pour moi une corvée; j'étais d'humeur massacrante et me mettais en colère à tout propos. Je fis pleurer Lori à force de crier après elle. Peut-être même criai-je surtout après elle.

Alors que j'étais assise en salle des professeurs après les cours et que je buvais un Seven-Up pour soulager mon estomac, Billie entra bruyamment avec une énorme pile de livres. En haletant, elle les laissa tomber sur le canapé à côté de moi.

— Ouf, il était temps que j'arrive, dit-elle. Ah quelle satanée journée! Tu sais quel tour Lambert Nye m'a joué? Tu le connais ce petit crétin. On fabriquait des cartes alphabétiques pour la lettre R et voilà que Lambert me tend le pot de colle. Tu sais, la colle dont on se sert pour coller les images. Alors moi j'en badigeonne plein mon tableau puis je le mets en place et voilà que la «colle» de ces foutues images se met à dégouliner jusque sur mes genoux. Tu sais ce que ce petit diable m'avait donné?

Je secouai la tête.

— Du miel. Du miel au lieu de la colle. Et voilà qu'il rigolait: «Poisson d'avril, Mam'zelle Wobbinth.» Je l'aurais écrabouillé!

J'esquissai un sourire.

Billie me regarda en fronçant les sourcils.

— A voir ta mine, on a dû te faire un sacré poisson d'avril. Qu'est-ce qui s'passe?

Je lui racontai tout.

Avec beaucoup de délicatesse, Billie me toucha la main. Sans rien dire. Et cela me fit pleurer.

— J'aimerais remonter le temps jusqu'à ce matin. Je voudrais avoir dit à Edna que je ferais tout ce qu'elle veut et que tout s'arrangerait. Je ne suis pas faite pour ces conflits-là, Billie. Je n'peux pas m'y faire.

Billie me caressait la main.

— Il n'y a personne au monde qui soit fait pour ça, ma chérie. C'est dur de défendre ce en quoi on croit.

— Peut-être que si ça nous aidait à nous sentir mieux dans notre peau, plus de gens essaieraient. Mais moi, ça me rend malade.

Elle eut un rire, un rire sonore et contagieux.

— Ha! Ha! J'ai un remède pour ça. Tout juste sur Wallenda Street à l'enseigne de «L'Arche dorée». Des Big Mac à mes frais, qu'en dis-tu?

— Billie, j'aimerais, oui mais...

— Allons, pas d'histoire. (Elle me poussa du coude.) Et débarrasse-toi de cette mine de chien battu. Mon père avait un dicton pour ces moments-là. Quand on a un gros pépin, qu'il disait, de deux choses l'une: on y survit ou on n'y survit pas. Si on y survit, tout va bien. Et si on n'y survit pas, on va au ciel ou en enfer. Au ciel, c'est censé être réjouissant. En enfer, on a au moins de la compagnie.

Que pouvais-je répondre à ça?

Cependant mes élèves agirent de telle sorte que je n'eus guère le temps de broyer du noir. Et quelle que fût l'importance que j'accordais à mes propres problèmes, ils m'aidèrent à leur insu à remettre les choses à leur place.

Le lendemain soir, Claudia était restée pour m'aider à nettoyer après une expérience scientifique. Nous étions toutes les deux en train de laver des éprouvettes et des plaques de verre.

— Tu t'rappelles l'autre fois quand on a causé? demanda-t-elle. Quand on a parlé de sexualité.

— Oui.

— Eh bien, j'ai réfléchi un peu là-dessus. Est-ce qu'on doit être amoureuse pour aimer faire l'amour avec un garçon?

— Je pense que ça y contribue.

— Je pense pas que j'étais amoureuse de Randy. Pas vraiment vraiment. Je pense, je suis pas sûre. Qu'est-ce que c'est que l'amour?

J'écartai mes cheveux sur mon front avec une main mouillée et regardai au loin cherchant une réponse.

— Ah bigre, c'est pas une question facile. Et tu sais, il y a tellement de réponses que je ne sais vraiment pas laquelle te donner. Je ne suis même pas certaine de la connaître, la réponse.

Elle secoua la tête.

— C'est drôle tout ça, l'amour, le sexe. C'est des choses que je pige pas. Et personne semble capable de les expliquer. (Elle fit rouler ses yeux.) Ma mère, elle, ne fait que me parler d'anges, de chérubins et de cloches qui sonnent. Dans sa bouche, c'est comme aller à l'église.

Je souris et plongeai mes mains dans l'eau savonneuse.

— Tor?

— Oui? (Elle était allée ranger des choses dans l'armoire et s'arrêta là un moment, appuyée contre la porte.)

— A quel âge t'as fait l'amour pour la première fois avec un garçon?

J'hésitai un moment, désarçonnée par cette question très personnelle.

— Dix-neuf ans.

— As-tu aimé?

— Je hochai la tête.

— Etais-tu amoureuse?

La question me fit sourire. Je plongeais dans les souvenirs d'un temps qui me semblait presque appartenir à une autre vie. Mes années de manifs étudiantes. Le collège. La guerre. C'était il y a longtemps déjà.

— Oui j'étais amoureuse.

— Comment l'avais-tu rencontré? Allais-tu à l'école avec lui?

— Oui, à un moment donné. (Je souriais, toujours sous le charme du souvenir.) Je croyais qu'il était le gars le plus formidable du monde. J'étais très entichée de lui.

Claudia avait tout à coup une expression rêveuse. Elle revint vers moi à l'évier.

— Où est-il maintenant?

— Il y a eu la guerre depuis. Au Vietnam. Il était pilote d'hélicoptère. (Je pris une respiration.) Il n'est jamais revenu.

— Ah!

Puis il y eut ce silence attristé qui suit toujours la nouvelle d'une mort survenue il y a longtemps, particulièrement quand on s'entretient avec un enfant. Elle me dévisageait, les yeux remplis d'une intensité romantique. Ça la rendait excessivement jolie.

— Comment s'appelait-il, Torey?

— Tag. C'était Taggart en réalité, mais on l'appelait Tag.

— Raconte-moi. Raconte-moi comment c'était.

Ce que je fis.

Nous étions encore penchées au-dessus de l'évier, les éprouvettes depuis longtemps lavées et rangées. Nous parlions toujours. Claudia s'interrompit tout à coup. Elle plaça les mains sur son ventre.

— Il bouge. Je le sens bouger. Regarde, mets tes mains ici. Tu veux sentir?

J'étendis la main et la posai sur sa robe de grossesse. Je sentis en dessous le mouvement lent et fluide du bébé.

Claudia m'épiait.

— Penses-tu que je serai un jour comme toi?

— Qu'est-ce que tu veux dire?

— Crois-tu que je serai heureuse un jour?

27

En fin de compte, on fit appel à Birk Jones pour régler le cas de Lori. Edna et moi n'arrivions pas à nous entendre sur son programme scolaire et Dan refusait tout simplement d'en discuter davantage. Il appela Birk et convoqua la réunion pour le mardi suivant.

Les six jours qui me séparaient de cette rencontre furent particulièrement éprouvants pour moi. Sans parler de mes efforts pour éviter Edna et même Dan, je passais le plus clair de mon temps à me remettre en question.

Etais-je une idéaliste à tous crins? La frontière entre le donquichottisme et la fidélité à ses principes est parfois si mince... En même temps, je craignais de tomber dans cette attitude cynique que plusieurs de mes collègues baptisent professionnalisme.

Je commençais à être fatiguée aussi. Cela rendait plus vive encore la tentation de renoncer ou de m'avouer vaincue. J'envisageais de plus en plus un changement d'école éventuel pour Lori; peut-être une autre institutrice dans une autre école pourrait lui enseigner ce qu'Edna et moi n'avions jamais réussi à lui apprendre. Je savais bien en moi-même que c'était faux, mais je devenais trop lasse pour m'en soucier davantage.

La pensée la plus mesquine qui me trottait dans la tête, c'était de savoir si Lori valait ou non tout le mal que je me donnais pour elle. Je n'étais pas fière de cette idée mais elle me traversait quand même fréquemment l'esprit. Certains jours, je m'arrêtais de longs moments pour regarder Lori. C'était toujours la même gamine, enjouée, aimable, causant avec moi et les autres élèves de tous ces petits faits quotidiens qu'elle seule semblait connaître. Je me surprenais à me demander si elle-même se préoccupait de toute cette histoire, et si, à ses yeux, toutes les solutions ne se valaient pas finalement. Le corollaire de cette question, était, naturellement, de me demander si elle comptait vraiment pour moi. Après tout, elle n'était qu'une élève, une parmi toutes celles que j'avais eues ces dernières années. J'en avais perdu de vue beaucoup depuis ce temps-là. Est-ce qu'une de plus comptait à ce point? Personne ne me blâmerait, après tout. D'ailleurs, officiellement, elle n'était même pas mon élève.

Je m'en voulais d'entretenir de telles pensées. Je m'en voulais même de les avoir eues. Mais elles m'avaient traversé l'esprit et la seule façon de les écarter était d'envisager l'avenir. Non pas l'avenir de Lori, car quelle que fût l'issue de la situation, je ne pouvais l'entrevoir. C'était plutôt mon propre avenir que je devais regarder. Je ne voulais surtout pas être la personne que j'abhorrais en moi.

Ainsi s'écoulèrent les six jours.

Mes soirées m'appartenaient entièrement. Joc était parti depuis un mois maintenant. J'avais finalement emballé ses affaires et les lui avais expédiées. J'avais installé une nouvelle serrure à la porte. Il me semblait particulièrement ironique que lui aussi m'ait quittée à cause de cette gamine. Comme j'aurais souhaité avoir une balance pour peser le problème et voir si le prix que je payais n'était pas trop élevé. Mais à défaut, je poursuivais ma vie du mieux que je le pouvais. Je m'inscrivis au YWCA* et me mis à faire mes deux kilomètres de piscine chaque soir. Billie m'entraîna dans un cours de cuisine. Un prêtre de la ville m'aida à dépoussiérer mon latin et je me plongeai dans le texte original du *Rex Brittanicum* de Geoffrey de Monmouth*. Pourtant, si occupée que je fusse, il me restait encore trop de temps pour penser.

La réunion avait été fixée à 13h30 le mardi après-midi. Une des secrétaires vint me remplacer durant mon absence. Nous nous retrouvâmes tous les quatre dans le bureau de Dan, où la réunion avait lieu. C'était, comme Birk aimait le dire, une «réunion de famille». Au ton de sa voix, je devinai tout de suite qu'il voulait régler l'affaire sur-le-champ.

Les échanges furent courtois. Birk nous questionna à tour de rôle. Edna d'abord. Quel était son point de vue? Pourquoi n'étions-nous pas d'accord, elle et moi? Quel était, à son avis, le grand problème de Lori? Comment s'y était-elle pris? Quelle objection avait-elle à faire à ma méthode?

Je regardais Edna parler. Elle s'exprimait calmement et je me demandais où était passée la mère Fouettarde que j'avais perçue en elle. Je remarquai plutôt les rides profondes autour de ses yeux et en travers de son front. Qu'est-ce qui les avait incrustées là? Qu'avait donc été sa vie? Elle avait l'air d'une grand-mère quelconque, au buste imposant, aux cheveux gris. Elle en avait aussi le langage, employant toutes ces petites expressions propres aux survivants de la Dépression et de la «guerre pour en finir avec toutes les guerres». Les mêmes expressions qu'utilisait ma grand-mère. Au-delà ma colère contre elle j'étais seulement malheureuse. Nous n'arriverions jamais à nous connaître telles que nous étions vraiment.

* YWCA, Young Women Catholic Association: club de loisirs pour jeunes filles. N.D.T.

* Geoffrey de Monmouth: écrivain anglais d'expression latine né à Monmouth, dans le sud du pays de Galles, aux environs de 1100, et mort vers 1155. N.D.T.

Birk se tourna alors vers moi et me posa les mêmes questions qu'à Edna. Il était assis dans un fauteuil, sa veste sport suspendue derrière lui sur le dossier. Il avait la tête appuyée sur une main et une pipe éteinte ballottait entre ses lèvres.

Puis, il en vint à Dan. Quel était son avis sur cette affaire? Comment appliquer les directives normalement dans un cas de ce genre? Comment interpréter l'affaire dans le cadre de la loi d'intégration? Qui était chargé de quoi?

Enfin, il demanda à voir le dossier de Lori. Dan le lui apporta et les minutes s'écoulèrent à mesure qu'il prenait soigneusement connaissance du dossier, pièce par pièce. On aurait pu entendre une mouche voler dans la pièce. Edna changea de position et j'entendis le bruit d'arrachement que faisaient les chairs moites sur le skaï du fauteuil. Dan consulta sa montre et fit allusion à la récréation. Je jetai un regard par la fenêtre sans penser à rien.

Birk referma le dossier avec un bruit sec. Puis il nous regarda à tour de rôle. Quand son regard se posa sur moi, il émit une petit claquement de la langue.

— Peut-on se parler seule à seul un moment, vous et moi?
La terreur m'envahit. Dieu du ciel!

Dan et Edna se levèrent à l'unisson. Je souhaitais désespérément qu'ils ne partent pas. Je sentais mon pouls battre contre mes tempes. J'entendis le déclic de la porte qui se refermait. Nous étions face à face, Birk et moi.

Il me souriait. Un sourire désarmant, paternel.

— Alors, qu'est-ce que ça veut dire? (Toujours souriant.)
Je levai les mains dans un geste de confusion.
— Tout a été dit, Birk. Il n'y a rien de plus.
— Mais pourquoi c'en est venu là? Jusqu'à moi? Comment se fait-il que vous et Edna n'ayez pu régler cette affaire entre vous?

— Je n'sais pas au juste.

— Dan m'a donné l'impression que vous ne vouliez pas vraiment que ça se règle.

— Moi? Pas du tout. Je veux que ça se règle.

Il y eut une pause. J'étais énervée. Ma contenance commençait à flancher. S'il devait me tancer vertement, au moins qu'il ait la charité de le faire vite.

— Alors où est le problème?

Toute combativité m'abandonnait et j'eus toutes les peines de monde à m'empêcher de fondre en larmes.

— Je n'peux pas le faire.

— Faire quoi?

— Ça! Je levai les deux bras au ciel dans un geste large.

Birk hocha la tête. Je portai une main à mon front et me pinçai la racine du nez pour me retenir de pleurer. J'avais baissé la tête et je l'entendais frapper sa pipe sur le bord du bureau de Dan.

— Alors, dit-il, que voulez-vous faire?

— Je veux garder Lori, c'est tout. Je veux la garder avec un programme modifié. Je veux continuer mon travail auprès d'elle. (Comme il ne répliquait pas tout de suite, je me sentis obligée de poursuivre.) Birk, nous sommes en train de tuer cette gamine, aussi sûrement que si on l'envoyait au supplice. Vous me demandez tous d'être l'exécutrice. Je n'peux pas faire ça. Au stade où j'en suis, je suis trop fatiguée pour me soucier d'autre chose; mais une chose est certaine, je ne tuerai pas cette gamine. C'est d'une importance primordiale pour moi.

— Hummmmmmmm. (Accompagné d'un tap-tap-tap de sa pipe contre le bureau.)

Rabaissant ma main, je me redressai sur ma chaise.

— Tout ce que je vous demande, c'est un peu de temps, Birk. Vous me connaissez. Je ne suis pas en train de sauter sur la première idée venue. Ce n'est ni une fantaisie de ma part ni une expérience. Je veux avoir Lori dans ma classe. Je veux lui apprendre à lire. Mais pas tout de suite. Peut-être plus tard. Dans un mois peut-être ou à l'automne prochain. Mais pas maintenant. Elle ne peut y arriver actuellement et moi non plus.

Birk ne répondit rien. Son attention était concentrée sur sa pipe. Pensivement il prit du tabac, le cure-pipe et des allumettes dans la poche de son veston. Son silence m'effrayait.

— Accordez-le-moi, je vous en prie, ajoutai-je.

— Dites-moi, entre pédagogues, comment évaluez-vous les chances que cette gamine a d'apprendre un jour à lire?

Question piège? Je me raidis.

Birk me regarda par-dessus le fourneau de sa pipe.

— Elles ne sont pas très grandes, je crois, répondis-je.

— Je ne pense pas qu'elles soient grandes non plus. Pas avec une lésion de ce genre. Et jusqu'ici elle n'a donné aucun signe d'amélioration. (Birk m'épiait toujours. Il tirait sur sa pipe pour l'allumer.) Alors pourquoi faire tant d'histoires? Ce que vous faites avec elle me semble tout à fait raisonnable.

Je restai les yeux fixés sur lui, incrédule. Birk eut un petit sourire et plissa le nez comme un lapin.

La tension se relâcha en moi avec une telle soudaineté que les larmes me montèrent aux yeux. J'inclinai légèrement le corps vers l'avant. Ces six derniers jours avaient été si durs que je n'arrivais pas à croire qu'ils se termineraient si banalement.

— Vous ne faites pas beaucoup confiance au système, n'est-ce pas? demanda-t-il.

— Non, c'est vrai.

Il secoua la tête.

— Vous pensez peut-être que vous êtes la seule personne dans ce boulot à avoir du coeur? Mais il y en a plein ici. Si vous regardez bien. Ce qui vous manque, Torey, c'est un peu de confiance.

— Je l'épuise avec mes élèves.

— Je le sais bien.

J'avais besoin de quelques instants pour reprendre mes esprits. Je le remerciai et m'excusai d'avoir été la source de tous ces ennuis. Je ne l'avais pas cherché, ça non! Birk continuait à fourrager sa pipe, essayant de la garder allumée. Le bruit de ses inhalations remplissait la pièce.

— Ecoutez-moi maintenant, dit-il en retirant sa pipe de ses lèvres. Ce qui s'est passé ici c'est entre vous et moi seulement. Je parlerai à Edna. Alors n'en dites rien, retournez tout simplement faire votre travail.

Je hochai la tête.

— Et Dan, lui? demandai-je.

Birk ramena son attention sur sa pipe.

— Si nous fabriquions ici des lampes de poche, des automobiles ou des sacs à ordures, je serais sûrement fâché de tous les embêtements que vous nous avez causés à Dan et à moi, en nous poussant pour ainsi dire sur une branche et en menaçant de la scier. Mais, nous travaillons avec des êtres humains ici. Et de temps à autre, il faut que le système plie.

Les gamins étaient au travail quand je revins en classe. Claudia lisait. Tomaso s'acharnait sur des problèmes d'arithmétique. Quant à Boo et Lori, ils étaient assis par terre près des cages. Lori avait une grande feuille de papier journal étalée devant elle et elle dessinait dessus avec Boo; mais Boo coloriait davantage sur ses doigts que sur le papier.

J'allai vers eux. Prenant un coussin dans le coin lecture, je l'appuyai contre la cage de Benny et m'y adossai.

— Tu veux nous aider? demanda Lori.

— Qu'est-ce que vous faites?

— Moi et Boo, on dessine un jardin. C'est vrai hein Boo? (Elle me tendit une poignée de crayons feutres.) Tiens. Tu peux nous aider si tu veux.

— Je pense que j'vais me contenter de regarder, si ça t'ennuie pas.

— O.K.

Lori se pencha de nouveau sur sa feuille. Boo attrapa un marqueur rouge et il se mit à gribouiller sur son coin de papier. Lori s'arrêta un moment pour l'observer.

Des rayons de soleil traversaient la fenêtre et faisaient scintiller des milliers de particules de poussière dans l'air. En regardant Boo et lori dessiner je songeai à cet oiseau bleu que Lori m'avait fait en janvier. Cette pensée me fit sourire.

— Où tu étais allée? demanda Lori.

Je haussai les épaules.

— J'étais sortie seulement.

— Tomaso a dit que tu ne reviendrais pas.

— Je reviens toujours, Lori.

Elle me sourit et retourna à son dessin.

— Je sais bien, dit-elle.

— Lor?

— Oui.

— Comment va Libby?

— Bien.

— Elle est venue me voir tous les soirs quand tu étais absente.

— Ouais, je sais, elle me l'a dit. Elle m'a même raconté la fois qu'elle a manqué la danse. Papa l'a découvert et Libby a eu une fessée. (Lori me lança un sourire.) Mais ça ne lui faisait rien. Je pense qu'elle serait contente d'être dans cette classe.

— J'aime bien Libby.

Lori hocha la tête.

— Mais tu sais, Libby n'est pas comme moi. Elle est intelligente. Elle peut tout faire.

— Ah? Et toi, tu ne le peux pas?

Un autre sourire.

— Oh, je peux presque tout faire.

— Oui, c'est mon avis aussi. (Je me redressai et me glissai sur le sol jusqu'à eux. Puis je me choisis un marqueur bleu.) Vous ne mettez pas d'oiseau dans ce jardin, dites?

Lori examina son oeuvre et écarta la main de Boo pour avoir une vue pleine et entière.

— Je n'sais pas. Qu'en penses-tu, Boo, on devrait mettre des oiseaux?

Boo lui adressa un large sourire idiot.

— Je peux en dessiner? demandai-je.

— Ah oui. Vas-y. De c'côté-là, au-dessus des fleurs. Tu peux en faire quelques-uns.

Je hochai la tête.

— D'accord. J'ai envie de dessiner des oiseaux bleus.

28

Avril s'écoula doucement mais les vacances de Pâques passèrent vite. Les lilas se mirent à fleurir. Les bourgeons des cornouillers laissaient déjà entrevoir les promesses de mai. Un samedi, j'étais assise à mon bureau, chez moi, et je consultais le calendrier pour compter les semaines qui restaient jusqu'à la fin de l'année scolaire. Six seulement. Mon année s'achevait.

Boo continuait de progresser de façon un peu incohérente, à pas de tortue. De plus en plus fréquemment, il nous parlait vraiment. J'avais découvert plusieurs façons de lui donner le sens de la réalité et de le faire communiquer. Lui tirer les orteils pour déclencher la comptine était un truc qui marchait à coup sûr. Les gosses étaient aussi ravis que moi de ces progrès minimes, mais devoir lui enlever ses chaussures et lui titiller les orteils chaque fois qu'on voulait entrer en communication avec lui n'était pas, à vrai dire, la méthode la plus commode.

Boo progressait dans d'autres domaines aussi. Avec l'aide de Claudia, j'avais entrepris de l'initier au bon usage des toilettes. Ce n'était pas trop mal, d'ailleurs. Même si l'effort provenait davantage de nous que de lui, les trois quarts du temps il restait propre maintenant. Autre progrès: Boo montrait une aptitude croissante à se concentrer sur une tâche durant un certain temps. Au début, il ne pouvait jamais rester en place plus d'une minute ou deux. Mais à présent, il pouvait s'intéresser à une activité pendant une demi-heure selon la nature de celle-ci. C'était surtout Lori qui était responsable de cette amélioration. Elle avait consacré des heures - surtout au cours du dernier mois, alors qu'elle était libérée de l'apprentissage de la lecture - à faire participer Boo à de nombreuses activités et à s'assurer qu'il sût comment s'y prendre. Ensemble ils coloriaient, utilisaient le matériel de Montessori, cuisinaient, nettoyaient les cages, faisaient des puzzles, triaient des livres et de façon générale mettaient de l'ordre dans la pièce. Maintenant Boo pouvait accomplir seul plusieurs de ces tâches, sans surveillance ou avec une surveillance réduite au minimum, dans la mesure où on l'empêchait de s'exciter tout seul.

Mieux encore, ce nouveau comportement se manifestait également à la maison. Mrs. Franklin me disait que Boo ramassait maintenant les objets dans sa chambre quand on le lui demandait et qu'il participait à l'occasion aux activités familiales. Même si Boo ne l'appelait pas encore maman, Mrs. Franklin était émue jusqu'aux larmes en nous racontant que Boo avait effectivement participé à l'achat d'oeufs de Pâques avec ses cousins et qu'il avait aidé à préparer la salade pour le repas de Pâques. Ce n'était guère un exploit de la part d'un gamin qui avait presque huit ans, mais pour Boo, c'était la conquête d'un petit Everest.

Tomaso aussi s'était notablement amélioré. Aucune explosion de colère depuis maintenant presque quatre semaines, une véritable performance. Plus de langage vulgaire, ou presque plus. Des progrès dans toutes les matières. Depuis qu'il était arrivé en novembre, Tomaso avait rattrapé presque dix-huit mois de lecture. Pour chaque mois passé en classe, il avait avancé de plus de trois mois en lecture. Même s'il n'avait pas atteint le niveau des écoliers de son âge, l'écart avait considérablement diminué.

En arithmétique, ses progrès étaient plus lents. Bien qu'il n'accusât pas un aussi grand retard dans cette matière qu'en lecture, il semblait avoir un manque d'aptitudes de ce côté. Il avait beau mémoriser les données, il ne pouvait pas les regrouper d'une façon logique. Les problèmes exposés oralement lui donnaient tout particulièrement du fil à retordre. Si un énoncé disait que Jeanne avait dix pommes et voulait en donner un nombre égal à chacun de ses cinq amis, Tomaso ne savait pas comment trouver combien chaque ami en recevrait. Il n'arrivait pas à trouver s'il lui fallait soustraire cinq de dix ou multiplier, ou encore si le cinq devait être placé en premier et le dix ensuite ou l'inverse, ou si les deux nombres avaient la même importance. Par contre, si je lui demandais simplement ce que faisait dix divisé par cinq, il savait immédiatement que la réponse était deux.

Malgré ses difficultés, Tomaso mettait beaucoup d'énergie à apprendre, et les sciences le fascinaient. Il ne se passait guère de jour sans qu'il arrivât avec quelque chose qu'il avait découvert dehors ou avec quelque récit sur les volcans, les dinosaures ou les montgolfières. Il s'intéressait passionnément à une vieille collection de *National Geographic* que je conservais au fond de la classe. Il en savait beaucoup sur les sépultures en Chine, les renards de Gull Island et les voyages par le Passage du Nord-Ouest. Le père de Tomaso était encore présent, peut-être pas autant qu'auparavant, mais il était encore là. A un moment donné, j'avais suggéré à l'assistante sociale qui s'occupait de Tom que celui-ci bénéficiât d'une psychothérapie. Cette suggestion demeura lettre morte. Malheureusement, dans le cas de Tomaso, j'avais été un peu trop efficace. De l'avis de l'assistante sociale, le gamin s'était tellement amélioré depuis qu'il était entré dans ma classe qu'une psychothérapie serait superflue. J'hésitai à faire valoir que j'étais une institutrice et non une psychologue et que je n'avais pas le droit de tripoter l'inconscient d'un gosse qui fantasmait chaque jour sur un père assassiné sous ses yeux six ans auparavant. Pourtant, pensai-je, quelqu'un devait se pencher sur ce problème. Mes suggestions n'avaient aucun écho. Puisqu'il ne pouvait être clairement démontré que ses fantasmes rendaient Tomaso dangereux ou le mettaient dans tous ses états, il n'avait pas droit à une aide. Aussi, Tomaso et moi continuâmes-nous d'avancer ensemble en trébuchant, faisant du mieux que nous pouvions.

Claudia, elle, était une excellente élève: ordonnée, bien élevée et travailleuse. Elle avait progressé dans ses études avec facilité et nous avions terminé depuis longtemps le programme de l'année. J'avais maintenant conçu pour elle des activités complémentaires; j'élargissais ses connaissances dans les domaines où elle était plus faible et souvent je la laissais choisir des travaux de recherche parmi les sujets qui l'intéressaient personnellement. Mais ce n'était pas l'état intellectuel de Claudia qui me causait des soucis. Mes tentatives pour lui trouver un soutien quelconque, pour sa grossesse ou pour ses autres problèmes, avaient été vaines. Je la voyais s'adapter à la situation jour après jour et je savais que nous avions une bombe à retardement entre les mains. Mon sentiment d'impuissance en ce qui concernait Claudia ne me quittait plus.

Et puis il y avait Lori. Je l'avais avec moi toute la journée. Et elle apprenait aussi à bien des égards. J'essayais de justifier tous les ennuis qu'elle m'avait causés en passant en revue tous les progrès qu'elle avait réalisés ailleurs qu'en lecture et en écriture. Elle progressait effectivement, mais sa lésion au cerveau continuait de jeter une ombre sur de nombreuses activités. En arithmétique cependant, elle excellait, même en comparaison des autres élèves de son niveau. Bien sûr, il fallait tout lui enseigner oralement ou à partir de manipulations, car si la lecture et l'écriture s'en mêlaient, il n'y avait pas moyen de constater ce qu'elle savait ou ne savait pas. Sinon, Lori répondait aussitôt que j'avais posé la question.

D'autre part, Lori partageait la fascination de Tomaso pour les sciences. Au cours des dernières semaines, depuis que l'apprentissage de la lecture était suspendu, elle s'était tournée de plus en plus vers les activités scientifiques. J'avais un manuel de petites expériences destiné à des enfants plus âgés ayant des problèmes de lecture. Chaque étape était illustrée clairement avec des dessins et utilisait le moins de mots possible. Si on lui expliquait le but de l'expérience, elle réussissait d'habitude à la mener à terme toute seule. Et récemment, elle avait résolu de devenir, quand elle serait grande, technicienne de laboratoire. Je ne voulus pas la désillusionner. Durant les moments libres, je la trouvais invariablement avec Tomaso, penchée sur un numéro du *National Geographic*, écoutant religieusement ce dernier qui lui lisait à voix basse un article et les légendes des photos. De sorte que, bientôt, Lori sut aussi tout ce qu'il fallait savoir sur les sépultures, les renards et le pôle Nord.

Par contre, elle ne progressait pas aussi rapidement que je l'avais espéré sur certains points qu'elle et moi travaillions tout spécialement depuis que nous avions laissé tomber la lecture. Ainsi, elle lisait l'heure au quart d'heure près mais nous n'arrivions pas à faire mieux. C'était trop ardu pour elle. D'autre part, Lori ne savait toujours pas lacer ses chaussures, ce qui était frustrant pour elle et pour moi. Je ne pouvais dire si le problème venait d'une mauvaise coordination motrice ou d'une incapacité à reproduire le tracé d'une boucle. Que de fois nous essayâmes, avec des chaussures, avec des tableaux de Montessori, avec divers objets que je fabriquais. Quand elle parvint enfin à faire une large boucle lâche dans un grand morceau de tissu que j'avais apporté à l'école un matin, elle la porta à sa ceinture toute la journée.

Nous passâmes beaucoup de temps à ce que je concevais de plus en plus comme des activités de «pré-lecture» qui, je l'espérais l'aideraient à contourner ses problèmes de lecture en lui apprenant à se servir d'autres indices. C'est ainsi que je lui montrai à reconnaître les noms de tous les autres élèves, non pas en les lisant mais en comptant le nombre de lettres qu'ils contenaient: combien de lettres hautes et combien de lettres basses. Nous allâmes dans les environs de l'école et associâmes des panneaux routiers et des panneaux d'affichage avec des images, leur localisation et leur signification telle que le bon sens le dictait. J'avais décidé que si elle ne pouvait pas devenir technicienne de laboratoire, du moins Lori ferait-elle une sacrée détective.

Maintenant l'année tirait à sa fin. Assise à mon bureau en train de contempler le calendrier, je souhaitais qu'il me restât plus de temps. Une autre année, un autre trimestre, un autre mois. Si seulement je pouvais arrêter le cours du temps, alors peut-être…

Claudia s'absenta cinq jours. L'assiduité dans notre classe était toujours bonne, phénomène que j'avais remarqué dans d'autres classes d'éducation spécialisée. Aussi, quand Claudia ne se montra pas, je m'inquiétai.

Le deuxième jour, j'appelai chez elle. Pas de réponse. Les jours suivants, la secrétaire de l'école continua d'appeler, mais selon toute vraisemblance, la famille était en déplacement. Il était étrange, songeais-je, que nous n'ayions pas été avisés, mais peut-être s'agissait-il d'un voyage urgent. Puis après un certain nombre de jours, je cessai d'y penser.

Le lundi suivant, Claudia était de retour en classe. Elle avait une mine affreuse, la peau blanche presque translucide et des cernes noirs sous les yeux.

— Tu nous a manqué, dis-je à son arrivée.

Elle vint vers moi près des cages. Le verdier femelle avait pondu une autre couvée d'oeufs qui n'avaient pas éclos, et j'essayais de les retirer de la cage avant qu'ils ne pourrissent. Claudia me surveilla pendant un court moment puis elle tendit les mains pour prendre les oeufs.

— Devine quoi?
— Quoi donc?
— Je consulte un psychiatre.

Je me tournai vers elle. Il y avait quelque chose de particulier dans le ton de sa voix. Etait-ce du plaisir? De l'espoir? Du soulagement? Je n'aurais su le dire. Aussi me contentai-je de hocher la tête en souriant.

— C'est le Dr. Friedman. Il est très gentil.
— C'est bien.

Une pause suivit. On y sentait la même soif de communiquer que le jour de son arrivée. Même si elle ne souriait pas, ses lèvres étaient légèrement soulevées aux commissures.

— J'en suis ravie, dit-elle. Réellement ravie.

L'après-midi passa et Claudia retourna à ses activités habituelles sans problème. Cependant, j'étais troublée par son apparence: elle n'avait pas l'air bien dans sa peau. Et elle paraissait fatiguée. Je la surpris même une fois à somnoler sur son livre de géographie.

Ce fut seulement vers la fin de la journée, quand les autres furent absorbés par leurs propres activités, que j'allai m'asseoir près d'elle.

— Tu te sens bien, Claud?
— Ouais, ça va.
— Parfois on est si pressé de revenir à l'école qu'on n'attend pas toujours d'être remis. J'espère que ce n'est pas ce qui t'arrive. Je veux dire, avec le bébé et tout...
Claudia était en train de trier des devoirs d'élèves pour moi. Elle froissa une pile bruyamment.
— Je suis pas malade. Je le suis jamais. (Elle s'interrompit un moment puis elle tourna les yeux vers moi.) J'étais à l'hôpital à Fals City parce que j'ai tenté de me tuer samedi soir, la semaine dernière.
— Oh.

Dehors il pleuvait, une pluie sombre et brumeuse qui insinuait en moi une sorte de nostalgie inexplicable. Me détournant de Claudia, je me levai pour aller à la fenêtre, me demandant comment toutes les grandes choses de la vie arrivent à se glisser si aisément dans les conversations ordinaires.

— Je n'pouvais plus tenir le coup, dit Claudia d'une voix neutre, sans émotion.

Dehors la pluie tombait. Drue et froide.

— On m'a amenée à l'hôpital. C'est là que je vois le Dr. Friedman. C'est lui qui m'a soignée. Il est gentil. Il ressemble à Richard Dreyfuss et je l'aime bien. Mais il m'a donné des pilules et je me sens fatiguée tout le temps. C'est jusqu'à ce que je m'habitue, dit-il, mais j'ai envie de rien d'autre que de dormir.

Je continuai à lui tourner le dos, regardant la pluie. Je n'avais pas envie de me retourner. Je ne voulais pas regarder une gosse de douze ans à la veille d'être mère et qui prenait des tranquillisants. Parfois ma tâche me semblait trop lourde pour mes épaules.

— Ce n'est pas si mal, après tout. Maintenant je vais à Fals City toutes les semaines. C'est ma mère qui m'y conduit. Elle m'a acheté un album de Kiss la dernière fois qu'on y est allées. Peut-être qu'elle verra le Dr. Friedman; elle m'a dit que c'était possible. Elle m'a dit aussi que nous pourrions aller dîner ensemble un soir. Alors, tu vois, c'est pas si mal.

— Non, je sais bien. Je suis heureuse pour toi, Claudia.

Le calme régnait dans la classe. Je me retournai pour vérifier ce que faisaient les autres élèves, tant l'atmosphère était paisible. Ils étaient tous les trois en train de dessiner sur une feuille. Leur attention était loin de nous. Je me tournai à nouveau vers la fenêtre. Je passai le doigt le long du bourrelet et en sentis toutes les aspérités.

— Tu sais ce que j'ai fait? demanda Claudia.

Je secouai la tête.

— J'ai mis un sac en plastique sur ma tête et je l'ai attaché avec une corde. Puis j'ai attaché la corde à la barre de ma penderie, j'ai refermé la porte et j'ai verrouillé pour que personne ne me trouve. (Elle soupira.) Mais ça n'a pas marché. On m'a trouvée.

29

Une faute terrible a dû m'être imputée dans le livre de Dieu. Car, lorsque les Egyptiens ont péché, il leur a envoyé les Sept Plaies d'Egypte. A moi, il a envoyé Ariadne Boom.

Ariadne Boom n'était pas Madame Tout-le-Monde, mais tout le monde la connaissait. C'était une vieille dame corpulente, aux cheveux gris, qui avait un doctorat et un âge indéterminé. Ariadne Boom avait été employée au Bureau de l'Instruction publique de l'Etat pendant les dix dernières années. Elle s'était fait connaître pour son talent à capter toutes les idées qui étaient dans l'air. Je crois que s'il avait existé un trophée des records mondiaux pour la personne qui a dépensé le plus d'argent des contribuables avec le moins de résultats, c'est Ariadne Boom qui l'aurait reçu.

Certaines de ses idées auraient été amusantes si elles n'avaient pas été aussi coûteuses. Par exemple, plusieurs années auparavant, elle s'était tout à coup entichée d'appareils spéciaux pour l'enseignement et chaque classe élémentaire de chaque école de l'Etat en reçut un. Mais je ne connaissais pas un seul professeur qui eût utilisé cet appareil, en partie parce que, au moment où lesdits appareils avaient été expédiés, Ariadne Boom s'intéressait déjà à autre chose et qu'aucun de nous ne reçut les instructions nécessaires pour les utiliser. Elle était donc devenue la risée des enseignants. Et cependant, je crois que nous la craignions tous un peu parce qu'elle était allée très loin et qu'elle avait occupé très longtemps une position qui lui conférait du pouvoir. Je ne l'avais encore jamais vue mais je savais que je ne perdais rien pour attendre. De fait, sa nouvelle lubie était l'éducation spécialisée et les enfants maltraités, et elle était en train d'effectuer une tournée d'inspection dans les écoles de notre Etat.

Le ler mai je trouvai une petite note sur mon bureau. Ariadne Boom viendrait bientôt nous rendre visite. Il n'y avait pas de date précise. Elle aimait arriver à l'improviste et surprendre l'enseignant sur le vif, au naturel. Birk avait dit qu'elle viendrait me voir. Je ne savais pas exactement pourquoi il avait choisi de l'envoyer dans ma classe alors que je n'avais même pas de classe officielle. Je soupçonnais cependant qu'il exerçait ainsi en quelque sorte de malicieuses représailles pour les problèmes que j'avais causés en mars et en avril avec Lori. Qui donc voudrait compter Ariadne Boom parmi ses amis?

Cette femme en imposait malgré sa petite taille. Je me demande si elle mesurait même un mètre cinquante. Mais elle était presque aussi large que grande, et elle portait un pull en acrylique bordeaux avec des rayures rouges, un pantalon noir et, autour du cou, deux mètres cinquante de plaqué-or. Elle laissait dans son sillage une forte odeur de parfum Emeraude. Elle ouvrit brusquement la porte de la classe un après-midi de mai et entra majestueusement avec sa suite composée de deux femmes et d'un homme. Elle paraissait si sûre d'elle que la classe sembla aussitôt lui appartenir; moi, je n'étais plus qu'une intruse.

— Quelle méthode pédagogique suivez-vous ici? me demanda-t-elle. (J'en étais à des préliminaires d'exercices avec mes gamins et nous étions tous groupés, assis sur le sol, dans le coin lecture. Boo avait les yeux écarquillés et la bouche grande ouverte.) Je vois vos tableaux, là. Vous êtes behavioriste?

— Euh... euh..., dis-je intelligemment.

Birk aurait pu au moins me prévenir qu'elle était en ville. Comme un fait exprès, elle m'avait surprise un peu plus au naturel que je ne l'aurais souhaité. Boo était en couche-culotte parce qu'il venait d'avoir un accident et que j'avais mis son pantalon de velours côtelé à sécher sur une chaise. Nous avions entrepris de confectionner un gros dinosaure en papier mâché sur la table de travail, la semaine précédente, mais nous n'avions pas eu le temps de le terminer. Aussi il y avait, partout dans la pièce, de larges baquets de papier journal humide et à demi moisi . D'autre part, je portais des fringues bizarres. J'avais un chemisier avec des hippopotames roses, que j'avais déniché dans une boutique de fripes. Les enfants l'aimaient, mais ce n'était guère une tenue pour un adulte. Pis encore, je portais des bretelles usées jusqu'à la corde au lieu d'une ceinture. Des bretelles de Superman, ni plus ni moins, d'un bleu vif presque fluorescent et constellé de petits emblèmes de Superman: un cadeau de Tomaso à Noël. Quand je vis Ariadne Boom entrer, je me recroquevillai instinctivement espérant que mon accoutrement n'attirerait pas l'attention. J'avais l'air d'un clown.

Elle vint droit vers nous dans le coin lecture pour m'interroger sur mes méthodes. Je lui indiquai le cahier de texte sur mon bureau. Elle pourrait y jeter un coup d'oeil pendant que je finissais avec les élèves, je m'entretiendrais ensuite avec elle.

Lori se pencha vers moi au moment où l'inspectrice Boom s'éloignait en direction du bureau.

— Ouf, ce qu'elle peut sentir!

Je lui jetai un regard réprobateur. Elle ouvrit la bouche pour argumenter mais je mis ma main devant pour l'en empêcher et je secouai la tête. Tomaso rigolait.

L'après-midi fut longue, désespérément longue. Ariadne Boom et sa suite délaissèrent le cahier de texte. Du bout des lèvres, je chuchotais des menaces aux élèves pour les tenir tranquilles. Nos visiteurs tombaient au milieu de nous à peu près comme un cyclone une après-midi d'été. Je savais que leur intérêt pour cette classe était sincère. Mrs. Boom posa plusieurs questions valables et intelligentes, mais elles étaient toutes hors de propos. Elle faisait comme si les gamins n'existaient pas et elle me parlait comme si nous étions seules dans la pièce. Je n'aurais pu dire si elle était simplement insensible ou si elle croyait que ces enfants soumis à un enseignement spécialisé n'entendaient pas.

Ce qui me fascina cependant, ce fut son assurance. Une assurance qui transpirait par tous les pores de sa peau. Une partie de moi enviait ce genre d'assurance à toute épreuve. Mais l'autre s'en trouvait intimidée.

Les enfants étaient nerveux. Ce n'était pas que les visites fussent rares dans notre classe. A l'occasion, des étudiants du collège de la ville ou de l'université de Fals City venaient passer l'après-midi avec nous. Souvent d'ailleurs, des élèves infirmiers, particulièrement en psychiatrie ou en médecine, restaient avec nous deux ou trois jours de suite. Les enfants s'en accommodaient bien. Mais aujourd'hui c'était différent, probablement parce que j'étais inquiète. Nous avions tous l'impression d'être des cobayes sous observation.

Boo s'en trouvait particulièrement pertubé. D'habitude il ignorait complètement les humains. Mais cette fois, non. Il semblait réagir à l'environnement d'une façon ordinaire, chose qui m'aurait réjouie en d'autres circonstances. En même temps, il manifestait un comportement plus bizarre que d'habitude. Par exemple, à un moment donné, il rampa le long d'un mur sous le tapis pour éviter de passer devant les visiteurs. A un autre moment, il s'enferma dans mon placard et je ne pus l'en faire sortir. Tout le temps qu'il y resta, il ne cessa de crier: «Et voiciiiii Johnny! et voiciiiii Johnny!»

Je le pris à part et lui expliquai ainsi qu'aux autres qu'il s'agissait tout simplement de gens qui étaient venus voir comment nous fonctionnions ici et qu'il n'avait rien à craindre. Se souvenait-il de ce que nous avions dit au sujet des visiteurs qui viendraient de temps en temps? Non, bien sûr, il avait oublié. Je lui caressai le dos et lui dis d'aller aider Lori à faire son puzzle. Boo refusa. Il se réfugia plutôt dans un coin près de la cage de Benny et il s'assit avec le chandail de Claudia sur la tête. Le regardant, je songeais que j'aurais peut-être plus de courage pour affronter la situation s'il m'aidait un peu.

Le temps passait à peu près à la vitesse d'une mouche aux ailes engluées dans la mélasse. Tout ce que je souhaitais c'était que la récréation arrive, et que la sonnerie retentisse enfin. Ma propre insécurité se muait en une sorte d'agressivité nerveuse.

A un moment donné, Ariadne Boom s'assit sur une petite chaise à l'extrémité de la classe. Puis elle se releva et se dirigea nonchalamment vers les cages des animaux. Les verdiers pépièrent joyeusement et elle sourit. Benny n'était pas dans sa cage mais plutôt lové autour de la plus haute branche de son arbre près de la lampe solaire. A l'approche de Mrs. Boom, il laissa tomber de la branche sa tête et probablement un mètre de son corps pour se faire gratter. Dans l'anticipation du plaisir attendu, il se tortilla, se balançant légèrement d'avant en arrière sur la branche.

En s'approchant du coin des animaux, l'inspectrice Boom n'avait pas dû se rendre compte que Benny était là ou du moins qu'il avait cette taille et, pauvre de moi, je ne l'avais pas avertie. Quand elle aperçut le serpent qui ondulait, elle poussa un petit cri étranglé qui nous fit tous nous retourner. Blanche comme un linge, elle revint rapidement à sa chaise, la prit et la déplaça à l'autre coin de la pièce ,loin du serpent. Avec une joie malicieuse, je souris à Tomaso et nous nous remîmes au travail.

Boo ne savait pas où donner de la tête. Après être resté un moment sous le chandail de Claudia, il vint en sautillant se coller à moi dans un excès de contact physique qui ne lui était pas coutumier. Ne trouvant pas de ceinture à laquelle s'accrocher, il choisit de s'agripper à mon jean. Il jetait des regards circonspects sur les visiteurs. Que pensait-il qu'ils allaient lui faire? Pendant un moment, il se contenta de rester ainsi accroché à moi et de me suivre dans tous mes mouvements. Puis, se serrant encore davantage contre moi, il s'agrippa des deux mains à mon pantalon, ce qui me gênait pour marcher et me fit presque trébucher.

— Boo, pour l'amour du ciel, lâche-moi. Je ne peux pas bouger quand tu t'accroches à moi comme ça.

J'avais parlé sur un ton plus sévère que je ne l'aurais voulu et le regrettai aussitôt. Je caressai un peu la tête de Boo.

Ariadne Boom nous épiait. Je pouvais l'entendre parler à voix basse des autres enfants à ses collègues et j'aurais souhaité qu'elle parlât plus bas. Je l'entendis aussi chuchoter à mon sujet.

Je me déplaçai vers la table en tirant Boo toujours accroché à moi. L'irritation me gagnait de ne pouvoir lui présenter ce que je sentais qu'elle voulait voir: une classe parfaite. Lori bavardait sans retenue. Tomaso accaparait constamment mon attention, Claudia n'arrivait plus à regarder personne dans les yeux. Sans compter, l'incontinence de Boo. Toujours en couche-culotte, il lâcha un autre jet d'urine qui s'écoula sur la jambe de mon jean.

— Ah, Boo! criai-je.

Il s'agrippa de toutes ses forces à ma jambe et je faillis tomber. Je secouai la jambe pour lui faire lâcher prise. Lori et Tomaso s'étaient interrompus pour nous regarder. Boo continuait de se cramponner, ses mains nouées ensemble derrière ma jambe, hors de ma portée. Et quand j'essayai de le décrocher, il se mit à pleurer. Claudia vint essayer de dénouer les doigts de Boo, tâche ardue s'il en fut. Elle réussit à le décoller assez pour que je puisse me pencher et le soulever dans mes bras. En transportant mon gamin qui pleurait à fendre l'âme vers un coin moins exposé de la pièce, je jetai un regard désolé à l'inspectrice Boom. Je l'avais déjà entendue chuchoter sur ce garçon si gravement perturbé, avec des psitt! psitt! psitt! et des hochements de tête entendus.

Boo continuait de pleurnicher. Quand je le déposai à terre, il poussa un cri strident et donna un coup dans ma direction mais sans me frapper. Puis il se mit à battre des mains et à pleurer. Je m'agenouillai et le pris dans mes bras. Il m'étreignit si fort qu'il me fit mal avec ses doigts qui s'enfonçaient dans mon dos.

Il se calma un peu et se haussa prudemment pour regarder par-dessus mon épaule ce que faisaient les visiteurs. Je sentais toute la tension qu'il y avait dans son petit corps, tension qui n'était pas dirigée contre moi mais plutôt contre ce qui émanait de ces inconnus et qui le troublait. Ses doigts s'agrippaient encore à mon chemisier et sa respiration était bruyante. J'étais contrariée de ne pas comprendre ce qui l'effrayait et de ne pas pouvoir le réconforter.

Ce fut enfin la récréation. Une aide vint chercher les enfants et je restai dans la classe avec l'inspectrice Boom et sa suite. Le seul élément positif de la crise de Boo était qu'elle m'avait tellement absorbée que j'en avais oublié ma propre nervosité. Je pouvais maintenant affronter l'inspectrice plus calmement.

Je m'étais mépris sur elle.

Elle n'était pas à la tête d'une expédition punitive. Elle n'était pas non plus la caricature qu'elle m'avait paru être à son entrée dans ma classe. Au-delà des bijoux et du parfum Emeraude, c'était une femme honnête. Elle avait une vision assez juste de la classe et des élèves. Je me sentis coupable de l'avoir mal jugée, mais aussi soulagée.

Cependant, elle voulait savoir où j'en étais arrivée avec mes méthodes pédagogiques et de quelles théories je m'inspirais.

Jusque-là j'avais évité de répondre, espérant qu'elle oublierait la question. La vérité est que je n'en savais rien. Mes méthodes étaient tout ce qu'il y avait de plus éclectique. J'utilisais tout ce qui me semblait pouvoir marcher. Mais j'avais eu beau vouloir trouver la méthode parfaite, ou la théorie qui répondrait à tout, je n'avais pas réussi. Et Dieu sait que ce n'était pas faute d'avoir cherché. Depuis le jour où j'étais entrée dans ma première classe spécialisée - il y avait presque huit ans déjà - j'avais cherché obstinément le secret qui me permettrait de m'ouvrir les consciences emprisonnées de mes élèves. Mais jusqu'à présent je n'avais pu trouver ce secret. Ni rien d'autre d'ailleurs. De quelles théories et méthodes m'inspirais-je? De celles de Torey Hayden. Non pas parce que j'accomplissais quoi que ce fût de génial, et certainement pas parce que j'avais une formule magique. Non, c'était plutôt pour l'unique raison, à ma grande honte, que j'étais la seule personne dont je comprenais couramment les pensées. Et il y avait des jours où je n'en étais même pas sûre.

Ariadne Boom pointa un doigt sous son menton et s'éloigna. Mon silence avait duré assez longtemps pour qu'elle fût distraite par d'autres pensées et j'échappai une fois de plus à la question fatidique.

L'une des femmes du groupe, une jeune femme qui ne paraissait guère plus âgée que moi, prit la parole.

— Nous étions ce matin dans la classe pour attardés profonds.

— Ah oui, la classe de Betsy Kerry? demandai-je.

Mrs. Boom hocha la tête.

— Elle a tout un groupe d'élèves. Birk m'a dit qu'elle était passée directement de l'enseignement classique à cet enseignement spécialisé.

Je ne pus m'empêcher de sourire intérieurement. Betsy était un phénomème chez nous. Plus jeune que moi et sans expérience aucune de l'enseignement spécialisé, elle avait été la seule enseignante de notre district à se porter volontaire pour cette classe après que de multiples offres d'emploi pour combler le poste se furent avérées vaines et que la classe fut menacée de fermeture. Elle avait avec elle huit enfants de moins de dix ans, dont aucun n'avait encore acquis la propreté, peu savaient parler et certains ne marchaient même pas. Avec ses deux aides elle vivait dans une sorte de chaos contrôlé six heures par jour. Et pourtant, c'était l'une des meilleures classes qu'il m'eût été donné de voir. Betsy adorait ses élèves et ils l'adoraient. Ce qui lui manquait en formation et en expérience était amplement compensé par son courage. Je savais que Betsy était comme moi et qu'elle ne reviendrait jamais à l'enseignement classique si on lui en laissait le choix.

C'est ce que je dis à l'inspectrice Boom.

Elle secoua la tête.

— Je ne sais pas. Je n'ai pas tout à fait compris ses méthodes. La plupart du temps il m'a semblé qu'elle travaillait au coup par coup.

Je mentionnai qu'elle avait dû remarquer que c'était passablement ce que j'avais fait tout l'après-midi.

— Ah non, Torey, répliqua-t-elle sur un ton confidentiel. (Elle se mit alors à m'expliquer que moi, avec ma maîtrise et mon niveau de troisième cycle en éducation spécialisée, je possédais des compétences que Betsy n'avait pas. Comme elle-même, disait-elle, je fonctionnais à partir de mon savoir.) Nous avons la formation nécessaire et un bagage théorique. Nous ne nous contentons pas de faire face à la situation. Nous *savons*.

Je la regardais fixément. C'était peut-être vrai. Peut-être bien qu'elle savait, elle. Et c'est probablement ce qui expliquait qu'il se dégageait d'elle une assurance aussi formidable. Mais en ce qui me concernait, ici avec mes élèves, je ne savais rien. Ah! Ce que j'aurais donné pour un tel savoir! Pour pouvoir faire fonctionner normalement le cerveau de Lori, pour ouvrir à Boo l'univers du langage, des relations humaines et des sentiments, pour donner le bonheur à Claudia ou libérer Tomaso du spectre de son père: pour accomplir ça, j'étais prête à accumuler les diplômes. Mais je n'étais pas en meilleure position que Betsy avec ses attardés profonds. Les jours étaient faits d'une succession d'ajustements. Je m'ajustais à la situation sans jamais perdre espoir et en travaillant de mon mieux. Le savoir universitaire, l'expérience, la formation n'avaient répondu qu'à bien peu de mes questions, sinon à aucune. De fait, ils n'avaient fait qu'aiguiser ma conscience de mon peu de savoir. Et de la faible probabilité que j'avais d'en savoir jamais davantage.

L'inspectrice Boom était allée consulter le tableau d'affichage où j'avais accroché le dessin du jardin avec des oiseaux bleus fait avec Boo et Lori. Elle l'examina pensivement.

— Vous ne m'avez pas encore dit quel modèle théorique vous utilisiez, Torey?

— C'est que je ne le sais pas.

Ses sourcils se relevèrent, elle me jeta un regard sceptique.

— Allons donc. Ne me dites pas que vous ne suivez pas un modèle avec ces gosses. Pour décider ce qu'il faut changer et comment le faire.

Je haussai les épaules.

— Je change ce que je peux avoir une chance de changer. Le reste, je l'accepte, jusqu'à ce que je puisse trouver quoi faire avec. C'est tout. Il n'y rien de sorcier.

— Mais quels sont vos objectifs?

— En faire des êtres civilisés et assez forts pour survivre.

Elle sourit. Un sourire entendu.

— Vous êtes encore jeune. Et encore idéaliste, n'est-ce pas?

— Je l'espère bien.

Les enfants revinrent et nous reprîmes nos activités. J'étais maintenant envahie par une étrange tristesse. Je me surpris à regarder Ariadne Boom et à me demander comment elle était devenue ce qu'elle était actuellement. Etait-ce une sorte d'usure? Tout ce pathos ne finit-il pas par avoir raison de quelqu'un? Avait-elle été trop longtemps dans trop de classes? En tous cas, je savais qu'elle n'avait vu aucun oiseau bleu ici dans mon jardin. Ils ne chantaient pas pour elle comme ils le faisaient pour moi. Je ressentis soudain une peur morbide. Deviendrais-je cela moi aussi, une femme plongée dans des choses auxquelles je ne croirais pas complètement?

Le reste de la journée passa calmement. Seul Boo resta crispé. Il se tint assis sur mes genoux pendant que nous travaillions. Les autres étaient gênés mais ils se comportaient bien. Après que la sonnerie eut retenti et que tout le monde fut parti, je revins vers l'inspectrice Boom et ses collègues.

— Je tiens à vous remercier de nous avoir accueillis, dit-elle. Birk avait raison à votre sujet. C'est une classe remarquable que vous avez.

Ce compliment m'embarrassa. Les mots s'étouffèrent dans ma gorge.

— Mais puis-je vous demander quelque chose? Et je veux que vous me répondiez franchement.

— Oui?

— Vous êtes une enseignante douée, vous savez. Pourquoi perdez-vous votre temps ici?

— Je ne comprends pas. Que voulez-vous dire?

— Ici avec ces enfants qui n'arriveront jamais à rien. Je vous regardais tout à l'heure avec ce gamin autistique. Et je songeais à la tristesse de tout cela. Il n'y a en a pas un seul que vous pourrez sauver. Vous devriez aller enseigner à l'université ou dans un autre endroit où vous pourriez faire vraiment du bon travail. Vous gaspillez votre talent ici.

Je ne répondis rien. Le comportement civilisé, je pense, se mesure plus souvent à ce qu'une personne se retient de faire qu'à ce qu'elle fait.

30

Mai est le mois des activités extra-scolaires: fête des mères, 1er Mai, fête de fin de l'année. Les élèves de cinquième année avaient monté une pièce de théâtre. Toute l'école participait à un concours qui devait couronner les meilleurs talents. Les élèves de maternelle et de première année présentaient un spectacle de chansons et de poèmes pour la fête des mères. Des douzaines de petites têtes parées de fleurs en papier ne cessèrent de courir dans les corridors durant des semaines.

Nous, nous ne faisions rien. Les années précédentes, quand j'avais une classe «indépendante», nous organisions toujours quelque chose pour les parents. Cette année je ne pouvais pas le faire. Avec seulement quatre élèves, dont deux ne sachant pas lire, un ne sachant pas parler et une autre enceinte de huit mois, je ne pouvais songer à faire quoi que ce soit. Je résolus donc de ne rien faire du tout parce que je n'avais ni assez de temps, ni assez de moyens, ni même assez d'idées.

La chose fut bien acceptée par trois des enfants. Lori naturellement fut déçue. Si elle était demeurée dans la classe d'Edna, elle se serait transformée en fleur des bois, aurait accroché des tulipes en papier dans ses cheveux et chanté *Now Merry Little Daisy Faces Say Hello To Spring*. Libby avait apporté à la maison sa couronne de fleurs en papier et avait montré à Lori toutes les paroles des chansons. Nous étions harcelés sans merci par les chansons que Lori nous serinait d'une voix plutôt consternante. Mais pis encore, elle apportait en classe les tulipes en papier de Libby. Comme elle nous empêchait de travailler, je finis par me fâcher et lui dire que si elle voulait retourner dans la classe d'Edna et être une fleur stupide, qu'elle y aille, bon sang, mais qu'elle cesse de nous casser les pieds simplement parce que nous n'organisions rien pour le mois de mai. Elle se mit alors à pleurer et à bouder, avec une lippe de plusieurs centimètres. Je me sentis coupable d'avoir perdu patience et tentai de me faire pardonner, mais Lori n'était pas d'humeur à se laisser amadouer.

La question resta en suspens. Un vendredi après-midi j'apportai ma guitare. Ce n'était pas vraiment nouveau. Nous n'avions pas d'autre moyen de faire de la musique. Mais cette fois, cela suscita des idées.

— Hé, je sais ce qu'on va faire! s'écria Lori. (Elle était assise à mes pieds et elle bondit sous le coup de l'excitation.) Oui je sais, je sais! On va s'inscrire au concours des meilleurs talents. Tous les quatre. Et tu joueras de la guitare.

J'eus un pincement à l'estomac. Je n'ai aucun don pour la scène. La seule pensée de me montrer me donne le trac.

— C'est une idée ridicule, dit Tomaso. Qu'est-ce qu'on ferait?

— Chanter, idiot, répliqua Lori.

— Idiote toi-même. Si tu penses qu'on va aller chanter dans un p'tit spectacle merdique, t'es folle. Et d'abord on n'a pas de talent pour ça.

Lori prit une expression si penaude que Tomaso se radoucit.

— Bon, peut-être que c'est pas si idiot comme idée. Disons que ça l'est juste un peu.

Lori se rassit et pressa ses joues entre ses poings. Elle resta ainsi sans mot dire.

— Lor, dis-je, je sais que tu as envie de faire quelque chose. Ce serait amusant de monter quelque chose, mais pour le moment nous ne sommes guère prêts à ça. Boo ne connaît qu'une chanson et je ne crois pas qu'ils apprécieraient d'entendre «Bingo» au concours des meilleurs talents. Claudia, elle, est presque à la veille d'avoir son bébé. Il ne reste donc que Tomaso, toi et moi.

— Et moi je veux rien faire du tout! dit Tomaso.

— Et Tomaso ne veut rien faire, donc il ne reste que toi et moi, Lor. Je ne crois pas que ce soit suffisant pour monter quelque chose. Et puis je ne joue même pas très bien de la guitare. C'est suffisant pour nous ici mais c'est tout.

Elle gardait la tête baissée, et faisait la moue. Elle ne voulait pas entendre raison.

— Nous ne chantons pas si mal, grommela-t-elle. Mais personne veut rien faire. (Avec un regard chargé de ressentiment.) On pourrait mettre des tulipes dans nos cheveux et tout le reste.

Tomaso grimaça, je lui fis les gros yeux.

— Si j'avais été dans une vraie classe de première année, j'aurais participé à un spectacle. J'aurais eu mes propres fleurs et tout. Ah, si j'avais pu rester dans une vraie classe. (Brusquement, des larmes roulèrent sur ses joues.) Mais tu m'as fait venir dans cette classe stupide et maintenant je ne participerai jamais à un spectacle. C'est ta faute.

Tremblant de détresse, elle se retourna et s'éloigna en chancelant vers le placard. Appuyée contre le mur, elle cacha son visage dans ses mains et pleura.

Nous l'observions tous, étonnés. Jamais je n'aurais pu imaginer qu'elle serait si bouleversée. La stupéfaction nous cloua sur place un long moment. Ce devait être dur pour elle. Dur d'avoir sept ans et d'être reléguée dans une classe sans espoir comme celle-ci. Dur de vouloir être comme tout le monde et de ne jamais comprendre tout à fait pourquoi elle ne pouvait pas l'être. J'avais sous-estimé Lori. J'avais cru qu'il suffisait de la dispenser des tâches qu'elle ne pouvait pas faire, de lui éviter les mauvais traitements et les humiliations, pour qu'elle soit heureuse. J'avais eu tort. Ce n'était pas ce qu'elle voulait. Ma classe était plus tranquille, plus facile mais elle n'en demeurait pas moins un pis-aller. Si elle avait pu, Lori aurait décidé d'être une «vraie» élève de première année, quitte à devoir supporter Edna pour ça. C'est ainsi que cela aurait dû être; la normalité finit toujours par triompher de la singularité. Elle n'y renoncerait jamais. Cette constatation m'était douloureuse. Je souffrais de savoir que mon travail m'imposait de m'écarter du chemin normal et j'étais triste à la pensée qu'en tant que gardienne d'un domaine sans espoir, je devrais toujours, comme ma classe, accepter d'être abandonnée.

Je repris ma guitare et grattai quelques accords. Tomaso demanda qu'on chante *He's Got the Whole World in His Hands*.* Tom aimait cette chanson parce qu'on en avait changé les vers en y intégrant le nom de chaque élève.

— *He's got the itty bitty baby in His Hands,* entonnâmes-nous.

— *He's got you and me, brother, in His Hands.*

Lori revint vers nous les joues ruisselantes de larmes et s'assit à mes pieds.

— *He's got our little fellow, Boo, in His Hands.*

Tomaso, Claudia et Boo se tenaient par la main et se balançaient à l'unisson au rythme de la musique.

— *He's got big, strong Tomaso in His Hands.*

— *He's got our friend, Lori, in His Hands.*

Lori m'adressa un sourire timide. Je lui souris.

— *He's got Claudia and her baby in His Hands.*

— Torey? demanda Lori en tirant sur la jambe de mon pantalon.

* *Il tient le monde entier dans Ses mains.*
Il tient le petit bébé dans Ses mains.
Il tient notre petit copain Boo dans Ses mains.
Il tient le grand et fort Tomaso dans Ses mains.
Il tient notre amie Lori dans Ses mains.
Il tient Claudia et son bébé dans Ses mains.
Il tient cette petite classe dans Ses mains.

J'arrêtai un moment de jouer.

— Est-ce qu'on peut chanter: *He's got this little class in His Hands?*

J'acquiesçai et nous chantâmes ce nouveau vers. Il était beau, nous l'aimions tous et nous le chantâmes de nouveau. Ils étaient maintenant tous les quatre main dans la main et se berçaient au rythme de la musique. Tomaso recommença au premier vers.

Je les observais en train de chanter. Boo, ce petit bonhomme emprisonné en lui-même, dont l'apparence éthérée le rendait encore plus irréel dans le monde de tous les jours, Lori, dont les yeux sombres réfléchissaient les sourires des autres enfants même quand les larmes n'étaient pas encore séchées sur ses joues, Tomaso, que j'aimais comme je n'avais jamais aimé aucun gamin, avec sa vulnérabilité si poignante, si désespérée, Claudia, timide, sincère, malheureuse et qui levait comme une pâte. Je les trouvais tout à coup si beaux, au-delà de tout ce que j'aurais pu décrire avec des mots.

Soudain des larmes me brouillèrent les yeux. Ils étaient si beaux, mes enfants, et moi si impuissante. Il y avait trop à faire ici. Du moins pour une seule personne. Et peut-être qu'il en serait toujours ainsi. Même si j'avais une armée d'aides, une université de savants et l'éternité devant moi, cela ne serait jamais assez pour Boo ou Lori comme pour Tom ou Claudia. Je savais cela, je pense. Mais peu importait. Quoi qu'Ariadne Boom pût penser. Car pour moi, ils étaient le monde entier, ces enfants. Et pourtant assise comme ça en train de jouer de la guitare et de les observer, j'étais submergée par l'émotion. Je ne travaillais que pour le moment présent, les pleurs, les grincements de dents et la brutale beauté de la condition humaine. Cela me suffisait; c'était tout ce que je souhaitais. Je n'étais jamais inquiète de l'avenir. Mais eux, ils méritaient mieux. Et j'étais remplie d'une immense tristesse parce que je savais que je ne pourrais jamais leur donner un avenir.

Cela m'arrivait parfois. Pas souvent et jamais au moment où je m'y attendais. Mais des moments comme ceux-là avaient encore le pouvoir de me faire fondre en larmes et je ne pus continuer de chanter.

Lori se mit sur les genoux et me toucha le bras.

— Pourquoi tu pleures, Torey?

— Je n'pleure pas, ma puce, les yeux me piquent, c'est tout.

Elle secoua la tête.

— Non, non, tu pleures. Pourquoi?

Je souris.

— Je suis triste parce que tu ne peux pas suivre le programme de première année. Tu devrais le pouvoir. Et je souhaiterais trouver une solution pour que tu le puisses.

— Oh Torey, pleure pas pour ça. Je m'sens pas si mal, tu sais. Ça compte pas vraiment. Et je m'en fous un peu.

— Ah non, Lor, tu ne t'en fous pas vraiment. Ni moi non plus. Il y a des choses tristes dans le monde et il y a rien de mal à pleurer à cause de ça. Ça enlève un peu de crasse à tes yeux.

Tomaso frappa dans ses mains avec un peu d'impatience.

— Eh, allons les filles. Mettons-nous à chanter parce que la crasse va me sortir des yeux aussi.

31

Le mois de mai apporta soudain une vague de chaleur. Notre classe était située dans l'aile ouest du bâtiment et elle devint bientôt étouffante l'après-midi. Dehors, le temps était si beau qu'à plusieurs reprises j'emmenai les enfants faire leur travail à l'ombre d'un buisson d'aubépine à l'extrémité du terrain de jeux.

Claudia faisait des exercices de Montessori avec Boo. Lori s'était un peu éloignée de nous dans le jardin. La laitue y poussait ainsi que les épinards, les haricots et les radis. Elle était occupée à enlever les insectes. J'étais étendue sur l'herbe écoutant Tomaso lire dans son manuel de lecture. Il faisait un exercice qui consiste à distinguer les faits des opinions; il lisait à voix haute toutes sortes de choses ennuyeuses comme la pluie, au sujet des températures moyennes de janvier à Saint-Petersburg, en Floride, et de la question de savoir si les chiens étaient ou non les meilleurs animaux domestiques.

Je m'étais déplacée un peu pour être exposée aux chauds rayons du soleil de mai. Toute la fatigue de l'hiver sortait par les pores de ma peau. Boo sembla avoir besoin d'aller aux toilettes et Claudia l'y conduisit. La journée était chaude pour la saison et dépassait les vingt-cinq degrés; j'avais donc enlevé mes sandales et fermé les yeux.

— J'ai enlevé douze insectes, annonça Lori.

— Quelles sortes d'insectes? demandai-je.

— Je sais pas. Des insectes d'épinards, je pense.

— Montre-moi, dit Tomaso.

— Oh non! Il faut d'abord finir ta lecture, lui dis-je, en lui donnant une bourrade du pied.

— Seulement pour jeter un coup d'oeil!

— Pas avant que je sache si c'est vrai que le rouge est la meilleure couleur pour un vélo. Allons, lis.

— Je pense que oui, dit Lori.

— Ça serait une opinion alors, dit Tomaso. (Il rouvrit son livre d'une chiquenaude.)

— J'garde les insectes pour toi, Tommy, dit Lori. Est-ce que j'peux aller chercher un pot pour les mettre dedans, Torey?

— Bien sûr, et va donc voir ce que Boo et Claudia sont en train de faire. Ils sont partis depuis un bon moment.

— D'accord.

Lori partit en courant, nous laissant, Tom et moi, seuls sur l'herbe avec nos faits et opinions.

Je m'étendis de nouveau et refermai les yeux. La voix de Tomaso avait ce ton légèrement impatienté de qui est forcé de faire une chose qu'il ne fera bientôt plus. Il tapotait du bout de son soulier contre la plante de mon pied nu, comme un télégraphiste.

— Torey! Torey, viens vite! (Lori traversait le terrain de jeux en courant vers nous.) Vite! Quelque chose est arrivé à Boo.

Je bondis sur mes pieds et m'élançai, Tomaso derrière moi.

— Qu'est-ce qui s'passe? demandai-je à Lori alors que nous nous précipitions tous vers la porte d'entrée.

— Je sais pas! cria Lori en larmes.

Boo et Claudia étaient dans la classe. Les ouvriers avaient commencé à installer l'isolation dans les plafonds de l'école la semaine précédente: les bruits de scie et de marteau qu'ils faisaient avaient été une des raisons qui m'avaient poussée à déménager la classe à l'extérieur. En voyant ma classe vide, les ouvriers avaient dû penser qu'elle était inutilisée parce qu'un large panneau de fibre de verre était appuyé contre l'armoire près de l'évier. Contre les portes de l'armoire, on avait déposé la laine de verre. En face de nous, il y avait une plaque brillante de Mylar et les lampes fluorescentes étaient allumées.

Boo se tenait devant le Mylar et ses mains battaient frénétiquement comme dans les premiers temps. Son corps tremblait des pieds à la tête. Sa tête oscillait d'avant en arrière sur un rythme hypnotique. Je remarquai alors que lorsqu'il ne battait pas des mains, il passait ses ongles le long de ses bras en s'écorchant la peau; il avait déjà de longues égratignures sur chaque bras.

Claudia avait le visage contracté par la peur.

— Je n'savais pas quoi faire. Il s'est mis dans cet état puis maintenant il hurle chaque fois que j'essaie de l'entraîner ailleurs. C'est comme s'il ne me connaissait plus.

— Boo! dis-je sur un ton sévère. Boo!

Pas de réponse. Il était si absorbé que ma voix ne suffisait pas à le faire revenir à la réalité. Elle ne comptait plus pour Boo. Il ne vivait plus que dans le reflet que lui renvoyait le Mylar. Je le vis tout à coup lever la main et agripper ses cheveux. D'un coup sec il en arracha une poignée.

Je m'avançai pour l'attraper par les épaules. Mais ce fut une erreur. Boo était parti beaucoup plus loin que je ne le croyais. Il poussa un cri hystérique aussitôt que je le touchai puis il détala en trombe en hurlant. Il continuait de s'arracher des touffes de cheveux noirs qu'il semait dans son sillage. Par intermittence, ses mains s'agitaient frénétiquement et sa tête ballottait comme si son cou n'avait plus de muscles.

— Boo!

Je ne savais si je devais courir après lui ou non. D'une part, je craignais en ne le faisant pas qu'il se blessât encore plus gravement. D'autre part, je savais qu'il s'enfuirait si je le poursuivais. Je me retournai et fis entrer Lori et Tomaso. Et pour la première fois depuis des mois, je tirai le verrou.

Boo, déchaîné, hurlait comme un forcené. Puis il se mit à enlever ses vêtements. Les souliers, les chaussettes, le pantalon tombèrent tour à tour. Mais pas avec la précision agile d'antan. Cette fois il les arrachait. La chemise se déchira, les boutons volèrent dans toutes les directions. Il déployait la même force brutale que pour s'arracher les cheveux. En quelques secondes il s'était déshabillé. Il ne garda que sa couche-culotte dont le tissu était trop extensible pour se déchirer aisément. Boo courait en rond, comme un fou, hors de notre atteinte.

— Ooooh, gémit faiblement Lori. C'était exactement ce que je ressentais.

Les illusions que j'avais entretenues naïvement sur les progrès de Boo étaient en train de sombrer. Jamais il n'avait piqué une telle crise depuis qu'il était dans ma classe.

Précautionneusement, je m'avançai vers le centre de la pièce pour me placer sur son chemin. Il obliqua pour m'éviter. Ses braillements n'arrêtaient pas. Pour ceux qui étaient à l'extérieur de la pièce, ils devaient résonner comme les cris d'un animal sauvage blessé à mort.

Brusquement, en bondissant près du Mylar, il s'arrêta net. Il porta ses mains à la hauteur de ses oreilles, ses doigts voletant. Une fois de plus il commença à osciller, obéissant à un mystérieux charme. Ses cris cessèrent.

Le spectacle était terrifiant. La frayeur qu'il inspirait venait peut-être de ce brutal changement après des mois d'amélioration: ce comportement était si éloigné de tout ce qu'il avait fait auparavant. C'était devenu tout à coup un étranger.

J'essayai de m'approcher de lui doucement par-derrière alors qu'il restait hypnotisé devant le Mylar qui miroitait. Boo était conscient de ce qui se passait autour de lui car il bondit loin de moi, avec un cri à figer le sang dans les veines, terrorisé, comme si j'avais voulu le tuer.

Les autres enfants formaient un groupe compact figé par la peur près de la porte; ils regardaient Boo les yeux écarquillés d'horreur. J'avais demandé à Tomaso d'éteindre les plafonniers craignant qu'ils ne contribuent à l'hystérie de Boo comme cela arrivait parfois; aussi nous retrouvions-nous dans une sorte de pénombre d'après-midi ensoleillé qui, à tout autre moment, eût semblé naturelle. Mais maintenant, elle ne faisait qu'ajouter à l'irréalité de la situation.

Boo s'arrêta à l'autre bout de la classe près de la fenêtre. Levant les mains pour couvrir son visage, il se mit à glapir mais son cri se changea bientôt en gémissement rauque. Enfonçant ses ongles dans ses joues, il se mit à se griffer. Des estafilades rouges apparurent aussitôt sur sa peau sombre. Il se griffa ainsi la figure à plusieurs reprises, criant comme si un essaim d'abeilles lui étaient tombées dessus et qu'il essayait de les chasser. Le sang dégoulinait entre ses doigts.

Lori se mit à pleurer. Je courus vers Boo mais au moment où j'allais l'atteindre, il détala, les mains sur son visage, s'écorchant la peau sauvagement et s'arrachant les cheveux.

— Boo! Boo, viens ici. Viens, je t'en prie.

Tomaso fut le premier à réagir. Il se détacha des autres et se lança vers Boo les bras écartés comme un valet de ferme qui veut rassembler ses poussins. Cependant, Boo, le sang lui coulant dans les yeux et sur la poitrine, fit brusquement demi-tour pour échapper à Tomaso; mais j'étais de l'autre côté. En nous rapprochant l'un de l'autre, nous pûmes, Tomaso et moi, le cerner de plus en plus près. Enfin je pus attraper le bras de Boo tout gluant de sang, et l'attirer à moi.

Je dus lutter un moment pour le maîtriser. J'étais encore incapable de conjurer les démons qui le possédaient et il se débattait sauvagement. D'une main il me griffa la joue, et je me demandai si le sang qui coulait sur mon menton était le sien ou le mien. Il me mordit au bras quand j'essayai de vérifier. En fin de compte, je réussis à l'immobiliser en le tenant serré dans mes bras.

Je le forçai à s'asseoir avec moi. Les autres enfants nous surveillaient. Claudia et Lori pleuraient. Tomaso, lui, était pâle et arborait une mine lugubre.

Nous étions assis mais Boo essayait encore de se dégager. Cette chose innommable qu'il avait essayé d'arracher de lui ne voulait pas encore céder.

Combien de temps restâmes-nous ainsi? A un moment donné, Boo cessa de résister mais son corps rigide et tendu était encore comme possédé. Je ne relâchais pas mon étreinte.

Un sentiment de désespoir m'envahit. Après tous ces mois d'efforts, tout ce temps consacré à Boo, il était aussi égaré qu'avant. Dans un moment d'élucubration, je songeai à la fameuse remarque d'Albert Einstein au sujet de Dieu qui joue aux dés avec l'univers. Je me demandai quel genre de jeu Dieu jouait et pourquoi je ne pouvais tout à fait en comprendre les règles.

Quand je laissai enfin Boo, il avait retrouvé sa «dinguerie» normale. Se laissant habiller, le sourire fendu jusqu'aux oreilles, il débita le bulletin des informations sportives. Des centaines de scores de base-ball, avec les buts et les erreurs, furent régurgitées. Il rigola et débita le bulletin de la météo. Partiellement nuageux.

Nous retournâmes à nos activités habituelles pour le reste de l'après-midi mais avec circonspection, dans la crainte que trop de bruit ou de gaieté ne rompît la fragile atmosphère. Tom et Lori sortirent les matériaux d'isolation dans le corridor. Nous laissâmes les lumières éteintes. J'amenai Boo aux toilettes des filles et essayai de laver le sang séché sur son visage et dans ses cheveux. Nous ressemblions tous deux à des guerriers avec nos éraflures sur les joues.

Quand sa mère vint le chercher et qu'elle le vit avec ses vêtements déchirés, j'essayai de lui expliquer du mieux que je pus ce qui s'était produit. Elle repartit les larmes aux yeux.

C'était Claudia qui paraissait la plus troublée. Elle pleura par intermittence durant tout l'après-midi. Pour elle, ce que Boo avait fait était sa faute. Elle ne cessait de me répéter tout ce qu'elle aurait dû faire pour empêcher le gamin de tomber dans cette démence. J'avais beau la rassurer, rien n'y faisait. En lui parlant, j'en vins à constater que Claudia à sa manière placide et sincère avait fini par aimer Boo profondément. Elle avait investi davantage en lui que je ne le croyais. Et cet incident l'avait fortement ébranlée.

J'autorisai Claudia à rester après l'école pour m'aider à diverses tâches. Elle n'était pas assez remise de ses émotions pour s'en aller tout de suite chez elle. Nous nous installâmes à la table et fîmes des découpages pour le tableau d'affichage.

— Pourquoi il a fait ça? demanda-t-elle. Il allait bien quand je l'ai fait rentrer dans l'école. Nous sommes allés aux toilettes puis je suis allée un moment dans la classe pour prendre mon chandail. C'est tout.

Je hochai la tête.

— Ce n'est pas ta faute du tout. Je ne sais pas ce qui est arrivé. C'est peut-être seulement le reflet dans le Mylar.

— Pourquoi?

— Parce qu'il est comme ça tout simplement.

— Est-ce qu'il ne changera jamais?

Je haussai une épaule.

— Je ne sais pas. Il n'y a guère de chances, probablement.

Elle me regarda intensément pendant quelques instants.

— Comment fais-tu pour supporter ça ici? Moi je ne pourrais pas. Je ne pourrais pas être ici tout le temps en sachant que je ne compte pour rien.

Je la regardai.

— Je compte pour quelque chose. Là n'est pas la question. Je compte pour moi. Et jour après jour, je compte pour Boo. Nous comptons tous. A chaque jour suffit sa peine, Claudia. Je prends les choses comme elles viennent.

Elle secoua la tête. Elle avait le regard baissé sur ses doigts qu'elle promenait sur la table.

— Est-ce que tous tes élèves sont comme ça? Comme Boo? (Je n'étais pas trop sûre de ce qu'elle voulait savoir.) N'y a-t-il pas quelque chose qui cloche chez tous? Quelque chose à l'intérieur qu'on ne peut pas voir? Même chez Tom et Lori? Est-ce que tous tes élèves sont comme ça?

Je me caressai le menton en songeant un moment à sa question.

— Ils sont dingues, n'est-ce pas? dit-elle à voix basse. (Le ton de sa voix n'avait rien de désobligeant.) Mon père m'a déjà dit qu'il s'agissait d'une classe pour gosses détraqués. Un endroit où on les met en attendant qu'ils grandissent et qu'on les enferme ailleurs. C'est la vérité, hein?

— Peut-être bien. Tu peux appeler ça comme ça, si tu veux.

— C'est différent de ce que je croyais. J'ai toujours pensé que les gens détraqués étaient méchants. Comme Jack l'Etrangleur ou Son of Sam. J'avais la chair de poule rien qu'à penser à ces monstres. Mais ce n'est pas comme ça dans la réalité, n'est-ce pas? Boo n'est pas méchant. Ni Tom ni Lori.

— Non, ils ne sont pas méchants.

— Mais ils ne sont pas bons non plus, hein? Sinon les gens n'auraient pas peur d'eux.

— Personne n'est bon ou méchant, Claudia. Ce ne sont là que des mots.

Elle me scruta un moment, ses yeux accrochés aux miens intensément.

— Nous ne sommes pas vraiment différents les uns des autres, n'est-ce pas? Nous sommes tous pas mal semblables.

Nous travaillâmes ensemble un long moment en silence. Quinze ou vingt minutes durent s'écouler ainsi.

— Claudia?

Elle releva la tête.

— Te souviens-tu il y a déjà quelque temps quand je t'ai parlé de ton bébé? A propos de ce que tu allais faire de lui?

— Ouais.

— Je suis encore inquiète.

— Tu n'as pas à t'en faire.

— Je le sais, mais je m'en fais quand même. Je ne voudrais pas que ton bébé aboutisse ici, dans cette classe avec moi.

Elle fronça les sourcils.

— Non, ça n'arrivera pas.

— Toutes les mères pensent ça. C'est ce que la mère de Boo pensait. Les mères adorent leur enfant. Mais parfois, parfois quand la vie échappe au contrôle des grands, les petits en souffrent.

— Ça m'arrivera pas.

— C'est ce que les parents de Lori pensaient. Puis, une nuit... Tu sais, personne ne pense que ça va lui arriver. Mais, rappelle-toi Lori. Et Tommy avec son père mort. Et Boo cet après-midi. Je ne voudrais pas voir ton bébé ici, Claudia, et parfois quand je pense à tout ce que tu auras à vivre, je m'inquiète.

— Faut pas.

— Je ne reviendrai pas là-dessus. Pour moi, le sujet est clos et je ne t'embêterai plus avec ça une autre fois.

Claudia se leva de sa chaise et alla se poster à la fenêtre derrière moi. Je me retournai. Derrière elle, dehors, j'apercevais les manuels de lecture de Tomaso et mes sandales restées sur la pelouse. Une fleur d'aubépine était tombée au milieu du livre ouvert.

— Des fois, dit-elle, je m'sens vieille. J'ai l'impression d'être une grand-mère et c'est comme si toute la fatigue du monde me tombait dessus.

32

Le moment était venu de décider de l'orientation des enfants pour l'année suivante. J'allais être de nouveau nommée psychopédagogue, quoique dans la même école. La rumeur voulait que le district songeât à ouvrir quelques classes supplémentaires d'enseignement spécialisé à plein temps, mais je n'avais vu aucune offre d'emploi affichée et n'avais pas non plus demandé à y être affectée.

Le cas de Claudia ne posait pas de problème. Elle retournait à l'école religieuse à l'automne, en septième année. Je n'avais qu'à renvoyer son travail scolaire à son ancienne école et on procéderait comme on croirait bon de le faire. J'étais convaincue que c'était ce qu'il lui fallait. Et si elle avait été sous ma responsabilité, j'aurais voulu qu'elle revînt dans une classe normale. J'espérais la même chose pour Tomaso. Il passerait en cinquième année, et il était, à mon avis, prêt pour être mêlé aux autres écoliers. Malgré son tempérament irascible, Tom était un garçon chaleureux, sensible, débrouillard. Sa violence persistait dans certains recoins de sa conscience mais il la maîtrisait mieux. Ce dont Tomaso avait le plus besoin, désormais, c'était de copains de son âge et, ça, je ne pouvais pas le lui donner. En discutant de son orientation avec Birk, nous décidâmes de le renvoyer à l'école de son quartier où il n'aurait pas de car à prendre et où il pourrait se faire des amis dans les environs immédiats de son foyer et de son école. Le psychopédagogue dans cette école était compétent et nous étions certains qu'avec son aide, Tomaso pourrait réintégrer le monde normal avec succès.

J'étais beaucoup moins rassurée quant à Boo. Il ne pouvait pas bénéficier d'un environnement moins restrictif que celui que lui avait fourni ma classe. C'est du moins ce qu'avait prouvé sa dernière crise. Cependant, on ne pouvait continuer plus longtemps à bricoler pour lui des activités, comme on l'avait fait cette année. Il lui fallait une classe à temps complet destinée spécialement aux enfants autistiques, une classe peu nombreuse avec un programme axé d'abord sur le langage et les apprentissages élémentaires. Je savais qu'il fallait aussi prévoir quelque chose pour les mois d'été, car pour les enfants comme Boo, il n'était pas question de vacances.

Malheureusement, il n'y avait pas de placement possible pour Boo dans notre district. Avant le grand balayage qui avait suivi l'adoption de la loi d'intégration, nous avions un programme bien adapté aux enfants autistiques. Mais les fonds avaient été coupés; puis la loi entra en vigueur et le programme fut aboli. Deux des élèves qui fréquentaient cette classe furent intégrés dans le circuit scolaire normal avec un soutien massif, deux furent placés dans des écoles privées, un autre aboutit dans la classe de Betsy Kerry et un autre déménagea hors de notre district.

Les parents de Boo étaient aussi préoccupés de son placement que moi. Alors, vers le milieu du mois, Mrs. Franklin m'appela pour me dire qu'ils avaient repéré une petite institution d'enseignement privé dans une localité voisine. J'allai aux informations et découvris un endroit bien tenu. Il y avait dans la région plusieurs personnes qui appartenaient à l'une des sectes religieuses les moins connues du pays. Après le changement d'orientation des programmes d'éducation spécialisée dans les écoles publiques, elles avaient décidé d'ouvrir une classe dans l'une de leurs écoles de quartier pour ce genre d'enfants laissés pour compte. Après avoir fait fonctionner durant un an une classe pour des enfants perturbés plus âgés, on avait décidé de mettre sur pied un programme primaire élargi pouvant inclure les enfants autistiques. Les deux enseignants étaient jeunes et motivés. La classe était grande, éclairée et dotée d'équipements suffisants, quoique usés. Les parents servaient d'aides scolaires.

Je discutai de cette école avec les Franklin et Birk. Je voulais que ses parents fussent bien conscients que Boo recevrait une formation religieuse dans une religion qui n'était pas la sienne et que, puisque la famille n'était pas de cette obédience, ils ne pourraient demander de bourse d'études. Les Franklin devraient assumer tous les frais scolaires. Ça, ils le savaient. En se serrant la ceinture, ils croyaient pouvoir y faire face. Pour ce qui était de la formation religieuse, ils étaient d'avis que si Boo apprenait une religion quelle qu'elle fût, ce serait déjà un grand pas de fait.

La question de l'orientation de Lori n'avait pas encore été soulevée. En fait, je n'en étais pas responsable, puisqu'elle faisait officiellement partie de la classe d'Edna. C'était une affaire réglée pour moi, aussi ne m'en préoccupai-je guère. Je pensais que l'année suivante, Lori serait en deuxième année et qu'elle passerait une bonne partie de son temps avec moi. Les deux institutrices de deuxième année étaient excellentes et l'une d'entre elles, une femme âgée qui enseignait depuis des années, était formidable. J'avais hâte de mettre sur pied avec elle le programme de Lori.

Après la classe, je m'étais retrouvée en salle des professeurs avec Billie et Hal Langorhan, un enseignant de sixième année. Dan survint sur ces entrefaites. Il prit une tasse sur l'étagère et la remplit de café. Il s'approcha de nous, poussa mon cahier de texte et s'assit tout près de moi sur le canapé. Nous parlâmes de choses et d'autres durant un moment.

— Dites donc, Dan, dis-je profitant d'une pause dans la conversation, quand va-t-on se rencontrer pour régler le cas de

Lori Sjokheim pour l'an prochain? J'y ai pensé un peu et je crois qu'Ella Martinson serait l'institutrice idéale pour elle, qu'en pensez-vous? Et à la façon dont mon horaire s'organise actuellement, je pourrais consacrer environ trois heures par jour à Lori en rééducation intensive. Elle pourrait s'en occuper le reste du temps, non?

Dan avait le regard plongé dans sa tasse de café, comme une diseuse de bonne aventure en train de déchiffrer des feuilles de thé. Il ne répondait pas.

— Vous ne croyez pas que c'est une bonne idée, Ella? Marjorie ne me semble pas avoir les choses aussi bien en main qu'Ella, vous ne croyez pas? Ses élèves ont toujours l'air un peu agités. Je pense que quelqu'un d'aussi pragmatique qu'Ella conviendrait parfaitement à Lori.

Dan avait un air confus et je le voyais rougir.

— Mais si vous ne voulez pas d'Ella... eh bien, je ne verrais certainement pas d'objection à travailler avec Marjorie. Elle a beaucoup d'idées. J'imagine que ça pourrait être bon pour Lori aussi. Très bon, j'en suis sûre...

Dan releva la tête.

— Lori Sjokheim va redoubler.

— Quoi?

Dan me fit un signe de tête.

— Venez, allons ailleurs.

Nous descendîmes jusqu'à ma classe. J'étais dans tous mes états. Une fois à l'intérieur, Dan s'assura que la porte était bien fermée.

— Alors, quoi, vous faites redoubler Lori? Il n'y a même pas eu de réunion pour en parler. Y en a-t-il eu?

Dan s'était enfoncé dans un petit fauteuil d'enfant.

— Je voulais vous le dire...

— Mais...

— Il y a eu effectivement une réunion, entre Edna, le père de Lori et moi. Nous avons décidé de la faire redoubler. Il n'y a pas grand-chose d'autre que nous puissions faire pour elle. Elle n'a fait aucune des acquisitions de première année. Il est absolument impossible d'envisager son passage en deuxième année.

J'étais bouche bée.

Dan leva la main.

— Mais avant de vous mettre dans tous vos états avec cette histoire, songez à ceci: que pouvions-nous faire d'autre?

— Je ne trouve pas le procédé élégant. Vous avez concocté ça derrière mon dos parce que vous saviez que je ne serais pas d'accord.

— Son père est d'accord, Torey. Il pense que c'est ce qu'il faut faire aussi.

— Dan, nous ne pouvons pas faire ça, dis-je. Nous ne le pouvons tout simplement pas.

Il n'osait même pas me regarder.

— C'est une gosse de sept ans et elle aura huit ans en septembre. C'est une grande fille déjà, elle a beaucoup grandi cette année. Elle dépassera d'une demi-tête tous les autres élèves de première année.

— Mais elle n'a fait aucun progrès en lecture, Tor. On ne peut pas jeter un fardeau comme ça sur les épaules d'Ella ou de Marjorie.

— Et on va laisser le fardeau à Lori peut-être? Nous avons tué cette fillette à moitié avec nos idées stupides. Elle a déjà raté une année. Comment ça va se passer si elle en rate une autre? Cette gosse a un handicap physique. On pourrait la maintenir éternellement dans les petites classes sans qu'elle réussisse jamais à lire!

Dan avait baissé la tête.

— Torey, ne me rendez pas la tâche plus difficile qu'elle ne l'est.

— Je n'essaie pas de vous compliquer les choses, j'essaie de comprendre. Vous devez savoir en votre âme et conscience, Dan, que vous avez eu tort d'agir ainsi. Autrement, vous n'auriez pas comploté comme une bande de gamins. Vous punissez cette fillette tout simplement parce qu'elle est différente et qu'on ne peut pas lui enseigner comme aux autres. Toutes les autres excuses sont de la foutaise.

— Mais elle est vraiment différente.

— Oui, vous avez raison là-dessus. Mais nous n'avons pas le choix. Elle est là maintenant. Alors n'est-il pas temps que nous commencions à nous accommoder de son handicap? Prenez Ruthann Bye en cinquième année. Elle voit à peine et tout ce que Carolyn lui donne à lire doit être agrandi avec une machine pour que Ruthann puisse le voir. Qu'y a-t-il de si différent avec Lori?

— Mais Lori ne peut pas apprendre. Ce n'est pas le cas de Ruthann.

— Lori peut apprendre. Le problème est que nous ne lui avons pas enseigné. Pourquoi ne commencerions-nous pas par enregistrer ses lectures sur bande magnétique? Nous pourrions l'interroger oralement. Lori n'est pas idiote. Elle a tout simplement un handicap. Et la laisser moisir en première année ne changera pas la chose, à moins que son institutrice ne travaille aussi au noir en neurochirurgie.

Je bouillais d'indignation. Cette décision me révoltait. En somme, la grande erreur de Lori était d'être restée avec un handicap qui ne la déformait pas physiquement. Nous n'avions pas encore appris à être indulgents pour des choses que nous ne pouvions pas prendre en pitié.

Dan joignit les mains et secoua la tête avec lassitude.

— Je suis désolé, vraiment désolé que ça vous bouleverse à ce point mais je ne veux pas en discuter davantage. Edna, Mr. Sjokheim et moi en avons parlé en long et en large et nous sommes convenus ensemble que la meilleure chose pour Lori serait de redoubler sa classe. Nous étions unanimes. Edna, Mr. Sjokheim et moi.

Je le regardai fixement. J'aurais voulu le haïr. Ressentir pour lui ce que j'avais ressenti pour Edna en avril. Mais je ne ressentais rien. J'étais tout simplement fatiguée de me battre.

— C'est Edna qui a eu le dernier mot dans cette histoire, n'est-ce pas? Et pendant tout ce temps vous m'avez laissée croire que j'avais raison de ne pas imposer à Lori le programme de première année, alors que vous saviez très bien que c'était Edna qui avait l'atout dans son jeu. On s'est moqué de moi, voilà.

— Allons donc, Tor. Vous savez bien qu'il n'en est rien.

— J'espère au moins que le jeu en valait la peine.

Un silence glacial tomba entre nous. Dan devait croire que j'allais continuer à protester. Il restait assis le dos arrondi sur la chaise, prêt au pire. Je ne parlai pas davantage. Toute ma pugnacité m'avait quittée. Le combat avait été trop dur et trop long, et il y avait une expression dans son regard qui me disait que cette fois je ne pourrais pas l'emporter. La décision était prise. Aussi, je ne dis plus rien. Même si une part de moi-même ne pouvait se satisfaire de ce silence.

Je tournai la tête et mon regard se perdit dehors, au loin, par-delà le jardin de fleurs, le tableau d'affichage, la cage des verdiers, l'armoire sous laquelle Lori s'était cachée. Mon esprit était vacant. Puis je revins à notre conversation.

— Le sait-elle?

Dan haussa les épaules.

— Je n'en suis pas sûr. Je ne pense pas.

— J'espère que vous ne vous attendez pas à ce que je le lui dise. N'y comptez surtout pas. Cette sale besogne vous appartient.

Je revins chez moi déprimée et fatiguée. Après toutes les peines que je m'étais données, je n'avais plus la force de lutter davantage. Tout me semblait trop futile. Je n'étais pas des plus combatives, et il fallait l'être dans ce métier.

Pour la première fois depuis qu'il m'avait quitté, Joc me manquait affreusement. Le besoin de me blottir contre une épaule, d'être en contact physique étroit avec quelqu'un était si grand que j'en avais les larmes aux yeux. J'en avais ras le bol d'être «forte». Je n'avais pas versé de larmes sur la rupture avec Joc depuis le soir où il m'avait quittée. Mais maintenant, assise à ma table de cuisine, je laissai tomber ma tête sur mes bras croisés et fondis en larmes.

Un peu plus tard, je fis chauffer du lait et j'y ajoutai de la mélasse, un vieux truc contre l'insomnie que j'avais appris des années auparavant. Puis je restai un moment à fixer le vide, en attendant que mon verre de lait soit moins brûlant. Ma tête était douloureuse. Dans la pénombre de la cuisine, je songeais à d'autres périodes de ma vie. Mon enfance dans les montagnes du Montana. Mes années de collège. Tout ce temps de ma vie où je n'avais pas enseigné. Les années simples, candides. J'étais lasse de l'enseignement.

Le moment le plus dur fut le lendemain quand je vis Lori. Elle n'était pas au courant. En l'observant se mettre gaiement à son travail, j'essayais de penser à un moyen de sauver son avenir.

L'après-midi venu, j'avais mon plan.

— Lori, viens ici, dis-je. (Les autres élèves étaient à leurs exercices. Lori était avec Tomaso; elle se leva et traversa la pièce jusqu'à la table de travail. Elle tira une chaise et s'assit.) Nous allons faire quelque chose de différent aujourd'hui, toi et moi.

— Quoi donc?

Elle se tortillait un peu sur sa chaise. Je n'aurais pu dire si c'était de la nervosité par anticipation ou une agitation normale, à la Lori. Je déposai un livre sur la table.

— Nous allons lire.

Ses yeux s'agrandirent puis s'assombrirent. Des larmes apparurent immédiatement et roulèrent sur ses joues.

— Je ne veux pas.

— Lor, ma puce, je t'en prie, dis-je en me penchant par-dessus la table pour prendre son visage dans mes mains.

— Je ne peux pas y arriver.

— Allons, cesse de pleurer comme ça. Je n'te ferai pas faire quelque chose que tu ne peux pas faire.

Elle renifla bruyamment.

— Il n'y a que deux personnes ici Lor, toi et moi. Je vais établir des limites au départ, pour ne pas te forcer à faire ce que tu ne peux pas faire. Quand on arrivera à des choses trop difficiles pour toi, on les fera ensemble. Je ne te laisserai jamais aux prises avec quelque chose que toi et moi nous ne pouvons résoudre ensemble.

J'avais toujours son visage entre mes mains. Ses larmes coulaient encore. Je la sentais toute tremblante sous mes doigts.

— Ne pleure pas, Lor.

— J'ai peur. Je vais gaffer, je le sais.

— Non, tu ne gafferas pas. Je t'ai déjà dit que je ne t'abandonnerai pas. C'est comme lorsqu'on apprend à faire du vélo et que quelqu'un le tient jusqu'à ce qu'on sache garder son équilibre et pédaler. C'est la même chose ici, je vais tenir le guidon et, comme je l'ai dit, si on n'y arrive pas ensemble, on ne le fera pas.

— Mais, je peux pas lire, Torey.

— Eh bien, moi je peux, dis-je en souriant.

Le livre en question était *Dick and Jane*. Ce bon vieux *Dick and Jane*, ennuyeux comme la pluie, qui datait de 1956. Tout juste le genre de livre dont j'avais besoin. Peu de texte et une histoire racontée en images. Malgré tous les défauts de ces vieux manuels, je les aimais. Dans leur extrême simplicité, ils m'aidaient dans mon travail avec mes élèves récalcitrants. Je déposai le livre sur la table. Ce n'était qu'un petit livre broché, ressemblant à tous les premiers manuels de lecture. Lori le regarda d'un air méfiant.

Je lui parlai des enfants qui étaient les personnages du livre: Dick, Jane et Baby Sally. Lori me regardait toujours avec défiance. Ses yeux étaient dilatés et brillants de larmes retenues. Elle risquait ici et là un coup d'oeil sur la couverture du livre, mais sans y toucher.

— Tu n'as encore jamais lu ce livre. Il s'intitule: *Regarder et voir*. (Elle le prit et l'ouvrit.) Viens ici à côté de moi et nous allons le lire ensemble.

Lori se leva et vint près de moi. Je reculai ma chaise et la pris sur mes genoux. Tenant le livre en face de nous, je lui montrai la page de titre de la première histoire. On y voyait Sally en train d'enlever ses derbys blancs de bébé et de mettre à la place les gros caoutchoucs de son père. Sur l'image, il y avait imprimé le mot «regarde». Je l'indiquai à Lori.

— C'est marqué «regarde».
— Regarde, chuchota Lori.

Je tournai la page. Sally et Dick étaient dehors. Dick avait un tuyau d'arrosage dans les mains, Sally pataugeait dans les flaques d'eau avec les caoutchoucs de son père. «Regarde, regarde», disait la légende. Manifestement, c'était ce que Sally disait à son frère.

— Tu vois, ici c'est exactement le même mot que sur l'autre page. Tu te souviens de ce mot?
— Regarde, dit Lori.
— C'est ça. Tu vois, ici on le répète deux fois. «Regarde, regarde.» Sally veut que son frère la voie en train de marcher avec les caoutchoucs de son père.
— Regarde ici, s'exclama Lori. Regarde ce qui arrive. Ses pieds sortent des bottes et oooh, elle va marcher dans l'eau. (Elle se tourna légèrement vers moi et m'adressa un large sourire.) Son père va être fâché, hein?
— Tu parles! dis-je. Tiens, ici voici ce que Sally dit. Elle est surprise et elle s'écrie: «Oh, oh, oh.» Tu vois ce mot «oh». Peux-tu le lire?
— Oh, oh, oh.
— C'est bien, on continue. Voyons maintenant ce qui arrive quand on tourne la page.

C'était la dernière page de l'histoire. Dick voit sa petite soeur prise dans ce terrible dilemme et fait rouler sa petite voiture rouge derrière elle. Sally tombe en plein dedans, saine et sauve. La légende en bas porte: «Oh, oh. Oh, regarde.» Ce n'était pas de la littérature pour prix Nobel, mais Lori était enchantée. Elle battait des mains.

— Ça va, championne, maintenant on le lit tout d'une traite du début à la fin. Toi et moi ensemble. (Je revins à la page de titre.)

— Regarde, dîmes-nous à l'unisson.

Autre page.

— Regarde, regarde.

De l'autre côté.

— Oh, oh, oh.

On tourna la page.

— Oh, oh. Oh, regarde.

Fin de l'histoire.

— Maintenant, dis-je, je veux que tu essaies toute seule. Tiens, regarde bien les mots. Le plus long est «regarde», le plus court est «oh». Prête?

Lori fit oui de la tête et regarda le livre de très près. Respiration profonde. Une autre respiration profonde.

— Regarde, dit-elle d'une voix rauque.

— Bravo! Page suivante.

— Regarde, regarde.

A la page suivante, elle hésita.

— Regarde Sally, Lor. Qu'est-ce qui lui arrive? Que dit-elle?

— Oh!

— Mais oui! Combien de fois?

— Oh, oh, oh.

— Magnifique.

Je tournai la dernière page pour elle.

— Oh, oh, dit lori immédiatement, Oh...

Longue pause.

— Quel était l'autre mot?

— Regarde. Oh, oh. Oh, regarde.

Je lui pris le menton et tournai son visage vers le mien.

— Sais-tu ce que tu viens de faire, Lori Sjokheim?

Ses yeux s'élargirent.

— Tu as lu cette histoire, non?

Un sourire extraordinaire illumina sa figure.

— Tu as lu cette histoire-là toute seule. Tu as pris ce vieux bouquin et tu l'as lu comme n'importe qui. Tu te rends compte?

— Je l'ai lu, chuchotait-elle incrédule. Puis elle se redressa tout à coup et s'empara du livre à nouveau.

— J'vais le faire encore. Regarde-moi bien, Tor. Je vais le lire d'un bout à l'autre sans faire de faute. Regarde-moi.

Elle vint à la première page. Une longue pause. Elle prenait de grandes respirations comme si elle se préparait à plonger.

— Regarde, lança-t-elle. (Elle se tourna vers moi en souriant puis elle tourna la page.) Regarde, regarde. Oh, oh, oh. (Puis, la dernière page.) Oh, oh. Oh, regarde. (Puis elle se retourna vers moi.) J'ai réussi! J'AI REUSSI!

Avant que j'aie pu l'arrêter, elle avait sauté à bas de mes genoux.

— Eh, les amis. Tomaso! Claudia! Ecoutez ça! Je peux lire! Vous entendez? Venez ici, venez voir. Je peux lire.

Elle attrapa le livre et courut leur montrer. La petite histoire fut lue et relue à plusieurs reprises.

De ma place, je l'observais. Il ne s'agissait pas vraiment de lecture. Pas tout à fait. Elle avait eu le temps de mémoriser l'histoire, deux mots seulement, ce n'était guère une prouesse. Et je me disais qu'en sortant du contexte de l'histoire de *Dick and Jane,* elle n'arriverait pas à les reconnaître davantage que tout autre symbole. Mais cela n'importait guère. Pas maintenant, en tout cas. Ce qui importait, c'était qu'une petite gosse de sept ans agitât à bout de bras un vieux manuel de lecture qui remontait à vingt-cinq ans, à l'autre bout de la classe, poussant des cris de joie en lisant le texte à haute voix pour Boo, Benny et les verdiers. Peu importe ce qui pourrait lui arriver plus tard, je savais que je lui avais donné ce que j'avais de mieux. Jamais plus on ne pourrait lui dire qu'elle ne savait pas lire. Elle pouvait maintenant prouver que c'était faux. Lori Sjokheim n'était pas quelqu'un dont on pouvait se moquer. Lori Sjokheim *pouvait* lire.

33

Quelle semaine folle ce fut! Lori était tout enivrée par son succès. Elle traînait sans cesse le livre avec elle. Elle l'avait apporté chez elle pour le lire à son père et à Libby. Puis elle l'avait lu à chacun des élèves de rééducation du matin, à tour de rôle. Elle était même allée le lire à Edna. Pour Tomaso, Claudia, Boo et moi, cela devint vite lassant. Certains jours, Tom s'approchait en tapinois derrière moi quand j'étais absorbée dans un travail et me murmurait à l'oreille: «Regarde, regarde. Oh, oh, oh.» Il arrivait à donner à la plaisanterie un côté presque obscène. Cela ne manquait jamais de susciter des cris de feinte colère de ma part et des menaces de brûler à petit feu ces écoliers qui rendent leur institutrice maboule.

Le spectre du redoublement de Lori ne cessait de me hanter. Je refusais de laisser fléchir notre moral, mais néanmoins je scrutais anxieusement son visage chaque jour pour voir si son père lui avait annoncé la nouvelle. J'espérais seulement que lorsqu'il le ferait, l'exploit de *Dick and Jane* serait suffisant pour l'empêcher de s'effrondrer.

Mon anniversaire tombait le vendredi de cette semaine-là et j'avais dit aux enfants que j'amènerais un gâteau. Nous projetâmes de célébrer à la fois mon anniversaire et le succès de Lori.

Le jeudi, nouveau sujet d'excitation. Tomaso arriva en trombe en criant à tue-tête:

— Devinez ce qui m'arrive!
— Quoi donc? demandai-je.
— Je vais déménager!

Il se rua à travers la pièce dans ma direction et sauta sur la table où j'étais en train de noter des devoirs. Il glissa sur la table jusqu'à son siège, faisant tomber des papiers sur mes genoux.

— Vraiment?

— Oui. Mon oncle va venir me chercher pour m'emmener au Texas.

Les autres se rassemblaient autour de nous.

— Est-ce le même oncle avec lequel tu as vécu auparavant? demandai-je sur un ton sceptique, en pensant à ce que j'avais vu dans les dossiers sur l'exploitation, l'abus et l'abandon de l'enfant.

— Pas du tout! Celui-là c'est mon oncle Iago. Le frère de ma mère. Il va m'emmener habiter avec lui. J'aurai une vraie famille! Vrai de vrai! Fini les foyers d'adoption pour moi.

Au comble de l'excitation, Tom sauta à pieds joints sur la table.

— Tom, c'est vraiment chouette!

— T'es contente pour moi?

— Tu parles!

Lori vint jeter une note discordante:

— Je l'suis pas, moi.

— Lori! m'écriai-je surprise. C'est merveilleux ce qui arrive à Tom.

— Mais moi, je veux pas qu'il parte. (Elle fit une lippe de dépit.) Je veux que tu restes ici, Tomaso.

Tomaso était trop excité pour se soucier d'elle. Toujours debout sur la table, il lançait des crayons en l'air et essayait de les attraper.

— Comme ça, demain on fêtera un anniversaire, le succès de Lori et un départ, non? Et le départ c'est pour mooooi!

Les serpentins pendaient du plafond, il y avait des ballons, des chapeaux pour tout le monde: la fête pouvait battre son plein. Mon gâteau était déjà sur la table. Mr. Sjokheim avait envoyé des brownies et Lori était fière de dire qu'elle avait aidé à les préparer. Mrs. Franklin avait fait parvenir du jus d'orange ainsi qu'une boîte de marionnettes à passer au doigt faites au crochet et qui représentaient des animaux. Claudia mit le tourne-disque en marche et une musique rock en jaillit. Cette fête qui durerait tout l'après-midi allait compenser, je l'espérais, toutes les injustices dont notre classe avait été victime.

Une bonne partie du gâteau et du jus d'orange était déjà entamée lorsque je notai quelque chose d'anormal. Je regardai autour de la salle: Tomaso n'était pas là.

— Où est Tom? demandai-je à Claudia. (Elle était assise près du tourne-disque. La musique était si forte que je dus crier.)

— Je n'sais pas. Il était ici il y a une minute.

— Hé, Lor. (Elle était avec Boo au milieu de la pièce en train de danser au rythme de la musique. Plus ou moins.) Sais-tu où est passé Tomaso?

— Ouais, cria-t-elle par-dessus la musique. Il est dans le placard.

— Hein? Quoi? Dans quel placard? Qu'est-ce que tu dis là? Elle cessa de danser.

— Dans le placard. Là-bas. Mais il vaut mieux que tu le laisses tranquille. Il est en train de pleurer.

Je la regardai fixement. Boo la harcelait pour qu'elle se remette à danser.

— Pourquoi pleure-t-il, Lor?

— Il se sent déjà loin de nous.

Je me dirigeai vers le placard. J'avais une classe d'élèves prompts à jouer à cache-cache cette année. Le placard était exigu, moins d'un mètre de profondeur peut-être, destiné seulement au manteau et aux bottes de l'institutrice. J'ouvris la porte prudemment. Tomaso était assis pelotonné dans le fond, la figure blottie contre ses genoux. Je me penchai vers lui.

— Tommy, qu'y a-t-il?

— Rien, laisse-moi tranquille.

Je l'examinai un moment.

— Va-t-en.

— Bon. (Je me redressai.)

— Merde, marmonna-t-il et il releva la tête. J'ai pas voulu dire ça.

— Ah, O.K. (Je me penchai de nouveau. La porte n'était qu'entrabâillée et le visage de Tomaso était éclairé en partie, le reste du placard était obscur.) Tu voudrais bien ne pas avoir à partir, hein?

Il hocha la tête.

— Ce n'est pas toujours facile de devoir s'en aller ailleurs.

— Je veux pas partir. Je veux rester ici.

— C'est c'que tu ressens maintenant, c'est normal.

— Je n'ai jamais voulu partir, moi. C'est l'assistante sociale, c'est elle qui m'a dit que je devais partir. Elle dit qu'il est de ma famille et qu'il a un droit sur moi. Mais moi, je veux pas partir. Je l'connais même pas. Je l'ai pas revu depuis que j'étais bébé. J'veux rester avec mon père et ma mère d'adoption ici et rester dans cette classe. J'en ai marre de déménager.

— Oui, c'est dur de s'habituer aux changements.

— J'veux pas partir! J'veux rester ici. Mais nous, les enfants, on n'a aucun droit. Il faut qu'on aille où ils nous disent d'aller, tous ces abrutis. Quand je s'rai grand, j'vais tous leur tirer une balle dans la tête.

J'avançai une main vers lui et il la prit. Tomaso recommença à pleurer avec de grands sanglots. Il pressait ma main contre sa joue mouillée. Mes genoux commençaient à être douloureux et je dus changer de position et m'asseoir en gardant seulement mon bras passé dans le placard. Entre-temps, je gardais un oeil sur les autres enfants en train de jouer.

— Je m'demande pourquoi je me suis cassé la tête pour faire quelque chose, grommela Tomaso. Je vois pas pourquoi je me suis donné la peine d'être meilleur puisqu'ils vont m'envoyer ailleurs. Ça compte plus maintenant tout c'que j'ai fait.

Je tournai la tête pour le regarder.

— Bien sûr que ça compte, Tomaso. Ça compte pour moi. Ça compte pour nous tous. Ça ne nous était pas égal, tu sais, que t'essaies d'être meilleur ici. Ça ne le sera jamais.

— Je vois pas pourquoi les gens se font du souci pour quoi que ce soit. Ça finit toujours par faire mal. Tout ce que vous avez fait c'est de me rendre comme vous. Maintenant je ne voudrais jamais l'avoir été parce que je ne veux pas que vous me manquiez. Je passe tout le temps de ma foutue vie à regretter des gens. Je n'aimerai plus jamais personne.

— T'as raison, on se fait mal. Ça fait toujours mal d'aimer. C'est le revers de la médaille.

— Ça fait trop mal. Ça vaut pas la peine. Je m'attacherai plus jamais à personne. Comme ça je n'aurai pas à m'inquiéter.

Je le regardais, pelotonné dans le fond du placard.

— Oui, Tom, t'as raison pour ça aussi. Quand on n'aime personne, on ne risque pas de se briser le coeur. Mais tu sais, Tom, on n'a pas des coeurs pour rien.

Il fondit en larmes à nouveau. Je lui en demandais trop en voulant qu'il comprenne. Doucement, je refermai le placard et me relevai pour aller retrouver les autres gosses.

La fête continua, avec la récréation et les jeux. Tomaso restait toujours dans le placard. Un peu plus tard, je vis que Lori y était allée. Elle s'était accroupie devant une petite fissure dans la porte et elle lui parlait. Après quelques minutes, elle vint vers moi.

— Tomaso voudrait que tu dises à tout le monde qu'il n'était pas en train de pleurer, dit-elle.

— Comment?

Elle fronça le nez devant mon incompréhension.

— Viens ici. (Elle me força à me pencher à sa hauteur pour murmurer à mon oreille.) Je pense qu'il est embarrassé. Il voudrait que tu dises à tout le monde qu'il ne pleurait pas vraiment.

Ainsi fis-je.

Tomaso sortit de sa cachette les yeux rouges et reniflant.

— Hé vous m'avez laissé du gâteau? Je voulais manger du gâteau. Vous n'avez pas tout mangé, j'espère?

— Non, il en reste. Il y en a sur le comptoir, derrière.

Il partit vers l'endroit désigné puis s'arrêta, se retourna et me regarda.

— Torey?

— Oui?

— Bon anniversaire!

La journée se termina sur des poignées de main et des tapes dans le dos pour Tomaso qui rangeait ses affaires dans son coin. Nous étions tous soudain trop gênés pour l'étreindre, même Lori. Cette réserve inhabituelle dura jusqu'à ce que tous les autres soient partis et que je raccompagne Tomaso à pied à l'arrêt du bus.

— Mon père va venir me chercher, dit-il.

Je le regardai.

— Il est de retour d'Espagne. Il vient me chercher ce soir. Il va m'emmener vivre avec lui là-bas.

Je hochai la tête. Nous nous tenions tous les deux au coin de la rue, près de la façade de l'école, attendant l'autobus. Un orage printanier se préparait à l'ouest. Des nuages en forme d'enclume s'élevaient haut dans le ciel. Le vent charriait une odeur de pluie.

— Nous allons habiter en Espagne ensemble lui et moi. Il a une maison et tout. J'aurai une chambre pour moi. Et il m'apprendra à être toréro. C'est probablement la dernière école que j'aurai à faire. C'est ce que j'ai toujours voulu: vivre avec mon père. Maintenant, ça y est.

Il me fixait du regard. Ses yeux sombres étaient doux et rêveurs.

— Je suis vraiment heureux, tu sais.

— Je sais, Tommy, dis-je en passant mes doigts dans ses cheveux.

— Je vais vivre avec mon père.

Je regardais les nuages qui s'amassaient au-dessus de nous et je me demandais si nous n'allions pas nous faire tremper avant que l'autobus arrive. Dans ma poitrine, je sentais mon coeur battre comme si j'avais couru sur une longue distance.

— Torey? (Il me tira le bras.) Je vais vivre avec mon père.

Je me retournai et le regardai. Il y eut une longue pause, chargée d'émotion.

— Non, j'y vais pas, murmura-t-il. Je le sais bien. Je vais vivre avec mon oncle Iago. Je vivrai jamais avec mon père. (Son attirail résonna en tombant sur le trottoir et il m'attrapa par la taille.)

La pluie arriva avant l'autobus. Mais nous la remarquâmes à peine.

34

C'était le temps des dénouements. Il ne restait déjà plus qu'une semaine et demie d'école. L'absence de Tomaso créait un grand vide. Je pense que nous avions tous hâte d'en finir pour ne pas avoir à continuer ainsi sans lui.

Au milieu de la semaine suivante, Claudia me dit qu'elle avait eu, la nuit précédente, une fausse alerte pour son accouchement.

— J'ai eu des douleurs juste là. Ma mère a chronométré et les douleurs revenaient toutes les vingt minutes. Alors mon père m'a amenée à l'hôpital. (Elle roula les yeux.) Mais ça ne s'est pas produit. Il reste encore quatre semaines.

Claudia me regarda, puis elle fronça le nez.

— Franchement, j'aurais aimé que ça soit déjà passé. J'ai mal au dos, à la tête, aux pieds, partout. J'en ai ras-le-bol.

Je souris.

— Tu sais, j'ai déjà choisi les prénoms. Si c'est un garçon je veux l'appeler Matthew. Et si c'est une fille, j'l'appelerai Jenny. Ce sont de beaux prénoms, hein? Et toi, que voudrais-tu pour lui?

— Qu'il soit en bonne santé.
Elle sourit.

Je ne revis jamais Claudia. La première fois c'était une fausse alerte, mais la seconde ne le fut pas. Tôt le lendemain matin, Claudia donnait naissance à une fille prématurée de deux kilos et cent vingt grammes. La mère de Claudia appela pour dire que la mère et la fille se portaient bien, même si le bébé avait une jaunisse et restait en couveuse, dans le service de soins intensifs. On l'avait appelé Jenny.

— C'est comme au bon vieux temps, hein? me dit Lori nerveusement le lendemain après-midi quand je lui appris la nouvelle. Il n'y a plus que Boo et moi.

Je hochai la tête.

— Rien que Boo et toi.

— Et toi aussi.

— Et moi.

Elle ouvrit son livre de lecture et le fixa un moment avant de me regarder de nouveau.

— Tu sais, Tor, je pense pas que j'aime beaucoup ça ici sans les autres.

— Tu sais, Lor, je crois pas que j'aime ça non plus.

Nous nous étions mises au travail selon la routine habituelle. Avec *Dick and Jane*, Lori commençait à rencontrer certaines de ses anciennes difficultés maintenant que le nombre de mots augmentait et qu'elle ne pouvait plus compter autant sur la seule mémorisation de l'histoire. Après quatre histoires, elle était censée avoir un vocabulaire de lecture de sept mots. Je ne la faisais jamais travailler avec des cahiers d'exercices ou des cartes alphabétiques parce qu'elle avait échoué avec ce genre de truc. Cette expérience avec *Dick and Jane* n'avait pas pour but d'apprendre à lire à Lori. Je ne m'illusionnais pas au point de penser que je pourrais y arriver si aisément. Il s'agissait simplement d'une activité visant à lui donner suffisamment confiance pour qu'elle puisse apprendre. Il y aurait les cours de vacances puis le travail scolaire de l'année suivante. C'était assez de temps consacré à la réalité. Il me fallait aussi lui donner des rêves.

Boo était toujours le même petit bonhomme farfelu. Je me rappelais le temps où j'avais Boo et Lori ensemble et combien alors je m'étais sentie dépassée. «Comment ferai-je, me disais-je à l'époque, pour m'occuper de deux élèves si différents en même temps?» Maintenant que Claudia et Tomaso étaient partis, j'avais tellement de temps à ma disposition qu'il me semblait scandaleux de n'avoir que deux élèves. Je n'arrivais pas à comprendre comment j'avais pu me sentir ainsi dépassée.

Mon programme pour l'été était fait. J'irais chez moi dans le Montana quelque temps; puis je prévoyais de suivre des cours de formation continue. Rien d'extraordinaire, en somme. Et je déménageais. Mon domicile était devenu trop petit pour contenir tous mes livres, mon matériel pédagogique et les milliers de petites choses que j'avais accumulées peu à peu sans m'en rendre compte. D'autre part, cet appartement était trop éloigné de l'école. Je devais prendre la voiture pour m'y rendre. Aussi en louai-je un plus grand situé plus près de l'école. J'avais l'intention de partir dans le Montana dès la fin de l'année scolaire mais pas avant d'avoir déménagé et d'être installée, de sorte que toutes mes soirées se passaient à empaqueter mes affaires.

Un soir du début de juin, Billie vint dîner chez moi pour me prêter main forte dans mes préparatifs de déménagement. Tout était si pêle-mêle dans l'appartement que lorsque le téléphone sonna j'eus d'abord quelque peine à le trouver. Billie était prise de fou rire.

— Allô?

Il y avait des bruits à l'autre bout du fil. Des bruits que je ne pouvais identifier.

— Allô? Allô?

Quelqu'un pleurait et reniflait. Je fis signe à Billie de faire moins de bruit.

— Qui est-ce?

— Torey?

— Oui. C'est qui?

— C'est moi. Claudia.

— Claudia! Claudia, qu'est-ce qui se passe?

Sanglot. Reniflement.

— J'ai bien pensé... (Pleurnichements.) J'ai pensé au sujet... au sujet de Jenny. Elle est si petite, Torey. Elle vient juste de sortir de la couveuse. Elle est si fragile. (Les sanglots étouffaient sa voix.)

— Claudia? Ça va? qu'est-ce qu'il y a?

— J'vais la donner, Torey. J'ai signé les papiers ce matin. Je l'ai fait et ma mère aussi. J'vais la donner.

— Oh, Claudia...

— La dame du service de placement, elle m'a dit qu'ils avaient un bon foyer pour elle. Sa mère et son père attendaient depuis longtemps... (Sanglots.) Ils l'attendaient depuis longtemps. (Pleurs bruyants.)

— C'est une bonne chose que tu as faite là, Claudia. Je suis fière de toi.

— J'voulais pas qu'elle soit comme Boo. J'voulais pas lui faire de mal.

Et puis ce fut le dernier jour. Personne ne travaillait. Tout le monde fêtait la fin de l'année scolaire. Lori me demanda de passer la journée dans la classe de première année parce qu'ils faisaient une fête. Elle me dit qu'elle viendrait ranger ses affaires et me dire au revoir à la fin de la journée. Puis elle disparut dans le corridor.

Dans la classe, avec Boo j'enlevai les derniers vestiges de l'année. Il fallut recouvrir les étagères de papier brun, récurer l'évier et les comptoirs. Toutes les armoires furent passées au peigne fin et scellées avec du ruban adhésif. Boo se joignit volontiers à moi et nous travaillâmes ensemble en silence. Quand nous eûmes fini, nous fîmes une promenade à pied dans un parc à proximité.

Cette année avait été très différente de mes autres années d'enseignement. Les derniers jours avaient toujours été remplis de cette tristesse poignante que la fin de l'année apporte en même temps que la promesse de longues vacances et la turbulence de la dernière journée. Mais je me retrouvais seule maintenant avec mon élève simple d'esprit: j'étais probablement l'institutrice la moins occupée de l'école aujourd'hui. Pour Boo, il ne s'agissait que d'une journée comme les autres.

Nous marchâmes autour de la mare aux canards et nous jetâmes aux oies et aux canards gloutons ce qui restait de la nourriture des verdiers. Puis nous flanâmes un peu dans le petit zoo. J'enlevai ses souliers à Boo pour qu'il puisse courir dans l'herbe. A la fin, j'enlevai les miens aussi. Nous barbotâmes dans le ruisseau, essayant d'attraper les insectes sauteurs. En revenant vers l'école, j'achetai des glaces à un vendeur ambulant.

A notre retour, Mrs. Franklin nous attendait. Elle prit la main de Boo.

— Au revoir, Boo, dis-je.

Il regarda dans le vide. Mrs. Franklin réorienta son visage pour qu'il puisse me regarder. Même alors, il fuyait mon regard.

— Boo? Bonne chance, Boo, dis-je en me penchant vers lui.

— Alerte à la tornade! Alerte à la tornade! cria-t-il imitant le long signal perçant qu'on transmet toujours à la télévision pour prévenir les téléspectateurs de l'imminence d'une tempête. Il leva ses mains à la hauteur de nos deux visages et commença à agiter les doigts.

Mrs. Franklin eut un sourire désolé. Quelques mots, un sourire, une petite tape hésitante sur le bras et tout était fini. Je restai seule, mes sandales à la main, et je regardai Mrs. Franklin et mon gamin féerique s'éloigner sur le trottoir. Sa beauté l'environnait d'une sorte d'éclat immobile, onirique. Je ne l'avais pas souillé.

De retour dans la classe, je restai un moment debout au milieu de la pièce. Les étagères recouvertes de papier collé avec du ruban adhésif lui donnaient une apparence froide, étrangère. Les animaux étaient partis, le tapis roulé, les chaises renversées sur le dessus de la table de travail. Et pourtant, les murs me parlaient encore. Il s'était passé tant de choses ici. Comme chaque année, j'aurais voulu retenir le passé.

La porte s'ouvrit.

Lori.

Elle ne me regarda pas. Elle traversa la pièce jusqu'à l'autre bout et commença à tirer brusquement tout ce qu'il y avait dans sa boîte et à le jeter par terre. Elle était à genoux, en train de sortir ses affaires, quand elle s'arrêta soudain. Elle laissa tomber ce qu'elle tenait, puis se penchant brusquement elle couvrit sa figure de ses mains.

— Lor? Qu'est-ce qu'il y a?
— Je redouble.

Elle saisit son bulletin et le lança dans ma direction. Puis elle éclata en sanglots. Croisant les bras autour de ses genoux, elle y enfouit son visage et pleura abondamment les larmes intarissables de qui a vraiment essayé, de qui a cru qu'il suffisait de se donner du mal pour réussir. Envers et contre tout, Lori n'avait jamais renoncé à ses rêves.

D'où j'étais, au milieu de la pièce vide, je marchai vers elle et m'assis à côté sur le sol. Il ne restait plus de Kleenex et nous dûmes nous contenter de serviettes en papier. Lori séchait furieusement ses larmes, les refoulant, les ravalant.

— Il y a seulement que j'aime pas me dire que je suis stupide.
— Tu n'es pas stupide, Lor.
— J'ai échoué en maternelle. Et maintenant j'échoue en première année. J'aurai probablement un million d'années quand je réussirai à sortir de l'école.

— Tu n'es pas idiote, Lor.

— Si je l'suis pas, en tout cas, ça revient au même.

Ne sachant plus quoi dire, je me tus.

— Ça me fait mal d'avoir échoué. Est-ce qu'ils se rendent compte à quel point ça fait mal? (Puis elle me regarda. Son ressentiment était manifeste.) Et toi, tu l'savais pas?

— C'est pas moi qui l'ai décidé.

— Mais tu l'savais pas?

Longue pause.

— Si.

— Alors pourquoi tu les as pas empêchés?

Elle était fâchée contre moi. Ses yeux étaient lourds d'accusation.

— Je n'aurais pas pu, Lori.

— Si tu aurais pu. Si tu l'avais vraiment voulu, tu aurais pu.

Je secouai la tête.

— Non, Lori. Ce n'est pas moi qui ai décidé. D'autres gens ont pensé que c'était mieux pour toi de rester un an encore en première année et je n'ai rien pu faire pour les en dissuader.

Elle me regarda un très long moment avant de détourner le regard.

— Tu savais à quel point je voulais être en deuxième année. Tu le savais. Pourquoi tu ne m'as pas fait passer?

— Lori! Je ne pouvais pas!

— Mais pourquoi?

Je pris son menton dans ma main et tournai son visage vers moi.

— Ecoute-moi bien, je ne pouvais rien faire, rien. Il y a des choses dans ce monde que je ne peux pas faire, même si je le veux de toutes mes forces. Et ça, c'en était une.

Elle se mit à pleurer abondamment, les larmes roulant de ses joues sur mes doigts.

— Tu n'as pas pu?

Je secouai la tête.

Ma chute de mon piédestal fut très douloureuse. Pour toutes les deux.

Nous restâmes sans mot dire durant quelques minutes. Lori sanglotait, la tête encore penchée sur ses genoux. Je restai là sans bouger, sans la toucher, ne sachant si elle souhaitait que je la réconforte.

Finalement, elle renifla, ravala ses sanglots et soulevant le bord de sa robe, elle essuya son visage.

— Qu'est-ce que je vais raconter à Libby? demanda-t-elle. Maintenant nous ne serons plus des jumelles. Libby tenait vraiment à ce qu'on le soit. Elle ne sera pas contente du tout.

— Mais vous allez être des jumelles encore. Vous serez toujours des jumelles, Lori. Il n'y a rien qui puisse changer ça.

— Hum. Elle sera plus vieille que moi.

— Mais non, voyons. Elle sera seulement en deuxième année, c'est tout. Comme cette année, elle était dans une classe différente. Mais vous étiez toujours des jumelles. Il n'y a rien qui puisse changer une chose aussi importante que ça. Certainement pas quelque chose d'aussi ridicule que l'école.

— Je voulais être en deuxième année aussi. Je le voulais tellement.

— Je le sais.

Nous restâmes encore un moment silencieuses. Lori avait cessé de pleurer, mais je n'osais pas encore la toucher, aussi restions-nous là, par terre, côte à côte. Dans le bâtiment autour de nous, c'était le silence absolu. On entendait seulement les cris éloignés des enfants libérés pour les vacances. Le vide de la classe me pesait.

Lori prit un papier sur le sol, en face d'elle, parmi les choses qu'elle avait sorties de sa boîte auparavant. C'était un dessin qu'elle avait fait avec Boo.

— Est-ce que Boo est parti? demanda-t-elle.

— Oui.

— J'ai même pas pu lui dire au revoir.

— Mais si, tu lui as dit au revoir plus tôt. Je t'avais dit qu'il serait parti.

Elle hocha la tête.

— Il ne revient pas l'an prochain, hein?

— Non.

— Et Claudia, elle ne reviendra pas non plus?

— Non.

— Et Tommy ne sera pas là, dit-elle à voix basse. Je serai seule. Seule à revenir. Toute seule.

— Avec moi, ajoutai-je.

Lori tourna les yeux vers moi. Puis elle hocha la tête.

— Oui. Toi et moi seulement.

Elle tint un moment le dessin devant ses yeux, l'examinant. Je poussai du doigt un mouton de poussière sur le sol.

— Dis, Lor?

— Oui?

— Pouquoi on fait pas de fête?

— Une fête? (Une irritation se peignit sur son visage.) Qu'est-ce qu'il y a à fêter?

Je haussai les épaules.

— Rien de spécial, je sais pas, c'est une idée comme ça.

Pas de réponse.

— Bon, peut-être qu'on pourrait fêter le tout dernier jour d'école, proposai-je. Nous avons maintenant tout l'été devant nous. Qu'en dis-tu?

— Non. Moi je dois aller à l'école cet été.

— Hummm, eh bien, j'ai vu qu'on avait ouvert la piscine pour l'été chez Southby.

— J'm'en fiche pas mal. Je sais pas nager.

— Il ne pleut plus. Il fait beau dehors. Nous pourrions fêter ça.

— Il fait trop chaud. Je suis en sueur.

— Tu me rends pas les choses faciles, Lor. J'ai beau essayer, tu ne m'aides pas beaucoup.

— Ça m'est égal.

— Oh, oh, quelle petite rabat-joie on est devenue. Bon, écoute, Boo et moi on a découvert un marchand de glaces à l'intersection de la septième rue et de Maple. Que dirais-tu d'un cornet de glace? Et tu sais quoi? Il y a des esquimaux.

— Je déteste les esquimaux!

— Lori! Tu me désespères.

S'ensuivit une longue pause, et puis soudain, elle se mit à rigoler. La tension tomba d'un coup entre nous et nous éclatâmes toutes deux de rire.

— J'suis pas facile à vivre, hein? dit-elle.

— Ça non, tu peux l'dire!

— Eh bien, une chose est sûre, je veux pas de glace ni d'esquimau . C'est presque pire que de redoubler.

Nous échangeâmes un sourire. Puis mordillant sa lèvre inférieure, elle me regarda d'un air interrogateur.

— Alors, qu'est-ce qu'on va fêter?

— A toi de le dire. Je suis à court d'idées.

Elle haussa les épaules.

— Sais pas. Nous, je suppose. Toi et moi. On n'a qu'à se fêter.

— Et que veux-tu faire? demandai-je.

— Sais pas. Toi, que veux-tu faire? Tu veux choisir?

Je me relevai.

— Voyons combien d'argent il me reste.

— Non, Tor, attends. (Lori sauta de joie.) Allons chercher Libby.

J'hésitais. Je songeais à l'humiliation qui l'attendait quand elle verrait Libby et je ne voulais pas gâcher les choses encore une fois.

— J'avais pensé que tu préférais nous deux seulement...

— Ouais, mais Libby se sent toujours si triste quand l'école est finie. Elle aime l'école bien plus que moi.

— Je vois.

— Hé, j'ai une idée. (Lori fouilla dans sa poche.) J'ai sept cents ici. J'pourrais acheter du chewing-gum. Et puis nous pourrions aller au parc faire du toboggan. Et sur notre chemin nous pourrions nous arrêter au magasin et j'achèterais du chewing-gum. (Elle eut un large sourire.) Regarde tout l'argent que j'ai!

— Oui, mais je pensais... Je veux dire que je sais ce que tu peux ressentir... voilà, je suis désolée de n'avoir pu arranger les choses et je pensais que peut-être...

Les mots s'éteignirent sur mes lèvres. Nous nous regardâmes l'une l'autre. Lori faisait tinter les sept cents dans sa main.

Finalement elle haussa légèrement les épaules. Elle ouvrit la main pour regarder les pièces de monnaie, puis elle me regarda et sourit. C'était un sourire serein.

— Ne t'en fais pas, Tor. Tu t'en fais trop. Ce n'est pas si important. Allons, viens maintenant.

Je la suivis.

EPILOGUE

Je restai dans la même école et vis Lori redoubler sa première année. Depuis, sa famille a déménagé dans l'Est et elle va là-bas dans une école privée pour les handicapés mentaux. Elle n'a pas encore appris à lire. Heureusement, pour la plupart d'entre nous, cela n'a pas eu cette importance.

Boo, lui, fréquente toujours cette école spécialisée pour les enfants autistiques. Personne dans ce bas monde n'a encore réussi à le sortir du sien. Cependant, il a fait quelques petits progrès. Il parle maintenant d'une manière relativement cohérente. Et il dit maman.

Quant à Claudia, elle est retournée à son ancienne école. Elle s'est classée la première de sa classe. Naturellement, personne ne sait où est Jenny. A mesure que les années passent, je continue de scruter les visages de mes élèves. Mais aucune des fillettes ne ressemble à Claudia.

Récemment, j'ai lu un article dans un journal au sujet d'un jeune garçon qui avait réussi à faire sortir quatre enfants d'un immeuble en flammes et à les mettre en sécurité; puis il était retourné dans le brasier chercher un bébé. Accompagnant l'article, il y avait une photo de l'Associated Press montrant le maire de la ville en train de remettre au jeune héros une récompense pour sa bravoure et pour ce que le maire qualifiait d'«amour désintéressé des autres». Ce garçon était Tomaso.

normandie roto impression s.a.
61250 Lonrai

Achevé d'imprimer en septembre 1994
N° ES 94145 / N° d'impression I4-1668
Dépôt légal : octobre 1994
Imprimé en France

ISBN 2-73-82-0752-9
33-12-5752-01-2